All was du je besessen hast,
es wird verbleichen.
Dein ganzes Hab und Gut wird werden
kalter Sand.

Jörg Hagemann

Luis Dor
und die Macht der Undinge

UEBERREUTER

ISBN 3-8000-5033-1

Umschlaggestaltung von Werkstatt · München / Weiss · Zembsch
unter Verwendung einer Illustration von Rudi Schedl

Druck: Ueberreuter Print
1 3 5 7 6 4 2

Ueberreuter im Internet: www.ueberreuter.at

Prolog

Es gibt Geschichten, die laufen vor uns weg. Obwohl sie bereits erzählt sind, haben sie sich in Wirklichkeit noch nicht ereignet. Sie sind uns nur wenige Schritte voraus. Doch so sehr wir uns auch anstrengen, wir holen sie einfach nicht ein.

Nur ein Mal in unendlich vielen Jahren ist es einem von uns vergönnt, eine dieser Geschichten zu erleben. Wenn seine Zeit gekommen ist, wird er die Ereignisse einholen. Etwa so, wie man einen davonrollenden Zug einholt, auf ihn aufspringt, einsteigt und in ihm fortgetragen wird.

Noch ist diese Zeit nicht gekommen. Doch sie steht kurz bevor.

Denn wie immer, wenn es so weit ist, treffen sich zwei Vorboten dieser Geschichten an einem wohl bekannten Ort. In der Ewigen Stadt kommen sie zusammen. Mitten im größten Trubel der Besucher treffen sie sich in einer großen, alten Kirche. Trotzdem werden sie von niemandem bemerkt. Hinter einer goldgelben Glasscheibe verstecken sie sich. Geschützt vor den Blicken der Besucher schauen sie nach draußen und lassen das bunte Treiben auf sich wirken, als wäre es aus einer anderen Welt.

Schließlich sagt der eine von ihnen in einer Allerweltsstimme, die sich so anhört, als würden alle Stimmen dieser Welt aus einem Mund sprechen: »Aber was, mein lieber Herr Mess, veranlasst Sie zu denken, dass es diesmal besser ausgehen wird als beim letzten Mal?«

Der Angeredete hüstelt umständlich, um seiner Antwort noch mehr Gewicht zu verleihen: »Ganz einfach.

Weil derjenige, den ich dafür bestimmt habe, schlauer sein wird als alle anderen zuvor. Er wird nicht die gleichen Fehler machen.«

Die andere Stimme entgegnet in einer Allerweltssprache, in der alle Sprachen dieser Welt zu einer einzigen verschmelzen: »Er wird andere machen. Nicht dieselben. Aber sie werden genauso schwer sein.«

Erschöpft von der großen Bedeutung ihrer Worte schweigen sich die beiden lange an.

Nach einigem Zaudern entschließt sich Herr Mess endlich etwas zu erwidern: »Mit Verlaub. Das glaube ich nicht!«

Nun ist eigentlich der andere an der Reihe, etwas von sich hören zu lassen. Stattdessen starrt er durch die Scheibe. Ewige Zeiten sitzt er nur da und schweigt. Schließlich sagt er beinahe andächtig: »Sie wissen sehr gut, wie derjenige beschaffen sein muss, der auch nur eine einzige dieser Städte für uns zurückerobern will.«

Herr Mess atmet tief durch. Natürlich. Er weiß es. Deshalb erklärt er das, was er zu sagen hat, so feierlich, dass er von der Gewichtigkeit der eigenen Wort fast erdrückt wird. Und der Allerweltliche, der sich der Bedeutung des Augenblicks wohl bewusst ist, ergänzt jeden Satz mit einer Gegenrede.

Herr Mess spricht:

»Ein Geist, der nur nach Reichtum sinnt.«

»Und doch zerstört, was er gewinnt.«

»Der hofft, dass er unendlich lebt.«

»Und doch dem Tod entgegenstrebt.«

»Der das bejaht, was er verneint.«

»Und beides doch in sich vereint.«

»Der sesshaft ist und trotzdem reist.«

»In neue Welten. So ein Geist?«

Herr Mess atmet jetzt so schwer, dass man es laut und deutlich hören kann.

»Genau so ein Geist«, bekräftigt er.

»Wann wollen Sie Kontakt aufnehmen?«

»So schnell wie möglich.«

»Wo wird es geschehen?«

Herr Mess zögert.

»Es gibt da eine Stadt. Jenseits der Berge …«

»Ihr Name? Hamburg? London? Paris?«

Herr Mess schüttelt den Kopf.

»Zu spät …«

»Warum?«

»Weil auch sie schon ausgestorben sind!«

»Oh!«, stöhnt der andere und ist peinlich berührt, dass er nicht ganz auf der Höhe der Zeit ist. Deshalb traut er sich nicht noch einmal nachzufragen. Doch Herr Mess hat ein Einsehen. Bereitwillig erklärt er: »Es ist eine alte, uns wohl bekannte Stadt. Ihr kennt sie unter einem anderen Namen. Unter ihrem vertrauten einstigen Namen. Heute jedoch heißt sie …«

Plötzlich wird es in der mächtigen Basilika dunkel. Eine Wolke muss sich vor die Sonne geschoben haben. Und wie so oft, wenn die Augen nicht sehen können, erscheinen auch diesmal die Geräusche unheimlich laut. Das unaufhörliche monotone Gebrabbel der Besucher. Das plötzliche Einsetzen schriller Glockenschläge. So kann es niemand hören, als es ganz leise durch das sonnengelbe Fenster dringt:

»Aurania.«

Erstes Buch

Leben in Aurania

Luis Dor

»Name?«

»Dor.«

»Vorname?«

»Luis.«

»Alter?«

»Achtzehn Jahre.«

Der Prüfer hob den Blick. Aus geröteten Augen schaute er auf den Jungen. Dann auf das Blatt Papier, das vor ihm lag. Den Jungen. Das Blatt. Ungläubig sagte er: »Hier steht, Sie haben es bereits zu einhunderttausend Auro gebracht. Stimmt das?«

Der Junge nickte.

»Und Sie sind wirklich erst achtzehn Jahre alt?«

Der Junge zuckte mit den Achseln. Er war es gewohnt, dass man ihn für älter hielt. Wegen eines Erbfehlers hatte er von Geburt an weiße Haare. Bis heute hatte er es nicht geschafft, sich nicht dafür zu schämen. So hatte er die Haare millimeterkurz geschnitten. Und meistens trug er eine Mütze. Doch hier, vor dem hohen Prüfgericht, war jegliche Kopfbedeckung verboten.

Der Prüfer schaute skeptisch auf die weißen Stoppeln. Er war nicht sicher, auf welches Alter er den Jungen schätzen sollte, dessen schlaksige Gestalt und sanfte, fast kindliche Gesichtszüge in krassem Gegensatz zu den greisenhaften Haaren standen. So mahnte er nur: »Sie wissen, dass Sie dem hohen Gericht zu wahrheitsgetreuer Auskunft verpflichtet sind?«

Ohne zu antworten trat Luis an den Tisch des Prüfers

und legte ihm einen vergilbten Ausweis vor. Jetzt erst sah er, dass der Mann gar nicht so groß war, wie es zunächst den Anschein gehabt hatte. Hinter dem Tisch verbarg sich nämlich ein Drehstuhl, der bis zur letzten Windung ausgefahren war und auf dem der Prüfer wie auf einem Hochsitz thronte. Seine kurzen Beine schienen nicht annähernd bis zum Boden zu reichen. Luis versuchte sich vorzustellen, wie sie in der Luft baumelten. Wie ein Puzzle setzte er sich die gedrungene Gestalt des Prüfers zusammen: das schrumpelige Gesicht, die geröteten Augen, das schüttere Haar, der etwas füllige Oberkörper und eben diese dünnen, unruhig über dem Fußboden strampelnden Beinchen.

Luis versuchte sich nicht anmerken zu lassen, wie sehr ihn die ganze Erscheinung seines Gegenübers amüsierte. So respektvoll wie möglich sagte er: »Ich würde mir nie erlauben, Sie anzulügen. Was ist denn daran so ungewöhnlich, dass ich erst achtzehn bin?«

»Nichts, nichts!«, erwiderte der Prüfer. Doch dabei schwollen in seinen Augen die Adern an, sodass die Rötung etwas Bedrohliches bekam. »Nichts außer der Kleinigkeit von einhunderttausend Auro!«, schnarrte er, warf einen Blick auf den Ausweis und fügte in ruhigerem Tonfall hinzu: »Immerhin scheinen Ihre Angaben zu stimmen.« Mit jedem Wort nahm die gefährliche Rötung seiner Augen ab, als wäre sie ein Gradmesser seines Gemütszustands. Er reichte Luis den Ausweis zurück. Sein Blick war plötzlich ganz klar, als er sagte: »Nun also zur Sache, mein Freund. Haben Sie eine ungefähre Vorstellung davon, weshalb Sie hier sind?«

»Man hat mir nur gesagt, dass ich mich hier melden soll.«

»Gut. Sehr gut!« Der Prüfer wühlte mit den Händen

unter seinem Tisch herum und kramte einen Stapel Papier hervor, in dem er sogleich zu blättern begann. Als er auf einer der letzten Seiten angekommen war, reichte er Luis einen Stift und sagte so beiläufig, als würde er über das Wetter reden: »Da. Ganz unten. Unterschreiben Sie!«

Luis hielt den Stift schon in der Hand, hatte sich bereits über das Papier gebeugt, als er noch einmal aufschaute. »Was ist das?«

»Nichts, nichts! Ein paar belanglose Formalitäten. Papierkram. Mehr nicht.«

Luis wurde langsam misstrauisch. »Wirklich nicht? Und warum soll ich es dann unterschreiben?«

Die Augen des Prüfers füllten sich allmählich wieder mit einem wässrigen Rot. »Weil Sie sonst nicht zugelassen werden. Darum!«

»Zugelassen? Zu was?«

»Sie können froh sein, dass wir sie überhaupt gefragt haben!«, wich der Mann aus.

»Zu was?«, hakte Luis nach.

»Es handelt sich um einen Wettkampf – einen ganz besonderen Kampf. Nur die Besten Ihres Jahrgangs dürfen daran teilnehmen.«

Luis' Interesse war geweckt. »Ein Wettkampf also!« Er hatte einen merkwürdigen Glanz in den Augen, als er hastig hinzufügte: »Und? Kann man dabei auch etwas gewinnen?«

Dem Mann war die Neugier im Blick des Jungen nicht verborgen geblieben. Schnell beteuerte er: »Aber natürlich! Das Kostbarste, was es gibt: Auran!« Er holte tief Luft und erklärte: »Auran in rauen Mengen. Auran in allen Variationen. Ist das etwa nichts?«

Luis stutzte: »Das ist viel! Sehr viel!« Er überlegte kurz

und meinte: »Wenn es so viel zu gewinnen gibt, dann gibt es doch sicherlich auch etwas zu … verlieren?«

Der Prüfer winkte ab. »Oh, keine Sorge! Das ist nicht viel!«

»Was?«, blieb Luis hartnäckig.

Doch diesmal gab der Prüfer nicht so einfach nach. »Nicht viel! Und nun entscheiden Sie sich. Ich habe nicht ewig Zeit für Sie! Wollen Sie nun teilnehmen oder nicht?«

Luis horchte in sich hinein, versuchte etwas zu hören, das ihn warnte. Doch die Vorstellung von dem, was es bei diesem Wettkampf zu gewinnen gab, war zu verlockend. War stärker als die Angst, etwas zu verlieren, von dem er gar nicht wusste, was es war! Vermutlich war alles ganz harmlos. Und er machte sich völlig umsonst Gedanken!

»Aber nur unter einer Bedingung«, sagte er und merkte, wie wenig Nachdruck in seiner Stimme lag. »Wenn ich genug Zeit zur Vorbereitung habe!«

Das Rot in den Augen des Prüfers flackerte auf. »Gewiss, gewiss!«, sagte er, schob Luis das Papier zu und zeigte mit dem Finger auf die Stelle, wo der Junge unterschreiben sollte. Mit zitternder Hand kritzelte Luis seinen Namen auf das Blatt. Er hatte kaum den Stift abgesetzt, da griff der Prüfer nach einem schweren Stempel, drückte ihn in ein triefendes Tintenkissen und ließ ihn auf das Blatt sausen. »Na, also!«, sagte er und zog unter dem Papier einen Durchschlag hervor, den er Luis reichte. »Da ihre Kopie! Passen Sie auf, dass sie Ihnen nicht verloren geht. Da steht alles drauf, was Sie wissen müssen!« Mit einer abfälligen Handbewegung zeigte er dem Jungen an, dass die Audienz beendet sei.

Wie ein Schlafwandler wankte Luis aus dem Saal hinaus. Ein dumpfes Grollen im Magen warnte ihn, dass hier irgendetwas nicht stimmte. Als er die schwere Tür hinter sich schloss und endlich auf die Kopie blickte, erkannte er, was es war. Auf dem Blatt stand klar und deutlich, wann der Wettkampf stattfinden sollte: Morgen früh. Um neun Uhr.

Innere Stimmen

Mit müden Beinen schlich Luis durch die Straßen der Stadt – seiner Stadt. Seit er denken konnte, lebte er hier. Hier war er geboren worden, hier war er aufgewachsen, hier hatte er das getan, was alle bis zu ihrem achtzehnten Lebensjahr taten: möglichst viele Auro verdienen und sparen bis zu jenem Tag, an dem es darauf ankam. Worauf es eigentlich ankam, das hatte er nicht gewusst. Aber jetzt wusste er es! Seine hunderttausend Auro waren nichts anderes als der Einsatz, der ihn zur Teilnahme am Wettkampf der Jahrgangsbesten berechtigte. Doch irgendetwas irritierte ihn daran. Er versuchte sich an sein Gespräch mit dem Prüfer zu erinnern. Es waren gar nicht so sehr die Worte, die der Mann gesprochen hatte! Es war etwas anderes: ein zweifelnder Unterton in seiner Stimme, als er von den hunderttausend Auro gehört hatte. Genau das war es! Und mit einem Schlag wurde Luis klar, dass sein Vermögen mehr war, als man von ihm erwartet hatte.

Er fing an mit sich zu hadern. Hätte er nicht weniger Auro angeben können? Dann wäre das Risiko nicht so groß gewesen! Denn immerhin konnte er auch verlieren! Und was konnte das anderes sein als der Einsatz, den er mit ins Spiel brachte? Er wischte den Gedanken wie ein lästiges Ungeziefer fort. Unsinn! Er würde nicht verlieren. Er konnte sich solche Selbstzweifel nicht leisten. Denn morgen schon würde die Entscheidung fallen.

Morgen! Er blieb stehen. Auf einmal kam ihm etwas anderes in den Sinn. Wenn er erfolgreich war, würde morgen alles anders sein. Dann würde sich ihm die Stadt Aurania mit all ihren unendlichen Möglichkeiten öffnen.

Luis schaute die Fassaden der Hochhäuser hinauf, die ihn umgaben. Er blickte auf die überdimensionalen Plakate, die von den Wänden herabhingen. Noch waren sie für ihn Versprechen ohne Wert. Denn bislang hatte er sich für seine Auro, die er verdiente, nichts gekauft. Hatte fleißig gespart, wie es von ihm verlangt worden war. Doch morgen schon, wenn er den Wettkampf gewann, würde er alles haben können, was die Plakate versprachen:

Auran.
Ihr Antrieb zum Leben!

Unter der Überschrift war ein Bild von einem Mann zu sehen, der einen auranthrazitfarbenen Klumpen in der ausgestreckten Hand hielt. Der Klumpen schien magische Kräfte zu haben, denn es sah so aus, als würde er den Mann mit sich fortreißen.

Luis kannte diese Art von Plakaten nur zu gut. In der ganzen Stadt wimmelte es davon. Auf einem anderen las er:

Auran.
Seine Gegenwart gibt Zukunft.

Unter diesem Titel grinste eine Frau wie ein Zehnauropferd aus dem Bild heraus. Der Grund für ihre Fröhlichkeit war ein Edelstein aus Auran von mindestens zehn Karat, den sie in der Hand hielt.

»Auch ich habe es in der Hand!«, sprach Luis leise vor sich hin. »Morgen!«

Die Vorstellung von dem, was morgen sein mochte, ließ auf einmal alles anders erscheinen. Nie hatte er die Plakate so gesehen. Nie waren sie ihm so nah gewesen. Er spürte die elektrisierende Wirkung, die von ihnen ausging. Sie trat durch seine Augen in seinen Körper. Und als wären seine Adern Blitzableiter, versetzten sie seinen ganzen Körper in Hochspannung. Morgen würde er seine ganzen Auro aufs Spiel setzen. Und wenn er gewann, würde er alle nur erdenklichen Dinge haben können, die aus Auran waren. Dinge, die ihm plötzlich so begehrenswert wie nichts anderes auf der Welt erschienen. Wie hypnotisiert drehte er sich im Kreis. Starrte auf die Plakate, die für den sagenhaften Stoff Auran warben. Sah die Konturen der Wolkenkratzer, die in der Abendsonne auranthrazitfarben glänzten.

»Alles meins! Meins! Meins!«, schnaufte er vor sich hin und sah auf einmal einen tieferen Sinn hinter allem, hörte eine Innere Stimme, die ihm sagte, was zu tun war: »Luis? Luis Dor?«

Luis erschrak so sehr, dass er sich zunächst gar nicht vorstellen konnte, woher diese Stimme kam. Sie klang so fremd, dass sie nie und nimmer ihm gehören konnte! Und trotzdem konnte sie nur von ihm stammen. Denn sonst war niemand auf dieser Straße.

»Luis? Luis Dor?«

Luis sah sich verstohlen um.

»Mein Junge, hörst du mich?«

Luis wollte nicht hören. Das konnte doch nicht wahr sein, dass er ausgerechnet vor dem wichtigsten Tag seines Lebens, wenn er es am wenigsten gebrauchen konnte, eine Innere Stimme hörte! Er hielt sich die Ohren zu. Aber das war keine gute Idee. Wenn es schon so weit gekommen war, dass man Innere Stimmen hörte, dann half das am wenigsten. Im Gegenteil. Es machte alles nur noch schlimmer, weil die Töne nicht herauskonnten und so nur noch länger im Kopf herumschwirrten.

»Weißt du, was sich hinter Auran verbirgt?«, fragte die Stimme unerbittlich weiter.

»Nein! Nein! Und noch mal nein!«, jammerte Luis und presste die Hände fester auf die Ohrmuscheln. »Ich will das nicht hören. Ich darf das nicht hören! Noch nicht! Noch lange nicht! Also lass mich in Ruhe!«

Doch die Stimme gab nicht nach: »Soll ich es dir nicht doch verraten? Jetzt gleich. Nun gut, so höre!«

Im selben Augenblick riss Luis die Hände von den Ohren. Er erinnerte sich. Beinahe hätte er vergessen, was er gelernt hatte. Innere Stimmen sind reine Kopfsache! Das hatte man ihn gelehrt. Und er hatte es vergessen, weil er sich nie und nimmer hätte vorstellen können, dass ihm so etwas einmal selbst passierte. Und jetzt, wo es ihm widerfuhr, war er schlecht vorbereitet.

»Luis? Luis Dor! So hör doch!«, warb die Stimme.

Doch Luis hörte nicht. Er vertrieb die Stimme, wie man böse Gedanken vertreibt. Er versuchte an etwas anderes zu denken. An den Prüfer mit den geröteten Augen, an die Kopie, auf der das Datum des Wettkampfs stand, an die Besten seines Jahrgangs, gegen die er morgen antreten würde, an …

Für einen Moment, einen zeitlosen Moment, dachte

Luis an gar nichts. Die Stimme war fort. Er hatte sie aus seinem Kopf vertrieben. Als würde er aus dem Tiefschlaf erwachen, sah er sich um.

Anstelle der Fassaden sah er schmucklose Wände. Anstelle der Straße entdeckte er unter sich einen Teppich. Anstelle der Abendsonne glühte über ihm eine Lampe. Und der Himmel war verschlossen. Er fand sich im einzigen Zimmer seiner unwohnlichen Wohnung wieder. Ohne die Spur einer Ahnung, wie er hierher gekommen war. Ohne ein Gefühl dafür, wie viel Zeit vergangen war.

Ein Blick auf die Uhr sagte ihm, dass es kurz vor Mitternacht war. Fast sieben Stunden waren vergangen, seit er aus dem Prüfamt herausgetreten war. Luis schauderte. Er hätte nie geglaubt, wie gefährlich es war, wenn man auf seine Innere Stimme hörte. Nun glaubte er es nicht nur. Er wusste es.

Siebenkampf

Es war bereits Viertel vor neun, als Luis auf dem Domplatz ankam. Er hatte eine unruhige Nacht hinter sich. Zunächst hatte er fieberhaft versucht, sämtliche Lektionen zu wiederholen, die sie in den vergangenen Jahren durchgenommen hatten. Irgendwann so gegen vier musste er einsehen, dass dies ein hoffnungsloses Unterfangen war. Also beschloss er, nur die wichtigsten Themen noch einmal zu lernen. »Mut zur Lücke«, sagte er sich. Und je weiter die Zeit vorrückte, je größer die Müdigkeit wurde, umso mehr wuchs genau dieser Mut, bis er schließlich über seinen Büchern einschlief.

Er hatte den Wecker eine gute halbe Stunde lang überhört, war nur kurz unter die Dusche gesprungen und noch halb nass in die Kleider geschlüpft, die er sich in der Nacht zurechtgelegt hatte. Dann war er aus dem Haus und durch die Straßen geeilt, um ja noch rechtzeitig zu kommen.

Und nun lag sie vor ihm: die mächtige Halbkugel des Doms, die sich mit jedem Schritt, den er näher kam, wie ein Riesenballon aufzublasen schien. Das mächtige Bauwerk, in dem der Wettkampf der achtzehnjährigen Auranier stattfinden sollte, strahlte verheißungsvoll im Licht der aufsteigenden Sonne. Für all das hatte Luis nur einen flüchtigen Blick. Inzwischen war er so nahe gekommen, dass er auch den Eingangsbereich des Doms erkennen konnte. Er befand sich in einer wesentlich kleineren Viertelkugel, die sich unten an die Halbkugel schmiegte. Luis sprang die Stufen zum Portal empor, stieß die schweren Flügeltüren auf und trat in die Eingangshalle des Gebäudes. Leer! Der kathedralenartige Saal war wie ausgestorben.

Luis kramte die Kopie mit dem Termin aus der Tasche. Hatte er sich getäuscht? Seine Augen huschten über die Zeilen, wanderten das Blatt hinunter. Da stand es schwarz auf weiß: das Datum. Heute neun Uhr. Das war, er schaute auf die Uhr, in weniger als zehn Minuten. Luis suchte nach etwas, was ihm zur Orientierung hätte dienen können. Doch da war nichts. Der ganze Raum war in ein tiefes Auranthrazit getaucht. Und neben dem Eingang konnte er keine Tür, kein Fenster entdecken. Panik stieg in ihm hoch. Heute war sein entscheidender Tag und er würde, bevor ihm auch nur eine Aufgabe gestellt worden war, daran scheitern, dass er den Bewerbungsraum nicht fand.

Weil ihm nichts Besseres einfiel, trat er immer weiter in die riesige Halle hinein, drehte sich um die eigene Achse, tastete mit suchendem Blick die Wände ab, konnte aber immer noch nicht das kleinste Anzeichen finden, wohin er sich wenden sollte.

Luis schaute auf die Uhr. Acht Minuten vor neun. Während er noch ein Stück weiter in den Raum hineinging, stieg ein leiser Verdacht in ihm auf, der immer stärker wurde: Was, wenn dies bereits ein Teil des Wettkampfs war? Er versuchte sich zu erinnern. Gab es irgendeine Lektion, die ihn auf diese Situation vorbereitet hatte? Er klapperte die Lektionen ab. Schlagwörter schossen ihm durch den Kopf. Und als hätte sein Gedächtnis die Passage im Lehrbuch fotografiert, hatte er plötzlich den entscheidenden Text vor sich: »Pünktlichkeit ist eine Zier. Auf sie zu achten rat ich dir.«

»Zu früh!«, stieß Luis hervor und ließ vor Schreck die Kopie fallen. Er durfte keine Sekunde verlieren. Er wirbelte auf dem Absatz herum und rannte dem Ausgang, der jetzt seine einzige Chance war, entgegen. Es war sieben Minuten vor neun, als sich die Türen des Portals langsam zu schließen begannen. Im selben Moment bemerkte er, dass er die Kopie verloren hatte. Sein Kopf wollte umdrehen, doch seine Beine waren dagegen. Er stolperte und schlug der Länge nach hin. Dabei waren es nur noch wenige Meter bis zum Ausgang! Er spürte, wie die Härte des Aufpralls seinen ganzen Körper erschütterte, sah, wie die Tür trotzdem immer näher kam. Oder war er es, der ihr näher kam? Auf dem spiegelglatten Boden rutschte er dem Ausgang entgegen. Die zuschlagenden Türflügel waren nur noch einen Spalt geöffnet. In letzter Sekunde glitt er hindurch und landete draußen.

Benommen versuchte er zu begreifen, was geschehen war. Er rappelte sich auf und wankte auf die Tür zu. Die Kopie! Auf ihr war seine Zulassung bescheinigt! Er musste sie retten! Seine Hand berührte die Klinke. Mit einem Aufschrei riss er den Arm zurück! Die Klinke war glühend heiß. Sofort merkte er auch weshalb. Aus dem Schlüsselloch drang ein beißender Qualm nach draußen. Im Dom mussten Temperaturen wie in einem Glutofen herrschen! Luis taumelte rückwärts die Stufen der Treppe hinunter, stolperte abermals und fand sich zum zweiten Mal auf dem Fußboden wieder.

Diesmal blieb er erschöpft sitzen. Er bemerkte nicht einmal, dass er nicht mehr allein war. Der Zeiger seiner Uhr rückte auf neun. Sechs andere Kandidaten waren auf dem Platz erschienen. Sie hatten alles beobachtet und zogen Gesichter, denen man deutlich das Bedauern darüber ansehen konnte, dass Luis dem Inferno gerade noch rechtzeitig entkommen war.

Luis nahm keine Notiz davon. Er starrte nur auf diese Tür, die sich jetzt, Schlag neun, öffnete. Der ganze Rauch war verflogen, durch das Portal stapfte eine untersetzte Gestalt nach draußen. Der Prüfer! Er schien nur Augen für Luis zu haben. Mit gehässigem Blick musterte er den Jungen, kam die Stufen hinunter, und als er direkt vor Luis stand, da sah man es klar und deutlich: Ein Rest des Feuers, das im Dom gewütet hatte, brannte in den rot unterlaufenen Augen des Mannes weiter.

Es schien ebenfalls nur Luis zu gelten, als er sagte: »Wie schön, dass Sie so pünktlich erschienen sind. Wenn Sie mir bitte folgen würden! Es ist höchste Zeit!« Und damit stieg er die Stufen voran – in der sicheren Gewissheit, dass ihm die anderen folgen würden. Zum zweiten Mal trat Luis in das Innere der Viertelkugel. Vorsichtig setzte er einen Fuß vor den anderen. Aber die Hitze, die er erwartet hatte, war wie weggeblasen. Der Raum war so kalt und leer wie zuvor.

Der Prüfer winkte die Kandidaten zu sich heran. Der kleine kräftige Mann schien sie alle ganz genau zu kennen, denn er fing an, jeden Einzelnen von ihnen vorzustellen: »Willkommen zum Wettkampf der Besten. Wenn ich Sie miteinander bekannt machen darf! Da ist Mona Bracht, ihr Einsatz liegt bei elftausend Auro. Lea Zistel, Einsatz dreizehntausend Auro. Gunnar Guhl, Einsatz ebenfalls dreizehntausend. Pascal Mronz, siebzehntausend Auro …«

Der Prüfer machte eine kurze Pause und hob die Stimme, um die drei Favoriten anzukündigen: »… Gordon Link, Einsatz neunzehntausend Auro.« Dabei zeigte er auf einen Jungen, der Luis bereits aufgefallen war. Der Junge war von geschmeidiger, sehniger Statur. Wie eine Katze schien er sich ständig auf dem Sprung zu befinden. Mit leicht nach vorne gebeugten Schultern wartete er darauf, dass der Prüfer seine Anweisungen gab. Diesen Widersacher würde Luis im Auge behalten müssen!

»… Agnetha Prock, Einsatz siebenundzwanzigtausend Auro …«, fuhr der Prüfer fort und deutete auf eine junge Frau, die das glatte Gegenteil von Gordon war. Sie mochte so viel wiegen wie alle Kandidaten zusammen. Ihre Gestalt, die in ein weites Kleid gehüllt war, hatte die Konturen eines Kieshaufens, der sich nach unten hin immer breiter ausdehnte. Alles ging fließend ineinander über: der Kopf, das mächtige Dreifachkinn und die Schultern, der Bauch und schließlich die Beine. Luis wunderte sich, dass offensichtlich ausgerechnet Agnetha Prock seine schärfste Konkurrentin war. Aber er wunderte sich noch über etwas anderes: Und das war der Abstand, der zwischen ihm und den anderen Gegnern lag. Er sollte sich nicht alleine wundern!

Denn schon sagte der Prüfer: »... und Luis Dor, mit einem Einsatz von rund einhunderttausend Auro!«

Ein Raunen ging durch die Teilnehmerschar. Gordon machte einen Buckel und fixierte Luis mit angriffslustigem Blick. Im selben Moment fing Agnetha an zu beben, dass ihr massiger Körper zitterte wie ein Wackelpudding. Dann spürte Luis das Beben am eigenen Leib. Der ganze Boden wankte.

Die Eingangshalle schien sich zu drehen. Es brauchte einige Zeit, bis Luis erkannte, dass es nicht der Eingangsbereich war, der sich bewegte, sondern die größere Halbkugel dahinter, die zu rotieren begonnen hatte. Schlagartig wurde er sich darüber klar, weshalb er in der Halle keine weitere Tür gesehen hatte und wie man in das Innere des Doms gelangte. Die Halbkugel des Doms war in Wirklichkeit eine ganze Kugel. Sie mochte sich um fünf Grad gedreht haben, als eine Öffnung in ihrer gewölbten Wand sichtbar wurde. Nach weiteren zehn Grad Drehung blieb die Kugel stehen. Und nur wenige Meter vor ihnen befand sich ein Einlass in den Innenraum. Über dem Eingang stand:

Siebenkampf

Der Prüfer erklärte: »Nun zu den Regeln.« Und er grinste schief, als er erklärte: »Siebenkampf, das bedeutet nicht nur, dass alle sieben von Ihnen teilnehmen, es bedeutet auch, dass wir so lange sieben, bis nur noch einer übrig ist!« Sein Lachen hallte durch den ganzen Raum.

»Den ersten Kampf haben alle bestanden. Von nun an wird es schwerer. Denn in jeder weiteren Disziplin wird jeweils der Schlechteste von Ihnen ausgesiebt. Der Beste erhält den Einsatz des Verlierers. Das geht so lange, bis nur noch einer übrig ist. Verstanden?« Er wartete nicht ab, ob irgendjemand etwas entgegnen wollte. Er ging einfach auf den Einlass zu und verschwand in einem dunklen Raum. Die Prüflinge folgten ihm auf dem Fuß.

Luis blieb in der Nähe seiner schärfsten Konkurrenten. Gleichzeitig bemerkte er, dass ihm auch Gordon und Agnetha nicht von der Seite wichen. Gemeinsam traten sie in den Raum, gemeinsam waren sie geblendet, als plötzlich das Licht anging. Sie setzten sich jeweils auf einen der sieben Stühle, die in einem Halbkreis aufgestellt waren und vor denen sich jeweils eine übergroße Stoppuhr befand. Die Uhr reichte Luis bis zur Brust. Mit einem schnellen Blick erkannte er den roten Knopf, mit dem man die Zeiger in Bewegung setzte oder anhielt – je nachdem.

Als alle Teilnehmer saßen, stellte sich der Prüfer in der Mitte des Halbkreises auf und sagte: »Aufgepasst. Weil dies die erste Disziplin ist, will ich Ihnen verraten, worum es geht. Bei allen weiteren Aufgaben ist es Ihre Sache, dahinter zu kommen. Also! Es geht um Schnelligkeit! Wer die Lösung weiß, stoppt einfach die Uhr durch einen Schlag auf den roten Knopf. Die Zeit läuft!«

Er hatte kaum ausgesprochen, da fingen sämtliche Uhren an zu ticken, die Sekundenzeiger sprangen im Kreis.

Bang!

Sechs Köpfe fuhren herum. Ein Teilnehmer hatte seine Uhr gestoppt, ohne dass die Frage, die sie alle erwartet hatten, überhaupt gestellt worden war. Es war Agnetha Prock!

Niemand hätte ihr diese Schnelligkeit zugetraut. Sie ächzte vor Anstrengung wie ein alter Blasebalg. Aber ihre fette Hand war als erste auf dem Knopf gelandet. Gordon Link war der Nächste, der begriff. Wie die Zunge eines Frosches schoss seine Hand hervor und donnerte auf den Stopper. Dann ging alles ganz schnell. Es war Pascal Mronz, der als Dritter folgte. Danach kamen die anderen. Sie stoppten ihre Uhren beinahe zeitgleich, sodass man unmöglich hören konnte, wer verloren hatte.

Der Prüfer ging genüsslich um die Uhren herum und notierte die Zeiten. Bei Luis schüttelte er enttäuscht den Kopf: »Das war knapp. Nur eine hundertstel Sekunde später! Langsam frage ich mich, wo Sie Ihre hunderttausend Auro gestohlen haben.« Mit Verachtung wandte er sich ab und zeigte auf die Verliererin: Es war Lea Zistel. Sie hatte um einen Wimpernschlag gegen Luis verloren.

Der Prüfer gab sich keine Mühe, das Ergebnis zu verkünden. Er schickte die anderen sechs zurück in die Eingangshalle und ließ die verzweifelte Lea einfach sitzen. Dann verließ er selbst den Raum und trat zu den anderen nach draußen.

Wieder begann sich der Kugeldom zu drehen. Luis wagte einen Blick durch den Einlass. Voller Entsetzen sah er, wie das Mädchen panisch gegen die immer schiefer werdende Ebene ankämpfte. Dann hatte sich die Kugel so weit gedreht, dass er nicht mehr in den Raum sehen konnte. Er hörte nur noch diesen fürchterlichen Schrei, der wie ein Echo nachhallte, als das Mädchen ganz langsam ins Zentrum des Doms hinabrutschte.

Eine hundertstel Sekunde nur! Luis fühlte sich, als

würde die Uhr in seinem Kopf weiterticken, als könnte sie jeden Moment den Zeitzünder einer Bombe auslösen.

Verdammt noch mal, er musste aufpassen! Er hatte sich fürchterlich getäuscht. Das, was er bei diesem Wettkampf verlieren konnte, war weit mehr als seine hunderttausend Auro.

Die Gaukelschaukel

Die mächtige Kugel des Doms drehte sich weiter, bis sich abermals ein Einlass in der gewölbten Wand öffnete. »Da waren es nur noch sechs!«, lachte der Prüfer und stapfte in das Innere der Kugel.

Als Luis den Raum betreten hatte und das Licht anging, machte sich in ihm sofort eine unerträgliche Beklemmung breit. Auf den ersten Blick fand er sich in einer völlig leeren Halle wieder. Erst auf den zweiten Blick fiel ihm die Leiter auf, die in der Mitte des Raumes stand und kerzengerade bis in Schwindel erregende Höhen führte.

Luis' Augen wanderten Sprosse um Sprosse hinauf. Die Leiter endete unter der Decke, die von unten wie eine Felswand wirkte. In diesen waagerecht überhängenden Felsen waren bunte Haltegriffe geschlagen, an denen man sich weiterhangeln konnte, wenn man die nötige Kraft und Geschicklichkeit besaß. Luis schauderte, wenn er nur daran dachte, dass er die Leiter emporklimmen sollte, um dann, und das lag auf der Hand, bis zu dem eigentlichen Ziel zu klettern: einer Schaukel, die etwa zwei Meter unter der Decke hing und auf der ein glitzernder auranthrazitfarbener Klumpen lag.

Der Prüfer ließ seinen Kandidaten genug Zeit, um sich mit dem Ort vertraut zu machen. Dann sagte er: »Eine trügerische Aufgabe wartet auf Sie. Wie Sie gesehen haben, führt nur eine Leiter nach oben. Nur eine Leiter für sechs Kandidaten. Und nur ein Balken aus reinem Auran für den Sieger! Möge der Beste gewinnen! Viel Erfolg auf unserer Gaukelschaukel!«

Mehr erklärte er nicht. Doch das war auch gar nicht nötig. Denn schon war Gordon Link aus dem Pulk der Kandidaten hervorgesprungen und rannte mit katzenhafter Geschmeidigkeit der Leiter entgegen. Mit vornüber gebeugten Schultern und ausgestreckten Händen erreichte er die Sprossen und zog seinen dürren Körper Meter um Meter nach oben.

Wieder brauchte es ein paar Sekunden, bis die anderen Kandidaten verstanden, was ihre Aufgabe war. Dann rannten sie los und versuchten Gordon einzuholen. So entstand ein gefährliches Wettklettern, bei dem jeder versuchte am anderen zu zerren, um ihn zu überholen.

Nur für Agnetha Prock war die Kletterpartie auf der Leiter von vornherein aussichtslos. Sie schaffte nicht einmal die ersten zehn Sprossen. Ächzend und schwitzend kämpfte sie sich hinauf. Doch immer wenn sie zwei Sprossen geschafft hatte, rutschte sie eine zurück und so hing sie nur ein paar Meter über dem Boden, als Gordon bereits an der Decke des Raumes angekommen war.

Mit gierigem Blick schaute er voran. Er hatte nur Augen für die Schaukel, die ungefähr dreißig Meter entfernt von der Decke hing. Ohne zu zögern grub er die Hand in einen der Haltegriffe und hangelte sich wie ein Affe die überhängende Wand entlang. Er hatte bereits die halbe Strecke hinter sich gebracht, als die anderen das Ende der Leiter erreichten und in die Felswand einstiegen. Obwohl der Rückstand groß war, gaben sie nicht auf, sondern hangelten sich ebenfalls von Griff zu Griff.

Luis konnte nicht anders, als die Geschicklichkeit der Kandidaten zu bewundern. Am meisten Respekt nötigte ihm Gordon ab, der mit einem Wagemut die Wand durchkletterte, dass einem schon vom Hinsehen schwindlig werden konnte.

Aber um Wagemut ging es nicht bei dieser Prüfung! Und auch nicht um Geschicklichkeit. Es mochte riskant sein. Aber wenn ihn nicht alles täuschte, ging es um etwas ganz anderes! Dies alles dachte Luis, der als einziger von allen Kandidaten am Boden geblieben war. Mit weichen Knien trottete er zur Leiter hinüber.

»Vergiss es!«, sagte er zu Agnetha. Doch das war nicht nötig. Denn das Mädchen kam bereits auf einem triefend nassen Schweißfilm die Leiter heruntergerutscht und saß nur japsend auf dem Boden.

Luis lächelte zufrieden. Eine Gegnerin weniger! Jetzt würde sich zeigen, ob er auch die anderen besiegen könnte. Entschlossen packte er die Leiter am untersten Ende. Ein heftiges Ziehen, ein kräftiger Ruck und schon löste sich das Gestänge von der Decke und die Leiter drohte umzukippen. Es kostete Luis einige Kraft, um sie gerade noch so in der Senkrechten zu halten.

Oben merkte Gordon nicht das Geringste von dem, was sich weit unter ihm auf dem Boden abspielte. Im Gegenteil. Er hatte die Schaukel erreicht. Mit einer gekonnten Bewegung schwang er sich auf das dünne Brett, hielt sich mit einer Hand am Seil fest und grabschte mit der anderen nach seiner Beute. Triumphierend rief er: »Gewonnen!« Dabei hielt er den glitzernden Balken wie eine Trophäe in die Luft.

Dann erst hatte er Zeit für seine Verfolger. Ein ungeheures Gefühl der Überlegenheit überwältigte ihn. Da hingen sie wie die nassen Säcke an der Wand. Fünf an der Zahl mussten es sein. Da waren Mona Bracht, Gunnar Guhl und Pascal Mronz. Doch wo waren Luis Dor und die fürchterliche Agnetha Prock geblieben? Hatte er sie wirklich so weit abgehängt, dass er sie nicht mal mehr sehen konnte? Oder waren sie vielleicht sogar abgestürzt?

»Gewonnen!?«, schrie er noch einmal. Aber da war schon etwas Unsicherheit in seiner Stimme. Es war eher eine Frage, auf die er die Antwort bereits ahnte. Ein quälender Verdacht stieg in ihm auf. Er verfolgte den Weg zurück, den er gekommen war: bis zur untersten Sprosse der Leiter musste sein Blick wandern, bis er Luis entdeckt hatte.

»Irrtum. Nichts hast du!«, hörte er seinen Widersacher rufen, dessen Zittern in der Stimme vom Hall in diesem Raum verschluckt wurde. »Schmeiß mir das Auran runter. Oder ich lass dich da oben vergammeln!«

Gordon wusste noch immer nicht, in welche Falle er getappt war. Er ahnte nur, dass die große Gefahr nicht von seinen Gegnern kam, die sich immer weiter zu ihm vorkämpften, sondern von diesem unscheinbaren, grauhaarigen Jungen, der es zu genauso viel Auro gebracht hatte wie alle anderen zusammen.

Und richtig! Luis brauchte nur einmal an der Leiter zu rütteln, da verstand Gordon, was die Stunde geschlagen hatte. Mit hasserfülltem Blick sah er auf seinen Gegner hinab, der sich nicht einmal bequemt hatte, einen Fuß auf die Leiter zu setzen, und trotzdem den stärksten Trumpf in der Hand hielt. Der Zorn in Gordon wurde so stark, dass er lieber bis zum Sankt-Nimmerleins-Tag hier oben geblieben wäre, anstatt klein beizugeben. Er schrie: »Hol ihn dir, wenn du ihn haben willst. Von mir kriegst du ihn nicht. Nie im Leben!«

Damit hatte Luis nicht gerechnet. Ihm fiel nichts Besseres ein, als noch einmal heftig an der Leiter zu rütteln, sodass sie bedrohlich hin- und herwankte. Vergeblich! Gordon rührte sich nicht. Er blieb bei seinem Entschluss. Luis musste wohl oder übel einsehen, dass er so nicht weiterkam.

Er überlegte, was er jetzt tun sollte. Zwar hatte er richtig erkannt, worum es bei dieser Aufgabe ging: dass einem die Schaukel den Reichtum nur vorgaukelte, solange man nicht mehr von ihr herunterkam. Aber genauso wenig nutzte es ihm etwas, wenn der Auranklumpen oben blieb. Er ahnte die ganze Ausweglosigkeit seiner Lage. Er konnte nur warten und hoffen, dass irgendetwas geschah, das ihm einen Vorteil verschaffte. Und dieses Etwas ließ nicht lange auf sich warten.

Eine verzweifelte Stimme ertönte: »Nun mach schon! Gib ihm das verdammte Ding!«

Es war Gunnar Guhl, der mit den anderen Teilnehmern die Schaukel erreicht hatte. Wie die Fliegen hingen sie über Gordon am Felsen. Nur Mona Bracht war mit ihren Kräften derart am Ende, dass ihr nichts anderes übrig blieb, als sich auf die Schaukel hinabzulassen. Sie flehte: »Nun gib schon her! Nun gib schon endlich her!«

Doch Gordon ließ nicht mit sich reden. Er streckte die Hand mit dem Auran in die Höhe und brüllte: »Nur über meine Leiche, hört ihr? Nur über meine Leiche!«

Das sagenumwobene Metall funkelte hell in seiner Hand. Zum ersten Mal in seinem Leben durfte er ein Stück Auran sein Eigen nennen. Nun würde er es nie mehr hergeben. Er würde es nicht loslassen! Zu allem entschlossen sah er, wie auch Gunnar Guhl zu ihm hinunterkletterte. Gegen Mona würde er sich mit einer Hand wehren können. Aber sobald Gunnar das Brett erreicht hatte, würde er die andere Hand brauchen. Nie! Niemals!, dachte er und streckte die Hand mit dem Auran noch weiter von sich, so weit wie möglich von seinen beiden Gegnern fort, die er mit trotzigem Blick fixierte.

Da stürzte sich sein dritter Widersacher auf ihn herab! Gordon hatte ihn ganz aus den Augen verloren. Denn Pascal Mronz war in seinen Rücken geklettert, hatte sich mit den Füßen in den Haltegriffen festgeklemmt und hing nun mit dem Kopf nach unten an der Wand. Schon hatte er die Arme ausgestreckt, griff nach dem Auran und zog sich mit einer unglaublichen Kraftanstrengung wieder nach oben. Während er mit einer Hand an der Wand hing, zeigte er Luis den Auranklumpen. Keuchend rief er: »Wenn ich dir das verdammte Ding gebe, lässt du dann die Leiter stehen?«

Luis konnte sein Glück kaum fassen. Erleichtert rief er: »Abgemacht. Auran gegen Leiter!«

Pascal war zu schwach, um sich noch lange zu vergewissern, dass Luis sein Wort halten würde. Erschöpft ließ er das Auran fallen. Mit einer geschickten Bewegung fing es Luis auf. Er fühlte eine tiefe Genugtuung darüber, dass er das Richtige getan hatte, indem er nicht mit den anderen um die Wette geklettert war. Doch das Triumphgefühl erstarb sofort, als er bemerkte, dass Gordon einfach auf seiner Schaukel sitzen blieb. Während sich die anderen drei den langen Weg bis zur Leiter zurückhangelten und kurz darauf erschöpft auf dem Boden ankamen, war Gordon völlig in sich zusammengesunken. Wie eine Marionette, der man die Schnüre gekappt hat, kauerte er mit hängenden Schultern auf der Schaukel. Er bot ein so jämmerliches Bild, dass sich Luis nicht einmal darüber freuen konnte, dass er die neunzehntausend Auro von Gordon gewonnen hatte.

»Gordon, komm herunter!«, wollte Luis rufen. Aber es wäre zwecklos gewesen. Der Junge hatte sich in sein Schicksal ergeben. Er hatte sich mit seiner Niederlage abgefunden.

Langsam, ganz langsam begann sich die Kugel wieder zu drehen. Luis und die anderen Wettkämpfer verließen den Raum.

Mit einem innerlichen Frösteln wartete Luis auf den entsetzlichen Schrei, der ihm sagte, dass ein Verlierer im Inneren der Kugel verschwand. Doch selbst dazu hatte Gordon keine Kraft mehr. Still und leise rutschte er in sein Verderben.

Die Dunkelkammer

Zum letzten Mal drehte sich die Kugel. Zum letzten Mal öffnete sich ein Einlass. Zum letzten Mal traten Luis und Agnetha mit klopfenden Herzen ein. Beide hatten in den vorangegangenen Kämpfen bewiesen, dass sie Nerven wie Drahtseile hatten. Doch diese Seile waren nun bis zum Zerreißen angespannt.

Beim Gang über den Dornenweg hatte Agnetha Prock keine Schmerzen gekannt und die weiteste Strecke zurückgelegt. Beim Schwimmen über das Stille Wasser hatte sie als Einzige nicht in die Tiefe geschaut. Da sie nicht schwimmen konnte, war sie einfach auf dem Rücken dahingetrieben und hatte so die unter ihr lauernden Gefahren nicht gesehen, die den anderen so viel Angst eingeflößt hatten, dass sie umgedreht waren.

Nur einmal hatte Luis gegen Agnetha gewonnen. Im Windkanal hatte er seine Stromlinienförmigkeit dadurch unter Beweis gestellt, dass er sich platt wie eine Flunder auf den Boden gelegt hatte. Kriechend hatte er sich bis zur großen Turbine vorgekämpft und sie unter dem Staunen des Prüfers einfach ausgeschaltet.

Jetzt waren also nur sie beide übrig geblieben! Luis blinzelte argwöhnisch zu Agnetha hinüber, die dickgefällig auf die letzte Aufgabe wartete. Doch davon ließ sich Luis nicht täuschen. Zu oft hatte er gegen diese Gegnerin das Nachsehen gehabt. Zu oft hatte er sie unterschätzt. Das sollte ihm nicht noch einmal passieren!

Luis hörte, wie der Prüfer die Aufgabe verkündete, sah, wie sich Agnethas Züge aufhellten, und begriff im selben Augenblick, dass er verloren hatte!

Es war, als müsste ein Schachspieler gegen einen Schmied antreten. In einem Kampf mit Vorschlaghämmern. Denn diese letzte Aufgabe bestand darin, möglichst lange in einer dunklen Kammer zu verweilen. Und wenn Agnetha eines bis zur Perfektion beherrschte, dann war es, regungslos herumzusitzen und abzuwarten.

Luis sah besorgt in das schwarze Innere der Dunkelkammer, machte zwei, drei unentschlossene Schritte hinein und hörte nur noch, wie die Tür hinter ihm ins Schloss fiel. Dann war es still. Absolut still.

Lektion einhundertzwölf, versuchte er sich zu erinnern. Da war sie also. Die Lücke. Darüber, wie man mit sich ganz alleine war, hatte er nicht das Geringste gelernt. Wenn er ehrlich war, hatte er dieses Thema unterschätzt. Denn in Aurania war man eigentlich immer allein. Man wuchs ohne Eltern auf, ja, man wusste nicht einmal, wer Vater und Mutter waren. Von Geschwistern oder Großeltern ganz zu schweigen. Sobald man nicht mehr in die Windeln machte, bekam man sein erstes eigenes Zimmer. »Stubenrein« nannten sie das. Und wenn in den folgenden Jahren das Zimmer auch größer wurde, wenn man mit zwölf die erste eigene Wohnung bezog, so blieb man doch immer auf sich allein gestellt und teilte nie irgendetwas mit irgendjemand anderem.

Und nun also die Dunkelkammer. Auch sie hatte Luis nur für sich allein. Wie gerne hätte er jetzt eine Menschenseele um sich gehabt. Eine merkwürdige Sehnsucht stieg in ihm auf, die er so noch nicht kannte: Es war der Wunsch nach menschlicher Nähe. Ganz langsam begann er zu begreifen, dass genau dies das Gefährliche an der Dunkelkammer war!

Eine ganze Zeit gelang es Luis, sich mit derartigen Gedanken zu beschäftigen. So versuchte er für sich, sozusagen im stillen Kämmerlein, etwas Licht ins Dunkel zu bringen. Aber das waren natürlich alles andere als schulbuchmäßige Deutungen. Und völlig ungeeignet, um es länger in diesem Raum auszuhalten, als es Agnetha Prock aller Wahrscheinlichkeit nach konnte.

»Da siehst du endlich, was du davon hast!«, sagte er zu sich selbst. Oder sagte er es gar nicht? Sondern jemand anders? Verwirrt schaute er sich um. Woher kam diese Stimme? Er tastete die Wände der Kammer ab, um sich zu vergewissern, dass er ganz alleine war.

»Gib dir keine Mühe!«, sagte die Stimme. »Mich kann man nicht ertasten. Ich bin unantastbar. Verstehst du?«

Luis presste die Hände auf die Ohren. Er wollte das nicht hören! Nicht schon wieder diese Inneren Stimmen, die ihn schon einmal gequält hatten.

Die Schallwellen eines sanften Lachens kitzelten ihn von innen heraus, sodass er spürte, wie er eine Gänsehaut bekam. »Lass das, Luis!«, lachte die Stimme ihn aus. »Es nützt dir rein gar nichts, wenn du dir die Ohren zuhältst. Und bevor du jetzt wieder auf dumme Gedanken kommst! Es nützt dir auch gar nichts, wenn du mich vertreiben willst. Wer außer deiner Inneren Stimme bleibt dir denn noch hier drinnen?«

Luis nahm die Hände von den Ohren. »Wer bist du?«, fragte er außer sich vor Angst. Denn es war streng verboten, mit seiner Inneren Stimme zu reden. Beinahe hätte er sich auf die Zunge gebissen. Was, wenn er beobachtet wurde? Wenn alles nur eine gemeine Falle war? Wenn der Prüfer längst seine rot unterlaufenen Augen auf ihn gerichtet hatte und alles ganz genau mitbekam?

Die Innere Stimme schien seine Gedanken bis in die hintersten Windungen seines Gehirns zu kennen: »Hab keine Angst, lieber Luis«, sagte sie. »Niemand kann dich sehen oder hören. Wir sind allein. Ganz unter uns, wenn du verstehst, was ich meine!«

»Wer bist du?«, fragte Luis zum zweiten Mal und sagte sich sogleich, dass es verrückt war, seine Innere Stimme danach zu fragen, wer sie war. Eigentlich konnte sie niemand anderes sein als er selbst.

Zu seinem Erstaunen jedoch antwortete die Stimme, als wäre es das Selbstverständlichste auf der Welt: »Mess. Herr Mess. Angenehm.«

Luis zögerte kurz. Wieder versuchte er die Dunkelheit des Raumes zu durchdringen. Aber da war nichts zu erkennen. »Dann bist du nicht … also ich meine, dann bist du nicht meine Innere Stimme, die ich höre?«

Herr Mess ließ ein leises Lachen vernehmen. »Ja und

nein, lieber Luis«, erklärte er. »Ich bediene mich nur deiner Inneren Stimme, um mit dir in Kontakt zu treten.«

»Wer bist du?«, fragte Luis zum dritten Mal.

»Mess. Herr Mess«, wiederholte Herr Mess mit stoischer Ruhe. »Ich bin hier, um dir zu helfen!«

»Mir helfen? Warum denn?«

Wieder kitzelte Luis dieses sanfte Lachen von innen, bevor Herr Mess antwortete: »Ist Neugierigkeit etwa auch eins von den Dingen, die ihr unbedingt lernen müsst, um eure Wettkämpfe zu gewinnen?«

Luis war für eine Sekunde abgelenkt. Er überlegte. Nein, da war keine Lektion, die sich dem Thema Neugierigkeit widmete. Also war sie nicht entscheidend. »Nicht dass ich wüsste«, musste Luis zugeben.

»Ei, ei«, sagte Herr Mess. »Wo die dann wohl herkommen mag?«

»Woher soll ich das wissen?«

»Willst du hier gewinnen oder ich?«

»Aber nicht mit Neugierigkeit. Die ist völlig egal!«

Herr Mess wurde kein bisschen ungeduldig, als er nachhakte: »Und warum bist du dann so neugierig, wenn es angeblich so unwichtig ist?«

»Das möcht ich auch gern wissen!«, krächzte Luis.

»Siehst du!«, sagte Herr Mess. »Da haben wir es wieder. Offensichtlich gibt es noch ein wenig mehr im Leben als die Dinge, die ihr so lernt.«

Luis ging das Gerede von Herrn Mess auf den Geist. »Ich weiß nicht, wovon du redest«, sagte er. »Mir würde es schon reichen, wenn du mir ein wenig bei dieser Aufgabe weiterhilfst. Da könnt ich nämlich Hilfe gebrauchen. Nicht in Sachen Neugierigkeit.«

Wieder dieses Kitzeln von innen heraus! Wie aus heiterem Himmel musste Luis lachen.

»Aber das tue ich doch die ganze Zeit!«, sagte Herr Mess vergnügt. »Dazu bin ich schließlich da!«

Er hatte kaum ausgeredet, da sprang die Tür auf. Der Prüfer steckte seinen Kopf in die Kammer hinein und sagte mit ungläubigem Staunen: »Was gibt es da zu lachen? Es hat noch nie jemand in der Dunkelkammer gelacht. Noch nie! Hören Sie? Und schon gar nicht nach ganzen drei Tagen!«

Luis war geblendet. Er sah nur das gleißende Licht, vor dem sich die Gestalt des Prüfers als dunkler Schatten mit zwei funkelnd roten Punkten abzeichnete. Obwohl er kaum etwas erkennen konnte, blickte Luis genau in die roten Augen des Prüfers und fragte überflüssigerweise: »Drei was? Sekunden? Minuten? Stunden?«

Der Prüfer musste die Augen kurz geschlossen haben, denn die Punkte erloschen für einen Moment. Als sie wieder angingen, hörte Luis den Prüfer sagen: »Tage! Drei Tage. So lange hat es noch nie jemand ausgehalten. Und Sie? Was tun Sie? Sie lachen darüber! Als wäre es nichts! Weiß der Geier, wie Sie es so lange in diesem Drecksloch ausgehalten haben.«

»Habe ich …?«

»Ja, ja und noch mal ja! Was denn sonst? Sie haben gewonnen. Schauen Sie sich doch nur dieses Häufchen Elend an.«

Endlich hatten sich Luis' Augen an die Helligkeit gewöhnt. Er trat aus dem Karzer heraus und sah einen völlig in sich zusammengesunkenen, verrunzelten Haufen, aus dem ihn ein paar müde Augen anschauten.

»Agnetha?«, entfuhr es Luis und er fühlte auf einmal eine unheimliche Traurigkeit in sich. Dieser eingetrocknete Fettkloß mit den glasigen Augen rührte ihn bis ins Mark. »Agnetha, sag doch was!«, flüsterte er beinahe zärtlich.

Doch Agnetha fehlte die Kraft, um auch nur ein Sterbenswörtchen zu antworten. Mit schicksalsergebenem Blick sah sie zu, wie der Prüfer Luis am Arm packte und mit sich aus dem Raum riss. Sah, wie sich der Einlass schloss, indem die Kugel wieder zu rotieren begann. Sie war sich so sicher gewesen, dass sie diesen letzten Zweikampf gewinnen würde! Und nun glitt sie unaufhaltsam der Mitte des Doms entgegen.

Das jedoch war nur eine kleine Kostprobe davon, wie leicht man in Aurania abrutschen konnte, wenn man es zu nichts, aber auch rein gar nichts gebracht hatte.

Auranus der Starre

Die Schlossbrücke, die zum hochherrschaftlichen Sitz von Auranus dem Starren führte, war sage und schreibe dreitausendsiebenhundertundzwölf Fuß lang. Sie stieg in gefährlicher Neigung so steil bergan, dass selbst ein Automobil mit Auranantrieb nur im dunkelroten Drehzahlbereich nach oben kam.

Obwohl es jedes Mal dieselbe Prozedur war, konnte sich der Prüfer nicht an dieses Ereignis gewöhnen, das unweigerlich auf den Siebenkampf folgte. Denn natürlich gelüstete es den Herrscher von Aurania danach, seinen neuen Musterschüler kennen zu lernen. Und da Auranus der Starre noch nie während seiner langen Amtszeit seinen Hochsitz verlassen hatte, blieb dem Prüfer nichts anderes übrig, als den Besten der Besten auch diesmal hinaufzukutschieren.

»Hier!«, sagte er und drückte Luis einen Plastikbeutel in die Hand. »Falls Ihnen die Reise auf den Magen schlägt!« Ohne weitere Erklärungen abzugeben, trat er aufs Gaspedal. Das Auto machte einen Ruck. Und schon ging es in einem Höllentempo steil bergauf. Luis fühlte sich wie im freien Fall, nur dass der Sturz nach oben ging. Schon am Fuße des mächtigen Berges war ihm ganz anders geworden. Er hatte das künstlich geschaffene Massiv aus reinstem Auran zwischen den Häusern der Stadt hindurchblitzen sehen. Immer größer und größer war es geworden. Und je näher sie kamen, umso flehender hatte er gedacht: »Bloß nicht da hinauf. Bloß nicht …« Aber dann hatte er die Burg gesehen, die oben auf der Felsspitze thronte. Da war ihm klar geworden, dass es das Schloss von Auranus dem Starren sein musste, auf das der Prüfer zusteuerte.

Rasend schnell ging es nach oben. Luis drehten sich sämtliche Eingeweide im Bauch herum. Tapfer kämpfte er gegen das untrügerische Verkrampfen des Magens an. Doch als der Prüfer unvermittelt auf die Bremse trat und das Auto mit quietschenden Reifen stehen blieb, da löste sich der ganze Krampf in einem Gefühl der Schwerelosigkeit auf und landete im Beutel.

Totenblass starrte Luis aus dem Fenster des Wagens. Wenn er gehofft hatte, dass sie bereits am Ziel waren, hatte er sich getäuscht. Sie hatten gerade mal die Hälfte der Strecke zurückgelegt. Das Auto klebte wie ein Magnet auf der Fahrbahn. Aber es waren gar keine magnetischen Felder, die den Wagen auf der Strecke hielten. Sondern einzig und allein die Handbremse, die der Prüfer bis zum Anschlag angezogen hatte und die bei jeder Bewegung, die einer von ihnen machte, mit einem klirrenden Quietschen nachgab. Unter ihnen funkelten die Dächer der Stadt im kalten Abendlicht. Um gegen den Schwindel anzukämpfen, der ihn beim Blick in den Abgrund befallen hatte, schaute Luis nach oben. Doch davon wurde alles nur noch schlimmer. Denn über ihnen befand sich ein klaffendes Loch in der Brücke!

»Jedes Mal dasselbe!«, brummte der Prüfer und reichte Luis einen neuen Beutel. »Schmeißen Sie das bloß weg. Das stinkt ja wie Sau!«

Luis warf den Beutel aus dem Fenster und versuchte so ruhig wie möglich zu atmen. Das Herz klopfte ihm bis zum Hals, als wäre er die Strecke bis hier oben zu Fuß gelaufen.

»Na endlich!«, hörte er den Prüfer sagen und sah einen auranthrazitfarbenen Vogel, der auf sie zuflog.

»Was ist das denn für ein Ding?«, stotterte Luis.

»Ein Kuck-Kuck«, meinte der Prüfer. »Oder glauben Sie etwa, hier wird jeder einfach so raufgelassen?«

Luis verstand kein Wort. »Und was macht er mit uns, dieser Kuckuck?«

»Er kuckt. Was denn sonst? Und was er sieht, wird nach oben gefunkt. Also aufgepasst. Recht freundlich bitte!«

Der Kuck-Kuck schwirrte jetzt nur ein paar Zentimeter entfernt um ihre Köpfe herum. Seine Augen blitzten ununterbrochen. Obwohl Luis geblendet war, erkannte er, dass es sich dabei um kleine Objektive handelte, die jeden Millimeter seines Kopfes erfassten.

Der Prüfer verneigte sich vor dem seltsamen Vieh und redete es zu Luis' Erstaunen in einem unterwürfigen Ton an: »Meine untertänigsten Grüße, Ihro Gnaden. Ich bin es doch nur! Pankrazius! Euer ergebenster Diener. Ich habe Euch jemanden mitgebracht! Seht selbst!«

Der Kuck-Kuck hatte seine Metallohren wie kleine Satellitenscheiben aufgestellt. Als Pankrazius zu Ende gesprochen hatte, drehte der Vogel die Ohren in die andere Richtung. Er schien einen Befehl erhalten zu haben, denn noch einmal tasteten seine Augen Luis von oben bis unten ab. Dann hatte er genug. Genauso schnell, wie er gekommen war, machte er sich wieder auf und davon.

Der Prüfer atmete tief durch und sah dem Vogel hinterher. Das Vieh hatte die Burg noch nicht erreicht, da löste sich aus dem oberen Ende der Brücke ein doppelter Boden und verband die beiden Fahrbahnen miteinander.

»Festhalten!«, brüllte der Prüfer. Er gab so kräftig Gas, dass der Motor laut aufheulte. Als schon die ganze Karosserie am Vibrieren war, löste er die Handbremse. Der Wagen machte einen kräftigen Ruck. Die Reifen quietschten, drehten durch und bekamen einfach keinen Griff. Das Auto schmierte ab. Luis sah nur noch, wie die Häuserdächer immer näher kamen. Er hörte den Prüfer fluchen, der das Gaspedal noch immer bis zum Anschlag durchgetreten hatte. Der Gummi der Reifen hatte sich so sehr erhitzt, dass es fast schon flüssig war, als die Räder doch noch griffen. Wieder gab es einen Ruck und Luis' Eingeweide wurden so sehr gegen sein Rückgrat gepresst, dass sie blaue Flecken bekamen. Der freie Fall nach oben ging weiter. Und diesmal ungebremst! Sie schossen über die Stelle hinaus, wo eben noch ein Loch gewesen war, rasten immer schneller und schneller, sodass sie sogar noch den Kuck-Kuck einholten, der mit kantigem Flügelschlag gemütlich nach oben schwebte.

»Huaaarb!«, machte Luis. Und der Plastikbeutel hatte sich zum zweiten Mal gefüllt.

Mit dampfendem Motor standen sie im Hof des Schlosses. Die Fahrt war zu Ende. Der Prüfer warf einen mitleidigen Blick auf seinen Schützling und sagte: »Sie sollten Ihre Ansicht über diese Fahrt besser für sich behalten. Zumindest während der Audienz.«

Und damit stapfte er, ganz willkommener Gast des Hauses, auf das Schlossportal zu und gab Luis einen Wink, ihm zu folgen.

»Duuuuu …«, sagte Auranus der Starre und dehnte das Du bis ins Unendliche. »… biiiist also Luis Dor. Der mit den zweihunderttausend Auro.« Er brauchte eine halbe Ewigkeit, bis er diesen Satz herausgebracht hatte.

Genug Zeit für Luis, den Herrscher eingehend zu betrachten. Luis wusste gar nicht, wo er zuerst hinschauen sollte. Denn Auranus war eigentlich mehrere Herrscher auf einmal. Er sah aus, als wäre er unendlich alt geworden und hätte dabei nie im Leben aufgehört zu wachsen. Er war ein Berg von einem Mann. Und wie es sich für einen Berg nun mal gehörte, verharrte er regungslos auf der Stelle. Luis ließ den Blick über dieses lebende Massiv wandern, das sich ab und zu unter den seltenen Atemzügen des Herrschers hob und senkte. Dabei knirschte es, als würden stumpfe Gegenstände aufeinander reiben. Luis schaute genauer hin. Und da entdeckte er die Auranschicht, die den Körper des Kolosses bedeckte und fast komplett zum Erstarren gebracht hatte. Beine, Bauch und Brust schienen zur Bewegungslosigkeit verdammt. Offensichtlich konnte er, wenn auch unter übermenschlicher Kraftanstrengung, die aurangepanzerten Arme gerade noch gebrauchen. Mit brüchigen Lippen hatte Auranus endlich ausgesprochen. Seine Augen funkelten wie Kristalle, während er auf Luis' Antwort wartete.

»Wowomit kann ich diedienen?«, stotterte Luis. Die unglaubliche Erscheinung flößte ihm so viel Respekt ein, dass er zu keiner vernünftigen Antwort fähig war.

Auf den Wangen des Herrschers zeichneten sich leichte Risse ab. Unter einem fürchterlichen Knirschen grinste er: »Guuuut soooo! Du kommst wenigstens gleich zur Sache!« Ebenso langsam wie er sprach, rollten seine Kristallaugen zur Seite und schielten den Prüfer an.

»Sagt selbst, Professor Pankrazius. Wofür habt Ihr ihn vorgesehen?«

Der Prüfer machte eine unterwürfige Geste und antwortete: »Eine Lehre, Ihro Gnaden. Wie für alle anderen eurer Diener auch.«

»Paaaaaperlaaaaapapp!«, ächzte Auranus und schaffte es tatsächlich, seinen rechten Arm zur Abwehr zu heben. »Zweihunderttausend Auro. Ist das etwa nichts?«

»Aber …«, wagte Professor Pankrazius zu widersprechen.

Er kam nicht weiter. Die Augen des Herrschers traten hervor, als wollten sie ihm herausfallen. »Pschschsch!«, zischte er, sodass Luis den kalten Windzug im Gesicht spürte. »Er wird mein persönlicher Adjutant. Basta.«

»Aber …«, widersprach Pankrazius zum zweiten Mal, »… das hat es ja noch nie gegeben. Noch nie. Außerdem habt Ihr doch schon einen persönlichen Adjutanten. Auriel. Hört Ihr?«

»Höööört Ihr? Höööört Ihr? Höööört Ihr?«, hallte es wie ein Echo vom Berg wider. »Hat es etwa schon einen gegeben, der es auf zweihunderttausend Auro gebracht hat. Höööört Ihr?«

Der Professor schaute ergeben zu Boden. »Nein, Ihro Gnaden.«

»Wieeee?«

»Nein, Ihro Gnaden. Das hat es noch nicht gegeben.

Er ist in jeder Hinsicht der Beste, den wir je hatten. Aber bedenkt doch bitte eines. Was wird Auriel dazu sagen, wenn Ihr ihn vom Amt des Adjutanten enthebt?«

»Wer sagt denn, dass ich ihn des Amtes enthebe?«

»Aber … ich meine … es darf doch nur einen geben!«

»Wer sagt denn das!«

»Ihr!«

»Ich? Ach so. Na gut. Dann sage ich eben etwas anderes. Bin ich nun der König oder nicht? Also. Ab sofort soll es zwei geben. Zwei Adjutanten des Königs. Wir können ja später entscheiden, wer der bessere von beiden ist!«

Pankrazius machte eine tiefe Verbeugung. Ohne aufzuschauen brummte er: »Das wird ihm aber nicht gefallen.«

»Wem?«

»Auriel. Er wird toben.«

»Auuuuriel. Auuuuriel! Er hat zu gehorchen. Wie alle anderen. Und sonst nichts.«

»Wie Ihr befehlt.«

Anstatt zu antworten machte Auranus nur eine abfällige Handbewegung.

Pankrazius verbeugte sich ein weiteres Mal. »Da wäre noch etwas, Ihro Gnaden.«

»Was denn noch«, bebte der Berg.

»Wo soll er denn hin? Euer neuer Adjutant? Ich meine, wo soll er für euch arbeiten?«

»Ach so. Was schlagt Ihr vor?«

Pankrazius dachte scharf nach. Er wollte sich nicht noch einmal eine Blöße geben. »Im Auranfeld?«, fragte er schließlich.

Als Antwort erntete er nur ein knirschendes Stirnrunzeln.

»Im Auranamt? Im Auranwerk? In der Auranverwaltung? In der …«

Das Knirschen wurde immer lauter und verschluckte die Worte des Professors. »Mein persönlicher Adjutant«, übertönte Auranus die Geräusche, die sein Körper verursachte, »arbeitet nirgendwo anders als in der Megamaschine, hööört Ihr?«

Und ob Pankrazius hörte! Aus seinen sonst so rot unterlaufenen Augen war sämtliches Blut gewichen. Die Pupillen waren von einem totenblassen Weiß umgeben. Wenn er mutig gewesen wäre, hätte er darauf hingewiesen, dass es Auriel war, der den Befehl über die Megamaschine führte. Dass es unklug war, die beiden Kontrahenten aufeinander zu hetzen. Dass es nicht gut für Luis war. Und dass es ein böses Ende nehmen würde. Aber der Mut des Professors war aufgebraucht. Also stammelte er nur: »Euer Wunsch ist mir Befehl, Ihro Gnaden.«

»Guuut«, röchelte Auranus und seine Augenlider raschelten wie Jalousien, als sie sich einmal schlossen und wieder öffneten. Mit kristallklarem Blick schaute er zu Luis hinab. »Naaa, mein Freund? Freust du dich?«

Luis versuchte einen entzückten Ausdruck auf sein Gesicht zu zaubern. Obwohl es ihm nicht richtig gelang und obwohl sein »Ja, gewiss doch!« wenig überzeugend klang, merkte der König Luis den Mangel an Begeisterung nicht an.

»Priiima«, hauchte er und ließ den Arm nach unten krachen – zum Zeichen, dass die Audienz beendet war.

Der Professor wollte Luis so schnell wie möglich nach draußen schieben. Wer konnte schon wissen, ob dem Herrscher nicht noch eine weitere Ungeheuerlichkeit einfiel. Er musste es geahnt haben! Denn als sie das Portal erreicht hatten, blies Auranus einmal kräftig in ihre

Richtung, sodass die Türe vor ihrer Nase zuschlug. »Üüüübrigens. Noch etwas!«, schnarrte er. »Wann soll er denn in den Zeugenstand treten?«

Pankrazius fuhr herum. »In den Zeugenstand? Er? In ein paar Jahren. Wenn überhaupt.«

»Morgen!«, entgegnete Auranus nur.

»Morgen? Aber selbst die Besten der Besten brauchen Jahre, bis sie …«

»Zweihunderttausend Auro. Ist das etwa nichts!«, kam es wie ein Orkan aus der Mundhöhle des Herrschers.

Der Professor sah verzweifelt zu Auranus auf. »Aber ist er dazu nicht viel zu jung?«

»Paaaaperlaaaapapp! Er ist im besten Zeugenalter. Morgen! Und keinen Tag später!«

Pankrazius nickte ergeben. Doch das sah Auranus gar nicht mehr. Seine Jalousienlider hatten sich erneut geschlossen. Und diesmal gingen sie nicht wieder auf. Diesmal war die Audienz wirklich beendet.

Im Zeugenstand

Mitten in der Nacht schreckte Luis aus dem Schlaf hoch. Er war schweißgebadet, tastete nach dem Lichtschalter, konnte ihn aber einfach nicht finden! Obwohl er wach war, schossen ihm noch die Bilder des Traumes durch den Kopf. Voller Schaudern erinnerte er sich, wie er geträumt hatte, dass er bei der Talfahrt über die Schlossbrücke aus dem Auto geschleudert worden und auf dem Boden aufgeschlagen war. Mit zerschmetterten Gliedern hatte er es gerade noch geschafft, nach oben zu blicken. Von seiner Schaukel aus hatte Gordon Link auf ihn heruntergeschaut und laut gelacht. Denn der Boden unter Luis hatte angefangen zu rotieren und er war auf ein schwarzes Loch zugerutscht und in der Mitte des Doms verschwunden. Er fragte sich gerade, ob er in dem schwarzen Loch oder in der Dunkelkammer war, als er endlich den Lichtschalter fand.

Langsam kam er in die Wirklichkeit zurück. Seine Erinnerung verscheuchte den Albdruck des Traumes. Es war wohl alles ein wenig zu viel gewesen für einen Tag: Nachdem er von der Schlossburg heruntergekommen war, hatte ihn Professor Pankrazius in einem neuen Zuhause einquartiert. Als neuer Mitarbeiter der Megamaschine könne Luis unmöglich weiter in seinem Einzimmerappartement wohnen, hatte er gesagt und den Jungen in eines der vornehmsten Stadtviertel chauffiert. Vor einem prachtvollen Hochhaus, das aus reinstem Auran erbaut worden war, hatte Pankrazius angehalten. Und Luis hatte fassungslos dorthin geschaut, wo der ausgestreckte Arm des Professors hindeutete: auf eine Penthouse-Wohnung, die sich über das ganze Dach des Gebäudes erstreckte. In einem der großen Panoramafenster hatte ein Schild gehangen: Wohnen über den Dächern von Aurania.

»Das wär doch was!«, hatte Pankrazius gesagt.

Völlig erschlagen von dem ganzen Pomp hatte Luis geantwortet, dass diese Wohnung unermesslich teuer sein musste. Aber das hatte der Professor nicht gelten lassen. »Nicht für Sie«, war seine trockene Antwort gewesen.

Und nun fand sich Luis in einem Schlafsaal wieder, der gut und gerne dreimal so groß war wie seine komplette alte Wohnung. Entgeistert sah er auf die Einrichtung: Da waren Schränke in hochwertigem Aurandekor.

Das Bett, in dem er lag, hatte einen massiven Auranrahmen. Und von der Decke hing ein Kronleuchter, dessen Auranlampen ein kühles Licht im Raum verbreiteten. Um seine innere Unruhe zu unterdrücken, stand Luis auf und wanderte im Zimmer auf und ab. Nachdem er ein paar Runden gedreht hatte, ging er zum Fenster und riss die Türen auf.

Luft! Der kühle Nachtwind tat gut, trocknete seinen Schweiß und vertrieb die trüben Gedanken. Luis trat auf die Dachterrasse hinaus. Die Aussicht war fantastisch: Unter ihm lag der schlafende Moloch. Kein Auto donnerte durch die Straßen, kein Lärm drang herauf. Er schaute nach unten und fragte sich, ob man die Straßengeräusche hier oben überhaupt hören konnte. Selbst wenn Hauptverkehrszeit war.

Er schlenderte über die Terrasse. So fand er schnell heraus, dass sie einmal um die ganze Dachwohnung lief. Auf der Rückseite des Hochhauses weitete sich der Balkon und jetzt bemerkte Luis, dass sogar die Terrasse möbliert war. Ein paar Liegestühle luden zum Platznehmen ein. Und da er langsam wieder so etwas wie Müdigkeit spürte, ließ er sich nieder. Wenig später war er auch schon eingeschlafen.

Am nächsten Morgen wurde Luis sanft von der Sonne geweckt, die ihn in der Nase kitzelte. Richtig wach wurde er jedoch erst durch ein schrilles Klingeln an der Haustür. Er sprang aus dem Liegestuhl hoch, in dem er die halbe Nacht verbracht hatte, und rannte zur Tür.

»Guten Morgen«, begrüßte er Professor Pankrazius, der ihn von oben bis unten musterte und unwirsch entgegnete: »Mahlzeit!« Dann zwängte er sich an Luis vorbei in die Wohnung. Rannte im Flur auf und ab und meinte:

»Das fängt ja gut an. Gleich am ersten Tag verschlafen. Wo kommen wir denn da hin?«

Luis machte ein schiefes Gesicht. »Verschlafen? Waren wir denn verabredet?«

Der Professor legte die Stirn in tiefe Falten und erwiderte enttäuscht: »Dass wir gestern nicht alle Lektionen abgefragt haben, heißt noch lange nicht, dass Sie die restlichen vergessen können. Ein wenig Selbstständigkeit darf ja wohl sein! Sie sollten heute in den Zeugenstand treten. Haben Sie das etwa schon vergessen?«

Luis fühlte sich völlig unschuldig. »Aber wo ist er denn, ihr komischer Zeugenstand? Würden Sie mir das vielleicht verraten?«

»Nicht komisch. Alles andere als komisch! Hören Sie?«, brummte der Professor und ging durchs Wohnzimmer hinaus auf die Terrasse. Dort zeigte er auf eine kleine Skulptur, die auf das Geländer des Balkons montiert war. Sie hatte die Form eines schlafenden Vogels, der seinen Kopf in den Daunen des Brustgefieders vergraben hat. Doch diese Daunen waren weder weich noch warm. Sie waren aus kaltem Auranmetall gefertigt. Pankrazius stieß einen gellenden Pfiff aus und befahl: »Zeugenstand.« Sofort hob der Vogel den Kopf, drehte ihn nach links und rechts. Das borstige Blechgefieder sträubte sich wie das Fell einer Katze. Dann ließ sich das Tier über das Geländer fallen.

Luis schaute ihm entgeistert nach. Der Vogel stürzte im Steilflug die Fassade hinab, hatte die halbe Strecke bis zum Boden zurückgelegt, als er endlich mit den Flügeln zu schlagen begann und an Höhe gewann. Das pfeilschnelle Tempo mitnehmend raste er durch die schluchtartigen Gassen der Stadt. Längst hatte Luis erkannt, dass es sich bei dem Tier um einen Kuck-Kuck handelte. So fragte er nur: »Und wo kann man die Bilder empfangen?«

Der Professor zeigte auf einen großen, flachen Monitor, der wie ein Gemälde an der Wand des Wohnzimmers hing. Sofort rannte Luis nach drinnen und schaltete den Monitor mit einer Fernbedienung an. Aus unendlich vielen kleinen Mosaiksteinchen setzte sich das Bild zusammen und schon konnte Luis den Flug des Vogels durch die Straßen von Aurania verfolgen.

Durch die Augen des Kuck-Kucks sah Luis, wie die Halbkugel des Doms immer näher kam. Schon hatte der Vogel sie passiert, raste weiter, dem Zentrum der Stadt entgegen. Nur selten erkannte Luis einzelne Gebäude: etwa die mit einer dicken Auranschicht überzogenen Zwillingstürme eines alten Gebäudes, das so gar nicht aus dieser Zeit zu stammen schien. Oft verlor er die Orientierung. Und als der Kuck-Kuck endlich vor einem Haus landete, das zwischen all den anderen auranthrazitfarbenen Gebäuden in einem blendend hellen Weiß erstrahlte, da hatte Luis endgültig die Übersicht verloren.

Über dem weißen Haus konnte er zwar die genaue Ortsangabe lesen, aber was nutzte ihm die Erkenntnis, dass es sich bei diesem Gebäude um den Zeugenstand handelte, wenn er keine Ahnung hatte, wo er sich befand? »Schön und gut«, sagte er. »Und wie soll ich da jetzt hinfinden?«

Die Geduld des Professors war sichtlich am Ende. Zum wiederholten Mal runzelte er die Stirn. Er riss Luis die Fernbedienung aus der Hand und drückte auf einen der blinkenden Knöpfe. Der Bildschirm blitzte einmal kurz auf. Dann kam aus einem schmalen Schlitz unterhalb des Monitors ein Blatt Papier. Der Professor streckte

Luis den frisch gedruckten Stadtplan entgegen und meinte mürrisch: »Hier, die Anfahrtsskizze. Wie wär's, wenn Sie sich jetzt langsam anziehen würden. So wollen Sie ja wohl nicht aus dem Haus gehen!«

Luis war nicht entgangen, dass er den Prüfer nicht weiter reizen durfte. Deshalb eilte er in sein Schlafzimmer, um frische Kleidung anzuziehen.

Doch das allein schien dem Professor nicht zu genügen. Mit frostiger Stimme rief er Luis hinterher: »Und vergessen Sie bloß nicht ein Bad zu nehmen. Bei dem, was Ihnen bevorsteht, kann das gewiss nicht schaden!«

Luis, der schon in den Hosen war, wunderte sich nur. Aber er tat wie ihm befohlen.

Es sollte nicht das letzte Mal sein, dass er heute die Hosen herunterlassen musste.

Als Luis durch den Eingang des weißen Hauses gegangen war, als sich die Tür hinter ihm geschlossen hatte, wurde es still. Totenstill.

Kein noch so leises Geräusch drang von außen herein. Luis hörte nur sein eigenes aufgeregtes Atmen. Pankrazius hatte das Gebäude nicht betreten dürfen. Und so war Luis ganz allein. Für einen Augenblick fühlte er sich in diesem weißen Gemäuer so einsam wie in der Dunkelkammer. Und er wunderte sich, dass diese unglaubliche Helligkeit ähnlich Furcht einflößend wirkte wie die Finsternis in der Kammer.

Das weiße Haus schien aus einem einzigen kreisrunden Kuppelsaal zu bestehen. Luis hatte ihn durch einen kurzen Gang betreten und stand nun in der Mitte des Raumes, suchte mit Blicken die Wände ab, um irgendwo einen Anhaltspunkt zu finden. Er musste schon ganz genau hinsehen, um zu erkennen, dass sich in den Wänden des Kreissaals unzählige Türen befanden, die aus dem Raum hinaus-, oder wenn man so wollte, in ihn hineinführten. Da die Türen jedoch ebenfalls weiß waren, konnte man sie nur schwer entdecken. Eine dieser Türen öffnete sich jetzt und heraus kam ein weibliches Wesen, das in einen nahezu durchsichtigen Umhang gehüllt war.

»Hallo!«, sagte das Wesen. »Willkommen im Zeugenstand!«

»Hallo«, erwiderte Luis und merkte, wie rau seine Stimme war. Seine Kehle schien dem Austrocknen nahe.

Das Mädchen lächelte ihn verständnisvoll an und meinte: »Da trink, lieber Luis! Es wird dir gut tun.«

Sie reichte ihm eine Schale mit einer weißen Flüssigkeit. Ohne darüber nachzudenken, um was es sich bei diesem Getränk handelte, setzte Luis die Schale an den Mund und trank. Über den Rand des Gefäßes betrachtete er das Mädchen mit verstohlenem Blick. Die junge Frau hatte lange schwarze Haare, die ihr in glatten Strähnen über Brust und Schulter fielen. Erst auf Höhe des Bauchnabels endete der Schopf, wie Luis mit beinahe wissenschaftlichem Interesse zur Kenntnis nahm.

Doch was war das? Mit jedem weiteren Schluck des süßen Tranks wurde ein ganz anderes Interesse in ihm geweckt. Es war ihm unangenehm. So peinlich, dass er es am liebsten ungeschehen gemacht hätte. Aber er konnte es nicht, er konnte die Augen nicht von ihrer Gestalt wenden. Konnte nicht verhindern, dass er versuchte, durch die Strähnen ihres Haares und ihren Umhang zu blicken, um mehr von ihr zu sehen.

Die Frau lächelte. »Es muss dir nicht peinlich sein, lieber Luis«, sagte sie nur. Dann nahm sie ihren Schopf und klemmte ihn mit einer Haarspange zu einem langen Zopf zusammen.

Hastig leerte Luis die Schale. »Wer bist du?«, fragte er, kaum dass er hinuntergeschluckt hatte.

Wieder lächelte das Mädchen und antwortete: »Ich bin Dorit. Und es muss dir wirklich nicht unangenehm sein!«

Als wäre es die natürlichste Sache auf der Welt, öffnete sie ein paar Knöpfe ihres Umhangs und ließ ihn über die Schultern, die Brüste, den leicht gewölbten Bauch und die schlanken Beine zu Boden gleiten. So stand sie völlig nackt vor ihm, lächelte, als er sie mit seinen Blicken verschlang, machte einen Schritt auf ihn zu. Knöpfte sein Hemd auf. Half ihm es auszuziehen. Öffnete den Reißverschluss seiner Hose und streifte sie ihm ab.

Er war immer noch peinlich berührt, als ihre Hände über seinen Körper glitten. Und sie merkte es. Ging noch einmal hinaus, holte eine zweite Schale mit dem weißen Getränk. Und als er auch dieses Gefäß geleert hatte, war es so, als hätte er damit alle Hemmungen hinuntergespült, die er je gehabt hatte. Nie zuvor hatte er etwas Ähnliches erlebt. Und nie danach sollte er, wenn es nach den Gesetzen der Stadt Aurania ging, etwas Ähnliches erleben. Mit sanften, streichelnden Berührungen verführte ihn das Mädchen Dorit. Doch bei aller Zärtlichkeit und Hingabe tat es nichts anderes als seinen Dienst.

Dann nahm Dorit das Ergebnis ihrer Bemühungen, das in einer der Schalen gelandet war, und ging durch eine der Türen nach draußen. Sie wurde von einem Mann in einem weißen Kittel empfangen, der die Schale entgegennahm und den noch warmen Inhalt in eine gläserne Retorte füllte. Der Mann wanderte im weißen Kittel von Tür zu Tür, von Zimmer zu Zimmer.

Luis, der immer noch halb von Sinnen war, erhaschte einen verbotenen Blick in ein kleines Zimmer, in dem sich der Mann gerade über eine junge Frau beugen wollte. Doch der Weißkittel hatte seinen Fehler sofort bemerkt. Schnell drehte er sich um und zog die Tür hinter sich zu.

Unterdessen war Dorit zu Luis zurückgekehrt. Sie lächelte so honigsüß, dass Luis nicht anders konnte, als zu vergessen, was er eben gesehen hatte. Wieder strichen ihre Hände über seinen Körper. In aufreizender Freizügigkeit setzte sie sich im Schneidersitz vor ihn hin und reichte ihm abermals eine Schale mit dem weißen Getränk.

»Und?«, flüsterte sie. »Meinst du, dass du bereit bist, ein zweites Mal in den Zeugenstand zu treten?«

Mit gierigen Schlucken leerte Luis das Gefäß. Sie brauchte nur den Blicken seiner Augen zu folgen. Und schon kannte sie die Antwort …

Ein ums andere Mal trat Luis an diesem Tag in den Zeugenstand. Ein ums andere Mal verrichtete das Mädchen Dorit seinen Dienst an ihm. Und Luis konnte nicht genug bekommen, bis es ihm sagte, dass es genug sei.

»Genug für was?«, wollte er wissen.

Doch Dorit antwortete ihm nicht. Denn sie durfte ihm nichts verraten, durfte ihn nicht aufklären über das, was sie an ihm verrichtet hatte. So zeugte Luis, ohne es zu wissen, eine neue Generation von Auraniern.

Die Aussitzigen

Die Sonne war längst hinter den Dächern von Aurania verschwunden, die Straßen wurden vom grauen Schein der Auranlampen beleuchtet. Der Lärm des Verkehrs hallte von den Wänden wider und schluckte den blechernen Flügelschlag des Kuck-Kucks, der sich in diesen heruntergekommenen Stadtteil nur verirrt zu haben schien. Eine zierliche weibliche Gestalt, die in einen weißen Umhang gehüllt war, stapfte mit schwerem Schritt, der so gar nicht zu ihrer zarten Erscheinung passen wollte, durch die Gassen. Sie schaute nicht links, nicht rechts, nur geradeaus. Ab und zu blieb sie stehen, verschnaufte kurz und ging dann weiter. Immer weiter. Die Häuser wurden schäbiger. Der Putz bröckelte von den Wänden. Scheiben waren zerschlagen, Glassplitter hingen in den Fensterrahmen, durch die man in triste Räume schauen konnte. Für all dies hatte das Mädchen keinen Blick. Es ging immer weiter.

Ganze Fassaden waren eingestürzt. Die Wände, die von den Gebäuden noch übrig geblieben waren, wirkten wie abgewrackte Kulissen eines schlechten Films. Die junge Frau ging weiter. Ein Gemisch aus Scherben, Putz und zermahlenem Aurangestein knirschte unter ihren Füßen. Sie nahm keine Notiz davon. Die Gemäuer, an denen sie vorbeikam, waren bald schon keine Ruinen mehr, sondern Schutthaufen, auf denen das Unkraut wucherte und so für das Auge einen fast fließenden Übergang zu den weiten Auen am Rande der Stadt schuf. Die junge Frau ging unbeirrbar weiter. Überquerte die Wiesen und näherte sich schließlich einem reißenden Strom, dessen Getöse sie schon von weitem gehört hatte. Es gab ihr das beruhigende Gefühl, nach Hause zu kommen.

Ihr Schritt wurde leichter. Als hätte sie jemand aus einem halb gelähmten Zustand befreit, lief sie dem Ufer entgegen. Der Sand knirschte unter ihren Füßen. Schon spritzte etwas Wasser auf und traf sie im Gesicht. Sie schlug die Kapuze ihres Umhangs zurück, sodass ihr das lange schwarze Haar in sanften Wellen über die Schultern fiel.

Für einen Augenblick stand sie so am Wasser. Dann streifte sie den Umhang ab und trat langsam in die Fluten. Die Strömung war so stark, dass sie nur ein paar Meter ins Wasser gehen konnte. Sie schien jedoch genau zu wissen, was sie tat, tauchte ein paarmal unter und rieb sich dabei mit den Handflächen über den Körper, als würde sie sich mit einem Stück Seife waschen. Leicht fröstelnd trat sie aus dem Wasser, nahm den Umhang und lief das Ufer entlang, um sich vom Wind trocknen zu lassen.

Sie mochte etwa fünf Minuten gerannt sein, als sie anhielt und sich den Umhang wieder überstreifte. Dann ging sie weiter. Ein freudiges Lächeln spielte um ihre Lippen, als sie die große steinerne Bogenbrücke erreichte, die einst, getragen von sechs mächtigen Pfeilern, über den Fluss geführt hatte, jetzt aber in der Mitte zerbombt war, sodass niemand mehr auf die andere Seite gelangen konnte.

Sie blieb kurz stehen. Man sah ihr die Ungeduld an, mit der sie sich hastig ein-, zweimal in alle Richtungen umsah. Erst als sie sich davon überzeugt hatte, dass ihr niemand folgte, ging sie zielstrebig auf die Ruine zu. Kam näher. Hatte den einzig verbliebenen Brückenbogen erreicht, der von zwei Pfeilern gestützt wurde, von denen der eine am Ufer errichtet worden war und der zweite mitten aus dem Wasser aufragte. Das Mädchen sah sich noch einmal gründlich um, dann trat es unter den Bogen.

»Da bist du ja! Dorit, Liebes!« Eine grauhaarige Frau, die gut und gerne hundert Kilo wiegen mochte, kam mit weit ausgebreiteten Armen auf Dorit zu. In einem auffälligen Gegensatz zu ihrer Statur machte sie so kleine Schritte, dass sie im wörtlichen Sinne nur einen Fuß vor den anderen setzte.

»Dorit!«, sagte dieser wahre Koloss von einer Frau. Auf ihrem faltigen Gesicht erschien ein unendlich zärtliches Lächeln. Ihre Augen funkelten warm und eine ihrer molligen Hände sank sanft wie eine Feder auf Dorits Schultern.

»Ruth!«, antwortete Dorit, ergriff die Hand der Frau und streichelte sie. »Ich bin so froh, dass ich wieder da bin!«

Ruths Lächeln wurde immer fröhlicher. »Das will ich meinen!«, sagte sie und drehte sich in mehreren kleinen Schritten um einhundertachtzig Grad. Dann schaute auch sie unter den Brückenbogen, wo sich eine ganze Sippe häuslich eingerichtet hatte.

An der Wand des Pfeilers stand eine Schrankwand mit Fächern, Schubladen und Regalen, in denen sich Bücher stapelten. Davor befanden sich in völlig chaotischer Anordnung Tische, Stühle, Betten und andere Einrichtungsgegenstände. Und diese Möbel waren nicht, wie in Aurania üblich, aus einer Auranlegierung gegossen, sondern sie waren aus einem Material gefertigt, das in verschiedenen Brauntönen schimmerte, hohl klang, wenn man darauf klopfte, und dessen Name in keinem Lexikon mehr verzeichnet war.

Die Sippe schien gerade ihr »Domizil« verlassen zu haben. Denn außer Dorit und Ruth war nur noch eine andere Person anwesend. In einen tiefen Ohrensessel, dessen Bezug so abgewetzt war, dass man darunter den vergilbten Futterstoff sehen konnte, war eine dürre Gestalt versunken. Sie bestand nur noch aus Haut und

Haaren. Trotz ihres hohen Alters wirkte sie in den weiten Kleidern wie ein Kind, das in sein Hemd und seine Hose erst noch hineinwachsen soll. Mit einer tiefen Bassstimme, die den hageren Körper wie eine Stimmgabel zum Vibrieren brachte, sagte der Mann: »Dorit, das ist aber schön. Dass du uns wieder mal besuchen kommst …«

»Knuth! Lieber Knuth«, flüsterte Dorit, als hätte sie Angst, den alten Mann zu erschrecken. Sie wollte noch etwas Nettes hinzufügen, aber wenn Knuth einmal einen Gedanken gefasst hatte, ließ er sich nicht mehr von dem abbringen, was er sagen wollte: »… kommt nämlich nicht mehr so oft vor, dass sich einer von euch zu uns alten Aussitzigen verirrt. Seid lieber unter euch! Sei's drum. Kann's gut verstehen. Glaube mir, das kann ich wohl!«

Bis jetzt hatte Knuth die ganze Zeit die Augen geschlossen gehabt. Doch beim letzten Satz öffnete er sie, seine Pupillen tanzten munter hin und her, als er sagte: »Erzähl schon! Was machst du so den ganzen Tag?«

Dorit begann nervös mit den Strähnen ihres langen Haars zu spielen. »Och, ich hab mit vielen interessanten Menschen zu tun«, antwortete sie. Und dabei legte sie unbewusst ihr Haar wie einen Schleier vors Gesicht, sodass Knuth nicht sehen konnte, wie sie für einen kurzen Moment um Fassung rang.

Die alte Ruth jedoch hatte alles ganz genau beobachtet. »Lassen wir das!«, sagte sie. »Reden wir nicht andauernd von der Arbeit. Das hast du auch nicht gemocht, wenn du nach Hause gekommen bist, nicht wahr, Knuth?«

Knuth wollte widersprechen. Sein Körper spannte sich, sank dann aber wieder kraftlos in sich zusammen.

»Sei's drum«, ergab er sich. »Ist schon zu lange her. Zu lange. Reden wir von etwas anderem. Wie lange bleibst du denn diesmal hier, Kleines?«

Dorit strich sich die Haare aus dem Gesicht. »Oh, diesmal darf ich lange bleiben. Beim letzten Mal habe ich meine Sache so gut gemacht, dass sie gesagt haben, ich darf einen ganzen Monat wegbleiben.«

Ruths tellergroße Hände schlugen wie zwei Schellen zusammen, sodass es unter dem Brückenbogen laut widerhallte.

»Dorit! Kind! Das ist ja wunderbar! Das ist die beste Nachricht, die ich seit langem gehört habe. Weißt du was? Da werd ich uns zur Feier des Tages etwas Feines kochen. Nicht so einen Fraß, wie ihr ihn in der Stadt bekommt. Nein, etwas Richtiges, etwas Feines. Oh, da werden sich die anderen aber freuen, wenn sie nach Hause kommen. Das wird ein Fest, ein Fest sag ich euch, wie wir es lange nicht mehr gehabt haben ...«

Und während sie so sprach, während sie ohne Luft zu holen so weiterredete, watschelte sie in unzähligen Minischritten hinab zum See, wo die Aussitzigen eine Kochstelle eingerichtet hatten.

Dorit aber, die wusste, dass man die Alte jetzt nicht stören durfte, wandte sich wieder ihrem Großvater zu. »Knuth, nun sag aber selbst! Wie geht es dir? Kommst du wenigstens noch ab und zu aus deinem Sessel heraus?«

Der Alte antwortete nicht. Dafür rappelte er sich mit einer ungeheuren Anstrengung aus den Polstern hoch. Die Arme bebten, als er sich auf der Lehne abstützte, die Oberschenkel zitterten, als er sich ganz langsam aufrichtete und sich die ersten Schritte vom Sessel entfernte.

Schon wollte Dorit ihm erklären, dass es doch nicht so gemeint gewesen war, dass sie ihn nicht hatte ärgern wollen, dass er sich ruhig wieder hinsetzen sollte, bevor er sich ganz verausgabte. Doch da merkte sie, dass er ihr gar nicht richtig zugehört hatte. Dass er in Gedanken schon wieder ganz woanders war. Sie erkannte an seinem starren Blick, dass es ihm um etwas völlig anderes ging, als ihr zu beweisen, wie rüstig er noch war.

»Da!« Er klang wie eine verstimmte Bassgeige, als er ausrief: »Da! Sieh nur! Schön! So schön!«

Dorit folgte seinem ausgestreckten Arm. Über seinem zitternden Zeigefinger entdeckte sie es! »Ein Vogel!«, frohlockte der Alte. »Wie lange hab ich hier schon keinen Vogel mehr kreisen sehen.«

Dorit sah in das strahlende Gesicht Knuths. Sah ihre Großmutter, die fröhlich vor sich hin pfeifend am Herd hantierte. Sah den Vogel, der wie eine Zeitbombe über ihnen am Himmel kreiste. Sie spürte, wie sich ihr Brustkorb zusammenkrampfte. Hatte Mühe, zu atmen, hätte am liebsten laut aufgeschrien vor Entsetzen. Doch das konnte sie nicht. Durfte sie nicht, wenn sie ihre Großeltern nicht zu Tode erschrecken wollte. So biss sie nur die Zähne zusammen, bis ihr Kiefer zu schmerzen begann. Bloß nichts Falsches sagen!, zwang sie sich selbst zur Ruhe. Sie durfte dem Alten nicht die Wahrheit sagen! Wem nutzte es, wenn sie ihn für die letzten Tage, die ihm noch blieben, in Angst und Schrecken versetzte? Wem nutzte hier überhaupt noch irgendetwas? Nichts! Rein gar nichts! Wenn man sie erst mal entdeckt hatte, dann waren ihre Tage gezählt!

»Schön, Knuth!«, sagte sie und hoffte, dass es halbwegs ehrlich klang.

Doch der Alte war so verzückt, dass er nichts bemerkte. Er legte seinen knochigen Arm um Dorits Schulter. Da spürte das Mädchen zum ersten Mal, dass nicht sie es war, die Halt bei ihren Großeltern suchte. Knuths Arm wurde so schwer! Seine Hand klammerte sich so sehr an sie, dass sie spürte, wie sich seine Fingernägel in ihr Fleisch gruben. Wenn sie noch irgendeinen Zweifel gehabt hatte, jetzt war er dahin! Sie wusste nun, dass sie keinem der Aussitzigen etwas von diesem Kuck-Kuck sagen würde, der da mit blechernem Flügelschlag am Himmel kreiste, einen weiten Bogen schlug und sich bald darauf entfernte.

Dorit schaute dem Blechvogel aus den Augenwinkeln nach. Bloß nicht anmerken lassen, dass sie ihn beobachtete! Selbst aus dieser Entfernung konnten die Augen des Tiers messerscharfe Bilder empfangen. Sie musste so sehr schielen, dass sie es zunächst für eine Sinnestäuschung hielt: Kurz bevor der Kuck-Kuck am Horizont verschwand, hatte sie den Eindruck, es wären plötzlich zwei Vögel, die da ins nebelverhangene Nichts hineinflogen. Sie war so erschrocken, dass sie den Kopf drehte und dem Kuck-Kuck mit direktem Blick hinterhersah. Aber da hatten ihn schon die dichten Wolken verschluckt.

Auf dem Monitor war nur noch ein dichter Nebel zu erkennen. Die Brücke, die eben noch so nah gewesen war, lag unter einer undurchsichtigen Wolkenschicht. Trotzdem ließ Luis den Kuck-Kuck noch ein paar Minuten in die falsche Richtung fliegen. Erst als er ganz sicher war, dass man den Blechvogel von unten nicht mehr ausmachen konnte, gab er per Fernbedienung den Befehl zum Rückflug.

Mit einem weiteren Druck auf einen der Knöpfe beendete er die Übertragung. Er spulte die Aufnahme zurück und begann den Film noch einmal von Anfang an zu sehen. Ab und zu ließ er die Aufnahme schneller laufen. Dann wiederum, als Dorit ein Bad in den Fluten nahm, schaute er sich jede einzelne Szene in Zeitlupe an, holte die Bilder mit einem Zoom näher. Und obwohl die Wirkung des Tranks, den ihm Dorit gereicht hatte, längst nachgelassen hatte, konnte er gut nachempfinden, was er den Tag über im Zeugenstand gefühlt hatte.

Der Film lief weiter. Er spulte ihn wieder schneller vor. Als Dorit unter der Brücke angekommen war, drückte er auf »Stopp«, holte Ruth und Knuth näher heran, die beiden Alten, mit denen das Mädchen eng verbunden zu sein schien.

Wer waren diese zwei? Er hatte solche Menschen noch nie gesehen. Sie waren ihm fremd und doch vertraut. Ruths Haar hatte die gleiche Farbe wie seines. In Aurania hatte er noch nie jemanden gesehen, der ebenfalls schlohweißes Haar hatte. Und es befremdete ihn, dass er ausgerechnet dort draußen, am Rande der Stadt, auf jemanden gestoßen war, der die gleiche Haarfarbe hatte wie er.

Inzwischen war der Film weitergelaufen und zu jener Stelle gekommen, wo Knuth mit dem Finger genau auf den Vogel zeigte. Wie beim ersten Mal, so zuckte Luis auch jetzt zusammen. Es war, als würde der Alte aus dem Monitor heraus auf ihn zeigen. Luis sah den erschrockenen Blick von Dorit und wusste genau, dass sie den Kuck-Kuck entdeckt hatte. Mit einem schlechten Gewissen schaltete er den Monitor ab und ließ sich den Lageplan der Brückenruine ausdrucken.

Er hätte besser daran getan, wenn er den Film bis zum Ende geschaut hätte. Wenn er diesmal ganz genau hingesehen hätte! Dann wäre ihm etwas aufgefallen, das ihm beim ersten Mal entgangen war.

Kurz bevor er die Aufnahme beendet hatte, war der

Kuck-Kuck umgedreht und der Stadt Aurania entgegengeflogen. Er hatte die Sonne im Rücken und die Wolken unter sich gehabt, sodass er möglichst lange unentdeckt blieb. So kam es, dass er seinen eigenen Schatten gefilmt hatte, wenige Sekunden, bevor Luis die Aufnahme gestoppt hatte.

Es war ein Fehler, der demjenigen, der dafür verantwortlich war, nie hätte passieren dürfen. Aber er war trotzdem geschehen. Neben dem Schatten von Luis' Kuck-Kuck war für einen kurzen Augenblick ein zweiter, größerer Schatten aufgetaucht. Dann wurde er wie von einer unsichtbaren Hand einfach weggewischt.

Auriel

Luis war Pankrazius dankbar, dass er sich nicht danach erkundigte, was im Zeugenstand geschehen war. Überhaupt hielt sich der Professor ziemlich bedeckt, als er Luis am nächsten Morgen abholte. Er klingelte nur an der Haustür und wartete im Wagen auf seinen Schützling.

»Guten Morgen!«, grüßte Luis.

Keine Antwort. Pankrazius startete nur den Motor und lenkte das Auto durch die Straßen. Luis hütete sich, das Wort zu ergreifen. Er hatte keine Lust, über den gestrigen Tag irgendwelche umständlichen Erklärungen abgeben zu müssen. Zwar hätte er zu gerne herausgefunden, was der Mann im weißen Kittel mit seinen Patientinnen gemacht hatte. Aber erstens wusste er nicht, was Pankrazius darüber wusste. Und zweitens ahnte er, dass er, wenn er etwas von ihm erfahren wollte, selbst etwas preisgeben musste. Und das wollte er unter allen Umständen vermeiden. Zu peinlich war ihm das, was ihm im Zeugenstand widerfahren war.

So fuhren sie schweigend durch die Straßen von Aurania; kamen an Luis' alter Wohnung vorbei, ließen den Dom hinter sich. Als sie den Zeugenstand erreichten, warf Pankrazius einen kurzen Blick auf Luis. Der jedoch starrte demonstrativ zur anderen Seite aus dem Fenster. Und so blieb auch diese Gelegenheit ungenutzt.

Tiefer, immer tiefer tauchten sie in das Zentrum der Stadt ein. Denn eines wusste Luis, seit er sich den Straßenplan bis zum Zeugenstand hatte ausdrucken lassen: Wenn man von seiner neuen Penthouse-Wohnung am Dom vorbeifuhr, die Zwillingstürme hinter sich ließ und bis zum Zeugenstand gelangte, dann bewegte man sich ziemlich genau in Richtung Stadtmitte.

Sein Herz fing an kräftiger zu schlagen. Noch nie war er bis ins Zentrum von Aurania vorgedrungen. Wie so vielen anderen Einwohnern blieb auch ihm dieser Sperrbezirk verschlossen. Zu streng wurde er bewacht und je näher man kam, umso öfter wurde man von Patrouillen kontrolliert.

Für Pankrazius schien dieses Problem nicht zu bestehen. Jedes Mal, wenn er angehalten wurde, zeigte er seinen Ausweis vor und durfte weiterfahren. Zielsicher lenkte er den Wagen zwischen Gebäuden hindurch, die inzwischen nichts mehr mit den Häusern gemeinsam hatten, in denen sich Luis bislang aufgehalten hatte.

In den riesigen Hallen, die links und rechts der Straße standen, schien kein Mensch mehr zu wohnen. Luis rätselte, welchen Zweck diese Bauten erfüllten. Aber er konnte keine Antwort auf diese Frage finden. Denn die

Hallen hatten keine Fenster, durch die man ins Innere hätte spähen können.

»Wo sind wir?«, brach Luis das Schweigen.

Pankrazius zuckte die Schultern. »Du hast es doch so gewollt«, antwortete er. Und dabei merkte man ihm an, dass er Mühe hatte, seine Stimme ruhig zu halten. Trotzdem hatte er sich verraten. Denn es war das erste Mal, dass er, der doch sonst so förmlich war, Luis geduzt hatte.

Luis war dies völlig entgangen. Er war mit ganz anderen Dingen beschäftigt. Erstaunt fragte er: »Was hab ich so gewollt?«

»Nun tu bloß nicht so! Denkst du, mir ist entgangen, wie stolz du warst, als dich Auranus zu seinem Adjutanten ernannt hat?«

»Was hat das damit zu tun? Ich wollte doch nur wissen, wo wir hier sind!«

Der Professor sah Luis ungläubig an. »Manchmal frage ich mich, wie du den Wettkampf gewinnen konntest! Hier! Schau nur! Links und rechts! Da überall hättest du arbeiten können. Ganz in Ruhe. Hättest dich an alles gewöhnen können! In einer dieser Fabriken hättest du gelernt, wie man aus Auran alle möglichen Dinge fertigt. Vermutlich hättest du am Anfang oft deinen Meister gefunden, aber dann, nach ein, zwei Jahren wärst du selbst zum Meister aufgestiegen. Und nicht von Anfang an Meister gewesen, so wie es Auranus für dich bestimmt hat.«

»Also sind das hier alles Fabriken?«

»Was denn sonst?«

»Hab ich doch nur wissen wollen!«

Pankrazius raufte sich das schüttere Haar. »Wenn du das noch nicht mal weißt …« Und damit ließ er seine

Verärgerung an dem Auto aus. Er trat das Gaspedal bis zum Anschlag durch, sodass es Luis in den Sitz presste.

»Halt!«, stöhnte er auf. »Ich will mir alles ganz genau ansehen!«

»Wozu? Es muss dich sowieso nicht interessieren!«

»Es interessiert mich aber!«

»Papperlapapp!«

»Halt, hab ich gesagt. Ich befehl es dir!«

Der Professor nahm den Fuß vom Gas. Mit voller Kraft trat er in die Bremsen. »Was hast du gesagt?«, krächzte er.

Doch Luis konnte nicht antworten. Er wurde gegen die Windschutzscheibe gesdrückt. Der Wagen machte eine Vollbremsung und blieb mit quietschenden Reifen stehen.

»Was hast du da gesagt?«, wiederholte Pankrazius. In seinen rot unterlaufenen Augen pulsierte das Blut.

Luis erholte sich nur langsam von seinem Schrecken. »Halt, hab ich gesagt«, brachte er mühsam hervor.

»Das mein ich nicht. Das andere!«

»Ich verstehe nicht«, stellte sich Luis dumm, der ganz genau wusste, was er gesagt hatte.

Da platzte dem Professor der Kragen. »Du!«, brüllte er. »Du hast mir gar nichts zu befehlen! Kapiert?« Seine Hände krallten sich um das Lenkrad, als wollte er es zerquetschen. Ein feiner Schweißfilm stand ihm auf der Stirn. Seine Augen waren nur noch zwei große, rote Punkte, aus denen er Luis anstarrte wie ein Stier, der den Kopf zum Angriff gesenkt hat. »Kapiert?«, sagte er noch einmal. Nur diesmal kälter, schneidender.

Ganz langsam wandte Luis seinem ehemaligen Prüfer das Gesicht zu. Dabei flackerten die Erinnerungen an die letzten zwei Tage wie ein Wetterleuchten in seinem

Kopf auf. Was hatte er nicht alles erlebt? War er noch derselbe Luis wie zuvor? Hatte er nicht den Siebenkampf mit einer Rekordsumme von zweihunderttausend Auro gewonnen? War er nicht zu ganz besonderen Taten auserwählt worden? Zum Adjutanten des mächtigen Auranus? War er damit nicht ihm und niemand anderem direkt unterstellt? Was also wollte Pankrazius von ihm? Was?

»Und ob ich kapiert habe«, antwortete Luis ganz leise und sah dem Professor unerschrocken in die zwei roten Krater oberhalb der Nase. »Ich habe zum Beispiel kapiert, dass ich der persönliche Adjutant von Auranus bin. Und dass mir außer ihm niemand etwas zu sagen hat. Und schon gar nicht du. Kapiert?«

»Aber …«

»Nichts aber. Du tust, was ich dir gesagt habe, verstanden?«

Pankrazius war innerlich so erschrocken, dass er keine Kraft mehr für eine äußere Regung besaß. Fassungslos stierte er aus dem Wagen. Seine Hände lösten sich ganz langsam vom Lenkrad und sanken nach unten. Für ein paar Sekunden schloss er die entzündeten Augen. Und ob er verstanden hatte! Er hatte verstanden, dass nichts anderes eingetreten war, als das, was er ohnehin erwartet hatte. Nur dass es viel, viel früher gekommen war. Aber bei diesem Jungen musste man mit allem rechnen. Alles ging so viel schneller als bei allen anderen, die vor ihm Beste ihres Jahrgangs geworden waren. Also sagte er nur ergeben: »Wie Sie befehlen!«

Luis nickte zufrieden. Er verkniff sich jede weitere spitze Bemerkung. Er wollte den Professor nicht noch mehr kränken, als er es ohnehin getan hatte. So fragte er nur: »Dann sag mir doch bitte, wo wir hier sind?«

Pankrazius kostete es einige Mühe, sich in seiner

neuen Rolle zurechtzufinden. Dennoch war es ihm nicht entgangen, dass es Luis nicht bis zum Äußersten getrieben hatte. So atmete er tief durch und antwortete: »Wir befinden uns im Inneren Ring von Aurania. Hier wohnen keine Menschen mehr. Hier *arbeiten* sie. Tag und Nacht. In unterschiedlichen Schichten. Und in unterschiedlichen Fabriken.«

»Und in welcher von ihnen arbeite – ich?«

»Haben Sie nur noch ein wenig Geduld. Wir sind gleich da.«

Und damit startete er den Motor, der in der Zwischenzeit ausgegangen war, und fuhr weiter. Dem Zentrum der Stadt entgegen.

Sie waren nur ein kurzes Stück gefahren, als sie erneut stehen blieben. Diesmal lag es nicht daran, dass Luis den Befehl dazu gegeben hätte. Diesmal lag es daran, dass es einfach nicht mehr weiterging. Die Straße war zu Ende. Sie mündete in einen großen, runden Platz, der zu allen Seiten von Werkshallen umgeben war. Aber da war noch etwas, was ihn umgab. Luis bemerkte es erst auf den zweiten Blick. Zuerst nahm er es nur als Schatten wahr, dann erkannte er, um was es sich handelte: Rund um die riesige Freifläche standen auf rechteckigen Sockeln mächtige Statuen, die so lebensecht wirkten, dass Luis sich irgendwie beobachtet fühlte, dass er dachte, die eine oder andere dieser auranthrazitfarbenen Figuren würde gleich von ihrem Sockel steigen und zu ihm herüberkommen. Das ist ja absurd!, schalt er sich selbst und versuchte diesen Gedanken zu vertreiben. So wandte er sich von den Statuen ab und blickte sich endlich auf dem Platz um, der mitten in der Stadt etwas Unwirkliches, Befremdliches hatte.

Er musste schon genau hinsehen um zu erkennen, dass er sein Ziel direkt vor Augen hatte. Denn die große Freifläche war nur der Vorhof einer Glaskuppel, die Luis die ganze Zeit nicht aufgefallen war, weil er einfach durch sie hindurchgesehen hatte.

»Da wären wir«, erklärte Pankrazius und fügte mit einem merkwürdigen Beben in der Stimme hinzu: »die Megamaschine.«

Luis merkte, wie sich das Beben auf ihn übertrug. Als würden unhörbare Schallwellen in ihn eindringen, wurde sein ganzer Körper in Schwingungen versetzt. Das Einzige an ihm, das völlig ruhig blieb, waren seine Augen, die starr auf diesen unscheinbaren Bau gerichtet waren, der wie eine durchsichtige Glocke wirkte.

»Aussteigen!«, sagte der Professor und verdrehte schuldbewusst die Augen, weil er es diesmal war, der einen Befehl erteilte.

Doch Luis war viel zu gespannt, als dass er für solche Feinheiten ein Ohr gehabt hätte. Er stieg aus dem Wagen und folgte Pankrazius, der zielsicher auf die Glaskuppel zumarschierte. Jetzt erst registrierte Luis, dass der Vorplatz von unzähligen Schläuchen durchzogen war, die wie Adern auf die Kuppel zuführten. Luis ging in die Knie, um die Schläuche näher zu betrachten. Sie glänzten matt und wirkten auf eine merkwürdige Art und Weise fast lebendig. Luis konnte der Versuchung nicht widerstehen, sie anzufassen. Vorsichtig strich er mit den Fingerspitzen über die samtige Oberfläche.

Sofort riss er die Hand zurück. In den Schläuchen war Leben! Ihm war, als hätte er die Schlagader eines Riesen berührt. Ein gleichmäßiger Puls ging durch die künstlichen Adern, der mit dem Auge kaum zu erkennen war, den man aber umso deutlicher fühlte, wenn man die Schläuche berührte.

Pankrazius konnte sich nicht verkneifen, spitz zu bemerken: »Was soll das nur mit Ihnen werden? Wenn Sie jetzt schon so erschrecken. Wo Sie noch nicht mal das Herzstück unserer Stadt gesehen haben.« Er ließ Luis sitzen und ging weiter. Der Junge blieb kurz in der Hocke, dann stand er auf und lief dem Professor hinterher, der immer schneller der Kuppel entgegenschritt.

Sie hatten sich dem Zentrum um etwa hundert Meter genähert, als Luis zum ersten Mal bemerkte, dass die Glocke nicht leer war, wie er die ganze Zeit gedacht hatte. Luis konnte jetzt eine Art Klumpen erkennen, der von der Kuppel umschlossen wurde, als würde es sich um einen Schatz von unermesslichem Wert handeln. Er wollte abermals stehen bleiben. Doch der Professor hinderte ihn daran: »Nun kommen Sie schon!«, befahl er. »Wir sind viel zu spät dran. Ihre Schicht beginnt in wenigen Minuten. Also Tempo, Tempo!«

So blieb Luis keine Zeit, zu überprüfen, was mit jedem weiteren Schritt, den sie auf die Kuppel zu machten, offensichtlicher wurde: Der Klumpen lebte! Er bestand aus einer wulstigen, fleischigen Masse, die im Abstand von einer Sekunde einmal kräftig zuckte, in sich zusammensank, um dann noch einmal kurz nachzubeben und wieder in sich zusammenzusinken. Danach begann der Vorgang von neuem. Luis warf einen kurzen Blick auf die Schläuche, in denen man das Pulsieren inzwischen mit bloßem Auge erkennen konnte. Wie ein kräftiger, gesunder Herzschlag pumpte der Klumpen eine zähflüssige Masse durch die Adern, die wie ein Venensystem von ihm wegliefen und in den Straßen und Gebäuden der Stadt verschwanden.

Während Luis all dies wahrnahm, hatten sie die Glocke erreicht. Der Professor trat auf eine Tür zu, die man nur finden konnte, wenn man sie schon des Öfteren benutzt hatte. Für Luis schien es, als wollte Pankrazius mitten durch die gläserne Wand gehen. Erst im letzten Moment griff er nach einer gläsernen Klinke und öffnete die Tür.

Luis kam sich vor, als hätte er die ganze Zeit einen Film gesehen und würde plötzlich durch den Monitor schreiten und so selbst zum Teil des Filmes werden. Auf einmal war das Bild, das er die ganze Zeit gesehen hatte, scharf. Die Glocke hatte sich wie ein trüber Schleier über den Klumpen gelegt, der in einem kräftigen Blau erstrahlte. Jetzt erst, da Luis den Innenraum betreten hatte, konnte er richtig sehen, wie sich die wulstige Masse hob und senkte, wie sich die Oberfläche dieses Klumpens – er fand immer noch keine bessere Bezeichnung dafür – unter der Bewegung straffte und dann wieder löste. Auch kam es ihm so vor, als wäre die ganze Zeit der Ton des Filmes abgedreht gewesen und jetzt mit einem Schlag auf volle Lautstärke gestellt worden. Er hörte das Stimmengewirr der Menschen, die unter der Glocke arbeiteten, hörte das schmatzende, gurgelnde Pumpen des Klumpens, hörte Pankrazius sagen: »Da sind wir, sehr verehrter Adjutant des Königs!« Er zeigte auf den Klumpen und fügte in gehässigem Ton hinzu: »Wie Sie befohlen haben! Jetzt haben Sie das gute Stück vor sich: die Megamaschine. Das Herz unserer Stadt. Wenn Sie so wollen die Pumpe, die unser wertes Aurania am Leben hält.« Und dabei lachte er so laut, dass sich die Menschen, die sich in seiner Nähe befanden, erstaunt umdrehten. »Was glotzt ihr so?«, schimpfte Pankrazius. »Ich bringe euch Verstärkung! Die durch allerhöchstköniglichen Erlass zur Arbeit in der Megamaschine abkommandierte Verstärkung.«

Immer mehr der Arbeiter wandten sich dem Professor zu. Der ließ sich nicht stören und sprach weiter, als hätte er seinen Spruch auswendig gelernt: »Also erweist dem Jüngling hier die Ehre, die ihm gebührt. Verbeugt euch vor dem Adjutant des Königs Auranus des Starren!« Er lachte boshaft, machte auf dem Absatz kehrt und ging den Weg zurück, den er gekommen war. Mit einem lauten Knall schlug er die Tür hinter sich zu.

Luis war allein! Vor ihm diese unheimliche Megamaschine und eine Hundertschaft von Arbeitern, die ihn anglotzte wie einen feindlichen Eindringling. Luis wusste nicht, was er sagen sollte. Ob er überhaupt etwas sagen sollte.

Da ergriff einer der Männer das Wort: »Bist du wirklich ein Adjutant des Königs?«

Luis nickte.

Der Mann wurde immer misstrauischer. »Aber es gibt doch schon einen Adjutanten. Kannst du uns das erklären?«

»Das hat seine Richtigkeit«, beteuerte Luis. »Ich hab es mir nicht ausgedacht. Ehrlich! Ab sofort gibt es zwei Adjutanten. Königlicher Befehl. Was soll man da machen?« Er breitete die Arme aus. Zum Zeichen, dass er nichts dafür konnte.

Der Wortführer musterte die schlaksige Gestalt des Jungen von oben bis unten. Verwundert betrachtete der kräftige Mann die dürren Arme und Beine, die schwache Brust und die schmalen Schultern des anderen. Voller Zweifel rief er aus: »Und du sollst eine Verstärkung sein?«

»Auf ausdrücklichen Wunsch des Königs«, bekräftigte Luis, der längst gemerkt hatte, dass es nur eines gab, was für ihn sprach: dass er der Günstling Auranus' des Starren war.

Der Mann schüttelte verwundert den Kopf. »Sag schnell, wie alt bist du eigentlich?«

»Achtzehn Jahre. Ist das ein Problem für euch?«

Ein erstauntes Flüstern ging durch die Reihen der Männer.

»Das muss ein Irrtum sein«, sagte ein anderer Arbeiter. »So früh hat noch keiner bei uns angefangen.«

»Außerdem ist gar keine Stelle frei. Wir sind vollzählig.«

»Ja, ja. Er hat Recht«, raunten andere Stimmen durcheinander.

»Aber wenn er doch ein Adjutant ist?«

»Adjutant!«

»Adjutant!«, hallte es unter der Glocke wider.

»Sag schnell«, meinte der Mann, der Luis zuerst angesprochen hatte, »sag, kannst du dich vielleicht ausweisen?«

Luis fing an in seinen Taschen herumzukramen. Er wusste ganz genau, dass er kein Papier dabeihatte, das ihn als Adjutanten des Königs identifizierte. Doch er wollte Zeit gewinnen um zu überlegen, was er in dieser verfahrenen Lage tun konnte. Er sollte diese Zeit gar nicht brauchen!

Mitten in seine verzweifelten Gedanken platzte eine laute Stimme: »Das ist nicht nötig!«

Die Männer fuhren herum. Sie kannten die Stimme nur zu gut.

»Seine Majestät, Auranus der Starre, hat mich höchstpersönlich davon unterrichtet, dass Luis Dor heute bei uns anfangen wird!«

Luis' Blick versuchte sich einen Weg durch die Menschenmassen zu bahnen. Doch die Reihen der Männer schlossen sich vor ihm, sodass er nicht sehen konnte, wer dort gesprochen hatte.

Dafür schob der Besitzer dieser Stimme einen Mann nach dem anderen beiseite und stand plötzlich in voller Größe vor Luis. Hatte Luis bislang geglaubt, dass er in dem Film, in den er da einfach eingetreten war, so etwas wie eine Hauptrolle spielte, dann wurde ihm jetzt klar, dass er sich getäuscht hatte. Die Hauptrolle, daran konnte es keinen Zweifel geben, gehörte niemand anderem als dem Mann, der wie ein Heldendenkmal vor ihm stand und ihn mit steinernem Blick ansah.

Luis spürte, wie ihn die kalten Augen des Mannes abtasteten. Ihm war, als würde sein Körper mit einem feinen Sensor von oben bis unten erfasst. Ohne ein Wort zu sagen erkundete der Mann jeden Zentimeter der knabenhaften Gestalt, blieb an einzelnen Details haften und huschte dann weiter, immer weiter und weiter …

Luis ahnte, dass es ihm nicht zustand, den Mann anzusprechen. Und so tat er, wenn auch auf eine viel verhohlenere Art und Weise, dasselbe wie sein Gegenüber. Er schaute erst in dessen Gesicht, auf dem ein freundliches Lächeln lag, das jedoch wie zu einer Maske erstarrt war. Luis konnte kaum entgehen, dass die Haut des Mannes eine dunkle Färbung hatte, und er fragte sich, wo er eine solche Haut schon einmal gesehen hatte. Die imposante Statur des Mannes brachte ihn auf die richtige Spur: Auranus! Alles an diesem Mann war ein Abbild von Auranus, nur dass es viel jünger und weniger ausgebildet war: Er schien sich erst noch zu einem Berg von Mann entwickeln zu müssen. Aber die Ansätze waren ohne Zweifel vorhanden. Es konnte nur eine Frage der Zeit sein, von zehn, zwanzig Jahren vielleicht, bis sein

Körper dem von Auranus in nichts nachstand. Bis die Haut ebenso auranthrazitfarben glänzte. Bis die Gesichtszüge erstarrt und die Augenlider zu raschelnden Jalousien geworden waren.

Der Mann hatte seine Entdeckungstour über Luis' Gestalt beendet. Begleitet von einem widerlichen Knirschen der Wangenknochen verzog sich sein Gesicht zu einem immer freundlicheren Lächeln. Sein Mund enthüllte eine mit glänzenden Aurankronen überzogene Zahnreihe, als er sprach: »Willkommen in der Megamaschine, Luis Dor.«

Luis lag die Frage bereits auf der Zunge, doch der Mann kam ihm zuvor.

»Ich bin Auriel. Ebenso wie du ein persönlicher Adjutant des Königs.« Unter dem Knirschen der Wangenknochen nahm sein Gesicht für einen Augenblick einen boshaften Ausdruck an. »Ich habe das Recht des Älteren. Damit das klar ist!«

Luis nickte schnell.

Da lächelte Auriel wieder sein freundliches, aber kaltes Lächeln: »Dann hätten wir das geklärt. Komm mit!« Und er führte den Jungen an den Männern vorbei, die auf einmal nur noch wie Statisten wirkten und ohne Murren akzeptierten, dass dieser Eindringling eine wichtige Rolle übernommen hatte.

Die Megamaschine

»Und womit wird es angetrieben?«, fragte Luis, als Auriel ihm alles erklärt hatte. Er ließ den Blick ehrfürchtig über das blaue Herz schweifen, das die Größe eines ausgewachsenen Mannes um ungefähr das Dreifache übertraf. Es zuckte unaufhörlich vor sich hin und pumpte flüssiges Auran aus einer tief unter der Stadt gelegenen Quelle herauf. Der kostbare Stoff durchwanderte die Pumpe und erreichte auf dem Rückweg einen solchen Druck, dass er ohne ins Stocken zu geraten die Adern durchlief, die Luis auf dem Vorhof der Kuppel gesehen hatte. Von dort wurde das Auran in die Fabriken zur Weiterverarbeitung verteilt.

»Das ist nicht die Frage«, antwortete Auriel. »Die Frage ist, wodurch es am stärksten angetrieben wird. Wodurch es am meisten Auran nach oben befördert.«

»Und wodurch?«

Auriel wankte um das Herz herum. Während sie sich langsam der Rückseite der Pumpe näherten, erklärte er: »Grundsätzlich arbeitet das Herz natürlich von ganz alleine. Das regelmäßige Schlagen, das du hier siehst, ist sozusagen der Normalzustand. Für uns jedoch ist es nur der Ruhepuls. Acht Stunden am Tag gönnen wir der Pumpe eine Auszeit. Die anderen sechzehn Stunden treiben wir sie zur Höchstleistung an.«

Sie hatten die Rückseite erreicht. Hier bot sich Luis ein Bild, das ihm einen kalten Schauder über den Rücken laufen ließ. In der weichen Oberfläche des Herzens steckte ein ganzes Arsenal von Geschossen. Wie Harpunen hatten sie sich in die fleischige Masse gebohrt: Aus jedem von ihnen kam ein dickes Kabel heraus, das schlaff auf den Boden hing.

»Sagt bloß, ihr zapft das Herz an?« Luis konnte seinen Abscheu nicht verbergen, den er bei diesem Anblick empfand.

Auriel sah Luis erstaunt an. Dann brach er in schallendes Gelächter aus. Die Männer, die ihnen gefolgt waren, stimmten fröhlich mit ein. So schallte es in hundert verschiedenen Stimmen von den Wänden der Glocke wider.

Auriel machte eine schroffe Handbewegung und das allgemeine Gelächter ging in ein devotes Gehüstel über. Schließlich verstummte es ganz. »Nicht wir zapfen es an, dummer Luis. Sondern es uns!« Er ging auf eines der Kabel zu, bückte sich unter dem lauten Geknirsche seiner Knochen und hob es auf. »Das hier, Luis, ist eine Leitung, durch die wir unsere Energie in das Herz fließen lassen. Durch die Kanülen, die in der Herzwand stecken, gelangt unsere Kraft ins Zentrum der Pumpe und treibt sie zur Höchstleistung an. Das Herz nährt sich also von uns. Nicht umgekehrt!«

Luis hob ebenfalls eines der Kabel vom Boden auf. Er wiegte es in der Hand und fragte: »Und was ist das für eine Energie, die ihr dem Herzen spendet?«

Auriel grinste so sehr, dass er sein kronenüberzogenes Gebiss zeigte. »Ein ganz besonderer Kraftstoff, Luis. Wir nennen ihn I-Sprit. Das I steht für Injektion. Er wird direkt aus unserem Kopf in das Herz injiziert. Denn das, was der Pumpe fehlt, ist natürlich Kopfarbeit. Wo soll es die auch hernehmen, wenn man nicht ein bisschen nachhilft?«

»Ja, ja«, sagte Luis geistesabwesend. »Muskeln alleine reichen nun mal nicht.« Er hatte gar nicht so richtig mitbekommen, was er da eigentlich gesagt hatte. Aber offensichtlich war es ziemlich komisch, denn Auriel brach in schallendes Gelächter aus. Wieder stimmte die ganze Hundertschaft mit ein, bevor Auriel der Fröhlichkeit mit einer entschiedenen Handbewegung ein Ende bereitete.

Diesmal wartete Luis nicht darauf, bis Auriel etwas sagte. Sondern er kam ihm zuvor: »Und wie gelangt euer

I-Sprit ins Herz? Pustet ihr ihn etwa hinein?« Zur Untermalung blies er einmal kräftig in die Leitung.

Die Menge schrie erschrocken auf. Auriel entriss ihm das Kabel. Dabei nahm sein Gesicht eine schmutzigweiße Farbe an.

»Da!«, schrie er. »Sieh, was du angerichtet hast!« Er zeigte auf das Herz, das unregelmäßig zu beben begann, zwei, drei Schläge hintereinander machte, um dann für zwei, drei, vier Sekunden ganz stehen zu bleiben. »Erste Hilfe!«, brüllte Auriel. »Reanimation! Sofort!«

Schon kam einer der Arbeiter mit einem merkwürdigen Gerät angelaufen. Es ähnelte einem Kopfhörer. Mit einem Adapter schloss er ihn an die Leitung an, setzte sich das Gerät auf den Kopf, drehte an einem Regler und schloss die Augen. Als würde das Herz einen elektrischen Schock bekommen, wurde es einmal kräftig durchgerüttelt. Dann fing es, zur Erleichterung von Luis, ganz langsam wieder an zu schlagen. Erst sanft und leise. Dann immer stärker und laut schmatzend. So kräftig, dass Luis den Eindruck gewann, es würde heftiger schlagen als zuvor. Ja, er meinte sogar, dass der Klumpen um ein paar Zentimeter im Umfang gewachsen war.

Auriel kontrollierte noch eine ganze Weile das gleichmäßige Pumpen des übergroßen Muskels. Dann wandte er sich abrupt Luis zu und schrie: »Tu das nie, hörst du, nie, nie wieder!« Mit finsterer Miene gab er den anderen Arbeitern das Zeichen, dass sie es ihrem Kollegen nachtun und mit der Schicht beginnen sollten.

Während Luis sich allmählich von seinem Schrecken erholte, wurde ein Arbeiter nach dem anderen an die Leitungen angeschlossen. Es war immer dieselbe Prozedur: Zunächst wurde der Kopfhörer durch einen Adapter mit dem Kabel verbunden. Dann wurde er dem Arbeiter auf den Kopf gesetzt. Nach einem kurzen Drehen am Regler schloss der Mann die Augen und schien den Geist auf unendlich zu stellen. Ein Ruck ging durch die Pumpe. Und Luis erkannte, dass er sich beim ersten Mal nicht getäuscht hatte. Der Herzmuskel wuchs. Er blähte sich auf und schlug gleichzeitig kräftiger und öfter. Schon wurde der nächste Mann an die Leitung angeschlossen. Und das Spiel wiederholte sich. So wuchs die Pumpe bei jedem neuen Arbeiter, der an sie angeschlossen wurde, um ein weiteres Stück.

Als etwa zwei Drittel der Männer mit dem Herzen verbunden waren, tauchte ein Mann in einem weißen Kittel auf. Er trug ein Messinstrument unter dem Arm, das wie eine große Uhr wirkte. Am unteren Teil des Geräts – also dort, wo sich bei einer Uhr die Sechs befand – ragte eine Nadel heraus.

Luis rätselte noch, ob es sich bei diesem Weißkittel um den Arzt handelte, den er im Zeugenstand beobachtet hatte. Da stach der Mann mit der Nadel mitten ins Herz hinein. Sofort begannen sich die Zeiger auf dem Zifferblatt zu drehen. Und der Arzt verkündete: »Herzdruck: sechshundertzwölf zu vierhundertzehn. Steigend. Frequenz: achtundneunzig pro Minute. Steigend. Alles in Ordnung. Weitermachen!«

Die Arbeiter schienen nichts anderes erwartet zu haben. Ohne sich länger mit der Diagnose des Doktors aufzuhalten, machten sie weiter. Einer nach dem anderen wurde an die Pumpe angeschlossen, die wuchs und wuchs. Jetzt erst verstand Luis, weshalb die Kuppel, die das Herz umgab, so groß war. Das Herz hatte sich so sehr gedehnt, dass seine Ausmaße die halbe Strecke bis zu den Glaswänden zurückgelegt hatten.

Inzwischen hatten alle Arbeiter ihren Schichtdienst

aufgenommen. Nur Auriel war übrig geblieben. Ihm war nicht entgangen, wie sehr Luis um Fassung rang. Mitten hinein in das ohrenbetäubende Schmatzen der Pumpe brüllte er: »Nicht schlecht, was?« Und dabei zeigte er auf das Messinstrument, das immer noch im Herzen steckte.

Luis versuchte etwas zu entziffern, doch der Arzt kam ihm zuvor: »Herzdruck: neunhundertachtundzwanzig zu siebenhundertneun. Steigend. Frequenz: hundertsiebzehn pro Minute. Steigend. Alles im grünen Bereich!«

Auriel grinste sein steinernes Grinsen und hielt Luis einen der zwei Kopfhörer hin, die er in der Hand hatte. »Willst du zuerst? Oder soll ich?«

Luis nahm den Kopfhörer, wiegte ihn in der Hand und meinte: »Macht es dir etwas aus, wenn du …«

»Kein Problem!«

Und schon hatte Auriel den Hörer auf dem Kopf, drehte am Regler und schloss die Augen. Sofort blies sich die Leitung auf. Ihr Durchmesser wuchs um ein Vielfaches, das Kabel wurde zu einem dicken Schlauch, der das Herz mit was auch immer versorgte.

Ein fürchterlicher Ruck ging durch die Pumpe. Luis hörte sie röhren wie ein verstopfter Auspuff. Dann blähte sie sich noch einmal auf. Ihr Umfang vergrößerte sich so rasend schnell, dass die Arbeiter von der fleischigen Außenwand beiseite gedrückt wurden. Wie eine Herde Vieh ließen sie sich vor der wachsenden Pumpe hertreiben, die es noch einmal kurz schüttelte, bevor sie hektisch vor sich hin zuckend ihre neue Größe angenommen hatte.

Der Weißkittel betrachtete zufrieden die Zeiger seines Instruments. »Da geht noch was!«, sagte er und nickte Luis aufmunternd zu.

Der schaute abwechselnd auf seinen Kopfhörer und

auf den verbliebenen Platz zwischen Pumpe und Glaswand der Kuppel. Seit Auriel an das Herz angeschlossen worden war, hatte sich der verbliebene Abstand noch einmal um die Hälfte verringert. Das Herz füllte jetzt drei Viertel der ganzen Halle aus. Und Luis fragte sich, was passieren würde, wenn er seinen eigenen I-Sprit hinzufügte.

Der Arzt schien seine Sorge zu erraten. Mit ein wenig Verachtung in der Stimme sagte er: »Keine Angst. Sie werden es schon nicht so weit bringen wie Auriel. Am Ende können Sie froh sein, wenn sich beim ersten Mal überhaupt etwas tut.« Dann nickte er noch einmal.

So war Luis wenigstens etwas beruhigt, als er ganz langsam und bedächtig den Hörer aufsetzte und den Regler voll aufdrehte. Er hatte beschlossen, dass er die Augen so lange offen halten wollte, wie es ging. Doch sofort merkte er, wie eine unsichtbare Macht genau dies verhinderte. Es war, als hingen zentnerschwere Gewichte an seinen Lidern. Ehe er überhaupt etwas denken konnte, waren seine Augen geschlossen. Und so sehr er auch versuchte sie zu öffnen, es wollte ihm einfach nicht gelingen.

Aber er hatte keine Zeit, sich länger mit seinen Augen zu beschäftigen. Denn plötzlich spürte er in den Ohren einen stechenden Schmerz. Der sich ausbreitete und das Trommelfell durchdrang. Er spürte den Schmerz hinter den Schläfen, hinter der Stirn und mit dem letzten Rest an klarem Verstand, der ihm geblieben war, wusste er, dass Nadeln durch sein Hirn gejagt wurden, in der Mitte zusammentrafen und mit einem metallenen Klicken, das wie Donnerschlag in seinem Kopf dröhnte, miteinander verbunden wurden.

Doch der Donnerschlag hallte nicht nach, er verstummte so urplötzlich, wie er gekommen war. Luis spürte eine Stille in sich, die er nie gekannt hatte. Keine Außengeräusche drangen an sein Ohr. Er hörte nicht die schmatzende, pochende Pumpe, hörte nicht die entsetzten Rufe des Arztes.

Er dachte noch nicht cinmal daran, dass er nichts hörte. Er dachte nur an eines: Auran! Die Gedankenfetzen konzentrierten sich in seinem Kopf um die Nadeln herum, sammelten sich um das kalte Metall wie Eisenspäne um einen Magneten und wanderten durch das Ohr nach draußen in den Kopfhörer. Und von dort in die Leitung, von der Leitung in die Pumpe und von der Pumpe wer weiß wohin.

Aber all dies nahm er nicht wahr. Er produzierte immer neue Ideen in seinem Schädel, wie man möglichst viel Auran gewinnen konnte. Und je mehr dieser Ideen abgesaugt wurden, umso zahlloser die Ideen, die sein Kopf produzierte. Produzierte! Produzierte!

Er hätte es nicht abstellen können, selbst wenn er gewollt hätte. Es war, als würde sein Hirn schneller arbeiten, als die Leitungen zu transportieren vermochten. Sein Kopf wurde schwer, seine Brust war wie eingequetscht, sodass er kaum noch atmen konnte. Und trotzdem konnte er nichts machen. Selbst wenn es ihn innerlich zerrissen hätte, er produzierte und produzierte, bis …

Etwas rüttelte an seinem Kopf! Er spürte es zunächst, als würde es ihn gar nichts angehen. Als würde es in weiter Ferne geschehen. Das Rütteln wurde stärker. Plötzlich lösten sich die Nadeln voneinander, wurden aus seinen Ohren nach draußen gezogen wie ein Dolch aus der Wunde. Er konnte wieder hören, nahm laute Schreie war, öffnete die Augen, sah das Chaos um sich herum, fühlte den Schmerz in seiner Brust, stöhnte, schrie laut auf, hatte Todesangst, dass er zwischen der Pumpe und der Glaskuppel zerdrückt würde.

Der riesige Herzmuskel war ins Unermessliche gewachsen. Mit über zweihundert Schlägen in der Minute presste er sich gegen die Wand der Kuppel, presste, ließ los, presste, ließ los. Und alles so schnell, dass man es nur noch als ein einziges Zittern wahrnahm.

All dies hatte Luis in Sekundenbruchteilen erkannt. Neben ihm steckten etliche andere Arbeiter fest. Wie lästige Insekten wurden sie an die Wand gequetscht. Einige von ihnen hatten immer noch die Hörer auf dem Kopf und verrichteten mit schmerzverzerrtem Gesicht ihre Arbeit. Anderen waren die Hörer abgenommen worden. Panisch schrien sie um Hilfe.

»Schnell, helfen Sie mit!«, brüllte der Weißkittel, der sich neben Luis befand und ihm den Hörer abgenommen hatte.

Luis versuchte die Arme frei zu bekommen. Mit jedem Schlag der Pumpe vermochte er sie ein kleines Stück weiter zu heben. Trotz der unheimlichen Kraft des schnell zuckenden Herzens schaffte er es ganz langsam, die Hände zu befreien und sie auszustrecken, um Auriel an den Kopf zu fassen und den Regler an seinem Kopfhörer auf Null zu stellen. Mit einem Ruck riss er dem Adjutanten den Hörer vom Kopf.

Auriel schrie laut auf und öffnete die brüchigen Augenlider. Doch obwohl er aus einem ebensolchen Tiefschlaf wie Luis aufgewacht war, erkannte er sofort den tödlichen Ernst der Lage. »Es kollabiert!«, brüllte er. »Es rastet total aus! Es war zu viel. Es ist ja voll bis oben hin! Wer um alles in der Welt hat ihm den ganzen I-Sprit gegeben?«

»Wer wohl?«, schimpfte der Arzt und riss einem Arbeiter nach dem anderen den Hörer vom Kopf.

Es fiel ihm bereits etwas leichter. Denn mit Luis und Auriel waren die Hauptenergielieferanten der Pumpe abgehängt. Es war nur eine Frage der Zeit, wann der Überschuss an I-Sprit abgebaut sein würde. Doch diese Zeit wurde ihnen noch lange genug. Langsam, unendlich langsam zog sich der riesige Muskel zurück und gab die eingeklemmten Leiber der Männer frei, die sich laut stöhnend auf dem Fußboden wälzten.

Welche Unmengen an Energie musste die Pumpe getankt haben? Dies war die entscheidende Frage. Sie wollte Auriel einfach nicht aus dem Kopf gehen. Kaum konnte er sich wieder halbwegs frei bewegen, da kroch er zu dem Arzt hinüber und raunte ihm zu: »Wer oder was war das?«

Der Arzt sah den Adjutanten schweigend an, als würde die Antwort nun wirklich auf der Hand liegen.

»War *er* das?«

»Wer sonst?«

»Wie viel? Sag mir nur wie viel?«

»Ich kann es noch nicht genau sagen …«

»Wie viel?«

Der Arzt betrachtete sein Messinstrument, das in jenem Moment zerborsten war, als das Herz die Höchstleistung überschritten hatte. Wie bei einer Uhr, die stehen geblieben war, konnte man auch hier nur die letzte Anzeige ablesen.

»Wie viel?«, krächzte Auriel.

»Nur so viel«, antwortete der Arzt und musste zweimal hinsehen um zu wissen, dass er Auriel nicht die ganze Wahrheit enthüllen durfte. »Nur so viel: Er steht Ihnen in nichts nach.«

Mit einer linkischen Geste ließ er das Messgerät hinter dem Rücken verschwinden – in der Hoffnung, dass Auriel es nicht kontrollieren wollte.

Er hatte Glück. Auriels Lider schlossen sich müde, als er mehr zu sich selbst als zu irgendjemand anderem sagte: »Man wird ihn im Auge behalten müssen!«

Als hätte er sich damit selbst einen Befehl gegeben, fixierte er Luis mit stechendem Blick. Er machte einen Schritt auf ihn zu, verzog seine brüchigen Lippen zu einem schmalen Lächeln, legte dem schlaksigen Jungen die fleischige Hand auf die Schulter und sprach in eiskalter Freundlichkeit: »Luis Dor. Freund. Bruder! Endlich habe ich einen Partner, der mir ebenbürtig ist.«

Und Luis, der immer noch nicht genau wusste, was eigentlich geschehen war und was sein Anteil an alldem sein mochte, nickte nur. Es war ein schwaches, geistloses Nicken. Dachte Auriel. Und Luis tat nichts, aber auch rein gar nichts, um diesen Eindruck zu zerstören.

Schlaflose Nacht

Die Silhouette der Brückenruine hob sich so undeutlich vor dem Nachthimmel ab, dass man sie mit bloßem Auge kaum erkennen konnte. Ab und zu tauchte die schmale Mondsichel zwischen den dichten Wolken auf, dann brach sich ihr schwaches Licht in den Wellen des Flusses und der nächtliche Wanderer fand sich ein wenig besser in dieser trostlosen Gegend zurecht. Er fühlte sich alles andere als wohl in seiner Haut. Denn der Fluss rauschte so laut und die Nacht war so dunkel, dass er es nicht einmal gemerkt hätte, wenn sich ihm jemand bis auf wenige Meter genähert hätte.

Als er sich aus der Stadt geschlichen hatte, war es ihm so vorgekommen, als würde er beobachtet. Doch sooft er auch stehen blieb, sooft er sich duckte und seinen Körper in die Böschung des Ufers drückte – nichts deutete darauf hin, dass er verfolgt wurde. So stand er jedes Mal wieder halbwegs beruhigt auf und ging weiter.

Wieder war der Mond ganz hinter einer dicken Wolkenschicht verschwunden, wieder fragte er sich, wie weit sein Ziel noch entfernt sein mochte, als er fast mit der Nase darauf stieß. Das dunkle Mauerwerk der Brücke war nur ein paar Schritte entfernt. Als er es endlich bemerkte, war es bereits zu spät. Er spürte einen spitzen Gegenstand in seinem Rücken und eine Stimme raunte:

»Hände hoch. Ganz hoch. Na, wird's bald!«

Der Wanderer reckte seine Hände in die Höhe und musste es über sich ergehen lassen, dass er von oben bis unten abgetastet wurde.

»Scheint sauber zu sein!«, hörte er eine zweite Stimme sagen.

Und wieder die erste: »Dann wollen wir uns den Kerl mal ansehen!«

Zwei vermummte Gestalten kamen hinter seinem Rücken hervor, bauten sich vor ihm auf und hielten ihm ein Feuerzeug direkt unter die Nase.

Die erste Stimme fragte: »Kennen wir den?«

Darauf die zweite: »Nie gesehen!«

Wieder die erste: »Wer bist du? Bist du allein?«

Und die zweite: »Oder hast du noch jemanden mitgebracht? Sag schon!«

»Bist du etwa erst die Vorhut? Mach endlich dein verdammtes Maul auf!« Die erste Stimme klang immer bedrohlicher.

Der Wanderer gab vor lauter Angst keine Antwort. Er wusste nicht, mit wem er es zu tun hatte. Und wenn er an die Falschen geraten war, was er wegen der Vermummung nicht erkennen konnte, dann war es vielleicht besser, wenn er nichts verriet. »Wo bin ich?«, fragte er stattdessen und tat erstaunt. »Bin ich etwa bei den Aussitzigen unter der Brücke? Habe ich mich verlaufen?«

Der eine Vermummte schien nicht gerade der Klügste zu sein, denn er verriet sich bei der erstbesten Gelegenheit: »Was willst du von uns? Sag endlich, wer du bist!«

Man merkte dem Wanderer an, dass ihm ein Stein vom Herzen fiel. Erleichtert sagte er: »Führt mich zu Dorit. Ich muss dringend mit ihr sprechen!«

Diesmal antwortete wieder die andere Stimme. Sie stellte sich schlauer an: »Dorit? Kenne keine Dorit! Bei uns gibt es niemanden, der so heißt.«

Doch der Wanderer ließ sich nicht hinters Licht führen. Immer selbstbewusster sagte er: »Und einen Knuth und eine Ruth? Gibt es die etwa auch nicht?«

»Was willst du von uns?«

»Das sag ich nur Dorit. Und sonst niemand.«

Die beiden Männer wollten widersprechen. Doch sie kamen nicht dazu. Diesmal war es eine helle Stimme, die dem Wanderer antwortete: »Gut. Da bin ich. Und nun sag endlich, was du von uns willst!«

Eine zierliche Frauengestalt war vor ihm aufgetaucht. Sie hatte so laut gesprochen, dass die Aussitzigen, die unter der Brücke wohnten, aufgewacht waren und schnell ein paar Petroleumlampen entzündet hatten. Ein flackernder Schein fiel auf das Gesicht des Wanderers.

»Du?«, stieß Dorit erschrocken hervor.

»Ja, ich!«, antwortete Luis und wusste gar nicht, wo er zuerst hinschauen sollte: zu den Aussitzigen unter der Brücke, die aus ihren Betten aufgesprungen waren und wild gestikulierend umherliefen. Oder zu Dorit, die jetzt direkt vor ihm stand, so nahe, dass er die Wärme ihres Körpers fühlen konnte, dass er ihren Duft, der ihm noch allzu vertraut war, einatmete, dass er ihr in die Augen sah, die gar nichts von der Güte und Willfährigkeit hatten, die er im Zeugenstand so genossen hatte.

»Was willst du?«, sagte sie kalt.

Er war überrascht. Geschockt. Ernüchtert. »Reden«, antwortete er. Und wusste auf einmal, dass er nie im Leben hätte kommen dürfen. Dass er nie auf seine Innere Stimme hätte hören dürfen, die ihm so dringend dazu geraten hatte. Dass es töricht gewesen war. Eine Laune nach seinem ersten Arbeitstag in der Megamaschine. Eine plötzliche Leere in seinem Kopf, die Herr Mess mit seinem verständnisvollen Geschwätz gefüllt hatte. Es war dumm, abenteuerlich, aberwitzig.

»Über was?«

»Nur so. Reden halt.«

»Niemand – kommt – nachts – hierher! Um einfach nur so zu reden!«

»Aber …«

»Sag endlich, was du willst!«

Er antwortete nicht. Es war hoffnungslos. Wie hatte er glauben können, das all das, was sie ihm im Zeugenstand gegeben hatte, den Tag überdauern würde, an dem es geschehen war. Mit einem Ruck riss er sich von den Männern los, die ihn inzwischen an den Armen gepackt hatten. Dann drehte er sich um und stapfte in die Dunkelheit hinein. Zu seinem Erstaunen war da niemand, der ihn hinderte. Er ging einfach weiter, den Fluss entlang. Ging. Lief. Rannte. Schneller. Immer schneller. Nur fort. Weit weg. Möglichst schnell nach Hause.

Er war eine ganze Weile so gerannt, als er stehen blieb. Der Schweiß war ihm aus allen Poren getreten. Er rann ihm übers Gesicht, tropfte ihm von der Nase, durchtränkte sein Hemd, seine Hose. Schwer atmend sank er in den Sand. Er spürte den Wind kalt über seine feuchte Haut streichen. Hörte das Rauschen des reißenden Stromes. Auf einmal hatte es etwas Beruhigendes. Auf allen vieren rutschte er ans Ufer, streckte die Beine aus und ließ sie ins Wasser baumeln.

Die Flut strömte zwischen seinen Zehen hindurch. Sie war kalt, so kalt, dass er eine leichte Gänsehaut bekam und zu frösteln begann. Doch auch das genoss er. Zum ersten Mal an diesem Tag merkte er, wie sein Körper abkühlte. Den ganzen Tag war er auf Hochtouren gelaufen und jetzt erreichte er endlich wieder normale Betriebstemperatur.

»Lu–Lu! Is–is?« Die Stimme war noch ein ganzes Stück entfernt. Einzelne Silben wurden vom Rauschen des Stromes verschluckt. Aber sie kam schnell näher. »Luuuuiiiiis!«, konnte er jetzt ganz genau hören. Und er hörte auch das schwere Atmen zwischen jedem einzelnen Ruf. Schnell robbte er aus dem Wasser zurück und suchte Schutz in der Böschung des Ufers. »Luuuiiiis!«, hörte er jetzt direkt über sich. Ein weißer Schatten huschte über ihn hinweg und verschwand in der Nacht.

Doch er hatte ihn trotzdem erkannt. »Dorit?«, stammelte er.

Sie musste ihn gehört haben. Auch wenn sie nicht antwortete, so erkannte er doch an ihrem Keuchen, dass sie näher kam.

Er kroch aus der Böschung und stand auf, damit sie ihn besser sehen konnte. Wieder schob sich eine Wolke über den Mond, sodass er Dorit erst entdeckte, als sie ihm fast schon in die Arme gelaufen war. Nach Luft ringend blieb sie vor ihm stehen. Schaute zu ihm auf. War erst erleichtert. Dann ungläubig. Zweifelnd. Erbost.

»Was – hast – du – dir – dabei – gedacht?«, keuchte sie. »Einfach so – hier aufzutauchen!«

»... wollte nur mit dir reden«, stammelte Luis.

»Nur reden? Sag, wie hast du eigentlich hierher gefunden?«

Anstatt zu antworten schaute Luis nach oben.

Dorit begriff schnell. »Ach, du warst das!«, stieß sie hervor. Trotz der Dunkelheit konnte er die Erleichterung auf ihrem Gesicht erkennen. Und dann fügte sie etwas hinzu, das Luis zu denken gab: »Bist du denn von so hohem Rang, dass es dir erlaubt ist, einen Kuck-Kuck zu halten?«

Da wusste sie offenbar mehr als er. »Hoher Rang? Was hat das damit zu tun?«

Dorit schüttelte ungläubig den Kopf. »Ja, kapierst du denn gar nichts? In ganz Aurania gibt es nur ganz wenige Kuck-Kucke. Wenn einer davon dir gehört, musst du ein ziemlich hohes Tier sein!«

Luis hatte noch nicht darüber nachgedacht. Aber sie hatte Recht. Es war nur alles so schnell gegangen, dass er immer noch nicht ganz verinnerlicht hatte, wer er war: ein Adjutant des Königs. Eines der, wie Dorit es genannt hätte, höchsten Tiere in der Stadt.

»Also, was willst du von mir?«, wiederholte Dorit ihre Frage.

»Kannst du dir das nicht denken?«

»Oh nein!« Dorit verzog das Gesicht und machte einen

Schritt zurück. »So haben wir nicht gewettet! Das ist uns nicht erlaubt. Wir dürfen es nicht! Es darf überhaupt nur einmal stattfinden. Und das zu einem ganz bestimmten Zweck. Damit das klar ist!«

Luis machte keine Anstalten, sich ihr zu nähern. Er sagte nur: »Nicht erlaubt? Heißt das, du würdest gerne, wenn es nicht verboten wäre?«

Dorit schüttelte heftig den Kopf. »Das hab ich nicht gesagt! So hab ich das nicht gemeint. Dreh mir bloß nicht das Wort im Mund herum!« Doch dann schien sie ins andere Extrem zu verfallen, sah ihn beinahe zärtlich an und sagte: »Und überhaupt. Was ich will, spielt doch gar keine Rolle. Du müsstest es nicht wollen. Niemand will es. Wenn wir nicht ein wenig nachhelfen, verstehst du?«

Und ob Luis verstanden hatte. Er hatte die ganze Zeit schon darüber nachgedacht, was dieser milchige Trank in der Schale bewirkt hatte. »Ach so ist das. Erst füllst du mich mit diesem üblen Zeug ab, dann lässt du mich fallen. So ist das also.«

Dorit machte wieder einen Schritt auf ihn zu. »Ich? Hast du *ich* gesagt? Ich mache doch nur, was man mir befiehlt.«

Luis versuchte seine Anspannung zu verbergen. Endlich waren sie an dem Punkt angekommen, wo es interessant wurde. Richtig interessant! »Gut, reden wir darüber. Wer macht es? Und warum? Sag bloß dieser Mann im weißen Kittel? Wer ist er? Sag schon!«

Dorit hob abwehrend die Hände. »Das weiß ich nicht.«

»Oh doch. Und ob du das weißt!«

»Versteh doch! Ich darf es nicht verraten. Niemand darf es erfahren. Auch du nicht. Gerade du nicht!«

Da packte Luis sie am Arm. Es tat ihm innerlich weh, dass er sie so anfassen musste. Aber er musste einfach herauskriegen, was mit ihm geschehen war. »Wer sagt das? Wer hat dir den Befehl dazu gegeben?«

Dorit versuchte erst gar nicht sich loszureißen. Im Gegenteil. Sie fasste ihn sanft am Handgelenk und bat nur leise: »Versteh doch ...«

Luis merkte, wie ihm von ihrer Berührung ein Kribbeln über den ganzen Körper lief. Sein Griff lockerte sich, sacht strich er ihr über den Arm, hoch bis zur Schulter. »Versteh *du* mich doch!«, flüsterte er. So leise, dass er noch während er sprach die Schritte hinter sich vernahm. Sofort ließ er sie los und fuhr herum.

Doch da war ihnen der dunkle Schatten schon so nahe gekommen, dass Luis einen schweren Atem hören konnte. Ehe er reagieren konnte, sagte eine tiefe Bassgeigenstimme: »Du musst es ihm schon sagen, Dorit. Liebes.«

»Knuth!«, entfuhr es Dorit. Mit weit aufgerissenen Augen suchte sie in der Dunkelheit nach der Gestalt, die sie nur an der Stimme erkannt hatte.

Doch wie immer ließ sich Knuth nicht von dem Gedanken abbringen, den er einmal gefasst hatte. »Wir werden es ihm sagen müssen. Wenn nie jemand etwas sagt, dann wird es immer so weitergehen. Immer! Und ewig!«

»Was werden wir ihm sagen müssen?«, brachte Dorit gequält hervor. »Knuth, lieber Knuth, was weißt du alles?«

»Alles!«

»Was?«

»Alles. Und noch ein wenig mehr«, sagte der Alte und gab Luis einen Wink, dass er ihm folgen sollte. Dann drehte er sich um und ging ohne ein weiteres Wort zurück zu seinem Domizil unter der Brücke.

Knuth hatte die Wachen verstärken lassen. Jeweils sechs seiner Männer hatten sich zu beiden Seiten der Brücke in einem dichten Halbkreis formiert und spähten in die Nacht hinaus. Den Frauen hatte Knuth gesagt, dass sie sich keine Sorge machen sollten. Und da es in der Nacht empfindlich kalt wurde, waren sie froh, dass sie in ihre Betten zurückkehren konnten. Die Decke bis unter die Nasenspitzen hochgezogen, schliefen sie im beruhigenden Schein des Feuers, das Knuth gemacht hatte, friedlich ein.

So waren Ruth und Dorit die einzigen Frauen, die mit am Lagerfeuer saßen. Sonst hatte Knuth nur die drei Ältesten der Aussitzigen hinzugebeten. Sie glichen sich wie ein Ei dem anderen: Nicht nur dass sie die gleichen Mäntel trugen, aus deren Kapuzen drei nahezu identische Knollennasen herausschauten, nicht nur dass ihre schmalen Augen im faltigen Gesicht wie tiefe Furchen wirkten, in denen man die Pupillen kaum noch erkennen konnte. Auch jede Bewegung schien synchron zu verlaufen. Wenn der eine nickte, nickten auch die anderen. Wenn der eine den Kopf schüttelte, taten es ihm die anderen nach.

Luis war befremdet. Er hatte nicht gewusst, dass sich Menschen so ähnlich sein konnten. Sein ganzes Leben lang hatte er alleine verbracht und diese drei schienen so gleich zu sein, dass man sich nicht vorstellen konnte, wie der eine ohne den anderen zurechtkommen sollte.

»Und du hast wirklich keine Ahnung, was dir im Zeugenstand passiert ist?«, erkundigte sich Knuth mir ruhiger Stimme.

Er ist wie verwandelt, dachte Dorit und bebte innerlich, weil sie sich fragte, was ihr Großvater sonst noch alles wusste. Alles!, hatte er gesagt. Nur war das, was er für alles hielt, auch wirklich alles?

Dorit, die vor Scham am liebsten in den Erdboden versunken wäre, hätte es zu gern gewusst. Denn schon hörte sie Knuth fragen: »Willst *du* es ihm nicht verraten, Liebes? Oder soll ich es tun?« Liebes! Wie konnte er sie Liebes nennen, wenn er wirklich wusste, was für einen widerlichen Dienst sie im Zeugenstand verrichtete. So entschloss sie sich, es mit der halben Wahrheit zu versuchen. »Ich habe ihn mit Getränken versorgt, weißt du Knuth? Ich bin da so etwas wie eine Kellnerin.«

Knuth verdrehte die Augen. Und obwohl es dem Ernst der Lage überhaupt nicht angemessen war, fing er plötzlich an schallend zu lachen. Offensichtlich vergnügt griff er nach Ruths Hand, drückte sie zärtlich und meinte: »Wenn du damit sagen willst, mein Kleines, dass du Luis gut bedient hast, dann magst du Recht haben.«

Kaum war es heraus, da wurde er wieder ernst. Dorit schlug die Hände vors Gesicht und schluchzte laut. Sie zog die Knie an und vergrub das Gesicht zwischen den Beinen.

Luis sprang auf. »Was machst du mit ihr?«, schrie er Knuth an.

Aber Knuth wusste genau, was er tat. »Es ist das Beste so«, erklärte er. »Einmal muss es ja doch heraus.« Er stand auf und setzte sich neben Dorit auf den Boden. Mit gleichmäßigen Bewegungen strich er ihr über das lange, schwarze Haar. »Pschscht! Pschscht!«, versuchte er sie zu beruhigen. »Du meinst also, du müsstest dich schämen. Es wäre unrecht, was du getan hast?«

Dorit wagte es nicht, aufzuschauen.

»Dann will ich dir mal was sagen. Ach was, euch beiden will ich was sagen. Damals als wir jung waren, es muss so an die hundert Jahre her sein, da haben wir den ganzen Tag nichts anderes gemacht. Nicht wahr, Ruth?«

»Knuth, Lieber, ach!«, sagte Ruth und ihre Wangen röteten sich leicht dabei. »Das ist aber wirklich schon lange her.«

»Sag ich doch!«, meinte Knuth. »Aber haben wir uns dafür geschämt?«

»Nie im Leben!«, lachte Ruth.

»Und es gibt ja auch gar keinen Grund dazu! Also Dorit, Kleines, willst du uns nicht endlich die ganze Wahrheit sagen?«

Dorit wischte sich ihr verheultes Gesicht an ihrem Umhang ab, schaute auf und ihre Stimme überschlug sich, als es auf einmal nur so aus ihr heraussprudelte: »Aber dich hat Oma bestimmt nicht wie eine Zitrone ausgequetscht und damit einen ganzen Kreissaal voller Frauen versorgt! Du bist nicht Vater von Kindern geworden, die du nie zu Gesicht bekommen hast. Von deren Existenz du nicht einmal was geahnt hast. Das bist du doch nicht, Opa, sag schon!«

Knuth lächelte sanft. Er legte seinen knochigen Arm um Dorits Schultern und lächelte: »Gut, dass es endlich raus ist. Gut, dass du es gesagt hast.«

Dorit schüttelte so heftig den Kopf, dass ihre Haare wild umherflogen. »Aber was hab ich nun davon? Was? Luis wird mich nie mehr anschauen. Das hab ich davon!«

Und ob Luis sie anschaute. Es kam ihm so vor, als hätte er nur die Hälfte mitbekommen. Ahnungslos fragte er: »Oma? Opa? Vater? Kinder? Hab ich da vielleicht etwas verpasst?«

»Er ist nicht …«

»… aufgeklärt! Ganz genau, Knuth. Er hat keine Ahnung, was in Aurania vor sich geht. Keinen blassen Schimmer!«

»Oh …«, sagte Ruth.

»Oh …«, sagte Knuth.

»Oh …«, sagte einer der Drillinge und seine zwei Brüder taten es ihm nach.

Luis sah befremdet in die Runde. »Klärt mich endlich mal einer auf, was hier eigentlich gespielt wird?«

Statt ihm eine Antwort zu geben, erhoben sich die Drillinge und gingen einfach fort. Auch Ruth und Knuth standen auf. Auf ihren Gesichtern lag ein wissendes Lächeln. »Dein Job, Dorit!«, sagte Knuth. Und Ruth nickte ihr aufmunternd zu. Dann waren sie in einer dunklen Ecke unter der Brücke verschwunden.

Dorit stützte die Ellenbogen auf die Knie. »Ich fass es einfach nicht …«, murmelte sie vor sich hin. Dann musste sie lachen. Es brach einfach so aus ihr heraus. Von allem Druck befreit sprang sie auf. Sie reichte Luis, der auf dem Boden sitzen geblieben war, beide Hände und rief in ausgelassener Fröhlichkeit: »Komm! Nun komm schon, Dummkopf!«

Luis war noch immer völlig durcheinander und fragte: »Wohin denn?«

Aber Dorit riss ihn einfach mit sich fort. Und während sie die Reihen der Wachen durchbrachen und immer tiefer in die rabenschwarze Dunkelheit hineinliefen, rief sie: »Wohin wohl, Luis? Irgendwohin, wo wir in Ruhe ein paar Vokabeln lernen können!«

Und schon hatte sie die Nacht verschluckt. So hatte der blecherne Vogel, der die ganze Zeit über auf der Brücke gesessen war, größte Mühe, ihnen zu folgen …

»Vater.«

»Großvater.«

»Mutter.«

»Großmutter.«

Luis schrieb die vier Wörter auf ein Blatt Papier, wie man die Vokabeln einer fremden Sprache notiert, um sie zu lernen. Lange starrte er die schwarzen Buchstaben an, als würde er versuchen, sie mit aller Macht in den Kopf zu bekommen. Er stand vom Schreibtisch auf, trat auf die Terrasse seiner Wohnung und schaute in die Nacht hinaus, hoffte, dass die klare Luft seinen Geist beflügelte. Aber irgendwie blieben ihm die Wörter fremd. Abstrakt. So kehrte er zurück in sein Arbeitszimmer, setzte sich wieder an den Tisch, stellte den Laserstrahlstift auf eine andere Farbe ein und schrieb in einem dunklen Blau:

»Sohn.«

»Enkel.«

»Tochter.«

»Enkelin.«

Auch nachdem er diese Wörter notiert hatte, betrachtete er sie lange, las sie sich sogar laut vor. Aber da war nichts, was für ihn irgendeinen Sinn ergeben hätte. Genauso gut hätte er die Namen der Krater auf der Rückseite des Mondes aufschreiben können. Oder die Trabanten eines Planeten am Ende der Galaxie.

Was man nicht gesehen hat, ist, als würde es nicht existieren. Jedenfalls nicht in einem drin, dachte er. Aber stimmte es wirklich, dass er nichts gesehen hatte? War er nicht unter der Brücke bei den Aussitzigen gewesen und hatte erfahren, wie sie miteinander lebten?

Wieder justierte er den Stift neu. »Dorit«, schrieb er in einem satten Grün neben das Wort »Tochter« und das Wort »Enkelin«. »Ruth«, notierte er neben den Wörtern

»Mutter« und »Großmutter«. »Knuth«, das passte zu »Vater« und »Großvater«. Ohne es zu merken, fing er an schwerer zu atmen. »Luis«, dachte er und sprach den eigenen Namen laut vor sich hin. Wozu passte das? Wohin gehörte er?

»Sohn« und »Enkel«. Mit schwerer Hand schrieb er den eigenen Namen neben die zwei Wörter. Dann dachte er daran, was ihm Dorit beigebracht hatte. Was sie ihm von dem Weißkittel erzählt hatte.

Es war nachts um halb vier, als er noch etwas neben die Wörter »Vater« und »Mutter« kritzelte. Es waren zwei schiefe, zittrige Fragezeichen. Und plötzlich änderte sich für ihn die Bedeutung der Wörter. Sie kamen ihm nicht mehr ganz so fern vor wie die Krater des Mondes oder Trabanten am Ende der Galaxie.

Und er war entschlossen, das, was sich hinter ihnen verbarg, zu erkunden.

Zweites Buch

Sterben in Aurania

Verräterische Fragen

»Name?«

»Dor.«

»Vorname?«

»Luis.«

»Alter?«

Der Prüfer hatte die ganze Zeit auf das Blatt gestarrt, das vor ihm lag. Selbst als der vermeintliche Prüfling den Raum betreten hatte, war es ihm nicht nötig erschienen, aufzuschauen. Jetzt stutzte er, hob schnell den Blick, sodass Luis die Antwort auf die Frage nicht mehr geben konnte.

»Was wollen Sie denn hier?«, fragte Professor Pankrazius und sah Luis aus geröteten Augen an.

»Professor, bitte«, flüsterte Luis, »ich muss mit Ihnen reden!«

Man konnte Pankrazius ansehen, dass er so etwas wie Genugtuung empfand. Dass Luis zu ihm gekommen war, konnte nur einen Grund haben: Der Junge brauchte seinen Rat. Das war dem Professor sofort klar geworden. Und es bereitete ihm ein inneres Vergnügen, das er so lange wie möglich auskosten wollte. Süffisant sagte er: »Unser letztes, wie soll ich sagen, Beisammensein, ja, nennen wir es ruhig Beisammensein. Nun ja, es war nicht gerade von großer Einmütigkeit geprägt. Was meinen Sie?«

Luis wusste nicht, was er darauf sagen sollte. Zwar hatte er sich überlegt, was er den Professor alles fragen wollte. Dass ihm jedoch selbst Fragen gestellt werden könnten, daran hatte er nicht gedacht. »Mmmh«, erwiderte er. »Ich kann mich gar nicht mehr so genau erinnern. Wann soll denn das gewesen sein?«

Die Augen des Professors verdunkelten sich. »Schlechte Antwort, Luis Dor! Sie wissen es ganz genau! Es ist auf den Tag drei Wochen her. Einundzwanzig Tage und …«, er sah auf die Uhr, »zwei Stunden und vierzehn Minuten. Wirklich schon vergessen?«

Luis fiel nichts Besseres ein, als herumzudrucksen: »Es ist so viel passiert, seitdem …«

»Und?«

»… und ich war vielleicht auch nicht gerade in Bestform. Warum soll ich es nicht zugeben? Ein wenig aufgeregt, Sie wissen schon, es war mein erster Tag in der Megamaschine …«

»Aha. Hat Sie Ihr Gedächtnis also doch nicht ganz verlassen!«

»… es tut mir ja auch Leid. Ich war im Unrecht. Ich …«

»Aha. Es tut Ihnen also … was tut es Ihnen?«

»Leid!«

Pankrazius schlug sich mit der Faust in die flache Hand. »Ha! Leid? Es tut ihm Leid! In Ordnung. Entschuldigung angekommen. Entschuldigung angenommen!«

Er sprang hinter seinem Pult hervor, schaute Luis schräg ins Gesicht, als erwartete er, dass der Junge widersprach. Doch der hütete sich, noch weiter Öl ins Feuer zu gießen. Auch wenn er ganz bestimmt nicht hierher gekommen war, um sich zu entschuldigen. Trotzdem streckte er jetzt die Hand aus und erklärte noch einmal, als würden sie ein Bündnis schließen: »Entschuldigung, Professor. Es war nicht so gemeint!«

Pankrazius zitterte am ganzen Körper, als wollte er sämtlichen Groll, den er die ganze Zeit mit sich herumgeschleppt hatte, abschütteln. Dann schlug er ein, wanderte wieder um sein Pult herum, setzte sich, stützte den Kopf in die Hände und fragte: »So, mein Junge. Jetzt sag schon! Was hast du auf dem Herzen?«

»Ja, ja. Dacht ich mir schon. Weiter!«

Luis wusste nicht, zum wievielten Mal er das schon hörte. Er hatte Pankrazius alles erzählt, was in den letzten zwei Wochen geschehen war. Wie er die Megamaschine zu einer solchen Leistung angetrieben hatte, dass er nicht mehr mit Auriel zusammen arbeiten durfte, weil die Pumpe sonst irgendwann explodiert wäre.

»Ja, ja. Dacht ich mir schon. Weiter!«

Dass er deshalb die zweite Schicht übernommen hatte. Und dass er in dieser Schicht fast so viel Auran zu Tage förderte wie Auriel in der ersten.

»Ja, ja. Dacht ich mir schon. Weiter!«

Dass Auriel, obwohl er immer freundlich geblieben war, langsam angefangen hatte, Luis die besten Arbeiter abspenstig zu machen und ihm nur jene für die zweite Schicht überlassen hatte, die das blaue Herz mit dem geringsten I-Sprit versorgten.

»Ja, ja. Dacht ich mir schon. Weiter!«

Dacht ich mir schon, dacht ich mir schon, dachte Luis. Und er fragte sich, ob Pankrazius nicht schon alles gewusst hatte. »Was dachtest du denn sonst noch alles?«, fragte er und sah den Professor forschend an.

Der lächelte wissend. »Dacht ich mir schon, dass du jetzt gekommen bist, um in Erfahrung zu bringen, was sich hinter dem Auran eigentlich verbirgt. Oder etwa nicht?«

Ertappt! Luis fühlte sich, als wäre er dabei ertappt worden, wie er versuchte, sämtliche Auranreserven der Stadt zu stehlen. Entmutigt schaute er zu Boden.

Doch dann kam ihm eine Idee. »... was sich hinter dem Auran eigentlich verbirgt«, hatte der Professor gesagt. Die Worte klangen wie ein Echo in seinem Kopf nach. Nur dass sie mit jedem Widerhall klarer und deutlicher wurden. Und es war auch keine Frage mehr, sondern eine Feststellung: Es gab etwas, was sich hinter dem Auran verbarg. Das, was Luis die ganze Zeit vermutet hatte, war also wahr. Es gab einen tieferen Grund dafür, dass die Megamaschine zur Höchstleistung angetrieben wurde, dass es in dieser Stadt nichts Wichtigeres gab als die Jagd nach Auran.

Und da wusste Luis, dass sein Plan zwar durchschaut worden war, aber gleichzeitig hatte er erfahren, dass es diese Abgründe gab, nach denen er suchte. Mit gespielter Unschuldsmiene sagte er: »Ist das etwa zu viel verlangt?«

Pankrazius schnalzte mit der Zunge. »Tts, tts! Sagen wir mal so: Ich hab damit gerechnet. Bei dir geht ja alles ein wenig schneller als bei den anderen!«

»Dann kannst du es mir also sagen?«

»So haben wir nicht gewettet! So schnell geht das nun auch wieder nicht. Normalerweise muss man sich dieses Geheimnis hart erarbeiten. Und das kann dauern. Manch einer erfährt es nie.« Er winkte ab. »Jedenfalls kaum einer, bevor er dreißig oder vierzig Jahre alt geworden ist. In deinem Alter – für gewöhnlich in deinem Alter – ist man noch lange nicht reif genug dazu.«

Luis schüttelte heftig den Kopf. »Kennst du irgendeinen Menschen in der Stadt, der mehr leistet als ich? Außer Auriel vielleicht?«

»Ja, ja. Dacht ich mir schon, dass du das anbringst«, sagte der Professor. »Aber darauf allein kommt es nun mal nicht an.«

»Worauf denn sonst?«

Pankrazius rieb sich die wunden Augen und warf einen verklärten Blick auf Luis. »Schau dich doch mal an!«, sagte er nur und wartete. Wartete, bis Luis ausführlich an sich hinuntergesehen hatte.

»Was ist denn mit mir?«, fragte der Junge verunsichert.

»Manchmal frage ich mich wirklich, wie du auch nur eine Runde im Siebenkampf überstehen konntest. Die Antwort liegt doch auf der Hand. Nimm dir ein Beispiel an Auriel. Findest du nicht, dass er sich von dir in ein paar wesentlichen Punkten unterscheidet?«

Luis schaute noch einmal an sich hinunter. »Na gut. Schon. Er sieht ein wenig ungesund aus. Ist ein bisschen aus dem Leim gegangen, findest du nicht?«

Da platzte es aus Pankrazius heraus: »Ungesund sagst du? Bist du noch ganz bei Trost? Im Gegensatz zu dir sieht man Auriel an, dass er ein Adjutant des Königs ist!«

»Kunststück. Er sieht ja aus wie ein Miniatur-Auranus!«

Der Professor hob drohend den Finger. »Lass das bloß keinen hören! Natürlich folgt er Auranus in fast allem nach. Hast du dir nicht seine Augen angeschaut? Seine Zähne? Seine Arme, Beine, den ganzen Körper? Davon bist du noch ein weites Stück entfernt! Seit drei Wochen bist du Adjutant des Königs. Und es hat noch nicht die geringsten Spuren hinterlassen! Wenn du wie ein grüner Junge aussiehst, musst du dich nicht wundern, dass du wie einer behandelt wirst!«

»Heißt das etwa, ich soll wie Auriel ...« Luis war zu angewidert, um den Gedanken zu Ende zu denken.

»Das ist es, was ich meine!«, erklärte der Professor. »Du ekelst dich davor. Man kann es dir ja direkt ansehen!«

Luis war erschrocken, dass ihm sein Abscheu derart auf die Stirn geschrieben stand. »Ich kann doch nichts dafür. Aber irgendeine Innere Stimme hält mich davon ab, so zu sein wie er.«

Pankrazius lehnte sich so weit vor, dass er mit seinem ganzen Oberkörper auf der Tischplatte lag. »Was hast du da gesagt?«, fragte er und sein Ton wurde ruppig. »Innere was? Stimme? Sag schon! Sprich!«

Luis zuckte zusammen. Was hatte er da gesagt? Er war absolut sicher, dass er es nie im Leben hatte verraten wollen. Jetzt war es zu spät. Oder? Etwa nicht? Er versuchte so unbeteiligt wie möglich auszusehen, als er antwortete. »Stimme? Was für eine Stimme?«

Pankrazius rutschte ganz langsam von seinem Tisch wieder hinunter. »Du hast es eben selbst gesagt!«

»Das sagt man doch nur so!«

»Nur so? So, so!« Pankrazius saß jetzt wieder ganz auf seinem Stuhl. Nachdenklich betrachtete er die Tischplatte, als suchte er nach einer Schleifspur, die er bei seiner Rutschpartie hinterlassen hatte. Abrupt schaute er auf. Und dann stellte er eine Fangfrage, die Luis den Boden unter den Füßen wegzog: »Ist es etwa auch deine, wie sagt man nur so, deine Innere Stimme gewesen, die dir dazu geraten hat, die Nacht bei den Pennern unten am Fluss zu verbringen? Obwohl es verboten ist?«

Luis taumelte. Er musste sich am Tisch festhalten, um nicht völlig den Halt zu verlieren. »Woher weißt du …«

Gefangen! Luis unterbrach sich selbst. Doch da war es schon zu spät. Er hatte sich verraten. Er hatte genauso reagiert, wie es Pankrazius beabsichtigt hatte.

»Woher schon. Ich weiß es nun mal!«

Luis rang nach Luft. »Und was weißt du noch alles?«

Pankrazius grinste ihn unverhohlen an. »Was muss ich denn sonst noch wissen?«

Es war hoffnungslos. Mit jedem Wort, das Luis sprach,

verriet er sich nur noch mehr. »Nichts!«, stieß er gequält hervor. »Eigentlich wollte ich dir ein paar Fragen stellen und nicht umgekehrt!«

Plötzlich versteinerte die Miene des Professors wieder. Er sagte: »Ich weiß gar nicht, was du hast. Die meisten Antworten hast du dir doch selbst gegeben.« Dann klatschte er dreimal kräftig in die Hände und meinte: »So, genug für heute. Fragestunde beendet. Ich werde sehen, was ich für dich tun kann.«

Er nahm das Blatt Papier, das er in der Zwischenzeit beiseite gelegt hatte, wieder zur Hand. Regungslos starrte er auf das Blatt. Luis überlegte noch kurz, ob er sich wirklich einfach so abspeisen lassen sollte. Doch wieder einmal schien Pankrazius seine Gedanken erraten zu haben. Er schaute kurz auf und rief so laut, dass man es durchs ganze Prüfamt hören konnte: »Der Nächste bitte!«

Die Tür ging auf und ein Prüfling betrat den Raum. Luis drehte sich um und ging. Auf halbem Weg zur Tür traf er den neuen Kandidaten. Die beiden Jungen würdigten sich mit keinem Blick. Als Luis die Tür erreicht hatte, wandte er sich noch einmal um. Der Professor stierte auf sein Blatt Papier. Ohne aufzuschauen sagte er: »Name?«

Kuck-Kuck!

Die zerbombte Brücke ragte noch für etwa einen halben Meter über den Pfeiler hinaus und brach dann hoch über dem Fluss ab. Nur wenige Zentimeter vor der Abbruchkante hatte Luis einen Aurankeil in den Beton geschlagen, um daran ein Seil zu befestigen, an dem man in die Tiefe klettern konnte. Es kostete ihn und Dorit jedes Mal eine enorme Überwindung, den Schritt über die Kante zu wagen und sich an dem dicken Tau abzuseilen. Der Lohn für diesen waghalsigen Abstieg war ein Ort, an dem sie endlich einmal ungestört waren.

Vor einigen Tagen hatte Dorit entdeckt, dass der Brückenpfeiler nicht direkt im Wasser stand. Er war auf einer Art Fundament errichtet worden, das den Zweck erfüllte, angeschwemmtes Treibgut aufzufangen und somit eine Beschädigung des Pfeilers zu verhindern. Dieses Fundament ragte um gut einen Meter aus dem Wasser heraus und bot genug Platz, um dort aus ein paar Holzbrettern eine Plattform über den wild bewegten Fluten zu bauen.

Wie schon in den Nächten zuvor hatten es sich Dorit und Luis auf dieser Art Balkon bequem gemacht. Zwar wurden sie ab und zu von ein paar Wasserspritzern getroffen, aber dafür störte sie hier niemand. Und der tosende Strom verschluckte jedes verräterische Geräusch. Wie so oft hatte Dorit ihren Kopf auf Luis' Bauch gelegt und schaute ihn mit ihren großen Augen an. Er ließ ihr langes schwarzes Haar durch seine Finger gleiten und blickte über den Fluss, als wäre dort die Lösung ihrer Probleme zu suchen.

»Ich habe Angst«, sagte Dorit leise und auf eine so beiläufige Art, dass Luis innerlich zusammenzuckte.

Ihr Haar glitt ihm aus den Händen. Er fragte: »Wovor hast du Angst?« Gleichzeitig hoffte er, dass sie nicht aussprach, was er ihr die ganze Zeit schon sagen wollte und nur noch nicht über die Lippen gebracht hatte.

»Ich glaube, Luis, wir werden beobachtet.«

Ein falsches Lächeln huschte über sein Gesicht. »Ach, Unsinn«, log er. »Wer soll uns hier schon finden?«

Luis brauchte ein paar Sekunden um zu erkennen, dass Dorit nicht mehr ihn ansah, sondern über ihn hinwegschaute. Sie schien irgendetwas zu suchen. Oben. Am Nachthimmel. Und er wusste zu gut, um was es sich handelte.

Während sie den Himmel absuchte, sagte sie: »Vielleicht solltest du nicht mehr ganz so oft hierher kommen, Luis.«

»Das ist nicht dein Ernst!«

»Zumindest nicht jeden Tag. Jeden zweiten vielleicht. Würde das nicht reichen?«

Er wollte laut werden. Riss sich aber gerade noch zusammen und erwiderte: »Wenn es *dir* reicht.«

Ohne die Augen vom Himmel zu wenden, streichelte sie sein Gesicht, fuhr mit den Fingern über seinen Mund, sagte: »Pscht! Natürlich nicht. Du weißt, dass ich dich am liebsten den ganzen Tag hier hätte. Aber es ist zu gefährlich.«

Luis gab ihr einen Kuss auf jede Fingerspitze ihrer Hand. Er dachte daran, was es für ihn bedeutete, jeden Tag nach seinem Dienst in der Megamaschine hierher zu kommen. Kaum war dieses Monstrum von einer Pumpe abgeschaltet, spürte er eine solche innerliche Leere, dass er das Gefühl hatte, selbst auftanken zu müssen. Nachdem er acht Stunden lang seinen ganzen I-Sprit in das falsche Herz gejagt hatte, brauchte er selbst eine Art Sprit. Neue Energie. Und die tankte er nirgendwo besser als bei den Aussitzigen unter der Brücke. Und natürlich bei Dorit auf diesem selbst gebauten Brückenbalkon über dem Strom. Deshalb hatte er ihr noch nichts davon gesagt, dass Pankrazius etwas von ihren nächtlichen Treffen wusste. Und dass es wohl nicht nur Pankrazius allein war, denn der Professor war letztendlich nicht mehr und nicht weniger als ein Handlanger des Königs.

»Luis. Lieber? Du sagst ja gar nichts!«

Er beugte sich zu ihr hinunter und gab ihr einen Kuss auf die Stirn. War es ein Wasserspritzer oder hatte er wirklich feuchte Augen? Er hob den Kopf, lehnte sich mit dem Rücken an die kalte Wand des Brückenpfeilers und sah in den Himmel.

Sie entdeckten es beide gleichzeitig.

»Da!«, flüsterte Dorit und war klug genug, sich nicht zu bewegen. »Ein Kuck-Kuck! Rechts neben dem Mond. Genau über dir!«

»Links neben dem Mond, meinst du!«, korrigierte Luis schnell und war erleichtert. Schon wollte er ihr erklären, dass es sein Kuck-Kuck war, den er zur Bewachung hierher geschickt hatte, nur so zur Sicherheit, da erkannte er seinen fürchterlichen Irrtum.

Er hatte einen anderen Kuck-Kuck gesehen als Dorit! Da kreisten zwei Vögel über ihnen. Ausgeschlossen, dass man erkennen konnte, welcher von beiden Luis gehörte. Ein grelles Licht blitzte auf. Es schien direkt aus den Augen des einen Vogels zu kommen. Ein roter Strahl zischte auf den anderen Kuck-Kuck zu und riss ihm den Schädel vom blechernen Leib. Mit einer Kunstfertigkeit, die man diesen plumpen Vögeln nie zugetraut hätte, flog der Angreifer auf sein Opfer zu, schoss am Leib vorbei, der kopflos umherflatterte, und raste dann im Sturzflug auf das abgetrennte Haupt zu, schnappte es sich mit dem Schnabel und flog mit der leblosen Beute auf und davon.

Dorit und Luis wagten nicht zu atmen. Selbst als der Angreifer schon längst in der Nacht verschwunden war, starrten sie noch nach oben. Sie rissen ihre Augen auf, dass es schmerzte. Es kostete sie eine unheimliche Anstrengung, den wild umherflatternden Leib des geköpften Kuck-Kucks zu beobachten, der im Zickzack zu Boden sank und in den Fluten verschwand.

Erst als er das laute Platschen hörte, löste sich die Erstarrung, die Luis befallen hatte. »Warte!«, raunte er Dorit zu und beugte sich weit über den Balkon. Wenn er Glück hatte, wenn er einmal richtig Glück hatte, würde er den Kuck-Kuck zu fassen bekommen. Er musste ihn kriegen! Er musste Gewissheit haben, was über ihnen am Himmel geschehen war.

Mit einer Hand hielt er sich an einem Brett der Plattform fest, die andere tauchte er in die Fluten. Wie blind ruderte er mit dem Arm im Wasser umher, das in der Nacht ein einziger schwarzer Strom war, in dem es völlig unmöglich schien, einen auranthrazitfarbenen Kuck-Kuck zu erkennen.

Er erkannte ihn auch gar nicht. Er spürte ihn! Ein zuckendes metallenes Etwas stieß gegen seine Hand. Ohne zu zögern griff er zu. Die Flügel klatschten gegen seinen Arm, drohten ihm zu entgleiten. Er hielt fest, auch wenn er das Gefühl hatte, dass seine Knochen brechen würden. So viel Kraft hatte das kopflose Tier, dass es ihm die Haut mit seinen Metallklauen aufschlitzte.

Luis gab nicht nach. Er zog das Tier aus den Fluten, donnerte es ein paarmal auf den Boden und quetschte es, bevor es entfliehen konnte, mit beiden Füßen gegen den Pfeiler. Obwohl er mit ganzer Kraft zutrat, zuckte der Kuck-Kuck immer noch mit den Flügeln. Luis zog die Knie an und rutschte mit dem Oberkörper näher an das Tier heran. Es kostete ihn einige Überwindung, die zerkratzte Hand auszustrecken und dem Vogel in das klaffende Loch im Hals zu greifen. Mit einer letzten

Kraftanstrengung versuchte sich das Tier zu befreien. Dann hatte es Luis geschafft.

Seine Hand steckte tief im Leib des Vogels. Ein leichtes Drehen, ein Ruck und der Spuk war vorbei. Luis hatte dem Tier das Herz aus dem Leib gerissen. Es war natürlich kein richtiges Herz wie bei einem lebendigen Vogel. Sondern eine kleine Batterie, die nicht größer als ein Fingerhut war. Luis hatte dem Vogel einfach den Strom abgedreht! Endlich konnten sie sich den Kuck-Kuck näher anschauen. Luis legte das Tier auf den Rücken und suchte die Brust ab.

»Was suchst du?«, fragte Dorit, die immer noch am ganzen Körper zitterte.

Luis strich ein paar Metallfedern beiseite, dann hatte er es gefunden. »Da!«, sagte er und las vor: »Registriernummer LD 3. Es ist mein Kuck-Kuck!« Und obwohl es sich nur um ein Stück Blech handelte, hob er den starren Leib erschüttert hoch und hielt ihn feierlich über das Wasser.

»Du willst doch nicht ...«, stammelte Dorit.

Doch da hatte Luis den Vogel auch schon fallen gelassen. Wasser spritzte auf und das Tier verschwand in den Fluten. »Keine Angst«, sagte Luis mit tonloser Stimme. »Sein wichtigster Teil lebt weiter.« Und dann fügte er ratlos hinzu: »Und ich muss unbedingt herausfinden wo!«

Früher als sonst kehrte Luis von seinem nächtlichen Ausflug zurück. Seine Hand zitterte vor Aufregung, als er die Magnetkarte ins Schloss steckte und die Tür entriegelte. Ohne links und rechts zu schauen rannte er ins Wohnzimmer, griff nach der Fernbedienung und schaltete den Monitor an. Wenn ihn nicht alles täuschte, musste sein Kuck-Kuck noch irgendetwas Entscheidendes gefilmt und nach Hause gefunkt haben, bevor er abgeschossen worden war. Warum sonst hatte der andere Vogel den Befehl zum Angriff erhalten?

Luis stellte das Aufnahmegerät auf null Uhr. Das war die Zeit, zu der er sich mit Dorit verabredet hatte und zu der er seinen Kuck-Kuck über ihrem Versteck hatte kreisen lassen, um den Himmel nach einem Spion abzusuchen. »00:00,00 Uhr«, erschien eine digitale Schrift auf dem Bildschirm, die fortlaufend jede Sekunde zählte, die der Kuck-Kuck gefilmt hatte. Die Augenkamera machte einen weiten Schwenk über den Mond, senkte sich dann herab auf die Fluten, über die Brücke, bis zu dem Balkon, auf dem zwei Gestalten kauerten.

Luis sah, wie er sich mit Dorit eng umschlungen auf dem Balkon wälzte. Er brauchte eine Weile, bis er verstand, was das bedeutete. Erst wollte er auf seinen Kuck-Kuck schimpfen, dem er klar und deutlich die Aufgabe erteilt hatte, nach einem Spion Ausschau zu halten. Dann aber hatte er begriffen. Das, was er da sah, war gar nicht die Aufnahme seines Kuck-Kucks. Es war der Film, den der feindliche Vogel gedreht hatte!

Luis sprang auf. Er rannte durch sämtliche Räume seiner Wohnung. Nichts! Er lief die ganze Terrasse ab. Nichts! Er kontrollierte die Haustür. Suchte nach Kratzern am Schloss. Nichts! Die Einbrecher hatten keine Spuren hinterlassen. Und dabei mussten sie hier gewesen sein! Irgendjemand war bei ihm eingebrochen und hatte eine andere Disc in den Recorder gelegt. Und auf dieser Disc war der Film des feindlichen Kuck-Kucks aufgezeichnet.

Als bräuchte er noch einen weiteren Beweis, schaltete er mit der Fernbedienung auf Schnelldurchlauf. Im Zeitraffer rauschten die Bilder über den Monitor. Endlich kam er zu der Stelle, die auch seine letzten Zweifel zerstreuen musste: Auf dem Bildschirm war sein Kuck-Kuck erschienen.

Luis konnte ganz genau erkennen, dass die Augen seines Kuck-Kucks auf den fremden Vogel gerichtet waren. Das also war der Grund für den Abschuss! Wer immer es auch sein mochte, der hinter Luis herspionierte, hatte gemerkt, dass er entdeckt war. Und er hatte gehandelt! Sofort!

Für einen Sekundenbruchteil schien der Film zu reißen. Die Bildfläche verdunkelte sich. Dann schoss ein blutiger Blitz auf Luis' Kuck-Kuck zu und riss ihm den Kopf ab. Und Luis sah, wie der Angreifer auf den abgetrennten Kopf zuflog und ihn auffing. Dann war der Film zu Ende.

Jemand hatte die Aufnahme gestoppt. Jemand fand, dass Luis genug gesehen hatte. Jemand ließ ihn überwachen, schlich sich bei ihm ein und kontrollierte jeden Schritt, den er machte. Und ganz offensichtlich wollte dieser Jemand noch etwas anderes. Das zumindest war der erste Gedanke, den Luis hatte: Dieser Jemand wollte ihn warnen!

Es brauchte eine ganze Weile, bis Luis sich selbst korrigierte. Dieser Jemand wollte ihn gar nicht warnen. Er wollte etwas ganz anderes. Er wollte ihm drohen!

Kampf der Adjutanten

Mit hämmerndem Schädel fand sich Luis am nächsten Tag an seinem Arbeitsplatz ein.

Er wusste nicht, wie er seine Schicht in der Megamaschine überstehen sollte. Er hatte die ganze Nacht nicht schlafen können. Das Hirn hatte er sich zermartert, wer hinter dem Attentat auf seinen Kuck-Kuck steckte. Sorgen hatte er sich gemacht, was mit Dorit alles geschehen könnte, wenn er nicht bei ihr war.

Er war so durcheinander, dass er sogar einmal aufgestanden war, um auf die Terrasse zu gehen. Er hatte solche Angst um Dorit, dass er beschlossen hatte, ihr seinen Kuck-Kuck zur Beobachtung zu schicken. Erst im kühlen Nachtwind, als er den Befehl schon auf den Lippen gehabt hatte, war ihm wieder eingefallen, dass es da keinen Kuck-Kuck mehr gab, der ihm hätte helfen können.

Als Luis durch die Tür der Glaskuppel ging, unter der sich die Pumpe befand, ahnte er nicht, dass der Tag noch schlimmer werden würde als die Nacht. Doch als er Pankrazius erkannte, der neben Auriel stand, schwante ihm, dass dies nichts Gutes zu bedeuten hatte.

Auriels Kronen blitzten ihm bis zum letzten Backenzahn entgegen. Mit überschwänglicher Freundlichkeit stapfte er auf Luis zu und seine Stimme übertönte sogar das ständige Schmatzen der Pumpe, als er rief: »Luis. Kollege! Heute ist ein großer Tag. Mein großer Tag. Nun sei kein Spielverderber. Freu dich schon mit mir!«

»Herzlichen Glückwunsch«, nuschelte Luis. »Wenn du mir jetzt auch sagst, worüber ich mich freuen soll!«

Auriel ließ seinen fetten Arm auf die Schulter von Pankrazius krachen. »Professor! Raus mit der Sprache! Erklär's ihm schon!«

Pankrazius bog sich vor Schmerzen. Mit verzerrtem Gesicht meinte er: »Hab ich dir nicht gesagt, Luis, dass ich sehen werde, was ich für dich tun kann? Nun, das hier ist das Einzige, was ich tun konnte.« Allmählich erholte sich Pankrazius von dem Schlag, den er erhalten hatte. Es hörte sich wie ein Schuldgeständnis an, als er berichtete: »Ich habe dem mächtigen Auranus von deinem Wunsch erzählt. Du weißt schon welchen. Und ob du es glaubst oder nicht. Er hat zugestimmt!«

Aber, dachte Luis. Jetzt kommt bestimmt ein Aber.

»Aber er hat eine Bedingung gestellt ...« Pankrazius sah nur kurz auf. So konnte Luis an seinen roten Augen erkennen, dass ihm die Angelegenheit wirklich nahe ging. »... du musst erst beweisen, dass du es wert bist. Dass er dieses eine Mal eine Ausnahme machen kann. Kurz und gut: Er hat gesagt, er macht eine Ausnahme, wenn du eine Ausnahme bist. Wenn du Auriel in einem Kampf der Adjutanten besiegst!«

»Aber ...«, sagte jetzt Luis.

»Nichts aber!«, plärrte Auriel. Und Luis konnte gerade noch einen Schritt zur Seite machen, als er merkte, dass ihm Auriel ebenfalls einen »Klaps« auf die Schulter geben wollte.

»Hoppla!«, sagte der Adjutant und wurde vom eigenen Schwung mitgerissen. Sein massiger Körper taumelte kurz. Er fing sich aber schnell wieder, grinste freundlich und meinte: »Und das Beste daran ist, der halbe Wettkampf ist schon vorbei!«

Luis warf Pankrazius einen fragenden Blick zu.

Doch der zuckte nur die Schultern. »Es ist, wie er sagt. Es war der Wille des Königs, dass der Wettkampf hier in der Megamaschine stattfindet. Wer in seiner Schicht mehr Auran zu Tage fördert, hat gewonnen!«

Luis hatte zu lange zum Professor hinübergeschaut. Denn diesmal konnte er Auriel nicht mehr ausweichen, dessen Hand ihm wie ein nasser Mehlsack auf die Schulter klatschte. »Und nun rate mal, wie viel Auran ich gewonnen habe!« Und aus vollem Hals fügte er hinzu: »Gewonnen? Das ist gut. Gewonnen! Wenn das nichts zu bedeuten hat.«

Luis knirschte mit den Zähnen. »Wie viel? Sag endlich wie viel!«

Statt zu antworten schrie Auriel: »Doktor? Wo bleibst du denn? Nun komm schon her, du dämlicher Weißkittel! Dein Typ wird verlangt!«

Aus dem Hintergrund trat der Doktor hervor. Er hantierte noch an seinen Messgeräten herum. Schaute kopfschüttelnd auf die Anzeige und verkündete: »So etwas habe ich noch nicht erlebt! Die Pumpe hat zweihunderttausend Hektoliter Auran zu Tage gefördert. Das ist ein Drittel mehr als je zuvor. Das ist ein neuer Rekord. Ich habe es zigmal überprüft. Aber es wird und wird nicht weniger. Mein lieber Adjutant des Königs, mir bleibt nichts anderes, als zu gratulieren. Meine ergebenste Gratulation!«

Auriel gab dem Doktor einen üblen Knuff in die Seite. »Spar dir deine Gratulation für später auf, Weißkittel. Wollen erst mal sehen, was mein werter Kollege zu Stande bringt. Ob aus dem kleinen Luis hier ein *Luis der Große* wird!« Er hob den massigen Arm. Als alle Umstehenden beiseite sprangen, schlug er sich selbst auf den Oberschenkel, dass es laut schallte. »So, genug geredet! Jetzt frisch ans Werk. Luis, nimm dein Herz in beide Hände!« Wieder ließ er seine schrille Lache ertönen. »Herz, das ist gut. Das ist wirklich gut …«, murmelte er vor sich hin und schob lachend ab.

Luis war kurz davor, zu verzweifeln. Er musterte seine Arbeiterschaft. Oder zumindest das, was von ihr übrig geblieben war. Auriel hatte auch noch die letzten Mitarbeiter, die etwas taugten, abgeworben. Es kam Luis so vor, als müsste er mit einer Mannschaft von Schwachköpfen den neuen Rekord brechen, den Auriel mit seiner Truppe aufgestellt hatte.

Einer nach dem anderen wurde an die Pumpe angeschlossen. Nachdem die Hälfte der Arbeiter die Kopfhörer aufgesetzt hatte, warf der Doktor einen Blick auf das Messinstrument. Die Nadeln der Anzeige tanzten unruhig auf und ab. Unrhythmisch schlug das Herz vor sich hin.

Auch ohne dass er ein Messgerät gehabt hätte, wusste Luis, dass der Kampf aussichtslos war. Viel zu langsam und mit viel zu wenig Druck arbeitete die Pumpe. Und daran sollte sich auch nichts ändern. Als die Reihe endlich an Luis war, hatte das blaue Herz seinen Umfang gerade mal um ein Zehntel vergrößert.

Niedergeschlagen wiegte Luis den Kopfhörer in der Hand. Aus dem Hintergrund trat noch einmal Auriel hervor und höhnte: »Keine Sorge, Brüderchen. In dem Tempo braucht die alte Pumpe wenigstens keine Pause. So kann sie bis in alle Ewigkeiten durcharbeiten.«

Luis ersparte sich das schallende Gelächter seines Kontrahenten. Er setzte den Hörer auf, drehte den Regler hoch und von da an hörte er nichts mehr von dem, was um ihn herum geschah.

Er spürte nur das metallische Klicken der zwei Nadeln, die in seinem Kopf miteinander verbunden wurden. Er hörte nur die Stille, fragte sich noch kurz, ob man Stille eigentlich hören konnte, dann dachte er wieder nur an eines: Auran! Und die Energie, die dabei entstand, wurde von den Nadeln angezogen und hinein in die Pumpe gejagt.

Er befand sich jetzt in jenem Zustand, in dem er nicht

mehr viel beeinflussen konnte. Während der ganzen drei Wochen, in denen er Tag um Tag seinen Dienst in der Megamaschine verrichtet hatte, war es ihm nicht gelungen, seine eigene Arbeit irgendwie zu lenken. Nachdem es »Klick« gemacht hatte, spulte sich ein Programm ab, das er nicht steuern konnte. Mechanisch. Monoton. Er dachte einfach nur an Auran. Alle seine Gedanken kreisten um dieses eine Thema. In welcher Intensität sie dies taten, das erfuhr er erst, wenn er die Kopfhörer wieder abgenommen hatte und auf die Messgeräte des Doktors schaute.

Doch diesmal war alles anders! Während er an das Auran dachte, dachte er darüber nach, wie er an das Auran dachte! Es war, als würde er sich Gedanken über seine Gedanken machen! Aber das Ganze wurde noch verwirrender. Während er darüber nachdachte, dass er an das Auran dachte, dachte er darüber nach, was passierte, wenn er darüber nachdachte, dass er an das Auran dachte! Es war, als würde er sich Gedanken über die Gedanken machen, die er sich über seine Gedanken machte.

So dachte er also daran, dass er womöglich weniger Energie produzierte, wenn ihn diese ganze Denkerei von seiner Arbeit ablenkte. Er meinte geradezu fühlen zu können, wie die Pumpe ins Stocken geriet, wie Auriel triumphierend zusah und vor Vergnügen wem auch immer mit seiner fleischigen Hand auf die Schulter klopfte. Er stellte sich vor, wie er zu Auranus gebeten und ihm der Titel des Adjutanten aberkannt wurde. Er dachte daran, wie enttäuscht Pankrazius wohl sein würde, der ihm diese Chance verschafft hatte, mehr über das Auran zu erfahren.

Auran! Auran! Auran!

Er versuchte wieder etwas stärker daran zu denken. Und noch einmal gelang es ihm, sich auf das Auran zu konzentrieren. Doch es geschah anders, als er es sich vorgestellt hatte. Er dachte nicht daran, dass er es unbedingt haben musste, sondern daran, was es eigentlich war!

Was ist Auran?, schoss es ihm durch den Kopf.

Sofort spürte er es wie einen stechenden Schmerz: Diese Frage war völlig unproduktiv. Dies war ein Gedanke, der von den Nadeln in seinem Kopf abgestoßen wurde, sodass er nicht durchs Ohr entweichen konnte, sondern wie ein unruhiger Geist in seinem Schädel umherschwirrte! Dort schien er sich wie ein Virus zu verbreiten, er wuchs an, wurde größer und größer! Luis meinte, dass sein Schädel platzte.

Er war schon halb betäubt vor Schmerz, als er kapierte, was da mit ihm geschah: Seine Gedanken waren in die Irre gegangen! Es war also doch passiert! Hatten ihn die anderen nicht gewarnt? Hatten ihm seine Kollegen nicht schon am zweiten Tag gesagt, dass er, sobald er an die Pumpe angeschlossen war, an nichts anderes denken durfte als an Auran? Dass er sonst geisteskrank würde? Und dass sich diese Krankheit nirgendwo besser verbreiten könne als in den endlosen Windungen des Irrgartens, der in seinem Kopf entstehen würde, um in rasender Geschwindigkeit zu wachsen und immer weiterzuwachsen?

Auranus sollte Recht behalten: Der Irrsinn wucherte in alle Richtungen, raubte Luis das letzte bisschen Verstand, mit dem ihm gerade eben noch klar wurde, dass er verloren hatte, dass es aus und vorbei war, dass er sterben würde, wenn nicht ein Wunder geschah!

»Sterben?«, hörte er eine Stimme aus dem hintersten

Stübchen seines Kopfes. Von irgendwoher, wo der geheimnisvolle Virus noch nicht gewütet hatte.

Und noch einmal: »Sterben? Das ist aber gar nicht schön! Und so ziemlich das Gegenteil von dem, wozu du hier bist!«

»Wie bitte?«, dachte Luis und wunderte sich, dass er überhaupt noch denken konnte.

»Genau das Gegenteil, hab ich gesagt.«

»Gegegesagt? Wwwer? Wwwer bbbist du?« Luis war erstaunt, dass man auch in Gedanken stottern konnte.

»Du kennst mich doch ganz genau. Stell dich nicht so an!«

»Hab du mal dieses Ding auf dem Kopf und diese Nadeln in den Ohren«, dachte Luis vorwurfsvoll. »Dann wüsstest du, wie's mir geht!«

»Selber schuld! Du wolltest es doch so haben!«

»Wer bist du? Pankrazius? So kann nur der Professor reden!?«

»Falsch. Falsch geraten. Du bist wirklich nicht gerade helle, Luis. Guter!«

»Kunststück! Mit diesen Dingern ...«

»Keine Ausreden, bitte! Streng dich gefälligst ein wenig an!«

Luis überlegte und war gleichzeitig verblüfft, dass sein kranker Geist überhaupt noch die Kraft dazu aufbrachte. »Mess?«, dachte er. »Herr Mess. Bist du das?«

»Gut geraten, Luis! Aber im Ernst. Wer hätte es wohl sonst sein sollen?«

Keine Antwort. Stattdessen fragte sich Luis, was Herr Mess von ihm wollte. Weshalb meldete sich seine Innere Stimme noch einmal? Vielleicht wollte sie sich nur von ihm verabschieden? Vielleicht ...

»Luis! Guter!«, unterbrach Herr Mess diese irrwitzigen

Gedanken. »Hab ich dir nicht schon einmal geholfen? Hast du denn so wenig Vertrauen zu mir? Erinnerst du dich denn gar nicht mehr?«

»Dunkelkammer!« war das Einzige, was Luis denken konnte.

»Na also! Es geht doch! Auch diesmal will ich dir ein wenig unter die Arme greifen. Was du brauchst, ist nämlich gar nicht so viel. Ein kleiner Geistesblitz sollte genügen. Ein winzig kleiner Geistesblitz!«

»Nun mach schon!«, drängte Luis, der immer mehr ohne Sinn und Verstand war.

Herr Mess hatte wohl gemerkt, dass keine Zeit mehr zu verlieren war. Wenn er nicht wollte, dass es mit Luis zu Ende ging, musste er handeln.

»Also gut«, sagte er schnell. »Das Geheimnis des Auran! Erinnerst du dich? Ich wollte es dir schon einmal enthüllen. Aber da wolltest du nicht. Sag, willst du jetzt?«

Luis nickte so heftig, dass ihm die Nadeln im Kopf wehtaten.

»Der Grund, weshalb alle so verrückt nach dem Auran sind! Weshalb sie so viel davon sammeln! So viel, wie sie nie im Leben brauchen können! So viel ...«

»Nun sag schon!«, stöhnte Luis in Gedanken laut auf.

»Weil sie glauben, nein, weil sie wissen, nein, weil sie glauben zu wissen, dass es den Tod überwindet, dass es das Leben unendlich macht, dass es die Unsterblichkeit bedeutet! Der Traum vom ewigen Leben, verstehst du, Luis?«

»Unsterblich macht!«, dröhnte es in Luis' Kopf. »Welch ein Wahnsinn!« Aber gleichzeitig durchzuckte ein Blitz seinen Kopf, der ihn mit einem Schlag von allem Irrsinn befreite und eine Energie freisetzte, wie er sie noch nie in sich gefühlt hatte.

»Haben! Haben! Haben!«, dachte Luis und hörte nicht mehr, wie Herr Mess ihm noch etwas zurufen wollte. Denn jedes Wort, das die Innere Stimme noch sagte, wurde wie von einem mächtigen Donner verschluckt. Und die Schallwellen dieses Knalls vertrieben Herrn Mess endgültig aus Luis' Gedanken.

Haben! Haben! Haben! Noch nie hatte alles, aber auch wirklich alles in Luis mit solcher Kraft gearbeitet. Sein ganzer Körper war wie elektrisiert. Während sonst nur sein Kopf für die Megamaschine gearbeitet hatte, so war es nun auf einmal, als würden alle Organe, alle Muskeln mit Energie erfüllt. Und diese Energie war I-Sprit in seiner reinsten Form. Sie wanderte durch die Nadeln, die Ohren, in die Leitung und direkt in die Pumpe. Nichts konnte Luis mehr von seinem eigentlichen Ziel abbringen: So viel Auran zu produzieren, wie nie zuvor in einer Schicht zu Tage gefördert worden war.

So dachte er nicht daran, wie viel Zeit ihn das Gespräch mit Herrn Mess gekostet hatte. Wie viele Stunden vergangen sein mochten. Und wie viele ihm blieben, um doch noch den Vorsprung aufzuholen, den sich Auriel erarbeitet hatte.

Kronprinz

Auriel sah auf die auranverchromten Zeiger seiner Uhr und sein Grinsen wurde immer breiter.

Die letzte Stunde von Luis' Schicht war angebrochen. Und immer noch arbeitete die Pumpe ungleichmäßig vor sich hin. Jeder Herzschlag schien sie eine unglaubliche Anstrengung zu kosten. Mit einem lauten Ächzen blies sie sich auf, verharrte zitternd in voller Größe und sank dann kraftlos in sich zusammen. Mit Genugtuung hatte Auriel beobachtet, dass die Leistung der Pumpe sogar abgenommen hatte, seit Luis mit ihr verbunden war. Fast sah es so aus, als würde Luis der Pumpe Energie absaugen – und nicht umgekehrt.

Auriel bemerkte es und wusste im selben Moment, dass er gewonnen hatte. Den anderen gegenüber hatte er es nicht eingestehen wollen: Trotz seines Rekords war er sich die ganze Zeit nicht sicher gewesen. Zu oft hatte dieser unscheinbare Luis Dor schon seine Pläne durchkreuzt. Zu oft hatte er mit einer immer schlechteren Arbeiterschaft mehr Auran zu Tage gefördert als Auriel in seiner Schicht.

Doch diesmal war alles anders!

Der nahende Triumph war Auriel deutlich in das sonst so erstarrte Gesicht geschrieben. Und dass ihm sein Triumph nicht mehr zu nehmen war, stand für ihn so fest wie die Tatsache, dass Auranus nie und nimmer seinen Hochsitz verlassen würde, von dem aus er Aurania regierte.

Deshalb nahm es Auriel zunächst auch gar nicht wahr, als sich der Herzschlag der Pumpe nach und nach normalisierte, gleichmäßiger und kraftvoller wurde. Auch hörte er die Rufe nicht, die allmählich so laut wurden, dass sie das Schmatzen des Herzens übertönten. Selbst das abrupte Wachsen des riesigen Muskels erschien ihm nicht mehr als ein unbedeutender Endspurt im aussichtslosen Kampf um den Sieg! Die Rufe wurden lauter. Er ignorierte sie. Zu groß war der Vorsprung, den er hatte. Und zu wenig war die Zeit, die noch verblieb.

»Raus! Bloß raus hier!« Als Auriel die verzweifelten Schreie endlich hörte, war es fast zu spät. Panik hatte sich ausgebreitet. Das Herz war so schnell angewachsen, dass es beinahe die ganze Fläche unter der Glaskuppel einnahm.

»Raus hier!«, rief der Doktor und versuchte sein Messinstrument aus dem Herzen zu ziehen, dessen Zeiger sich wie die Rotoren eines Hubschraubers rasend schnell drehten, sodass er nichts mehr ablesen konnte.

Doch das Gerät explodierte ihm in der Hand. Er schrie entsetzt auf, betrachtete in einem tiefen Schockzustand seine blutige Hand und rannte instinktiv zu Luis hinüber, der mit geballten Fäusten und bis zum Äußersten angespannten Muskeln seinen Dienst verrichtete. Der Junge war so nassgeschwitzt, dass ihm die Kleider am Leib klebten. Sein Haar lag ihm platt im Gesicht. Aus seinen Ohren hingen Schläuche heraus, die sich armdick aufgeblasen hatten und in einer so hohen Frequenz Energie ins Herz pumpten, dass die einzelnen Schläge mit dem Auge nicht mehr zu erkennen waren.

Der Doktor wollte gerade nach dem Hörer greifen, den Luis auf dem Kopf trug, als sich eine mächtige Hand von hinten um seine Kehle legte und so stark zudrückte, dass ihm schwarz vor Augen wurde. Auriel packte den Doktor wie ein Karnickel und zog ihn von Luis fort. Diesmal war es Auriel selbst, der schrie: »Raus hier! Rette sich, wer kann!« Dann warf er noch einen kurzen mitleidigen Blick auf Luis und schleppte sich dem Ausgang entgegen, durch den er gerade noch entkommen konnte, bevor auch er zwischen Pumpe und Glaskuppel eingezwängt wurde.

Draußen lud er sich den Doktor auf die Schultern und wankte mit ihm auf den Vorplatz der Megamaschine. Sein Körper war zu gebeugt von der Last, die er trug, als dass er aufgeschaut hätte. So bemerkte er nicht, dass ihn jemand bereits erwartete, mit dem er nie gerechnet hätte. Ohne etwas Böses zu ahnen drehte er sich um, sodass er wieder zur Glaskuppel blickte. Mit kaltem Interesse beobachtete er, wie die Kuppel unter dem Druck der Pumpe zu bersten drohte. Mitleidlos nahm er zur Kenntnis, wie die Arbeiter gegen die Glaswand gepresst wurden. Sah in ihre weit geöffneten Münder und schmerzverzerrten Gesichter. Er wusste ganz genau, dass es nur noch wenige Minuten dauern konnte, bis es die gesamte Megamaschine zerriss. Das Einzige, was ihn daran kümmerte, war, ob es Luis gelingen würde, sich ebenfalls zu befreien. Hoffentlich nicht!, dachte er. Hoffentlich kam sein Widersacher in dieser Hölle um. Dann wäre er wieder der einzige Adjutant des Königs. Ungeduldig wartete er auf die Detonation, harrte auf das Zerbersten der Scheiben.

»Giiiibst duuuuu eeeendlich deeeen Beeefeeehl!«

Auriel erstarrte. Ein fürchterlicher Schock lähmte ihn bis in die Fingerspitzen. Er war unfähig sich zu bewegen. War außer Stande sich nach diesem Rufer umzuschauen, der nicht hier sein konnte, nicht hier sein durfte und doch mit seiner unverkennbaren Stimme brüllte:

»Nuuuun maaaach schoooooon!«

Auriel spürte die Worte wie eine Sturmböe, die ihn im Rücken traf und nach vorne trieb. Mit kantigen Bewegungen stolperte er voran. Ohne sich einmal umzuschauen wankte er der Kuppel entgegen, erreichte sie, strich mit der Hand über die Oberfläche, fand das geheime Fach, öffnete es, griff hinein und drückte auf den roten Knopf, der darin verborgen war.

Wenig später war der ganze Spuk vorbei. Die Pumpe sank in sich zusammen wie ein Ballon, aus dem man die

Luft gelassen hat. Die Arbeiter im Inneren der Kuppel sanken zu Boden und blieben leblos liegen.

Auriel wandte sich wie ferngesteuert ab. Mit gesenktem Blick schlich er diesem Berg von einem Mann entgegen, den er wie niemand anderen verehrte und zugleich fürchtete. Erst als er wenige Meter vor Auranus angekommen war, merkte er, dass er noch immer den Doktor auf seinen Schultern trug.

Es war das erste Mal, dass Luis die Gelegenheit hatte, Auriel direkt mit Auranus zu vergleichen. Bis jetzt hatte er Auriel immer für eine ziemlich gelungene Kopie von Auranus gehalten. Je länger sein Treffen mit dem König her war, umso mehr hatte er Auriel auf eine Stufe mit Auranus gestellt. Aber jetzt, da die beiden so nah beieinander standen, fiel ihm auf, wie weit Auriel davon entfernt war, an seinen König heranzureichen.

Wenn Auranus wie ein Berg von einem Mann wirkte, so konnte man Auriel gerade einmal für einen Hügel halten. Zwar sah er dem König ähnlich, doch er war nicht mehr als dessen Miniaturausgabe. Und die Art und Weise, wie Auranus mit seinem Untergebenen sprach, war ebenfalls nicht dazu angetan, mehr Respekt als unbedingt nötig vor Auriel zu haben. »Waaaruuum«, dehnte Auranus seine Worte bis ins Unendliche, »hast du den Notschalter nicht eher betätigt?«

Auriel wagte es kaum, aufzuschauen. Er hatte seine Lider halb geschlossen und starrte verlegen auf seine Finger, mit denen er unruhig spielte. »Hab nicht dran gedacht in der ganzen Hektik.« Er hatte so leise gesprochen, dass man sich fragte, ob seine Worte oben bei Auranus überhaupt angekommen waren.

Doch der König hatte seine Ohren wie versteinerte

Muscheln aufgestellt und ihm entging nichts von dem, was um ihn herum geschah. »Nicht dran gedacht. Ein Adjutant des Königs denkt an alles! Verstanden!«

Auriel schloss ergeben die Augen. »Ich hatte Angst. Wollte fort, nur fort!«, verteidigte er sich.

Auranus musste vor Wut mit dem Fuß, den man unter den Massen seines Körpers gar nicht sehen konnte, aufgestampft haben. Denn plötzlich fing der Boden an zu beben, als würde die Pumpe doch noch explodieren. »Aaaangst? Du und Aaaangst? Das Einzige, wovor du Angst hattest, war, dass du gegen den hier verlierst!« Und dabei winkelte er seine Hand, die bislang auf seinem Bauch gelegen hatte, um ein kleines Stückchen an, sodass man sie überhaupt erst sehen konnte. Mit dem Zeigefinger deutete er auf Luis. »Dieser hier! Der dich auch diesmal um Längen geschlagen hat.«

Auriel riss die Augen auf. »Hat er nicht!«, begehrte er auf.

»Uuuund oooob! Doktoooor! Sag er, was Sache ist!«

Der Weißkittel traute sich kaum hinter Auriel hervorzutreten. Zu sehr war er gewohnt, dem Willen des Adjutanten zu gehorchen. Und das, was er jetzt tun musste, würde Auriel überhaupt nicht zu Willen sein! Doch der drohende Blick von Auranus überzeugte ihn davon, dass er es mit seiner Treue zu Auriel nicht zu weit treiben durfte. Also sagte er nur: »Zweihundertundfünfzigtausend. Das Gerät hat einen Messbereich bis zweihundertundfünfzigtausend. Erst dann kommt es in den roten Bereich. Luis muss also mehr, viel, viel mehr produziert haben. Wir werden erst ein neues Instrument entwickeln müssen, um diese unvorstellbare Menge überhaupt messen zu können.« Erschrocken über die eigenen Worte, zog er sich wieder hinter den Rücken von

Auriel zurück. Der starrte Luis an, als würden seine Jalousienlider klemmen. »Wie?«, schnaufte er. »Wie hast du das geschafft?«

Luis zuckte die Schultern. Er wusste es selbst nicht. Und wenn er es gewusst hätte, dann wäre ihm bestimmt nicht eingefallen, es Auriel zu verraten. Aber er brauchte sich gar keine Ausrede auszudenken, denn Auranus ergriff für ihn Partei. »Du brauchst ihm nicht zu antworten, Luis!« und dabei sah er seinen Adjutanten beinahe zärtlich an. Ein wohlwollendes Lächeln spielte um seine brüchigen Lippen, sodass sich in seinen faltigen Mundwinkeln ein wenig Auranstaub löste und zu Boden rieselte. »Die Einzigen, die etwas zu beantworten haben, sind wir.«

Und damit kam er ohne Umschweife zum Grund des Kampfes, der zwischen den Adjutanten stattgefunden hatte. »Also stell deine Fragen, Luis! Und ich werde dir antworten. Wie versprochen.«

Luis breitete die Arme aus. »Ich schätze, ehrenwerter König, da gibt es nicht mehr viel zu fragen.«

Auranus senkte streng den Kopf, sodass es in den tiefen Furchen seines klobigen Halses gefährlich knirschte. »Duuu! Nutze meine Gutmütigkeit nicht zu sehr aus! Stell deine Fragen. Nun mach schon!«

Luis verbeugte sich tief und sagte: »Also gut. Dann beantwortet mir nur die eine Frage! Ist es richtig, dass Auran unsterblich macht?«

Ein Beben erfasste den König. Kleine Auranbrocken rollten wie Lawinen seinen Körper hinunter. Luis musste ein paarmal zur Seite springen, um nicht erschlagen zu werden. »Wie hast du das erfahren?«, rauschte es wie ein Orkan zwischen seinen Lippen hervor. »Saaaag schoooooon! Wieieie?«

Wieder zuckte Luis mit den Schultern. »Ich hab es mir gedacht!«

»Du hast es dir gedacht? Du hast es dir gedacht? Ich hab ja schöne Adjutanten. Der eine hat nicht an das gedacht, woran er unbedingt denken musste. Der andere hat sich gedacht, was er nie im Leben hätte denken können! Sag Luis, was denkst du dir dabei? Was hast du dir noch so alles gedacht?«

Luis sah seinem König unerschrocken in die steinernen Augen. »Nichts!«, beteuerte er. »Dabei hätte ich zu gern gewusst, wie viel Auran man haben muss, um unsterblich zu werden.«

»Soll das etwa eine Frage sein?«, toste Auranus wie ein Wirbelsturm.

»Würdet Ihr sie mir denn beantworten?«, fragte Luis vorsichtig.

»Jeeeede Fraaaaage, haaaab ich gesaaagt!«

»Also gut. Wie viel Auran braucht man dazu?«

Auranus schnaufte zufrieden durch. »Na endlich. Gut, dass du fragst. Ich werde dir die Antwort geben. Aber nicht hier. Und auch nicht auf der Stelle. Komm mit!« Und er winkte Luis näher zu sich heran.

Der hatte Mühe, sein Erstaunen zu verbergen.

»Nun mach schon!«, befahl Auranus.

Luis blieb nichts anderes übrig. Er machte ein paar zögernde Schritte auf Auranus zu. Plötzlich rutschte die massige Hand vom Schoß des Königs und baumelte knirschend über dem Boden. Die Finger gaben Luis so etwas wie einen Wink.

Widerwillig berührte der Junge die prankenhafte Hand des Königs, die so groß war, dass er es gerade mal schaffte, einen Finger zu ergreifen. An dem feinen Auranstaubregen merkte er, dass der König lächelte.

Dann geschah etwas, was bis zu diesem Tag noch nie ein Auranier gesehen hatte. Etwas, von dem sich niemand hätte vorstellen können, dass es irgendwann einmal geschehen würde. Auranus ging! Er setzte einen Fuß vor den anderen und wankte über den Vorplatz der Megamaschine.

Neben ihm, in vielen, vielen kleineren Schritten, lief ein grauhaariger, schlaksiger Junge, der, ohne sich selbst darüber bewusst zu sein, eben gerade zum Kronprinzen von Aurania aufgestiegen war.

Die Lebenszeituhren

Luis wusste nicht, wie lange sie schon so durch die Gegend gegangen waren. Ihm brannten die Füße. Er war am Ende seiner Kräfte. Nur Auranus wollte seinem Beinamen so gar keine Ehre machen. Unermüdlich stapfte er durch die Straßen von Aurania. Ein paarmal versuchte Luis den Finger des Königs loszulassen. Aber dann hörte er über sich ein unzufriedenes Grunzen und griff wieder fester zu.

Die Sonne war schon hinter den Dächern der Häuser verschwunden, ein tiefes Abendrot färbte den Himmel, als sie endlich ihr Ziel erreichten. Zwischen den Hochhäusern der Stadt öffnete sich ein grüner Garten, der von wild wucherndem Gestrüpp umrandet wurde. In seiner Mitte befand sich ein merkwürdiges Gebäude mit einer Architektur, die Luis noch nie gesehen hatte.

Der größte Teil dieses Bauwerks sah aus wie ein Schiff, das man umgedreht hatte und das kieloben dalag. Auf der linken Seite dieses Schiffes schloss sich ein

Turm an, der in den roten Abendhimmel aufragte. Unter dem Dach dieses Turmes war eine Uhr angebracht, wie es sie vor langen Zeiten einmal gegeben haben musste. Luis hatte in einem alten Buch darüber gelesen: Sie hatte zwei Zeiger, die auf ein Zifferblatt deuteten und somit die Stunden und Minuten angaben.

Gerade eben rückte der große, schmale Zeiger auf die Zwölf vor. Der kleine, dicke stand auf der Sieben. Und da musste Luis erkennen, dass sich über der Uhr noch etwas befand. Eine riesige Glocke setzte sich in Bewegung, und während sie hin- und herschwang, begann es laut zu läuten. Die Schallwellen des Glockenschlags drangen wie ein eisiger Wind in Luis ein und ließen ihn frösteln. Ein-, zwei-, drei-, vier-, fünf-, sechs-, siebenmal zählte Luis mit. Dann hallte es noch ein wenig nach und der kühle Klang der Glocke war verstummt.

Sie hatten die Pforte zum Garten erreicht. Auranus stieß sie mit einem sanften Tritt auf und zog Luis hinter sich her – hinein in diese so befremdend grüne Oase inmitten der Stadt. »Da wären wir«, sagte er. Und seine Stimme klang leise, friedlich und trotzdem irgendwie feierlich.

»Wo sind wir?«, fragte Luis.

Doch er musste es etwas zu laut getan haben. Denn der kalte Finger des Königs tauchte plötzlich vor dem Gesicht des Jungen auf und legte sich sanft auf seine Lippen. »Pssst! Etwas mehr Ruhe bitte. An diesem würdevollen Ort schreit man nicht.«

»Wo sind wir?«, flüsterte Luis.

Der König hob den Arm und irgendwie war es, als würden sogar seine Gelenke Ehrfurcht vor diesem Ort haben. Jedenfalls war kaum ein Knirschen zu hören, als

Auranus den Arm ausstreckte und einen weiten Schwenk über den Garten beschrieb, der vor ihnen lag. »Dies ist der ›Garten Leben‹«, raunte er Luis zu. »Hier steht alles geschrieben, was du über dein Leben wissen musst.«

Auranus drang immer weiter in den Garten vor, dessen Wege völlig symmetrisch angeordnet waren: Alle paar Meter kam ein neuer Weg, der den Pfad kreuzte, auf dem sie sich befanden. Und Luis hatte keinen Zweifel, dass parallel zu ihrem Weg noch unzählige andere Wege verliefen. Von oben mochte der ganze Garten aussehen wie ein enges Raster. Von hier unten wirkte alles, trotz seiner Ebenmäßigkeit, verwirrend. Und Luis hätte bestimmt Angst gehabt, sich zu verlaufen, wenn nicht Auranus neben ihm gewesen wäre. Mit Genugtuung bemerkte der König, wie sich die Hand des Jungen fester um seinen Finger schloss.

Je tiefer sie in den Garten eindrangen, umso dunkler wurde es um sie herum. Mit zusammengekniffenen Augen sah sich Luis um. Allmählich hatte er herausgefunden, dass nicht nur die Wege immer gleich waren, sondern auch die Räume dazwischen. In den Boden waren tiefe Löcher gegraben, von denen jedes ungefähr die Ausmaße einer Haustür haben mochte und etwa einen Meter tief war. An der Stirnseite der Gruben befand sich jeweils ein geschliffener Auranstein, der Luis bis zum Bauch ging. In den Stein waren einige Buchstaben gemeißelt, die er aber nicht lesen konnte, weil ihm Auranus keine Zeit dazu ließ.

Das Abendrot war längst dem nächtlichen Himmel gewichen, als Auranus endlich stehen blieb. Er deutete auf eine Grube, sagte: »Da!« Dann zeigte er auf den Stein und befahl: »Lies!«

Luis versuchte zu entziffern, was auf der Steinplatte stand. Aber es war zu dunkel. Hilfe suchend sah er zu Auranus auf. Der nickte kurz, meinte: »Ach so. Hab ich vergessen. Hinter dem Stein muss eine Kerze liegen.«

Luis ging um die Grube herum, trat hinter den Stein und bückte sich. Tatsächlich! Da lag ein langes, weißes Etwas, aus dem eine mit einer weißen Schicht überzogene Schnur ragte. Luis hatte zwar noch nie eine Kerze gesehen, aber er zweifelte keine Sekunde, dass es sich um eine handelte. »Und nun?«, sagte er und reichte Auranus die Kerze. Der schnippte kurz mit den Fingern. Durch die Reibung entstand Hitze und durch die Hitze ein Funken, der auf die Kerze fiel und sie entzündete.

Auf einmal hielt Luis ein flackerndes Licht in der Hand. Er war so erschrocken, dass er eine falsche Bewegung machte und rücklings in die Grube stolperte. Mit Müh und Not konnte er sich auf den Beinen halten. Dann aber drehte er sich um. Er hatte die Schrift auf dem Stein jetzt genau in Augenhöhe. Vorsichtig hob er die Kerze und las die Inschrift:

Luis Dor
Gelebte Zeit:
18 Jahre,
02 Monate,
06 Tage,
16 Stunden,
59 Minuten,
47, 48, 49, 50 Sekunden.

Bevor er weiterlas, beobachtete Luis fasziniert, wie sich die in den Stein gemeißelte Schrift von Sekunde zu Sekunde änderte. Gleich müssten auch die Minuten umspringen und damit auch die Stunden. Er zählte im Kopf mit, dann war es geschehen. Er las:

17 Stunden,
00 Minuten,
01, 02, 03, 04 Sekunden.

Seine Neugier war geweckt. Sein Blick flog über die Schrift. Unter den Zeilen, die er bereits gelesen hatte, stand:

Guthaben in Auran:
4324,7824352951,
4324,7824352634 Aurunzen.

Guthaben in Leben:
4324,7824352951,
4324,7824352634,
4324,7824352317 Jahre.

Die letzten drei Zahlen beider Anzeigen drehten sich so schnell, dass man es mit bloßem Auge kaum erkennen konnte. Im Sekundentakt blieben sie einmal kurz stehen und liefen dann unaufhörlich weiter. Luis betrachtete sie lange. Wenn er die Inschrift richtig deutete, dann verzehrte sich sein ›Guthaben in Auran‹ mit jeder Sekunde, die er lebte. Gleichzeitig nahm auch sein ›Guthaben in Leben‹ ab. Fragend drehte er sich zu Auranus um.

Der erklärte bereitwillig: »Dies ist eine Lebenszeituhr, Luis. Deine Lebenszeituhr. Sie zeigt dir an, wie lange du noch zu leben hast.«

»Hab ich mir schon gedacht!«, antwortete Luis. »Aber warum nehmen die Zahlen so rasend schnell ab?«

Auranus musste so sehr schmunzeln, dass wieder ein feiner Auranregen zu Boden rieselte. »Das ist nicht so schnell, wie es erscheint. Bedenke, dass es sich hier nur um die achte, neunte oder zehnte Stelle hinter dem Komma handelt.«

»Trotzdem!«, sagte Luis, dem es unheimlich war, einfach zuzusehen, wie seine Lebenszeit verstrich. »Kann man denn nichts dagegen tun?«

Das Schmunzeln des Königs wurde zu einem breiten Grinsen. »Natürlich, Luis. So wie deine Lebenszeit abnimmt, kann sie auch zunehmen. Wenn du genügend Auran gewinnst. Bedenke, dass du im Moment nichts tust, um dein Guthaben zu steigern. Vorhin, als du in der Megamaschine warst, da hättest du hier sein sollen. Da hättest du gesehen, wie deine Uhr vorwärtsgezählt hat und nicht rückwärts wie jetzt.«

Auranus hatte das Bedürfnis, seine Behauptung zu beweisen. Unendlich langsam griff er in die Tasche, holte ein kleines Stück Auran hervor und ließ es zu Boden fallen. »Heb es auf!«, befahl er. Luis bückte sich und nahm das Stück an sich.

»Nun sieh!« Luis ahnte, was ihm Auranus sagen wollte. Schnell schaute er auf seine Lebenszeituhr. Seine Guthaben hatte sich erhöht! Wenn auch nur bis zur fünften Stelle hinter dem Komma, aber immerhin. »Hast du nun endlich begriffen, Luis? Brauchst du noch weitere Beweise?«

Der Junge schüttelte den Kopf.

Auranus war so verzückt von dem gelungenen Experiment, dass er noch ein weiteres Loblied anstimmte: »Viertausenddreihundertvierundzwanzig Jahre, Luis. Das ist schon ein ganzes Stück näher an der Unsterblichkeit, als manch anderer kommt. Sieh nur, hier!« Und damit stupste er mit dem Finger gegen die Hand, in der Luis die Kerze hielt, und drückte sie in Richtung jenes Steines, der direkt neben dem Monolith von Luis stand. Auch vor diesem Stein war bereits eine Grube ausgehoben. Auch hier war ein Inschrift in die Platte gemeißelt.

Das flackernde Licht fiel auf die Buchstaben. Kaum hatte Luis die erste Zeile gelesen, da senkte er die Kerze, damit Auranus nicht erkennen konnte, wessen Grabstelle hier bereits vorbereitet war. Sein Herz klopfte so heftig, dass er Mühe hatte, die Kerze ruhig zu halten. Doch er musste sich zusammenreißen, wenn Auranus nicht auffallen sollte, was Luis entdeckt hatte. Unglaublich, dass der König diesen Fehler begangen hatte! Dass er Luis geradezu mit der Nase auf diese Entdeckung gestoßen hatte! Luis las, was unter dem eingemeißelten Namen stand:

Gelebte Zeit:
41 Jahre,
11 Monate,
27 Tage,
19 Stunden,
22 Minuten,
23, 24, 25, 26 Sekunden.

Luis' Augen klebten an der Sekundenanzeige. Er traute sich kaum tiefer zu schauen. Er hatte Angst. Panische Angst vor dem, was er gleich entdecken würde. Erst als er spürte, wie Auranus langsam unruhig wurde, senkte er den Blick. Auf der Tafel stand:

Guthaben in Auron:
0,0027394817 Aurunzen.

Guthaben in Leben:
0,0027394817 Jahre.

Luis taumelte. Er konnte seinen Schrecken kaum verbergen, musste sich gegen den Grabstein lehnen, um nicht völlig in sich zusammenzusinken. Entgeistert schaute er noch einmal auf die Schrift. Hatte er sich die Zahlen richtig gemerkt? Natürlich nicht! Denn da gab es nichts zu merken. Die Zahl veränderte sich ja rasend schnell, schrumpfte zusammen und strebte in einem Tempo auf null zu, dass Luis sich so hilflos wie noch nie in seinem Leben fühlte.

Er überlegte fieberhaft, was jede einzelne Stelle hinter dem Komma in Tagen, Stunden, Minuten zu bedeuten hatte. Die Anstrengung stand ihm dabei so sehr ins Gesicht geschrieben, dass Auranus endlich Verdacht schöpfte. »Was ist mit dir? Ist dir nicht gut? Was steht auf dem Stein?«

Ertappt! Ein beklemmendes Schuldgefühl stieg in Luis hoch. Doch dann wich es einer unheimlichen Erleichterung. Es war kaum zu glauben: Eben noch hatte er die sichere Todesnachricht gelesen und jetzt fiel ihm ein Stein vom Herzen, weil er merkte, dass sie niemand außer ihm vernommen hatte. Etwas zu laut antwortete er: »Nein, nein! Mir geht es gut. Sehr gut. Ich hätte nur nicht geglaubt, dass ich so viel Auran besitze!«

Auranus ließ einen seiner gut gemeinten Auranregen herabrieseln und lachte: »Ja, ja, Luis. Hab ich's nicht gesagt. Von Anfang an. Du bist zu Höherem berufen. Du wirst mein Erbe antreten und genau wie ich unsterblich weeeeerden!«

Auranus hatte das letzte Wort wieder wie gewohnt dahingehaucht. Der Windzug blies die Kerze aus. Im Dunkeln tastete der König nach Luis' Hand, zog ihn aus der Grube heraus und stapfte ohne einmal die Orientierung zu verlieren den Weg zurück, den sie gekommen waren. Luis stolperte neben seinem König her, dessen Worte ihm noch im Ohr nachklangen. Er überlegte, was es wohl zu bedeuten hatte, dass er das Erbe von jemandem antreten sollte, der unsterblich war.

Dann aber vertrieb er diese irrwitzigen Gedanken und dachte an etwas anderes: den Namen, den er auf dem Grabstein gelesen hatte.

Todestag

Ein Tag nur! Etwas mehr als einen Tag hatte die Lebenszeituhr angezeigt. Luis verdrängte alle weiteren Fragen, die er sich hätte stellen müssen. Auch wenn es nicht sein Leben war, das er retten wollte, so stand es ihm doch nahe. So unheimlich nahe, dass er sich plötzlich in einem Überlebenskampf wiederfand, der alle unnötigen Fragen ausblendete und alle seine Sinne nur auf das eine Ziel fokussierte. Und dieses Ziel hieß ›Leben‹. Nicht Tod.

Kaum war Luis in seine Wohnung zurückgekehrt, da fing sein Kopf an nach einem Ausweg zu suchen. Wie in einem riesigen Datennetzwerk durchliefen sein Hirn unzählige Möglichkeiten und Unmöglichkeiten.

Ich muss ihn retten! Um ihn zu retten muss ich wissen, wo er sich befindet. Wenn ich nicht weiß, wo er sich befindet, muss ich ihn suchen. Dass ich ihn alleine innerhalb eines Tages finde, ist unmöglich. Es ist nur möglich, wenn ich Hilfe habe. Also, wen kann ich um

Hilfe bitten? Pankrazius? Unmöglich. Auranus? Unmöglich. Auriel? Unmöglich. Dorit, Knuth oder Ruth? Möglich. Aber unmöglich von großem Nutzen. Wenn ich keinen Menschen um Hilfe bitten kann, wen dann? Irgendein anderes Wesen? Eine Maschine? Einen Kuck-Kuck? Unmöglich, weil kaputt. Einen Kuck-Kuck? Möglich, wenn nicht kaputt. Einen Kuck-Kuck! Ich müsste einen fremden Kuck-Kuck finden, der mir weiterhilft. Unmöglich? Oder doch möglich? Wenn Auriel Schichtdienst hat, könnte ich mir seinen Kuck-Kuck ausleihen. Wann hat Auriel Dienst?

Luis schaute auf die Uhr: In weniger als fünf Stunden begann Auriels Schicht. Und wo Auriel wohnte, das wusste er. In einem Anflug von weiser Voraussicht hatte er seinen Kuck-Kuck noch in der ersten Woche, die er in der Megamaschine gearbeitet hatte, auf einen Erkundungsflug geschickt. Jetzt brauchte er nur in die Schublade mit den ausgedruckten Stadtplänen zu greifen. Und schon wusste er, was er zu tun hatte.

Bis zu dem Haus, auf dem sich Auriel sein Luftschloss erbaut hatte, brauchte er etwa zwanzig Minuten. Das Schloss selbst einzunehmen mochte ungefähr weitere zwanzig Minuten dauern. Er konnte sich also noch ein wenig ausruhen.

Die ganze Zeit über hatte er keine Müdigkeit gespürt, jetzt packte sie ihn im Nacken und er schaffte es gerade noch, sich ins Schlafzimmer zu schleppen und den Wecker zu stellen. Erschöpft ließ er sich aufs Bett fallen und war wenige Atemzüge später tief und fest eingeschlafen.

Alles an Auriel war eine Miniaturausgabe von Auranus dem Starren. Dies galt für seine ganze Gestalt ebenso wie für das Schloss, in dem er wohnte. Schon als Luis zum ersten Mal die Bilder von Auriels Luftschloss gesehen hatte, war ihm dieser Vergleich geradezu ins Auge gesprungen.

Da es in Aurania keinen zweiten Auranfelsen gab, hatte sich Auriel das höchste Gebäude ausgesucht und – ob es nun dazupasste oder nicht – auf dem Dach eine Burg errichtet, die der des Königs in allen Einzelheiten entsprach. Nur ein einziges Detail war anders: die Abmessungen der Kopie. Da das Dach des Hochhauses natürlich nicht so viel Platz bot wie der Hochsitz des Königs, musste sich Auriel mit einem Miniaturschloss begnügen. Und das tat er nun, so gut er konnte: Manchmal, wenn die Sonne günstig stand, bildete er sich ein, in dem Gebäude den Auranfelsen wiederzuerkennen. Und von unten auf der Straße konnte man die wahren Ausmaße seines Schlosses ohnehin nicht erkennen. Dies waren Augenblicke, in denen sich der zweite Adjutant glücklich schätzte.

Für all diese Feinheiten hatte Luis kein Auge, als er Auriels Wohnsitz erreichte. Er warf nur einen flüchtigen Blick nach oben und betrat die Eingangshalle des Gebäudes. Er hatte Glück. Der Empfangssaal war leer. Und so verschwand er unbeobachtet im Fahrstuhl, drückte auf den oberen zweiten Knopf und fuhr in das Stockwerk, das sich direkt unter dem Dach des Hauses befand.

Auch hier ließ ihn sein Glück nicht im Stich. Ohne entdeckt zu werden ging er den Flur entlang, öffnete eines der Fenster, das nach draußen führte, und kletterte die letzten Sprossen der Feuerleiter nach oben. Schnell hatte er die Plattform erreicht, auf der Auriel sein Schloss erbaut hatte. Hier endete die Leiter. Aber jetzt zeigte sich, dass Luis alles exakt geplant hatte: Die Mauer des Schlosses bestand aus groben Steinen, die immer wieder die Möglichkeit boten, sich festzuhalten. Und da das Schloss eine Miniaturausgabe war, musste Luis nur eine Strecke von ungefähr drei Metern zurücklegen, um die Mauer zu überwinden. Ohne auch nur einmal nach unten zu schauen, kletterte Luis nach oben. In gebückter Haltung lief er auf der Mauer um das halbe Schloss herum und erreichte so den Wachturm, auf dessen Krone der Kuck-Kuck Ausschau hielt.

Luis wäre fast auch hier wieder in das Mauerwerk eingestiegen, als er einem Instinkt folgte und die Klinke des Turmportals hinunterdrückte. Das Tor war offen! Erstaunt trat er ein. Und von nun an ging es eine so enge Wendeltreppe hinauf, dass sich Luis fragte, wie Auriel mit seinem fülligen Leib hier wohl hochkommen wollte.

Wenig später hatte Luis den Aussichtsstand des Turmes erreicht. Jetzt hing alles davon ab, ob ihm der Kuck-Kuck folgen würde. Er streckte den Arm aus. »Ich bin der erste Adjutant des Königs«, sagte er. »Du musst mir gehorchen!«

Der Blechvogel wiegte den Kopf. Seine kalten, klugen Augen musterten Luis von oben bis unten. Dann geschah es. Er flatterte kurz mit den Flügeln. Er erhob sich nur für wenige Zentimeter von seinem Platz und kam mit zwei weiteren Flügelschlägen auf Luis' Arm gesegelt. Dann drehte er den Kopf nach oben, als wollte er sagen: »Was nun, mein Herr und Gebieter?«

Luis atmete erleichtert auf. Der erste Teil seines Plans war gelungen. Er setzte sich den Vogel auf die Schulter. Dann machte er sich an den Abstieg: den Weg zurück, den er gekommen war.

Als hätte man ihm die Flügel gestutzt, flatterte der Kuck-Kuck durch die Straßen. Trotzdem wurde er jedes Mal nach drei, vier Schlägen wieder zu schnell, sodass er einen weiten Kreis um Luis zog, der ihm im Laufschritt folgte.

Die Gegend, in die ihn der Blechvogel führte, kam ihm auf eine merkwürdige Art bekannt vor. Bisweilen dachte er, dass er genau diesen Weg schon einmal gegangen sein musste. Aber dann kam immer wieder eine Stelle, von der er wusste, dass er sie noch nie gesehen hatte.

Es brauchte eine ganze Weile, bis er verstand, dass es weniger die einzelnen Gebäude waren, an die er sich erinnerte, sondern vielmehr der ganze Charakter dieses Stadtteils: die ruinösen Fassaden, die zerschlagenen Fensterscheiben, der Putz, der von den Wänden bröckelte und vom Wind durch die Straßen getragen wurde.

All dies war ihm nur zu vertraut. Durch einen ähnlichen Bezirk kam er jedes Mal, wenn er die Aussitzigen besuchen wollte. Und während ihn sein Orientierungssinn längst im Stich gelassen hatte, so schien es ihm jetzt zumindest nahe liegend zu sein, dass sie sich stadtauswärts bewegten.

Vor einem Gebäude, von dem nur noch ein paar durchlöcherte Fassadenfetzen erhalten geblieben waren, setzte sich der Vogel wieder auf Luis' Schulter. Er legte den Kopf schräg und schaute auffordernd auf eine Stelle, wo sich einmal die Eingangstür befunden haben musste, jetzt aber nur noch ein offener Torbogen in einem freistehenden Stück Wand zu sehen war.

Luis hatte keine Zeit zu verlieren. Ohne zu zögern trat er ein. Ein muffiger Geruch schlug ihm entgegen. Er fragte sich gerade, woher dieser Gestank kommen mochte, denn das ›Haus‹ war ja gut durchlüftet, da bemerkte er eine Treppe, die in eines der Untergeschosse führte. Luis sah sich kurz um. Aber ihm wollte beim besten Willen nicht einfallen, wo sonst in diesem Gebäude jemand wohnen sollte. Außerdem nickte ihm jetzt der Kuck-Kuck zu. Und so entschloss sich Luis, den Abstieg zu wagen.

Der Gestank wurde stärker. Ein beißender Geruch nach lauwarmen Fäkalien dampfte aus dem Loch empor. Mit Widerwillen ging Luis auch die letzten Stufen hinab, blieb kurz stehen und sah sich um. Vor ihm lag ein langer Gang, von dem aus links und rechts, in Abständen von ungefähr zwei Metern, Türen in andere Räume führten.

Luis machte ein paar Schritte, blieb stehen und suchte sich wahllos eine der Türen aus. Er wollte gerade auf die Klinke drücken, als er hinter sich einen Luftzug spürte. Er fuhr herum und atmete tief durch. Es war nur der Kuck-Kuck, der ihm mit einem kräftigeren Flügelschlag anzeigen wollte, dass diese Tür nicht die richtige war.

»Schon gut!«, flüsterte Luis, »dann flieg halt du voran!«

Er duckte sich, damit der Vogel über ihn hinweggleiten konnte. Erst jetzt bemerkte Luis, welche Kunstfertigkeit es dem Kuck-Kuck abverlangte, in diesem schmalen Gang fliegen zu können. Es war überhaupt nur möglich, indem sich das Tier in der Luft schräg stellte, sodass seine Spannweite eine Senkrechte zum Fußboden bildete.

Fasziniert schaute Luis dem Vogel nach. Dann gab er sich einen Ruck und lief hinterher. Immer tiefer rannte er in den Gang hinein. Er fühlte sich wie in einem Tunnel, in den das Tageslicht nicht mehr eindringen kann und von dem man nicht weiß, ob er jemals endet.

Auch konnte er nicht erkennen, ob links und rechts vielleicht weitere Gänge abzweigten. Es war inzwischen so stockfinster geworden, dass er nur noch dem metallischen Geräusch folgte, das der Flügelschlag des Vogels verursachte.

Fast wäre er gegen den Kuck-Kuck gestoßen, der abrupt in der Luft angehalten und, wie auch immer, eine Kehrtwende vollführt hatte. Luis sah gerade noch rechtzeitig die kalt funkelnden Augen des Tieres und blieb stehen. Der Kuck-Kuck stellte den Kopf schräg und blitzte mit seinen Augen ein paarmal eine Türe an, die sich rechts von Luis befand. Dann schaffte es das unheimliche Tier trotz der Dunkelheit, auf der Schulter des Jungen zu landen.

Lag es an dem Gewicht, das Luis plötzlich auf der Schulter trug, dass ihm der Arm so schwer wurde? Lag es an den Anstrengungen der letzten Tage, der Kletterpartie zu Auriels Schloss hinauf? Es war gut, dass es so dunkel war. Denn sonst hätte er gesehen, wie seine Hand zitterte, als er sie auf die Klinke legte, die Tür öffnete und mit einem kraftlosen Ruck aufstieß. Ein Licht flackerte auf, dann war es sofort wieder dunkel.

»Heeeh. Was soll 'n das? Tür zu, aba sofocht!«

Obwohl Luis wie gelähmt war, schaffte er es, einzutreten und die Tür hinter sich zu schließen.

»Mist. Jetz kann ich se wieda anmachn. So 'n Scheiß aba auch!«

Luis hielt die Luft an. Er traute sich kaum zu atmen. Aber der andere schien im Dunkeln sehen zu können.

»Wer da? Mach, dass de fochtkommst. Raus mit dir. Aba dalli!«

Luis reagierte nicht. Er stand einfach nur so da und hörte, wie der andere irgendwo herumkramte. Mal raschelte es links, mal rechts. Endlich schien der Mann gefunden zu haben, was er suchte. Ein stumpfes Geräusch zerriss die Stille, eine Flamme entzündete sich und Luis blickte in ein Gesicht, das im Schein des Streichholzes zur Fratze wurde.

»Na endlich!«, meinte der Mann und hielt das Streichholz gegen eine Kerze, deren Flamme sogleich für ein helleres Licht sorgte. Jetzt konnte Luis den Mann erkennen. Leider traf dies auch umgekehrt zu. »Bist ja imma noch hier!«, schimpfte der Kerl, der in der hintersten Ecke des Raumes kauerte und Luis aus tiefen Augenhöhlen anstarrte. »Was wills tu? Hau gefällichst ap!«

Luis wollte aufgeben. Eine tiefe Resignation hatte ihn ergriffen. War dies der Mann, den er suchte? Dann wäre er besser nicht hierher gekommen.

Er wollte sich bereits zur Tür wenden, als er etwas hörte: »Bleib!«

»Hast du was gesagt?«, fragte er in den Raum hinein.

»Du sollst gefällichst aphaun!«

»Bleib!«, widersprach seine Innere Stimme. Und ob es nun daran lag, dass er auf diese Stimme hörte, oder daran, dass er mit seinen ersten Worten sicherer geworden war – auf einmal schaute er den Mann entschlossen an und sagte in einem solch gebieterischen Ton, dass er von sich selbst erstaunt war: »Wie kannst du es wagen, so mit mir zu sprechen! Ich bin der Adjutant des Königs. Du hast mir zu gehorchen!«

Der Mann rutschte noch weiter in die hinterste Ecke. Luis merkte, wie sich die Augenhöhlen des skelettartigen Kopfes noch einmal weiteten. Eine ergebene Stimme flüsterte: »Verzeiht, Hochheit. Ist seltenstentags mal solch ein hochwohlgebürtiger Besuch bei mir zu Gast.«

Die plumpe Art, mit der der Mann versuchte, sich etwas gehobener auszudrücken, beschämte Luis. Er nahm sich etwas zurück und sagte leise: »Also, guter Mann. Wer bist du? Sag mir deinen Namen!«

»Ihr werdet mich nich kennen. Ich bin schon eine ganze Porzion Zeit nich mehr an der Oberfläche erschienen. Bin keina von denen, die ständich auf Audilenz beim Könich machen.«

»Sag mir deinen Namen!«, beharrte Luis.

»Sofocht, Eure Exilenz, wartet ein Stück. Ich muss ihn erst ma suchen!«

Wieder kramte der Mann in irgendwelchen Kisten herum. »Ah! Da issa ja!«, rief er voller Freude aus und reichte Luis ein vergilbtes Stück Papier.

»Was soll das?«, fragte Luis wieder etwas schroffer, als er eigentlich wollte.

Der Mann sah verlegen zu Boden.

»Is mein Name. Da stehta drauf, Exilenz. Lest selbs!«

Luis machte eine abwehrende Geste. »Lies du mir vor. Ich höre!«

Der Mann wedelte mit dem Papierfetzen in der Luft herum. »Neinein! Nach Euch, Meinestät! Ganz nach Euch!«

Luis verlor langsam die Geduld. Er wollte den Mann gerade zusammenstauchen, als ihm einfiel, dass es ja sein konnte … »Sag? Kannst du etwa nicht lesen?«

Die Gestalt sank immer mehr in sich zusammen. Mit ihren faltigen Händen strich sie sich über das knochige Gesicht und wimmerte: »Die Augen. Die Augen. Sind nich mehr so, wie se sein solln. Und de Brille is mia auch verlustig gelaufen.«

»So, so, die Brille!«, meinte Luis. Doch er wollte den alten Mann nicht länger quälen. Er nahm das Blatt Papier, bückte sich, um es gegen das Kerzenlicht zu halten, und las: »Dor.«

Das Papier fing an in seinen Händen zu zittern. »Daniel Dor. Bist du das?«, fragte er mit tonloser Stimme.

»Ja, jawoll. Das bin ich. So hat der Name geläutet, den ich schon mein ganzen Leben meine Eigentümlichkeit nennen durfte.«

»Daniel Dor«, flüsterte Luis und er merkte, wie er zu frieren begann. Er dachte an das, was auf dem Grabstein gestanden hatte, wusste, wie viel Zeit ihnen noch blieb, wenn er nicht endlich etwas unternahm.

Er kramte in seiner Jackentasche herum und zog einen auranthrazitfarbenen Klumpen hervor. Es war jener Auranbalken, den er beim Wettkampf der achtzehnjährigen Auranier erworben hatte. »Da!«, sagte er und streckte Daniel Dor den Klumpen entgegen.

Luis konnte das Entsetzen in den Augen des Mannes erkennen. »Was wollt Ihr von mia? Was muss ich dafüa tun?«

Luis überlegte kurz, ob er ohne Umschweife zur Sache kommen sollte. Dann folgte er aber einer inneren Eingebung und meinte: »Nichts, nichts. Wenn mich nicht alles täuscht, steht es dir zu. Viel zu lange hat sich keiner um dich gekümmert. Und das, wo du doch zweifelsohne große Verdienste um deine Stadt hast.«

Das Entsetzen auf dem Gesicht des Mannes löste sich in Wohlgefallen auf. Er warf sich in die hohle Brust und rief: »Ja, ja. Das stimmt. Das is zweifelsohnehin so. Vieles hab ich getan, dass in Vergesslichkeit geraten is.«

»Vieles. So? Was denn zum Beispiel?«

»Vieles! Viel Ehr, viel Feind, deshalb bin ich hier!«

Luis ließ sich nicht verwirren. Zielstrebig fragte er: »Im Zeugenstand zum Beispiel. Hast du da auch Großes geleistet?«

In den Augen des Mannes blitzte es auf. »Ja, ja. Genau.

Damals. Im Kreissaal isses gewesen. Ich träum noch heutigentags davon. Von dem Mädchen namens, namens. Ach, wenn ich das noch wüsst.«

Ein glückseliges Lächeln huschte über das Gesicht des Alten. Luis konnte geradezu sehen, wie die Bilder längst vergangener Tage an dem Mann vorbeizogen. Trotzdem brach er jetzt in dessen Erinnerungen ein: »Und in der Megamaschine, sag, hast du da auch gearbeitet?«

Die Augen des Alten wurden zu schmalen Schlitzen. Er vergaß, wen er da vor sich hatte, und sagte grob: »Und ob ich das hab! Das isses ja!«

»Wasissesja?«, bohrte Luis unwillkürlich im Tonfall des Mannes nach.

Doch Daniel Dor schüttelte nur den Kopf. Offensichtlich wollte er nicht darüber reden.

»Hast du nicht genug geleistet? Warst du zu schwach? Zu faul?«

Das Kopfschütteln wurde stärker. »Ganz bestimmt nich!«

»Was dann?«

Kopfschütteln.

»Ich hab dich was gefragt! Was dann? Aus irgendeinem Grund müssen sie doch unzufrieden mit dir gewesen sein.«

»Ganz bestimmt nich!«

»Was dann, Daniel Dor?«

Ein nervöses Zittern durchlief den ausgemergelten Körper des Mannes. Dann fing er sich plötzlich und schaute Luis ohne Scheu ins Gesicht. »Wasdann? Wasdann? Wasdann? Sie waren zuzufrieden! Zuzufrieden! Ich hab zu viel geleistet. Zu viel produziert. Versteht Ihr Exilenz! Zu viel! Nicht zu wenig!«

»Das gibt es nicht. Zu viel? Das ist absurd!«

Der Blick des Alten wurde schärfer. »Absurd? Wenn Ihr mir zu sagen belieben tätigt! Ihr seid doch auch Adjutant. Würdet Ihr's zulassen wollen, dass ein anderer mehr von diesem verdammten Auran zu Tage fördert als Ihr? Würdet Ihr das, heeeh?« Daniel Dor sprach jetzt fast normal. Die Erinnerung schien ihm die Sprache wiederzugeben. Wütend rief er: »Kein Adjutant hat je so einfach das Feld geräumt! Jeder kämpft bis aufs Blut um seinen Posten. Klar?«

»Was willst du damit sagen?«

Daniel Dor lachte schrill. »Exzellenz! Ich muss Euch ja wohl nicht Euren Job erklären. Auch Ihr werdet kämpfen müssen, wenn Ihr Adjutant bleiben wollt.«

Diesmal war es Luis, der heftig den Kopf schüttelte.

Daniel Dor grinste. »Ihr tut es ja bereits! Was denkt Ihr wohl, weshalb Ihr hier seid. Weshalb Ihr Euch in diese Abgründe Eurer Stadt verlaufen habt? Weshalb wohl?«

Luis schien durch sein Gegenüber hindurchzublicken. Obwohl sie sich in diesem engen Kellerabteil befanden, gingen seine Gedanken ins Unendliche. Sollte er diesem Mann sagen, dass er sein Sohn war? Alles drehte sich um diese eine Frage. Und die Innere Stimme in ihm wurde stärker, die ihm riet, endlich mit der Wahrheit herauszurücken. »Du bist … du bist …«, stotterte er.

»Weshalb wohl?«, wiederholte der Mann.

»Du bist … in … Gefahr!«

»In Gefahr? Ich? Dass ich nicht lache! Ich bin immer in Gefahr! Jeder ist in Gefahr, der hier unten haust.«

»Nein. Doch nicht so! Ich habe deine Lebenszeituhr gesehen. Im Garten Leben.«

Daniel Dor brach in ein gequältes Gelächter aus. Er

lachte so bitterlich vor sich hin, dass Luis erschauderte. Der schwächliche Körper des Alten wurde von einem Lachkrampf nach dem anderen geschüttelt, sodass Luis Angst bekam, es würde Daniel zerreißen. Für einen Moment dachte er, dass es wohl ein makabres Spiel des Schicksals wäre, wenn er seinen Vater auf diese Weise verlöre. Erstickt am eigenen Lachen! Doch Daniel fing sich wieder. Mit bebender Stimme fragte er: »Na, was hat sie denn angezeigt, Eure Lebenszeituhr?«

»Deine, nicht meine!«

»Mein ich doch!«, krächzte Daniel.

Luis schaute auf die Uhr. »Laut der Anzeige müsstest du weniger als eine Stunde zu leben haben. Deshalb bin ich hier!«

Daniel Dor wollte fast schon wieder in sein fürchterliches Lachen ausbrechen. Als er aber in Luis' entsetztes Gesicht sah, erkannte er, wie ernst die Lage war, und meinte: »Ja, zum Teufel! Dann hat das Elend endlich ein Ende!«

Die Schwarzen Eminenzen

Vater und Sohn schwiegen sich beharrlich an. Seit Luis den allerletzten vergeblichen Versuch unternommen hatte, seinen Vater davon zu überzeugen, dass es besser war, wenn er den Auranklumpen endlich annahm, hatte keiner von beiden ein einziges Wort gesprochen.

Ab und zu sah Luis auf die Uhr. Mit der Zeit, die verstrich, schien auch das Leben aus dem Leib seines Vaters zu entweichen. Der Kopf war auf die Brust geknickt, die langen Haare hingen über das Haupt bis auf die Knie, sodass Luis Mühe hatte, zu erkennen, ob Daniel Dor eingeschlafen oder entschlafen war.

Die Stille hatte beinahe etwas Andächtiges. Und so gab sich Luis stumm dem Lauf der Zeit hin. Alles, was zu sagen war, hatte er gesagt. Dachte er zumindest. Oder er redete es sich ein. Doch je näher der Tod kam, umso mehr begriff er, dass er eben noch nicht alles gesagt hatte.

Sofort meldete sich seine Innere Stimme wieder. Und diesmal gab er nach. Es war fünf Minuten vor Exitus, als er flüsterte: »Eines möchte ich dir noch sagen, bevor du gehst.«

Totenstille. Dann ein schrilles Kichern. »Wohin soll ich schon gehen?«

Luis musste sich zusammenreißen, um nicht wieder zornig zu werden. So sanft wie möglich sagte er: »Wer du bist. Und wer ich bin.«

»Ich bin Daniel Dor. Und Ihr seid der Adjutant des Königs. Vielen Dank auch.«

»So meine ich das nicht.«

Wieder dieses Kichern. »Na, dann mal raus mit der Sprache.«

Luis fragte sich, warum es ihm so schwer fiel, die Wahrheit zu sagen. Vielleicht lag es daran, dass er immer noch in diese verfilzte Haarmatte starrte. Das machte es nicht gerade leicht, an so etwas wie väterliche Gefühle zu appellieren.

Noch vier Minuten! Er hatte wirklich keine Zeit, auf die passende Gelegenheit zu warten. »Luis Dor«, sagte Luis.

»Fast«, sagte die Stimme unter den Haaren. »Beinah richtig geraten. Ich heiße Daniel. Schon vergessen?«

»Luis Dor«, beharrte Luis. »Ich heiße Luis. Nicht du.«

Der Vorhang teilte sich. Daniel strich sich die Haare zurück, sodass sie ihm über die Schultern fielen. »Wollt Ihr mich verarschen?«

»Seh ich so aus?«

»Ja.«

»Nein. Ich heiße wirklich Luis. Luis Dor.«

Daniels hohle Brust hob und senkte sich heftiger. »Was willst du damit sagen?«, schnaufte er.

»Ich bin dein Sohn.« Luis wunderte sich, wie kurz und trocken er das herausbrachte, was ihm die ganze Zeit nicht über die Lippen gekommen war.

»Das kann nicht sein.«

»Kann es doch. Wann warst du im Zeugenstand, sag schnell!«

»Wann, wann, wann? Woher soll ich das wissen? Es ist schon lange her.«

Luis sah auf die Uhr. Noch drei Minuten! »Versuch dich zu erinnern!«, drängte er.

Anstelle einer Antwort griff Daniel in eine der Kisten, die um ihn herumstanden. Wühlte darin. Kramte einen halben Hausstand hervor und hatte endlich gefunden, wonach er suchte. Er zog ein halb zerrissenes Blatt Papier aus dem Haufen. Es war eine Urkunde, die er Luis reichte: »Da, lies!«

Luis überflog die verblasste Schrift, versuchte das Gekritzel zu entziffern, verstand, dass es sich um eine alte Urkunde handelte, auf der Daniel Dor zum Wettkampf der Besten zugelassen wurde. Luis suchte nach einem Stempel, fand ihn, las und sagte enttäuscht: »Vor dreiundzwanzig Jahren! Dann hast du also auch am Wettkampf teilgenommen.«

Daniel nickte nur.

»Das ist zu lange her. Viel zu lange.«

Daniel schüttelte den Kopf. »Sag das nicht. Da hab ich ja noch nicht in den Zeugenstand gemusst.«

Luis überlegte. Bislang hatte er angenommen, dass man sofort nach dem Wettkampf in den Zeugenstand berufen wurde. Doch von der Tatsache, dass es ihm so ergangen war, konnte er nicht auf andere schließen. Hatte sich nicht auch Pankrazius dagegen verwehrt, dass Luis sofort in den Zeugenstand trat? Hatte der Professor nicht erklärt, dass es normalerweise Jahre dauerte, bis man reif für diese Aufgabe war?

»Wann?«, rief Luis. »Wann warst du im Zeugenstand?«

Daniel musste nicht lange überlegen. »Vier Jahre und drei Monate später«, sagte er stolz. »Ich war der jüngste Auranier aller Zeiten, der je den Zeugenstand betreten hat.« Er seufzte tief. »So gut war ich mal!« Sein eingefallener Leib erbebte unter der Macht der Erinnerungen, die jetzt, so kurz vor dem Tod, in unerbittlicher Deutlichkeit an Daniel vorbeizogen.

Noch eine Minute!

»Nicht!«, rief Luis. »Warte! Es ist noch nicht zu spät!«

Als wäre sein ganzer Körper hohl, stieß Daniel einen röhrenden Seufzer aus, dessen Schwingungen auch Luis ergriffen.

»Wer? Sag mir, wer hat dich so tief fallen lassen?«

Nur dieses Röhren.

»Wer? Sag mir, wer war Adjutant des Königs?«

Das Röhren wurde leiser. Es war, als würde mit den schwächer werdenden Tönen der letzte Atemzug aus Daniels Mund entweichen. Da wurde der Hauch des Todes von einem lauten Klopfen an der Tür übertönt! Mit einer schnellen Bewegung drückte Luis die Kerze aus. »Wer?«, flehte er jetzt fast.

Das Klopfen wurde stärker.

»Wer? Vater, bitte!«

»Auuuuuuh«, das Hauchen war kaum noch zu hören.

»Hast du Schmerzen?«

»Raaaaaah!«

»Vater!«

»Nuuuuuuhs.«

Die Tür flog auf. »Daniel Dor!«, riefen drei Stimmen im Chor, die Luis auf eine merkwürdige Art bekannt vorkamen. Obwohl es höchste Zeit war, etwas zu unternehmen, schossen ihm Tausende von Vergleichen mit anderen Tönen, die er in seinem Leben schon gehört hatte, durch den Kopf. Die Glocke!, durchfuhr es ihn. Die Stimmen klangen so kalt wie die Turmglocke im Garten Leben.

Im selben Moment kam ihm eine irrwitzige Idee. Mit einer schnellen Bewegung wischte er sich den Kuck-Kuck von der Schulter. Das Tier, das die ganze Zeit über alles aufmerksam beobachtet hatte, flatterte kurz mit den Flügeln und schwebte lautlos zu Boden. Doch das nahm Luis nur noch aus den Augenwinkeln wahr. Er drehte sich zur Tür, baute sich vor den drei Gestalten auf und hoffte inständig, dass er so seinen Vater verdeckte, dem er hinter dem Rücken den Klumpen Auran entgegenstreckte. Dann blickte er die drei Gestalten an. Unerschrocken! Zu allem entschlossen. »Da bin ich!«, sagte er.

»Daniel Dor?«, fragte eine Stimme ungläubig.

»So ist es.«

»Hast du denn gar keine Angst?«, fragte die zweite Stimme und die dritte fiel mit ein: »Alle haben sie Angst. Weißt du?«

»Ich nicht. Ich habe schließlich lange genug auf euch gewartet.«

»Hohoho!«, ertönte es wie das Ding-Dong der Glocke.

»Hohoho!«, hätte Luis am liebsten mit eingestimmt. Denn er fühlte etwas in seinem Rücken: Eine Hand streichelte über seinen Arm. Ganz sanft ertastete sie seine Hand, drückte sie kurz und entnahm ihr dann den Auranklumpen. Noch nie hatte Luis eine solche Freude verspürt. Am liebsten hätte er sich umgedreht und seinen Vater umarmt. Nur die Vorsicht hielt ihn zurück. Er schritt auf die drei Gestalten zu und meinte: »Worauf warten wir? Gehen wir.«

Ohne eine Antwort abzuwarten drängte Luis die drei Männer zurück und schloss die Tür hinter sich, sodass ihnen der Blick in den Raum verwehrt wurde, in dem Daniel Dor vor Angst am ganzen Leib zitternd in einer Ecke kauerte. Doch er hielt den Klumpen so fest umklammert, dass ihm die schwarzen Männer nichts hätten anhaben können, selbst wenn sie es gewollt hätten.

Es sollten einige Minuten vergehen, bis er sich von seinem Schock erholt hatte. Als er halbwegs wieder klar denken konnte, war das Erste, das ihm auffiel, der metallische Vogel, der ihn mit starrem Blick fixierte.

»Du redest zu viel!«, sagte einer der Männer.

»Ja, genau. Tote haben nämlich nichts mehr zu sagen«, erklärte der zweite.

»Hohoho!«, lachte der dritte.

»Aber dann könntet ihr mir erst recht verraten, wer ihr seid. Wenn ich es doch nicht weitererzählen kann.«

»Ganz schön neugierig für einen Toten.«

»Nutzt ihm aber nichts. Wir schweigen still. Totenstill.«

»Hohoho!«

Luis musterte zum wiederholten Male die drei Gestalten. Seit geraumer Zeit versuchte er nun schon etwas aus ihnen herauszubekommen. Die Männer trugen schwarze Kapuzenmäntel, die nur dort Öffnungen hatten, wo ihre Augen sein mussten.

Doch was für Augen waren das! Immer wenn Luis durch die Löcher blickte, erkannte er zwei weiße, pupillenlose Krater, die von feinen roten Äderchen durchzogen wurden. Diese Männer mussten blind sein. Doch dazu waren sie zu sicher durch den Keller des Hauses gegangen. Dazu hatten sie ihren schwarzen Leichenwagen, den sie vor dem Gebäude geparkt hatten, viel zu schnell gefunden. Dazu waren sie viel zu zielstrebig durch die Straßen von Aurania gefahren. Genau vor dem Portal zum Friedhof hatten sie den Wagen abgestellt und auch in diesem symmetrischen Irrgarten schienen sie sich bestens zurechtzufinden.

Luis beschloss einen weiteren Versuch zu unternehmen. »Ihr könntet mir wenigstens ein Wörtchen verraten.«

Ohne eine Reaktion zu zeigen schritten die drei Männer voran.

»Ein Sterbenswörtchen nur!«, meinte Luis.

»Hohoho!«

»Er macht Witze!«

»Galgenhumor. Hat man heutzutage selten.«

»Hohoho!«

»Das sollten wir zu würdigen wissen. Gerade wir! Findet ihr nicht?«

»Ja, ja. Beißt nicht oft jemand mit so viel Freude ins Gras wie der da.«

»Hohoho! Ich lach mich tot.«

»Doch nicht du! Der da.«

»Ach so.«

Luis hatte wenig Lust, dem Geschwätz der Männer noch länger zuzuhören. Ungehalten sagte er: »Jetzt sind wir aber an einem toten Punkt angelangt. Sagt mir endlich, wer ihr seid. Und ich will Ruhe geben.«

»Ewige Ruhe!«, antwortete der eine.

»Hohoho!«, lachte der andere.

»Na gut«, sagte der Dritte. »Wenn du's unbedingt wissen willst. Warum sollen wir's totschweigen.«

»Wir sind die Eminenzen.«

»Die Schwarzen Eminenzen.«

»Wir holen dich, wenn deine Zeit abgelaufen ist.«

»Wir sind die Totengräber der Stadt.«

»Wir bringen dich unter die Erde.«

»Ruhe sanft, Daniel!«, sagten plötzlich alle drei und zeigten auf die Grube, neben der Luis vor wenigen Stunden mit Auranus gestanden hatte.

Luis schaute unerschrocken in das geöffnete Grab. Wenn er sich nicht ganz täuschte, dann würden sich die Schwarzen Eminenzen an diese Beerdigung noch lange erinnern.

»Totgeglaubte leben länger!«, sagte er und zeigte auf den Grabstein an der Kopfseite der Grube.

Er selbst sah nicht hin. Er beobachtete die Eminenzen, deren Augenkrater vor Entsetzen rot anliefen. Es war das gleiche Pulsieren in ihren Augen, das Luis von Pankrazius kannte. Nur dass der Professor Pupillen hatte. Der Blick der Totengräber jedoch war leer. Blutige Tränen rannen aus ihren Augen. Und da die Männer vor Scham die Köpfe hängen ließen, tropfte das Blut ihren Umhang hinunter.

Mit tränenerstickter Stimme sagte der eine: »Er lebt. Er lebt.«

Und der andere: »Seine Zeit ist noch gar nicht abgelaufen. Er hat noch eine ganze Weile vor sich. Wir sind zu früh. Viel zu früh.«

»Huhuhu!«
»Wie konnte das passieren?«
»Niemand weiß es.«
»Gehen unsere Uhren falsch?«
»Gehen sie vor?«
»Hat sie jemand verstellt?«
»Wir müssen es erfahren!«
»Sonst sind wir in Gefahr!«
»In Lebensgefahr!«
»Huhuhu!«

Und ohne auf Luis zu achten machten sich die Schwarzen Eminenzen auf und davon.

Erst als sie aus dem Garten verschwunden waren, sah Luis noch einmal auf den Grabstein. Er las:

Daniel Dor
Gelebte Zeit:
41 Jahre,
11 Monate,
28 Tage,
05 Stunden,
17 Minuten,
19, 20, 21, 22 Sekunden.

Guthaben in Auron:
1,97654891 Aurunzen.

Guthaben in Leben:
1,97654891 Jahre.

Luis nickte zufrieden. Es hatte funktioniert. Er hatte für seinen Vater ein wenig Zeit gewonnen. Auch wenn es sich dabei nur um eine Galgenfrist handelte.

Ein tödlicher Fehler

Im Garten Leben läutete die Turmuhr zur vollen Stunde. Der Glockenschlag war kaum verklungen, als Luis etwas anderes vernahm. Es war seine Innere Stimme, die sich meldete. »Nun Luis, bist du jetzt zufrieden?«, fragte Herr Mess sanft. Schon lange empfand Luis es nicht mehr als unangenehm, wenn sich seine Innere Stimme in ihm regte. Er hatte sich so an sie gewöhnt, dass er alle Warnungen in den Wind schlug, wie gefährlich es sein konnte, wenn man auf sie hörte.

Er musste schmunzeln, wenn er sich daran erinnerte, wie er sie einst bekämpft hatte. Damals. Vor dem Wettkampf der achtzehnjährigen Auranier. Es schien ihm schon so unendlich lange her zu sein und dabei war seitdem nur wenig Zeit verstrichen.

»Aber was ist alles in dieser Zeit geschehen?«, sagte Herr Mess, der wie so oft versuchte, Luis' Gedanken aufzugreifen und voranzutreiben. »Vielleicht sollte man Zeit nicht in Minuten oder Stunden messen, sondern in Ereignissen. Manchmal dauert wenig die längste Zeit. Manchmal dauert viel die kürzeste Zeit. Was meinst du?«

Luis suchte nach der Bedeutung hinter den Worten von Herrn Mess. Wie so oft sprach seine Innere Stimme in Rätseln, die er erst lösen musste.

»Zeit!« Das Wort löste eine ganze Kette von Gedanken in Luis aus. Und diese Gedanken hatten etwas Bedrohliches. Doch hätten sie es haben dürfen? Hatte er nicht gerade die Lebenszeit seines Vaters verlängert?

Hatte er dadurch nicht eine große Bedrohung abgewendet? Und trotzdem spürte er eine noch viel größere im Nacken.

Ohne zu begreifen warum, beschleunigte er seinen Schritt. Ohne zu wissen wohin, ging er immer schneller. Es erschien ihm völlig absurd, aber da rannte er bereits durch die Straßen. Und immer wieder und immer schneller hallte nur das eine Wort durch seinen Kopf: »Zeit! Zeit! Zeit!«

Während seine Füße über den Boden flogen, erkannte Luis endlich, dass ihn seine Innere Stimme warnen wollte. »Herr Mess! Was soll das?«, schrie er. »Was wollen Sie mir sagen? Was soll das Gerede von der Zeit? Sagen Sie schon!«

Und wie immer antwortete seine Innere Stimme ganz sanft und leise. Daran lag es aber nicht, dass er nicht ganz verstand, was Herr Mess nun sprach: »Weißt du denn nicht, welche Zeit wir haben? Nun, so will ich es dir sagen. Es ist höchste Zeit. Allerhöchste Zeit. Das solltest du doch wissen. Nach allem, was passiert ist.«

Luis rannte weiter. Ziellos. Sinnlos. Wenn Herr Mess Recht hatte, wenn es wirklich allerhöchste Zeit war, dann war die Lage doppelt schlimm. Denn wie immer, wenn sich Luis mit seiner Inneren Stimme unterhielt, verrann die Zeit unendlich viel schneller. »Warum? Warum ist es höchste Zeit?«, japste er.

»Weil du dir zu viel davon genommen hast«, antwortete Herr Mess. »Oder besser gesagt: Weil du dir für zu viel Zeit etwas genommen hast, das dir nicht gehört!«

Der Gedanke kam so schlagartig, dass er die Innere Stimme vertrieb. »Der Kuck-Kuck!« Plötzlich sah Luis klar. Schon das Läuten der Turmuhr hätte ihn warnen müssen! Und nun hatte er kostbare Zeit verloren, indem er sich völlig überflüssigerweise von seiner Inneren Stimme hatte aufklären lassen. »Der Kuck-Kuck!«

Auriels Schicht war längst zu Ende. Und der Kuck-Kuck war noch nicht in seine Burg zurückgekehrt. Er saß immer noch im Keller von Daniel Dor und wartete darauf, dass ihn Luis zu seinem Herrn zurückbrachte.

Aber Luis war nicht gekommen. Er hatte sich verrannt! Total verrannt. Das stellte er fest, als er jetzt endlich stehen blieb und sich umschaute. Während er mit seiner Inneren Stimme gesprochen hatte, war er in Richtung Stadtmitte gelaufen. Luis kannte die Gegend nur zu gut. Er war umgeben von Fabrikgebäuden, die sich ganz in der Nähe der Megamaschine befanden.

Jetzt erst wurde er sich der ganzen Ausweglosigkeit seiner Lage bewusst! Eigentlich hätte er schon längst seinen Dienst in der Megamaschine antreten müssen. Es gab keine Entschuldigung dafür, dass er seinen Verpflichtungen nicht nachkam. Ohne ihn würde die Megamaschine für acht Stunden stillstehen. Die gesamte Produktion würde ins Stocken geraten. Und das Vertrauen, das er bei Auranus gewonnen hatte, wäre verloren.

Mit Widerwillen malte sich Luis aus, wie Auriel an ihm vorbeizog und wieder den Platz an der Seite des Königs einnahm. Für einen Moment schien es ihm das Beste zu sein, wenn er versuchte, seinen Dienst doch noch anzutreten. Hatte er nicht schon einmal bewiesen, dass er in kurzer Zeit wesentlich mehr zu leisten ihm Stande war als Auriel? Auch diesmal würde er seinen Rückstand aufholen. Da hatte er keinen Zweifel!

Er wollte schon loslaufen, als er sich doch noch anders entschied. Was konnte schon passieren, wenn er eine Schicht versäumte? Das Schlimmste, was er sich vorstellen konnte, war, dass Auriel die Gunst des Königs zurückgewann. Na und? Es war nichts im Gegensatz zu dem, was ihn erwartete, wenn man entdeckte, dass er Auriels Kuck-Kuck gestohlen hatte.

Also musste er den Vogel so schnell wie möglich zurückbringen. Vielleicht war Auriel nach seinem Dienst nicht direkt nach Hause gegangen. Vielleicht hatte er noch etwas zu erledigen gehabt. Vielleicht blieb noch ein wenig Zeit, alles wieder gutzumachen.

Luis rannte bereits, während er so dachte. Auriels Schicht war seit mehr als drei Stunden zu Ende, als Luis die Ruine erreichte, in deren Keller sein Vater noch immer auf ihn warten musste.

Der dunkle Flur tief unter der Erde war genauso lang und verworren wie beim ersten Mal. Der Gestank war genauso stark.

Luis merkte nichts davon. Als wäre er den Weg schon tausendmal gegangen, schritt er an den zahllosen Türen vorbei, die rechts und links vom Flur abgingen. Er war sich auf eine unerklärliche Weise sicher, dass er jene Türe wiederfinden würde, hinter der sein Vater hauste. Sein Gefühl sollte ihn nicht täuschen!

Unvermittelt blieb er stehen und wandte den Kopf nach rechts. Fast wäre er zu weit gegangen. Doch aus den Augenwinkeln hatte er etwas bemerkt. Eine der Türen stand einen Spalt offen. Sofort fing sein Herz heftiger an zu schlagen. Es klopfte ihm bis zum Hals, als er die Tür ganz vorsichtig aufstieß und in den dunklen Raum blickte. »Vater?«, flüsterte er ängstlich.

Keine Antwort.

Vorsichtig tastete er sich in den Raum hinein. »Vater?«

Wieder erhielt er keine Antwort.

Er verharrte auf der Stelle und hielt die Luft an. War da

irgendetwas zu hören? Ein leichtes Atmen oder Scharren auf dem Fußboden?

Nichts! Wenn ihn nicht alles täuschte, war dieser Raum leer. Schon dachte er, dass er sich geirrt hatte. Dass dies nicht die Wohnung seines Vaters war. Da stieß er mit dem Fuß gegen einen Gegenstand. Er bückte sich und ließ die Hand über den Boden gleiten. Seine Fingerspitzen berührten etwas, das weich und warm war. Luis versuchte sich vorzustellen, was er da in der Hand hielt. Vergebens. Dafür ertastete er mit der anderen Hand eine kleine Pappschachtel, bei der er sofort wusste, um was es sich handelte. Schnell nahm er ein Streichholz aus der Schachtel und entzündete es. Sofort sah er, dass der weiche Gegenstand eine Kerze war. Er steckte sie an. Im aufflackernden Licht erkannte er endlich, wo er sich befand.

Es war die Behausung seines Vaters. Doch sein Vater war fort. Und mit ihm der Kuck-Kuck! Luis wurde wütend. Warum in aller Welt hatte Daniel das Versteck verlassen? Zum Glück konnte er noch nicht allzu weit sein. Denn das Wachs der Kerze war noch warm gewesen, als Luis den Raum betreten hatte. Also konnte der Vater erst vor wenigen Minuten verschwunden sein.

Luis musste ihn suchen! Also blies er die Kerze aus und stellte sie auf dem Boden ab. Zu seinem Erstaunen wurde es jedoch nicht dunkel. Im Gegenteil. Plötzlich wurde es taghell! Luis fuhr herum. Er schaute in zwei kalte Augenpaare. Das eine gehörte dem Kuck-Kuck. Das andere Auriel, der den Blechvogel auf der Schulter trug. Er gab seinen Gehilfen einen kurzen Wink und sagte nur das eine Wort: »Abführen!«

Der Sand der Vergänglichkeit

Auranus der Starre saß auf seinem Thron wie immer. Sein fülliger Leib begrub den königlichen Stuhl fast völlig unter sich. Sein mächtiges Kinn ruhte auf der Brust. Die Arme schienen mit dem Körper verwachsen zu sein.

Mehr noch als beim ersten Mal kam es Luis so vor, als hätte er einen Berg vor sich. Noch größer, noch massiver und vor allem noch starrer schien Auranus seit ihrer letzten Begegnung geworden zu sein. Luis ließ seinen Blick den Berg hinaufwandern. Über die Füße, deren Knöchel in dicke Auranpolster eingepackt waren. Über die Waden und Oberschenkel, zwischen deren wulstigem Gewebe kein Knie mehr zu erkennen war. Über den von faltigen Auranmassen bedeckten Schoß. Hinauf zu Bauch und Brust, die ansatzlos ineinander übergingen.

Luis stutzte. Etwas war komplett anders als bei seinem letzten Besuch hier oben auf dem Hochsitz des Herrschers. Irgendetwas war ihm fremd. Er wusste nicht was. Mit einer bösen Vorahnung hob er den Blick und schaute Auranus, der immer noch kein einziges Wort gesprochen hatte, ins Gesicht.

Sah die brüchigen Lippen, die leicht geöffnet waren und durch die mit einem leisen Rauschen die Luft eingesogen und wieder hinausgeblasen wurde. Sah die Nase, deren Flügel von der Anstrengung, die das Atmen verursachte, unaufhörlich zitterten. Sah die Augen, deren Lider geschlossen waren und wie kaputte Jalousien schief herunterhingen.

»Was ist mit ihm?«, flüsterte Luis, dem schlagartig klar wurde, das irgendetwas mit Auranus nicht stimmte.

Sofort spürte er einen heftigen Schmerz im Rücken. Auriel hatte ihm die steinharte Faust ins Kreuz gestoßen. »Tu doch nicht so!«, herrschte ihn Auriel an. »Du weißt ganz genau, was mit ihm ist!«

Luis schüttelte den Kopf. Wieder fühlte er Auriels Faust in seinem Rücken einschlagen. Luis krümmte sich vor Schmerz. Trotzdem erwiderte er: »Woher soll ich es denn wissen? Als ich ihn das letzte Mal gesehen habe, war noch alles in Ordnung mit ihm!«

»Als du ihn das letzte Mal gesehen hast?«, schrie Auriel. »Als du ihn das letzte Mal gesehen hast? Weißt du nicht mehr, was da war?«

Auriels laute Stimme musste den König geweckt haben. Langsam, unendlich langsam machte er die Augen auf. Ein feiner Sand hatte sich zwischen seinen Wimpern gesammelt. Jetzt, da sich die Lider öffneten, rieselte er über die Wangen herab auf die Brust des Herrschers.

»Als du ihn das letzte Mal gesehen hast!«, brüllte Auriel und zeigte mit ausgestrecktem Arm auf den Sandstaub, »da hast du ihn ermordet!«

Für einen Moment war es totenstill im Saal. Keiner der Anwesenden traute sich auch nur ein Wort zu sagen. Weder Pankrazius, der jede Bewegung, die Luis machte, mit einer Leichenbittermiene kontrollierte. Weder der Doktor, der zur Abwechslung einmal ein menschliches Wesen mit seinen Messinstrumenten untersuchte. Weder Daniel Dor noch die zwei Männer, die ihn bewachten. Nur das Rascheln von Auranus' eingestaubten Lidern war zu hören.

Luis taumelte. Und wenn ihn Auriel nicht mit eisernem Griff gehalten hätte, wäre er umgefallen. Was war das nur für eine aberwitzige Situation, in die er da geraten war? Vor ihm lag der schlafende König. Gewiss, Auranus sah nicht gerade gesund aus. Aber was hatte ihm Auriel da vorgeworfen? Dass er den Herrscher ermordet habe? Wie konnte er jemanden getötet haben, der ganz offensichtlich noch lebte? Luis verstand es nicht. Sah Auranus Hilfe suchend in die Augen, die sich jetzt endlich ganz geöffnet hatten.

Doch der König konnte den Blick des Jungen nicht erwidern. Das wurde Luis sofort klar. Der König konnte niemandes Blick mehr erwidern. Auranus der Starre war blind. Seine Augen waren gebrochen. Wie bei einem Toten waren sie leblos und starr.

»Was ist mit ihm?«, sagte Luis kraftlos und erwartete einen abermaligen Stoß in den Rücken. Doch es war ihm egal. Seine Lage konnte nicht noch schlimmer werden. Daran änderten auch Schläge nichts.

Es war, als würde Auriel die Gedanken seines Gegners erraten. Sein Schlag blieb aus. Oder war auch er einfach zu gelähmt von dem schlimmen Bild, das der dahinsiechende König bot?

So war nicht er es, sondern Pankrazius, der auf Luis' Frage eine Antwort gab: »Die Lage ist ernst, Luis«, fing er mit leiser Stimme an. »Jemand hat unseren König geblendet. Jemand hat ihm Sand in die Augen gestreut. Verstehst du? Den Sand der Vergänglichkeit.«

»Den Sand der Vergänglichkeit?«, hauchte Luis so leise, als hätte er Angst, dass er diesen Sand, der auf der Brust des Königs lag, aufwirbeln könnte.

»Sag bloß, du hast noch nie davon gehört?«

Luis schüttelte den Kopf.

Da wurde es Auriel zu viel. »Lüge! Lüge!, er war es doch, der unserem König den Sand in die Augen gestreut hat!«

Pankrazius hob beschwichtigend die Arme. »Das ist noch nicht erwiesen, Adjutant. Und solange es nicht erwiesen ist, darf sich Luis sehr wohl verteidigen. Und um sich zu verteidigen, muss ich ihn wohl oder übel aufklären.«

Auriel wollte protestieren.

Doch da fing der Berg plötzlich an zu beben. Auranus schien das letzte bisschen Leben, das noch in ihm war, nutzen zu wollen. »Auuuuuufkläääääärennn!«, kam es in einer staubigen Wolke aus seinem Mund.

Auriel machte einen erschrockenen Schritt zurück. Wieder trat eine gespenstische Stille ein. Dann fing Pankrazius an, in einem wahren Grabgesang zu verkünden: »Es wird der bleiche Tod mit seiner kalten Hand – Dir endlich mit der Zeit um deinen Körper streichen – All was du je besessen hast, es wird verbleichen – Dein ganzes Hab und Gut wird werden kalter Sand.«

Es war, als würde er sich selbst unterbrechen. Als würde er sich plötzlich entscheiden, Luis noch nicht alles zu enthüllen. Eine Spur von Zweifel war ihm ins Gesicht geschrieben, während er tief Luft holte und mit normaler Stimme fortfuhr: »Das ist der Sand der Vergänglichkeit, Luis! Es ist der Sand, zu dem alles wird, wenn es gestorben ist. So steht es geschrieben. Die Schwarzen Eminenzen bewahren ihn seit Menschengedenken tief unter dem Garten Leben auf. Es ist der Sand, aus dem unsere Toten sind. Wer ihn jemandem in die Augen streut, der macht ihn blind. Der lässt ihn nicht mehr sehen, was ihn am Leben hält. Verstehst du? Auranus kann das Auran nicht mehr sehen, das ihn unsterblich macht. Seine Augen sind gebrochen! Deshalb ist er binnen eines Tages zum Tode verdammt.«

»Mörder!« Auriel konnte mit seinem vernichtenden Urteil nicht an sich halten. Obwohl ihn Auranus zur Ruhe gerufen hatte, platzte es aus ihm heraus: »Hättest du nicht ein paar Tage warten können? Dann wäre der König zur Auransäule erstarrt! Dann hätte er ewig gelebt. Ein paar Tage nur! Warum hast du sie ihm nicht gegeben?«

Luis wusste nicht, was er auf diese ungeheuerliche Beschuldigung erwidern sollte. Er wusste ja nicht einmal, was Auriel eigentlich meinte. »Auransäule?«, wiederholte er das entscheidende Wort, das er zwar gehört, aber nicht verstanden hatte. »Auransäule? Was um alles in der Welt ist das nun wieder?«

»Oooh! Wie gerissen er ist!«, stöhnte Auriel und wollte Luis abermals die Faust in den Rücken stoßen.

Doch der König duldete es nicht. Auch wenn er nichts sehen konnte, kannte er seinen Adjutanten gut genug, um ganz genau zu wissen, was in ihm vorging. »Auuuuuufkläääääärennn!«, donnerte er noch lauter als zuvor. Und wieder zog sich Auriel verschüchtert zurück.

Pankrazius breitete entschuldigend die Arme aus. Mit einem reumütigen Blick schaute er zu Auranus auf und meinte: »Seht Ihr nun, Ihro Gnaden, was ich Euch die ganze Zeit sagen wollte? Es war zu früh. Er hätte erst eine Lehre absolvieren müssen. Die Zeit war viel zu kurz, als dass wir ihm alles hätten beibringen können, um ein würdiger Adjutant zu sein!«

Der König sah es ein. Er wollte seinen Kopf zu einem mühevollen Nicken bewegen. Doch es gelang ihm nicht. Ein stumpfes Knirschen zeigte Pankrazius, dass die Leichenstarre bereits in die Gelenke des Herrschers gekrochen war.

»Haltet ein, Ihro Gnaden!«, rief der Professor. »Ich werde mein Möglichstes geben, um den Fehler wieder gutzumachen!« Und an Luis gewandt fuhr er fort: »Die

Auransäulen also! Wir hätten es dir schon noch gesagt! Am Tage deiner Thronbesteigung solltest du es erfahren. Nun gut. So erfährst du es halt jetzt.« Er sah, dass ihm Auriel ins Wort fallen wollte. Deshalb fügte er schnell hinzu: »Nicht wahr, Auranus, unser König. Er soll es doch erfahren?«

»Jaaaaaah doooooooch!«, dröhnte es durch den Saal. Und Auriels Protest wurde im Keim erstickt.

»Nun denn!«, fing Pankrazius an mit bewegter Stimme zu erklären. »Wie eine Auransäule aussieht, weißt du ja wohl. Immerhin hast du schon mehr als eine gesehen.«

Luis dachte nach.

»So dumm kannst du doch nicht sein!«, versuchte Auriel ihn zu reizen.

Luis übersah den warnenden Blick des Professors. Er überhörte seine Innere Stimme, die ihn warnen wollte. Er fiel auf den Trick seines Widersachers herein. Schnell, viel zu schnell sagte er: »Die Statuen? Auf dem Vorplatz der Megamaschine? Meinst du etwa die?«

»Na also! Na also!«, brüllte Auriel. »Er weiß es! Er hat es schon immer gewusst! Ich hab es ja gesagt!«

Der Professor hatte die Hände vors Gesicht geschlagen. Zu spät hatte er seinen Fehler erkannt. Zu spät war ihm klar geworden, dass er Auriel die Gelegenheit gegeben hatte, Luis noch tiefer ins Verderben zu stürzen. »Das heißt noch gar nichts!«, versuchte er die Situation zu retten. »Dass er sie schon einmal gesehen hat, heißt noch lange nicht, dass er auch weiß, was sich dahinter verbirgt. Oder weißt du, worum es sich bei diesen Auransäulen handelt?«

»Nein! Nein!«, bestätigte Luis.

»Pah!«, entgegnete Auriel. »Jetzt wäre er ja schön dumm, wenn er es zugäbe.«

»Aber wenn ich es doch sage!«, beteuerte Luis. »Nun sagt mir doch schon, was sich dahinter verbirgt!«

Pankrazius wollte gerade den zweiten Versuch einer Erklärung starten, als ihm Auriel die Arbeit abnahm: »Als ob du nicht längst gewusst hast, dass die Auransäulen die unsterblichen Überreste unserer Könige sind! Als ob du nicht schon lange weißt, dass es das Ewige Leben für sie bedeutet, zur Auransäule zu erstarren. Dass es sie für immer unsterblich macht. Tu bloß nicht so, als wenn du das alles nicht schon lange erkannt hättest!«

Luis war so perplex, dass er nicht widersprach. Das also war die hoch gepriesene Unsterblichkeit, nach der alle Auranier strebten und die nur wenige erreichten? Als Auransäule in der Gegend herumzustehen? Außer sich vor Erstaunen rief er: »Aber wie könnt ihr es Leben nennen, wenn man wie versteinert einfach nur herumsteht? Da ist ja jeder Tod schöner!«

Ein Raunen ging durch den Raum. Weder Pankrazius noch Auriel noch Auranus verstanden, was Luis ihnen sagen wollte. Der Professor unternahm als Erster einen Versuch, zu widersprechen: »Aber Luis! Dummer Junge! Du wirst doch nicht leugnen können, dass die Säulen unsterblich sind. Viele von ihnen stehen bereits seit Jahrzehnten am selben Ort, ohne dass ihnen die Zeit etwas anhaben konnte!«

»Aber Leben! Leben, hört ihr? Das ist doch etwas anderes!«, protestierte Luis. »Diese jämmerlichen Gestalten sind doch wie tot!«

Da wurde es Auriel zu viel. Er zeigte mit dem Finger auf Auranus und schrie: »Den Säulen hat man nicht die Augen gebrochen! Wie unserem bemitleidenswerten König! Die Säulen können ganz genau sehen, was in unserer Stadt vor sich geht. Also leben sie! Oder brauchst du noch einen Beweis?«

Luis schüttelte den Kopf. Es hatte keinen Sinn. Er hatte das Gefühl, dass sie aneinander vorbeiredeten. Außer seinem Vater war niemand im Raum, der nachvollziehen konnte, worauf er hinauswollte. Aber da war noch etwas anderes! Luis spürte es wie unsichtbare Schwingungen, die von Pankrazius, Auriel und Auranus ausgingen. Keiner der drei hatte auch nur das geringste Verständnis für ihn. Ihnen allen war völlig suspekt, was er gesagt hatte. Wie ein ungeschriebenes Gesetz stand zwischen ihnen fest, dass Luis Unrecht hatte. Und dieses Gesetz schweißte sie zusammen und machte Luis zu ihrem Gegner.

Mit einer tiefen Erschütterung in der Stimme sagte Pankrazius: »So ist das also, Luis Dor.«

»Ja, so ist das!«, bekräftigte Auriel. »Ich hab es ja schon immer gewusst!«

Nur Luis sagte gar nichts.

»Das ist Blasphemie!«, stöhnte Pankrazius. »Du verspottest alles, was uns teuer ist. Du hast keine Achtung vor dem Ewigen Leben, Dor. Und wer keine Achtung vor dem Ewigen Leben hat, der hat auch keine Achtung …«

»… vor dem Leben selbst!«, fiel ihm Auriel ins Wort.

Pankrazius nickte und wandte sich von Luis ab. Hilflos schaute er zu Auranus auf, dem kein Wort entgangen war.

»Wir werden ihn vor Gericht bringen müssen, Ihro Gnaden!«

»Jaaaaaah!«

»Seid Ihr bereit, noch einmal den Vorsitz zu übernehmen?«

»Jaaaaaah!«

»So sei es!«, flüsterte Pankrazius.

Und dann verließ er den Raum, um den Dienern des Königs Anweisungen zu geben. Die Anweisungen für die Gerichtsverhandlung, die Luis verurteilen sollte.

Das Letzte Gericht

»Seid Ihr so weit, Ihro Gnaden?«

Ein müder Wimpernschlag zeigte Pankrazius an, dass der König bereit war, das Letzte Gericht seiner Amtszeit zu leiten.

In Windeseile war der Thronsaal umfunktioniert worden. Da der König nicht ins Gericht kommen konnte, war das Gericht eben zum König gekommen: Ein langer Tisch war vor Auranus aufgebaut worden. Zu seiner Linken saß Auriel. Er vertrat die Anklage. Zu seiner Rechten hatte Pankrazius Platz genommen. Er sollte die Verteidigung übernehmen.

Luis kam es so vor, als würde ihm ganz langsam der Boden unter den Füßen weggezogen. Dass es ausgerechnet Pankrazius war, der sein Anwalt sein sollte, machte die Sache noch schlimmer, als sie ohnehin schon war. Mit seinen letzten Äußerungen hatte sich der Professor geradezu mit Auriel verbündet. Und eine Verteidigung, die sich mit dem Ankläger verbündete, ließ nicht gerade erwarten, dass im Zweifel für den Angeklagten entschieden würde.

»Im Namen des Königs erkläre ich die Verhandlung für eröffnet!«, sagte Pankrazius, der es offenbar übernommen hatte, für Auranus das Wort zu ergreifen.

Luis versuchte sich gerade einzureden, dass es günstig sein mochte, wenn sein Verteidiger gleichzeitig die Stimme des Richters vertrat. Da sagte Pankrazius: »Die Anklage hat das Wort!«

Auriel erhob sich von seinem Stuhl und rückte die schwarze Robe zurecht, in die er vor der Verhandlung schnell noch geschlüpft war. Er räusperte sich und sprach dann die Worte, die er sich vorher sorgfältig überlegt hatte: »Luis Dor! Wir, die Stadtanwaltschaft von Aurania, legen Ihnen zur Last, unseren gnadenvollen König, Auranus den Starren, aus niederen Beweggründen durch Beigabe eines Hilfsmittels, genannt Sand der Vergänglichkeit, heimtückisch und hinterhältig ermordet zu haben. Wir beantragen deshalb die angemessene und einzige Bestrafung für ein solch abscheuliches Verbrechen.«

»Tooooooooood!«, stöhnte der König.

Auriel setzte sich wieder und sagte lapidar: »Die Verteidigung hat das Wort.«

Pankrazius stützte die Hände auf dem Tisch auf und stemmte sich von seinem Sitz hoch. Er verneigte sich vor dem Richter, dann vor der Anklage und sprach: »Wir, die Verteidigung, gehen davon aus, dass die Schuld des Angeklagten mitnichten bewiesen ist. Zumal es keine Motive für seine mutmaßliche Tat zu geben scheint.« Damit ließ sich Pankrazius wieder auf seinen Stuhl fallen.

Da sprang Luis von seiner Anklagebank auf und sagte: »Der Antrag, Professor! Sie müssen den Antrag auf Freispruch stellen!«

Doch Pankrazius winkte nur ab. Er stand nicht mal auf, als er antwortete: »Schon gut. Schon gut. Wir werden ja sehen, was die Anklage gegen Sie vorbringt.« Und zu Auriel gewandt sagte er: »Nun, Herr Stadtanwalt, was wären denn die Motive für die Tat?«

Mit einem kurzen Nicken bedankte sich Auriel beim Professor für das Stichwort. Luis entfernte sich ein paar Schritte von seiner Bank. Er hatte das abgekartete Spiel durchschaut. Er wollte sich direkt an den König wenden, als er zwei bleischwere Hände auf seinen Schultern spürte. Zwei Saaldiener packten ihn und zerrten ihn zurück auf die Anklagebank.

»Sie reden erst, wenn Sie gefragt werden!«, schimpfte Auriel, stand auf und ging um den Richtertisch herum. Er baute sich vor Auranus auf, machte eine kurze, abgehackte Verbeugung und verkündete: »Die Motive? Also gut! Die liegen ja wohl auf der Hand. Erstens, hohes Gericht, wollte der Angeklagte Rache üben. Rache für seinen Vater. Wir, die Stadtanwaltschaft, können beweisen, dass es eine verhängnisvolle Beziehung zwischen dem König und Daniel Dor gegeben hat. Zweitens wollte sich der Angeklagte bereichern. Denn er war der Einzige, der vom Tod des Königs profitierte. Er war erst kurz zuvor zum Thronfolger aufgestiegen. Und dies unter, wie ich vielleicht hinzufügen darf, etwas mysteriösen Umständen. Schließlich weiß bis heute niemand, wie er die Megamaschine zu solchen Höchstleistungen antreiben konnte. Jedenfalls wäre der Angeklagte durch das Ableben unseres Königs zu seinem sofortigen Nachfolger ernannt worden. Der König ist tot, es lebe der König! So war sein Plan. Wir sind froh, dass wir dieses perfide Spiel durchkreuzen konnten.«

Auriel hatte seinen Vortrag mit entschlossenen Armbewegungen begleitet. Als wollte er seine letzten Worte zusätzlich bekräftigen, verschränkte er die Arme über Kreuz und wankte zurück auf seinen Platz. »Die Verteidigung hat das Wort!«, sagte er noch und setzte sich wieder.

Diesmal war es der Professor, der um den Richtertisch herumging. Er schaute zu Auranus auf, der die gebrochenen Augen wieder geschlossen hatte und tief zu schlafen schien. Deshalb wandte sich Pankrazius direkt an die Anklage:

»Motiv hin oder her! Sie müssten uns schon beweisen, dass der Angeklagte überhaupt fähig ist, eine solche Tat zu begehen. Immerhin ist er nicht vorbestraft. Er hat sich bis jetzt noch nichts zu Schulden kommen lassen.«

Auch diesmal klangen die Worte des Professors wieder so, als wollte er Luis verteidigen. Doch wenn man genau hinhörte, merkte man, dass er Auriel nur die Gelegenheit gab, seine Anklage noch weiter zu untermauern. Luis hatte es sofort bemerkt. Abermals wollte er aufspringen.

Doch Auriel kam ihm zuvor. »Beweisstück Nummer eins!«, brüllte er und zeigte auf einen großen Breitbildmonitor, der von zwei Dienern in den Saal getragen wurde. Auriel ließ sich eine Fernbedienung geben und schaltete den Monitor ein. »Beweisstück Nummer eins, hohes Gericht, zeigt den Angeklagten auf seinen verbotenen Ausflügen zu den Aussitzigen am Rande der Stadt.«

Luis zuckte innerlich zusammen. Er schaute auf den Bildschirm und erkannte sich selbst, wie er am Fluss entlangging.

Da der König blind war, beschrieb Auriel, was der Film zeigte: »Wir haben Euren Schützling, Ihro Gnaden, beobachten lassen. Es war uns von Anfang an verdächtig, dass es ein solcher Jüngling so weit bringt. Beweisstück Nummer eins belegt, dass er sich der Hilfe fremder Mächte versichert hat, um uns zu hintergehen.«

»Aber wie hätten mir die Aussitzigen helfen können? Sie haben doch nichts ...«

»Sie reden erst, wenn Sie gefragt werden!«, wurde Luis von Auriel jäh unterbrochen. Mit gedämpfter Stimme erzählte der Adjutant weiter: »Nahezu jeden Tag hat der Angeklagte die Aussitzigen besucht. Wir haben die Szenen zusammengeschnitten. Hier sieht man ihn, wie er mit einem alten Mann namens Knuth spricht. Hier sieht man ihn im Gespräch mit einer Frau namens Ruth. Wir haben alles ganz genau recherchiert. Am meisten war er mit einer jungen Frau zusammen. Hier sehen wir sie in ihrem gemeinsamen Nest, das sie sich unter der Brücke gebaut haben. Ihro Gnaden werden begierig sein zu erfahren, um welche Frau es sich handelt ...«

»Weeeer?«, hauchte der König so schwach, als wäre es sein letzter Atemzug.

Auriel triumphierte: »Niemand anderes als das Mädchen Dorit ...«

»Diiiiiieeeee Dooooooriiiiiiit?«

»Die Dorit!«, bekräftigte Auriel.

»Waaaaaas?«, stöhnte Auranus.

Auriel musste kurz überlegen. »Was er von ihr gewollt hat?«, fragte er nach.

»Jaaaaah!«

»Wollt Ihr das wirklich wissen?«

»Jaaaaah!«

Auriel drückte auf einen Knopf der Fernbedienung und spulte den Film vor. Als er die Bilder wieder mit normaler Geschwindigkeit abspielte, vergrub Luis vor Scham den Kopf zwischen den Händen.

»Sie haben sich ...« Es kostete Auriel offensichtlich einige Überwindung, es auszusprechen. »Sie haben sich,

Ihro Gnaden, wie soll ich sagen, sie haben sich näher kennen gelernt. Wenn Ihr versteht, was ich meine!«

Der König antwortete nicht. Er schien nachdenken zu müssen. Da erwiderte Luis an seiner Stelle: »Aber das ist doch nicht verboten? Oder? Etwa doch?«

»Und ob es verboten ist. Niemanden empfängt das Mädchen Dorit ein zweites Mal. Es ist verboten! Aufs strengste verboten!«

»Aber warum hat mir das denn niemand gesagt?«

Da gab Pankrazius der Anklage ein Zeichen und sprach: »Und ob ich es Ihnen gesagt habe. Erinnern Sie sich nicht? Habe ich Sie nicht ausdrücklich darauf hingewiesen, dass es verboten ist? Damals, als sie zum zweiten Mal bei mir im Prüfamt erschienen sind!«

Luis erinnerte sich nur zu gut. Schon damals hatte er ein tiefes Unbehagen dabei empfunden, dass der Professor offensichtlich jeden seiner Schritte kannte. »Warum haben Sie das verraten?«, protestierte Luis. »Sie sind doch mein Verteidiger. Nicht mein Ankläger!«

»Ich sage nur die Wahrheit. Nichts als die Wahrheit!«, verteidigte sich der Professor. »Dazu bin ich auch als Ihr Verteidiger verpflichtet.«

Luis wollte abermals widersprechen. Doch da hatte Auriel schon einen zweiten Film einlegen lassen und verkündete laut: »Was soll das Theater? Es kommt noch schlimmer! Hier! Beweisstück Nummer zwei!« Mit der Fernbedienung startete er den neuen Film.

Als Luis die ersten Bilder sah, war ihm, als würde ihm jemand ganz langsam die Kehle zudrücken.

»Hier, Ihro Gnaden«, erklärte Auriel, »sehen wir den ehrenwerten Angeklagten, wie er in meine Gemächer eindringt und mir das Wertvollste stiehlt, was ich mein Eigen nenne!«

»Waaaaaas?«, hauchte der König.

»Ich habe ihn nicht gestohlen!«, beteuerte Luis.

»Waaaaaas?«

»Nur ausgeliehen!«

»Ausgeliehen?«, herrschte ihn Auriel an. »Ausgeliehen? Einen Kuck-Kuck kann man nicht ausleihen. Er gehört allein seinem Besitzer. Wenn man ihn sich nimmt, dann bedeutet dies, dass man ihn stiehlt. Und? Haben Sie ihn genommen, Angeklagter?«

»Geliehen!«

»Das macht keinen Unterschied! Das allein reicht schon aus, Sie für Jahre hinter Gitter zu bringen! Das ist Ihnen doch hoffentlich klar?«

Luis warf dem Professor einen verzweifelten Blick zu. Doch der gab ihm mit einem Kopfschütteln zu verstehen, dass er für derartige Verbrechen nicht mehr die Verteidigung übernehmen wollte.

Also musste es Luis selbst versuchen. Zur Überraschung aller Anwesenden sagte er: »Ja, das ist mir völlig klar.« Doch sofort fügte er hinzu: »Aber wie groß muss dann erst das Verbrechen sein, den Kuck-Kuck eines anderen abzuschießen?«

Ein mehrstimmiges Raunen war vom Richtertisch zu hören. Sogar der König gab einen ächzenden Laut von sich: »Weeeeeer?«

»Darf ich mich erheben und zu Euch kommen?«, fragte Luis.

»Jaaaaah!«

Luis stand auf und näherte sich dem Richtertisch. »Ich weiß nicht, wer es war«, fing er an zu erklären. »Aber irgendjemand hat meinen Kuck-Kuck vom Himmel geschossen.«

»Wiiiiieeee?«

»Was wollen Sie damit sagen?«, fragte Auriel schroff.

»Dass irgendjemand mit seinem Kuck-Kuck meinen Kuck-Kuck abgeschossen hat! Es war nämlich ein anderer Kuck-Kuck, der auf meinen geschossen hat.«

»Das ist unmöglich!«, widersprach Auriel.

»Und ob!«, ging Luis in die Offensive. »Und danach ist dieser Jemand in meine Wohnung eingebrochen und hat mir die Aufzeichnung vom Abschuss gebracht. Ich hab mir den Film sofort angeschaut. Er beweist eindeutig, dass ich Recht habe!« Luis merkte sofort, dass er eine Schwachstelle in der Anklage getroffen hatte. Denn auf einmal schwieg Auriel betreten.

So war es Pankrazius, der endlich einmal wieder das Wort ergriff, um die Verhandlung weiterzuführen: »Haben Sie die Aufnahmen noch?«

»Aber natürlich!«

Der Professor erhob sich von seinem Stuhl. »Die Verhandlung ist für eine Stunde unterbrochen. Der Angeklagte wird aufgefordert, dem hohen Gericht das Beweisstück vorzulegen.« Damit verneigte er sich vor dem König und sagte: »Tut mir Leid, Ihro Gnaden. Vielleicht nutzt Ihr die Pause, um ein wenig zu schlafen.«

Doch obwohl Auranus die Augen geschlossen hatte, merkte man an seinem unruhigen Atem, am immer stärker werdenden Zittern seiner Nasenflügel, dass er viel zu aufgebracht war, um auch nur eine Sekunde zur Ruhe zu kommen.

»Hab ich's mir doch gedacht!«, sagte Auriel und seine Aurankronen blitzten im künstlichen Licht der Lampen, die auf den Richtertisch strahlten.

Luis war wie ohnmächtig auf seinem Stuhl zusammengesunken. Er hob nicht einmal den Kopf, als er antwortete: »Ich kann es nicht verstehen! Beim besten Willen kann ich es nicht verstehen. Gestern war der Film noch da. Wirklich!«

Auriel pustete genüsslich über seine Handfläche, als wollte er ein lästiges Staubkorn fortblasen. »Was Sie verstehen können oder nicht, ist ganz egal. Kein Beweisstück, kein Beweis! So einfach ist das!«

»Aber …«, versuchte Luis zu widersprechen, »…könnte es nicht sein, dass derselbe, der mir den Film gebracht hat, ihn auch wieder gestohlen hat?«

»Was könnte nicht alles sein?«, entgegnete Auriel süffisant. »Nur das interessiert leider niemanden. Zumindest nicht hier. Vor Gericht. Hier zählt nur der Beweis.«

»Aber mein Kuck-Kuck! Er ist doch nicht da! Ist das etwa kein Beweis?«

»Eben nicht. Eben ganz und gar nicht! Den Kuck-Kuck können Sie doch selbst versteckt haben!«

»Hab ich aber nicht! Was glauben Sie denn, weshalb ich mir Ihren geliehen habe?«

»Gestohlen!«

»Geliehen! Weil meiner abgeschossen wurde. Sonst hätte ich mich doch gar nicht in diese Lage gebracht. Das ist doch Beweis genug!«

Diesmal hatte Auriel so schnell keine Antwort parat. Das, was Luis da vorbrachte, war nicht ganz von der Hand zu weisen. Auriel überlegte, ob es verkehrt war, sich auf dieses Kreuzverhör mit dem Angeklagten einzulassen. Da meldete sich Auranus zu Wort: »Niiiiiieeeee!«, stöhnte er.

»Nie?«, wiederholte Auriel. Und augenblicklich wusste er, was die Antwort auf Luis' Ausführungen war. »Nie hat ein Kuck-Kuck je einen anderen abgeschossen!«

»Einmal ist immer das erste Mal!«, widersprach Luis.

»Niiiiieeee!«, kam es voller Wut aus der eingetrockneten Kehle des Königs.

Und wieder übernahm es Auriel, die Gedanken des Königs auszuführen: »Nie und nimmer! Keiner unserer Vögel kann einem seiner Artgenossen etwas zu Leide tun. Er kann es einfach nicht! Dazu ist er nicht programmiert. Er würde eher selbst abstürzen, bevor er einen anderen Kuck-Kuck abschießt!«

Luis merkte, wie sein Kopf immer schwerer wurde. Er fühlte sich fast wie in der Megamaschine: mit diesen metallenen Nadeln im Gehirn, die es ihm unmöglich machten, einen klaren Gedanken zu fassen. Er wusste ganz genau, dass einer dieser Metallvögel seinen Kuck-Kuck abgeschossen hatte. Er hatte es nicht geträumt! Also unternahm er einen letzten Versuch: »Wie viele dieser Kuck-Kucke gibt es denn eigentlich?«, fragte er mit schwacher Stimme.

»Drei«, antwortete Auriel schnell. Zu schnell. »Außer dem Ihren gibt es nur noch zwei weitere. Nur Auranus und ich selbst verfügen über einen.« Er stutzte kurz und sagte: »Sie wollen doch nicht sagen, dass einer von uns …«

»… nur drei also«, unterbrach ihn Luis. »Wirklich nicht mehr? Hat wirklich niemand sonst einen Kuck-Kuck?«

Doch Auriel hatte gar nicht richtig zugehört. Voller Empörung brüllte er: »Sie wollen doch nicht sagen, dass einer von uns – dass ich Ihren Kuck-Kuck vernichtet habe?« Längst war Auriel von seiner Bank aufgesprungen. Jetzt kam er um den Richtertisch herumgerannt und baute sich vor Luis auf. »Ich? Er meint wirklich mich! Was sagt Ihr dazu, Ihro Gnaden?« Er wirbelte herum und sah zu seinem König auf, dessen Stirn trotz der immer stärker werdenden Erstarrung von tiefen Falten durchfurcht war.

»Ihro Gnaden! So sagt doch was!«

Die brüchigen Lippen des sterbenden Königs öffneten sich noch einmal: »Heeeeeeeeeeeer –«, stieß er mühevoll hervor. Dann schlossen sich seine Lippen für einen kurzen Augenblick. Er holte durch die Nase tief Luft und atmete sie in einer zweiten, unendlich lang gedehnten Silbe durch den Mund aus: »– meeeeeeeeeeees!«

Luis wurde leichenblass. Er hatte genau verstanden, was der König gesagt hatte. Herr Mess! Das konnte nicht sein! Was wusste ausgerechnet Auranus von der Inneren Stimme, die Luis in sich sprechen hörte?

Doch der Herrscher schien nicht der Einzige zu sein, der den geheimnisvollen Herrn Mess kannte. »Hermes! Natürlich!«, schrie Auriel. Er hatte eine kaum zu überhörende Erleichterung in der Stimme, als er behauptete: »Dann muss er es gewesen sein! Er und kein anderer!«

»Wer ist dieser Herr Mess? Ich habe noch nie etwas von diesem Herrn Mess gehört«, sagte Luis. Er versuchte es so harmlos wie möglich klingen zu lassen. Doch er hatte es kaum ausgesprochen, da merkte er, dass es ihm nicht ganz gelungen war. Er spürte, wie ihn ein stechender Blick durchdrang. Wusste nicht, woher er kam. Wollte es gerade herausfinden, als er feststellen konnte, dass zumindest einer ihn nicht entlarvt hatte:

»Hermes? Das wissen Sie nicht?« Auriel schlug sich theatralisch die Hand vor die Stirn. »Hermes, das ist der Todfeind unserer Stadt. Er versucht unsere Untertanen gegen uns aufzubringen. Er hetzt sie auf, indem er sich ihrer Inneren Stimme bedient. Ja, haben Sie diese Lektion denn nicht gelernt? Die steht doch in jedem Schulbuch. Höre nie auf deine Innere Stimme! Schon vergessen? So lange ist Ihre Schulzeit doch noch nicht her! Ich möchte wirklich wissen, wie Sie es zum Adjutanten des Königs gebracht haben?«

»Genau so!« Die Stimme war kalt und klar. Und sie gehörte niemand anderem als Pankrazius. »Genau so! Es hat eine ganze Zeit gebraucht, bis ich es auch nur geahnt habe. Aber jetzt ist mir alles klar. Wie er die Dunkelkammer überstehen konnte. Wie er in der Megamaschine bestehen konnte. Wie er Sie, werter Auriel, im Zweikampf geschlagen hat? Seien Sie doch nicht so naiv! Dafür kann es nur eine Erklärung geben!«

»Hermes!« Auriel grinste wie einer, der sein Glück noch gar nicht fassen kann. »Sie meinen wirklich, Professor, dass er die ganze Zeit auf seine Innere Stimme gehört hat.«

»Nur so kann es sein!«

»Nein, so kann es nicht sein!«, widersprach Luis. »Was sollte es Ihrem Herrn Mess denn nutzen, meinen Kuck-Kuck abzuschießen, wenn er doch mein Komplize ist?«

»Er wird schon seine Gründe haben!«, erklärte Pankrazius. »Jedenfalls haben Sie mit ihm paktiert! Oder wollen Sie das etwa immer noch leugnen?«

»Und ob!«

»Haben Sie etwa keine Innere Stimme gehört, als Sie in der Dunkelkammer saßen!«

Luis schüttelte trotzig den Kopf.

»Und auch nicht, als Sie in der Megamaschine gegen Auriel kämpften?«

»Nie im Leben!«

»Und haben Sie eben gerade nicht von ›Herrn Mess‹ gesprochen, anstatt das Wort ›Hermes‹ zu benutzen? Hören Sie? ›Hermes.‹ In einem Wort. Wie der Götterbote!«

Luis stutzte. Was hatte das zu bedeuten? Natürlich

hatte er ›Herr Mess‹ gesagt. So hatte sich der Mann ja immerhin vorgestellt.

»Herr Mess. Oder Herrn Mess. Je nachdem. Was stimmt denn daran nicht?«

Da lachte der Professor seine gellende Lache. »Was daran nicht stimmt? In all unseren Schulbüchern steht das Wort ›Hermes‹! Ich habe sie ja selbst geschrieben. Nur der König und ich wissen, dass ›Hermes‹ in Wirklichkeit ›Herr Mess‹ heißt. Das haben wir so abgesprochen. Um diejenigen zu entlarven, die mit diesem Teufelskerl in Kontakt treten. Denn wer seinen wahren Namen kennt, der muss ihn persönlich kennen! Wie Sie, Verräter!«

Während Luis immer mehr auf seiner Anklagebank zusammensank, sprang der Professor mit seinen kurzen Beinen auf den Jungen zu und schrie: »Was ist nun? Haben Sie in der Dunkelkammer auf Herrn Mess gehört?«

»Ja«, ergab sich Luis endlich in sein Schicksal.

»Haben Sie in der Megamaschine auf Herrn Mess gehört?«

»Ja, doch.«

Angeekelt wandte sich Pankrazius von Luis ab und sah zu seinem König auf. Er machte eine tiefe Verbeugung und sprach sein Schlussplädoyer: »Ihro Gnaden! Dieser Mann hat Euch schändlich hintergangen, indem er sich mit Eurem Todfeind verbündet hat. Er hat Euch tausendfach getäuscht. Er hat sich in Euer Vertrauen eingeschlichen und Eure Güte schamlos ausgenützt. Fast hätte er Erfolg gehabt. Fast hätte er den Platz auf Eurem Thron eingenommen. Fast hätte er die Stadt Aurania vernichtet. Ich bitte Euch um einen angemessenen Richterspruch. Ihro Gnaden! Es kann nur ein Urteil geben!«

»Jaaaaaaah!«, hauchte der König.

Pankrazius hatte sich immer mehr in einen wahren Rausch geredet. Seine pulsierenden Schläfen schienen das Blut direkt in die Augen zu pumpen. Ganz im Gegensatz zu seinem zur Fratze verzerrten Gesicht hatte sein Tonfall etwas Kindliches, als er flehte: »Bitte lasst mich das Urteil sprechen. Ich war es immerhin, der diesen Verräter auserwählt hat, Euer Diener zu werden. Nun lasst es mich auch sein, der ihn richtet.«

»Jaaaaaaah!«, stöhnte Auranus mit dem Atem des Todes.

»So sei es!«, erklärte Pankrazius. In seinen blutroten Augen konnte man nicht einmal mehr die Pupillen erkennen. Luis fühlte sich an den vernichtenden Blick der Schwarzen Eminenzen erinnert. Wie in Trance vernahm er die Worte, die der Professor mit gnadenloser Schärfe sprach: »Angeklagter. Hiermit verurteile ich Sie zum Tode!« Und während sich Auriel zufrieden gegen die Rückenlehne seines Stuhls fallen ließ und Luis endgültig in sich zusammenbrach, verkündete der Professor: »Das Urteil wird sofort vollstreckt!«

Der König aber, den das Letzte Gericht die wenigen Kraftreserven gekostet hatte, die ihm noch geblieben waren, sprach mit einer unheimlichen Anstrengung das letzte Wort: »Guuuuuuuut!«

Dann erstarrten seine Lippen. Das unaufhörliche Zittern seiner Nasenflügel setzte aus und nach einem allerletzten Atemzug war Auranus, der Unsterbliche, gestorben.

Totgeglaubte

»Aussteigen!«, befahl der Professor, kaum dass er den Wagen zum Stehen gebracht hatte. Seinen beiden Passagieren war speiübel von der rasanten Fahrt die Schlossbrücke hinunter. Trotzdem kletterten Luis und Daniel Dor so schnell wie möglich aus dem Wagen. Sie hatten die Türen gerade hinter sich zugeschlagen, als Pankrazius das Fahrzeug wendete, um es wieder den steilen Weg zum Hochsitz hinaufzujagen.

Daniel zog seinen Sohn am Ärmel. Er witterte die Gelegenheit zur Flucht. Und die wollte er sich nicht entgehen lassen! Wenn der Professor so leichtsinnig war, sie einfach hier stehen zu lassen, dann musste das bestraft werden.

Doch Luis hatte keinen Zweifel, dass der Professor viel zu klug war, um einen Fehler zu begehen. Also schnitt er Pankrazius den Weg ab, indem er quer durch den Wendekreis des Wagens lief. Mit einer heftigen Bewegung riss er die Fahrertür auf. »Halt!«, brüllte er. »Halt! Sagen Sie mir wenigstens, was das soll? Ich denke, wir sind verurteilt. Oder haben Sie uns etwa begnadigt?«

Widerwillig trat der Professor auf die Bremse. »Das können Sie getrost vergessen!«

»Und das Urteil? Wann wird es vollstreckt? Wie viel Zeit bleibt uns noch?«

Pankrazius zerrte an der Tür, um sie wieder zuzuschlagen. Doch Luis hielt sie mit eisernem Griff fest. Angewidert entschloss sich der Professor zu antworten: »Sofort! Haben Sie denn nicht richtig zugehört? Das Urteil wird sofort vollstreckt!«

»Aber wann ist sofort?«, fragte Luis und schöpfte neue Hoffnung. Immerhin lebte er noch. Also konnte es gut sein, dass Pankrazius unter ›sofort‹ etwas anderes verstand. Vielleicht bedeutete es für ihn ›sobald wie möglich‹.

»Sofort war sofort!«, sagte der Professor abfällig.

»Aber wann? Heute? Morgen? Übermorgen?«

»Sofort war sofort!«, wiederholte Pankrazius zähneknirschend. Und um der Sache endlich ein Ende zu machen, fügte er angeekelt hinzu: »Sofort war vor einer halben Stunde! Das Urteil ist bereits vollstreckt. Ihr seid bereits tot. Ihr wisst es nur noch nicht.« Sein blutiger Blick blitzte boshaft auf, bevor er lachend erklärte: »Wir haben euer sämtliches Auranguthaben ausgelöscht. Die Schwarzen Eminenzen sind schon unterwegs, euch zu holen. Und nun lebt wohl!«

Mit einem entschlossenen Ruck riss er Luis die Tür aus der Hand. Und während er den Motor des Wagens auf Hochtouren brachte, steckte er noch einmal den Kopf aus dem Fenster und rief: »Pardon! Ich sollte wohl besser sagen: Sterbt wohl! Also, sterbt wohl, Luis Dor! Auf Nimmerwiedersehen!« Mit quietschenden Reifen beschleunigte er das Auto und ließ es in einem solchen Tempo die Brücke nach oben rasen, dass es den Blicken der beiden Verurteilten bald entschwand.

Die Brücke war schon so nahe. Luis konnte bereits die Menschen erkennen, die vor der Ruine standen und ihnen entgegensahen. Sie winkten ihnen sogar zu. Und er winkte zurück. Winkte. Und winkte. Dann erst merkte er es: Dass die Aussitzigen ihn nicht begrüßen wollten, sondern warnen!

Ohne eine weitere Sekunde zu verlieren, schaute er

sich um: den Weg zurück, den sie gekommen waren. Flussabwärts entdeckte er sie. Sah ihre langsamen Bewegungen, mit denen sie unwirklich schnell über den Boden zu schweben schienen. Dabei nickten sie mit ihren Kapuzenköpfen, als wollten sie sagen: »Wir kriegen dich schon, Luis! Ob du nun wegläufst oder nicht. Wir kriegen dich!«

»Komm!«, schrie Luis und packte den Vater am Arm.

Doch der wollte sich erst umdrehen um zu sehen, was seinem Sohn einen derartigen Schrecken bereitet hatte.

Luis ließ es nicht zu. »Vorwärts!«, brüllte er.

»Was …«, stöhnte Daniel laut auf.

»Die Schwarzen Eminenzen! Was hast du denn gedacht? Sie kommen uns zu holen! Sie haben bereits den Fluss erreicht.«

Luis wollte den Vater mit sich fortreißen. Aber es wollte ihm nicht gelingen. Mit Entsetzen musste er feststellen, was es bedeutete, wenn man jahrelang in einem finsteren Keller dahinvegetierte. Daniel Dor war unfähig, auch nur eine einzige schnelle Bewegung zu machen, ohne dass seine Muskeln versagten.

Luis war klar, dass es so keinen Zweck hatte. Er musste Hilfe holen. Mit hektischen Blicken versuchte er die Entfernung zur Brücke abzuschätzen. Dann maß er die Distanz, die noch zwischen ihnen und den Schwarzen Eminenzen lag. Es gab keine andere Lösung. Er musste es versuchen. »Hör zu!«, schrie er den Vater an. »Hör mir genau zu! Ich hole Hilfe. Folge mir, so schnell du kannst. Versuche gleichmäßig zu gehen. Überanstrenge dich nicht. Hast du verstanden?«

Dem Vater standen Schweißperlen auf der Stirn, sie rannen seine Wangen hinab, als wären sie Tränen. »Geh nur!«, erwiderte er mit bebender Stimme. »Bring dich in Sicherheit! Mir kann keiner mehr helfen.«

»Unsinn!«, brüllte Luis und rannte los. Bis zur Brücke war es nicht mehr weit! Doch wohin dann? Er hatte keine Ahnung. Seine Gedanken jagten ebenso schnell durch sein Gehirn wie seine Füße über das feuchte Gestade des Flusses. Er sah sich nicht um. Er sah nur voraus. Sah, wie unter seinen Füßen die Meter zu schmelzen schienen, wie die Brücke näher kam. Fühlte sich kräftig. Fühlte sich stark wie noch nie in seinem Leben. Seine Lunge blies sich auf. Gleichmäßig und voll. Als könnte er nie außer Atem geraten.

War das der Tod? Konnte so das Sterben sein? Es musste einen Ausweg geben. Nie zuvor hatte er sich so lebendig gefühlt. So erreichte er die Aussitzigen ohne eine Art von Ermüdung zu spüren. Mit fester Stimme rief er ihnen entgegen: »Wohin? Knuth! Ruth! Sagt mir nur wohin! Wohin ich vor den Schwarzen Eminenzen fliehen kann.«

Im selben Moment drehte er sich um. Sah, wie sein Vater mit von Krämpfen geschüttelten Beinen über den Sand stolperte. Sah, wie die Schwarzen Eminenzen näher kamen. Eine fürchterliche Ohnmacht ergriff ihn. Was sollte er tun? Was konnte er tun?

Da fing ihn eine tiefe, ruhige Stimme ein. Sie streichelte ihn und beruhigte ihn. Es war Knuth. Er sagte: »Gut. Ist ja gut, Luis! Wir werden den Weg gemeinsam gehen. Müssen! Du lässt uns keine andere Wahl.«

Erst jetzt bemerkte Luis, dass die Aussitzigen ihr armseliges Hab und Gut zusammengerafft und in Tüten verpackt hatten, die sie unter den Armen trugen.

Knuth fuhr fort, ganz ruhig und beherrscht zu erklären: »Wir haben auf diesen Augenblick gewartet.

Seit du zum ersten Mal zu uns gekommen bist. Nun ist er da. Du brauchst uns nichts mehr zu erzählen. Komm!«

Luis war wie benommen. Obwohl die Zeit drängte, zögerte er.

»Komm!«, forderte ihn Knuth auf.

Doch Luis zauderte. Da nahm ihn jemand bei der Hand. Er merkte, wie sich Dorits Finger um seinen Daumen schlossen. Von dort aus breitete sich die Berührung wie ein wohlig warmer Schauer in seinem ganzen Körper aus. Für einen kurzen Moment vergaß er die Zeit und alles um sich herum.

Dann holten ihn Dorits Worte wieder zurück: »Und er? Dort hinten? Wer ist er?«

Mit einem Schlag war Luis voll da. »Mein Vater! Wir müssen ihn retten. Er kann nicht schneller laufen!«

Knuth gab nur einen Wink. Zwei seiner Männer ließen ihre Tüten fallen und rannten Daniel entgegen, um ihn vor den nahenden Totengräbern zu retten.

Daniel Dor hatte sich gegen Luis' Warnung doch zu sehr beeilt. Noch bevor die Männer ihn erreichten, sank er zu Boden. Er versuchte auf allen vieren weiterzukriechen. Doch selbst das wollte ihm nicht mehr gelingen. Über die Schulter spähte er zurück. So sah er, dass die Schwarzen Eminenzen lautlos näher schwebten. Wie schwarze Engel sahen sie aus. Und Daniel fing auf einmal an zu lächeln. So schön waren sie, diese Engel, dass er sich auf den Rücken drehte, um ihnen entgegenzusehen.

Er wunderte sich, dass er nicht schon beim ersten Mal mit ihnen gegangen war. Warum hatte er sich von Luis diesen überflüssigen Auranklumpen andrehen lassen?

Das war doch völlig unnötig gewesen. Es hatte sein Schicksal nur hinausgezögert. Jetzt, da er hier lag, war es ihm völlig klar. Alles war ihm klar. Das Leben. Der Tod. Er erinnerte sich an einen alten Spruch, den man ihm in der Schule beigebracht hatte. Oder war es sein Vater gewesen? Aber er hatte doch gar keinen Vater? Oder doch? Er wusste es nicht. Nur an den Spruch konnte er sich erinnern. Er lautete: Alles zu seiner Zeit. Nun denn: Das Leben hatte seine Zeit. Und der Tod hatte seine Zeit. Und die war jetzt gekommen.

Er spürte den Hauch des Todes wie einen warmen Sommerwind. Er wusste auch, woher der kam: aus den Mündern der schwarzen Engel, die ihm zuriefen: »Daniel! Daniel! Warte auf uns. Wir kommen!« Es waren schöne Worte. Und er vertraute ihnen. Es war Zeit, Abschied zu nehmen. Noch einmal drehte er sich um und schaute in die Richtung, in der Luis verschwunden war. Wo war sein Junge? Wo?

Vor ihm standen zwei fremde Männer. Sie waren noch ein gutes Stück entfernt. Schwer atmend standen sie da. Sie ruderten mit den Armen. Sie riefen etwas. Er konnte es nicht hören. Aber was hätten sie ihm auch Neues sagen können? So kurz vor dem Tod hatten Neuigkeiten einen noch geringeren Haltbarkeitswert als sonst. Fast erleichtert beobachtete er, wie sie umkehrten und zu fliehen begannen. Lustig sahen sie aus! Wie sie so davonsprangen. Wie kleine Kinder, die vor etwas weglaufen, das ihnen Angst bereitet. Daniel lächelte. Das erinnerte ihn doch an etwas! Lohnte es, darüber nachzudenken? Er wollte es gerade tun, als sein Blick an den beiden Männern vorbeiglitt und auf eine Gruppe von Menschen traf, die sich unter der Brücke aufhielt.

Daniel erkannte ihn sofort. Seinen Sohn! Und auf

einmal war es, als würde ihm der Tod übermenschliche Kräfte verleihen. Seine Augen waren wie Objektive, die den Sohn näher zoomten. Daniel konnte ihm ins Gesicht sehen, als wären sie sich ganz nah. Es war ein letzter, wehmütiger Blick. Und er dauerte auch nicht lange. Denn dann verdeckten die fliehenden Männer die Sicht auf Luis. Wild gestikulierend blieben sie vor seinem Jungen stehen. Daniel konnte noch sehen, wie sich Luis versuchte loszureißen. Doch die Männer packten ihn und schleppten ihn mit sich fort. Daniel konnte es nicht genau erkennen. War da nicht irgendetwas im Boden? Ein Loch? Das musste es ein. Jedenfalls zwängten die Männer Luis durch diese Öffnung. Dann kletterten sie selbst hinterher. Und die anderen Menschen, die unter der Brücke gewartet hatten, taten es ihnen nach.

Daniel wollte frohlocken. Es war so schön! Es hatte etwas von Verstecken spielen. Irgendwo hatte er darüber gelesen, dass die Kinder früher, ganz früher, es oft gespielt hatten. Oder hatte er es gar nicht gelesen? Sondern selbst gespielt? Er merkte, wie sich die Dinge in seinem Kopf vermischten. Doch es war ihm egal. Er hätte stundenlang bei diesem Spiel zusehen können. Aber ihm blieb nicht die Zeit dazu!

»Hast du jetzt genug gesehen? Dor?«

Daniel kannte die Stimme. Er wusste sofort, dass sie einer der Schwarzen Eminenzen gehörte. »Nur noch ein bisschen!«, antwortete er. »Es ist so schön!«

Die Eminenz war keineswegs erbost. Leichthin sagte sie: »Aber wozu denn, Daniel? Es ist doch langweilig. Todlangweilig!«

»Aber schön. So schön!«

Es war kaum zu hören. Es war nur ein leicht vibrierender Unterton in den Worten des Totengräbers, der seine Ungeduld verriet. »Aber dumm! So dumm! Denkt wohl, er wäre klug, dein Sohn! Aber er ist es nicht. Niemand kann die Schwarzen Eminenzen täuschen. Niemand kann ihnen entkommen.«

»Zumindest nicht lebendig!«, knurrte sein Kollege.

Daniel spürte keine Todesangst mehr. Mutig fragte er: »Heißt das, es gibt doch eine Möglichkeit, euch zu entkommen?« Und als er in die blutenden Augenkrater der Männer sah, rief er fröhlich aus: »Er ist euch bereits entkommen! Hab ich Recht?«

»Nicht lebendig!«, beharrte der eine Totengräber.

Und der andere fügte hinzu: »Dort, wohin er entschwunden ist, gibt es kein Leben mehr.«

Daniel stutzte kurz. Dann erwiderte er augenzwinkernd: »Wart ihr denn schon einmal da, ihr schwarzen Engel?«

Da endlich verloren die Eminenzen die Beherrschung. Sie schrien durcheinander:

»Wie sollen wir denn da gewesen sein?«

»Wenn es dort kein Leben gibt?«

»Niemand aus der Stadt Aurania hat jemals dieses tote Land betreten.«

»Auch nicht die Schwarzen Eminenzen.«

»Damit das klar ist!«

»Oh«, sagte Daniel. »Das wollt ich ja nur wissen.« Er war auf einmal so beruhigt. Sie waren schon gütige Totengräber, diese schwarzen Engel! Dass sie ihm zu guter Letzt noch zu seinem inneren Frieden verholfen hatten. Er fühlte sich in seine Kinderzeit zurückversetzt. Es war beinahe so, als würde ihm seine Mutter vor dem Einschlafen ein Glas heiße Milch mit Honig geben. Als würde sie ihm ein Gutenachtlied vorsingen. Aber halt!

Hatte er überhaupt eine Mutter? Sicher! Jeder hatte eine. Still und friedlich schlief er ein.

Die Schwarzen Eminenzen wunderten sich nur. Sie brauchten gar nichts mehr zu tun. Schweigend breiteten sie ihre weiten Mäntel über den Leichnam aus. Dann warfen sie noch einmal einen wütenden Blick auf das Erdloch, das sich unter der Brücke befand.

Sie kannten es nur zu gut, hatten sich stets von ihm ferngehalten. Niemand in Aurania – zumindest kein normaler Sterblicher oder Unsterblicher – hatte bislang den Mut gehabt, sich diesem Loch zu nähern. Geschweige denn es zu öffnen und hineinzusteigen. Wie Luis. Und Dorit. Und all die anderen.

Drittes Buch

Die Burg zu Babel

Der Kolumbusplatz

Schwarz. Luis wurde schwarz vor Augen. Er wusste nicht, ob es daran lag, dass er vor Aufregung in Ohnmacht gefallen war, oder daran, dass es in diesem Loch, in das ihn die Männer gezerrt hatten, stockdunkel war.

Für ein paar endlos scheinende Sekunden hatte er keine Ahnung, wo oben und unten, wo links und rechts war. Alles um ihn herum schien sich zu drehen. Es war seltsam: Die völlige Orientierungslosigkeit fraß seine ganze Aufmerksamkeit. Fort war das bedrückende Bild von seinem Vater, der von den Schwarzen Eminenzen eingeholt und weggezerrt worden war. Es war, als wäre Luis aus einem fürchterlichen Traum getreten, nur um in einen anderen zu stolpern. Und in dem galt es sich erst einmal zurechtzufinden.

Für Luis gab es nur noch das Jetzt und Hier. Er blinzelte mit den Augen, als könnte er die Finsternis mit einem Wimpernschlag wegwischen. Aber das war unmöglich. Das undurchdringliche Schwarz blieb. Und er musste erfahren, wie laut Dunkelheit sein konnte. Um ihn herum ertönten schrille Stimmen in einer Lautstärke, die sein Trommelfell fast zum Platzen brachte. Die Stimmen drangen in ihn ein. Und er wusste nicht, ob das Echo, das er immer deutlicher hörte, in seinem Kopf entstand oder außerhalb.

Er versuchte einen klaren Gedanken zu fassen. Sagte sich, dass dieses Echo nur einen Grund haben konnte: Dass er sich in einem Raum befand, der Wände hatte.

Dass es diese Wände waren, von denen die Schallwellen zurückgeworfen wurden, um sich zigfach zu überlagern. Aber konnte er dieser Erkenntnis trauen?

So musste er warten, bis die Finsternis endlich von einem aufflackernden Licht zerrissen wurde. Wie eine Explosion kam es ihm vor. Und dabei war es doch nur ein Streichholz, das an einer der Wände entzündet worden war. Und das Licht breitete sich aus. Von Hand zu Hand wurde es weitergegeben. Eine Fackel nach der anderen wurde angesteckt. Luis nahm den Geruch von ranzigem Öl wahr. Auch wenn der Gestank etwas Beißendes hatte, so wirkte er doch beruhigend, denn es haftete ihm etwas Lebendiges, Menschliches an.

Irgendjemand drückte Luis eine brennende Fackel in die Hand. Jetzt erst merkte der Junge, dass sein ganzer Arm zitterte. Doch die Fackel war etwas, an das er sich klammern konnte, das ihm Halt gab, und er beruhigte sich allmählich wieder.

Der Raum war inzwischen so hell, dass er sich ausgiebig umsehen konnte. Sie befanden sich in einem langen Tunnel, der zu beiden Seiten, links wie rechts, im Nichts verschwand. Luis hielt die Fackel nach oben. So sah er, dass sie durch einen alten Belüftungsschacht in diesen Tunnel geklettert waren. Er war erstaunt, als er merkte, dass er offensichtlich eine Stahltreppe hinabgestiegen war. Er hatte nichts davon gemerkt, weder von den Stufen noch vom Geländer. Seine ganze Wahrnehmung musste für einige Minuten völlig ausgeschaltet gewesen sein. Totaler Filmriss!, dachte er und beleuchtete mit der Fackel den Boden. Unter ihnen verliefen, parallel zueinander, zwei Eisenstränge. Luis wusste nicht, worum es sich dabei handelte. Er hatte so etwas in Aurania noch nie gesehen.

Doch der alte Knuth schien genau Bescheid zu wissen. »Folgt einfach nur den Schienen nach rechts!«, sagte er. Und obwohl er ganz leise sprach und der Geräuschpegel noch nicht abgenommen hatte, schien jeder der Aussitzigen seine Worte verstanden zu haben.

Luis wand sich an zwei, drei Körpern vorbei und kam neben Knuth zu stehen. »Schienen?«, erkundigte er sich. »Was um alles in der Welt ist das?«

Knuth sah den Jungen verwundert an. So, als müsste er sich erst bewusst werden, dass diese Gleise so etwas wie Relikte aus einer längst vergangenen Zeit waren, von denen Luis nichts wissen konnte. Doch dann erklärte er umso bereitwilliger: »Dieser Tunnel hier war vor gar nicht allzu langer Zeit eine U-Bahn-Linie. Sie verlief unterirdisch quer durch die Stadt. Diese Wagen transportierten unzählige Menschen von einer Haltestelle zur nächsten. Und weil mehrere dieser Wagen aneinander gehängt wurden, mussten ihre Räder auf Schienen laufen, damit sie nicht ins Schleudern gerieten. Ich habe das Ende dieser Ära noch erlebt. Bevor sich die Auranier zu fein wurden, mit dieser U-Bahn zu fahren. Es waren schöne Zeiten. Schade, dass sie vorbei sind.«

Luis fehlte die Vorstellungskraft, sich auszumalen, wie die Wagen wohl ausgesehen haben mochten, als sie noch durch diesen Tunnel donnerten. Zu gerne hätte er nachgefragt. Doch Knuth gab ihm keine Gelegenheit. Er wandte sich einfach von ihm ab und ging den Aussitzigen hinterher, die bereits seinem Befehl gefolgt und losgelaufen waren. Luis blieb noch einen Augenblick stehen. Er wunderte sich über den Alten, der so gar nichts mehr von jenem Knuth hatte, der lethargisch in seinem Ohrensessel saß und darauf wartete, dass sein Lebensabend zur Nacht wurde.

Mit energischen Schritten stapfte Knuth die Gleise entlang. Luis wollte sich gerade aufmachen, ihm zu folgen, als er eine kühle Hand auf seinem Arm spürte. »Es ist so kalt hier unten. So bitterkalt!«, hörte er eine Stimme sagen, die ihm so vertraut war, dass er sich selbst in dieser unwirtlichen Gegend ein wenig heimisch fühlte. Dorit! Zärtlich legte er den Arm um das fröstelnde Mädchen. Nahm ihre Hände, rieb ihr über die Finger, bis sie wieder warm wurden. Sah den anderen hinterher, die sich schon weit von ihnen entfernt hatten, und sagte: »Komm!«

»Da seid ihr ja endlich!« Knuth klang ungeduldig. Er zeigte mit dem ausgestreckten Arm nach oben und meinte: »Wir sind da! Wir sind unter dem Fluss durch. Zeit, wieder aufzutauchen!«

Auf einem verwitterten Schild standen ein paar verblichene Buchstaben, von denen Luis jeden einzelnen erst entziffern musste:

K - O - L - U - M - B - U - S - P - L - A - T - Z.

Befremdet sah er sich um. Längst hatte sich der Tunnel geweitet. Sie waren aus dem engen Schacht auf einen großen unterirdischen Platz getreten, an dessen hinterstem Ende eine Treppe nach oben führte.

Knuth brauchte keine weiteren Erklärungen abzugeben. Wie ferngesteuert marschierten die Aussitzigen auf die Treppe zu und stapften die brüchigen Stufen nach oben. Dorit und Luis folgten ihnen. Noch immer verbreiteten die Fackeln ihr rußiges Licht. So bemerkten sie erst, als sie das Ende der Treppe erreicht hatten und auf einen weiteren unterirdischen Platz getreten waren, dass sich unter den künstlichen Schein der Kerzen eine natürliche Lichtquelle mischte.

Einige der Aussitzigen hielten es nicht mehr aus. Zu lange hatten sie unter freiem Himmel gelebt, als dass sie es länger ertragen konnten, unter Tage zu sein. Sie fingen vor Freude an zu schreien und wollten auf den Ausgang zustürzen. Doch eine mahnende Stimme hielt sie davon ab. Wieder war sie leise und beherrscht. Und wieder hörten alle auf sie. »Halt!«, sagte Knuth. »Wir müssen vorsichtig sein. Das da draußen ist absolutes Neuland für uns. Wir wissen nicht, was uns dort erwartet.«

»Was willst du tun?«, fragte einer seiner Leute.

»Wir werden wohl oder übel einen Freiwilligen finden müssen, der die Gegend für uns auskundschaftet. Also! Wer meldet sich …«

»Ich!«, sagte Luis, noch bevor Knuth ausgeredet hatte.

»Du?«

»Ja, ich. Wer sonst?«

»Ich weiß nicht, ich hätte nicht gedacht, dass du Dorit alleine lassen willst.«

Dorit drückte Luis' Hand. Der erwiderte den Druck und sagte trotzdem: »Ich habe euch in diese Lage gebracht. Also ist es an mir, die Verantwortung zu übernehmen.« Während er so sprach, schaute er nicht Knuth, sondern Dorit an. Auch Knuth betrachtete das Mädchen, auf dessen Gesicht nicht das geringste Anzeichen von Furcht geschrieben stand. Auch sie sagte nichts. Sie schloss die Finger nur noch fester um Luis' Hand und sah dann ihren Großvater forsch an.

»Na gut!«, schnaufte Knuth. »Wenn du unbedingt willst.«

Luis nickte nur. Dann gab er Dorit einen Kuss auf die Stirn und wollte sich auf den Weg machen. Doch sie hielt seine Hand fest umklammert und sagte energisch: »Du musst mich auch gar nicht alleine lassen. Ich komme natürlich mit!«

Luis wollte heftig widersprechen. Aber irgendetwas in der Betonung ihrer Worte, vielleicht auch in ihrem Blick, hielt ihn davon ab. Er kannte sie inzwischen zu gut! Er hätte sie nicht überreden können, hier unten zu bleiben. Sie war stark genug, ihren Kopf durchzusetzen. Und das gefiel ihm! »Dann los!«, sagte er nur und lächelte immer noch, als sie schon die Treppe halb nach oben gelaufen waren. Er und sie. Sie und er. Zusammen. Komme, was da wolle!

Ein heller Sonnenstrahl blendete sie. Dorit und Luis gingen weiter. Sie sahen nicht wohin. Aber sie spürten ein Vertrauen in sich, von dem sie nicht wussten, woher es kam und wem es galt. Und doch war es unerschütterlich und gab ihnen die Gewissheit, dass ihnen nichts geschehen konnte. Noch nicht!

Sie nahmen die letzten Stufen im Flug. Waren in einer freudigen Erwartung, wie sie es noch nie erlebt hatten. Traten an die Oberfläche, spürten den heißen Asphalt unter den Füßen. Sahen sich um. Und fanden sich inmitten einer Kulisse wieder, die sie fast rückwärts die Treppe hinunterstürzen ließ. Dass sie doch oben blieben, lag nicht etwa daran, dass sie besonders mutig waren. Es lag an etwas anderem: der unheimlichen Anziehungskraft, die das Schreckliche auf sie ausübte. Und dieses Schreckliche befand sich direkt vor ihnen.

Neben einem blauen Schild, auf dem in weißer Schrift der Buchstabe »U« gedruckt war, stand ein Mann mit seiner Familie. Regungslos. Erstarrt.

Er hielt noch seine kleine Tochter an der Hand, die

ihre Mutter am Ärmel zog, die ihrerseits einen kleinen Jungen am Kragen zupfte.

Es war, als wären Dorit und Luis mit diesen vier Menschen allein auf der Welt. Sie sahen nicht die Ruinen um sich herum, die Häuser, von deren Fassaden jegliche Farbe gewaschen war. Sie schauten nicht in die Straßen, durch die ein weißer Sand wehte und sich auf den verrosteten Autos sammelte. All dies nahmen sie nicht wahr. Sie sahen nur diese Familie, die zu Säulen erstarrt war. Erschrocken kamen sie näher. Luis fühlte sich schmerzlich an die Statuen der Könige von Aurania erinnert. Doch diese Menschen waren nicht so aufgedunsen wie Auranus der Starre. Und ihre Körper waren auch nicht mit einer dunklen Auranschicht bedeckt.

Diese Menschen wirkten wie eingestaubt. Kleine weiße Kristalle bedeckten ihre Körper. Und obwohl Luis fürchterliche Angst hatte, kam er näher, streckte die Hand aus und fasste den kleinen Jungen an. Sofort zuckte er zurück. Ein Stück war aus dem Leib des Kindes gebrochen. Das Schulterblatt hatte sich gelöst. Mit einem dumpfen Geräusch fiel es zu Boden. Und mit Entsetzen sah Luis, wie aus der offenen Wunde ein feiner weißer Sand rieselte. All das war so erschreckend, dass weder Dorit noch Luis auch nur ein einziges Wort herausbrachten. Selbst jetzt nicht, als sich das Loch im Leib des Jungen ausbreitete wie der Blutfleck um eine tiefe Schusswunde. Binnen weniger Sekunden fraß das Loch den Jungen auf, der bald nur noch als staubiges Häufchen Sand auf dem Boden lag.

Als wollte Luis neben den kümmerlichen Überresten niederknien, bückte er sich. Und obwohl er keine Innere Stimme hörte, die ihm dazu riet, streckte er die Hand aus, nahm ein wenig Sand zwischen die Finger und roch daran. Er verzog das Gesicht, roch noch einmal und sah zu Dorit auf, die ihn mit besorgter Miene ansah. »Salz!«, sagte Luis. »Es riecht nach Salz!«

Schon wollte er die Hand heben, wollte sie zum Mund führen und an ihr lecken. Dorit war viel zu entsetzt, um ihn zu warnen. Da ertönte ein schrilles Krächzen. »Halt. Das würde ich an deiner Stelle nicht tun!«

Mitten in der Bewegung verharrte Luis, als wäre er selbst zur Säule erstarrt. Dann schüttelte er den Sand ab und schaute dahin, von wo das Krächzen gekommen war. Auf einem völlig eingestaubten Auto, das ganz in ihrer Nähe stand, hockte ein metallischer Vogel, der ihnen mit seinen künstlichen Augen entgegensah.

»Ein Kuck-Kuck!«, entfuhr es Luis.

»Ganz recht!«, antwortete das Tier und meinte: »Scheint so, als wäre ich gerade noch rechtzeitig gekommen, um dich zu warnen.«

Luis sah den Vogel fragend an.

Dem war mit seinen elektronischen Augen nichts entgangen. Mit einem seiner Metallflügel deutete er auf den Sandhaufen und meinte: »Ist nicht gerade gesund, vom Sand der Vergänglichkeit zu naschen, weißt du?«

Luis schauderte. Erschrocken rieb er sich die Hände an seiner Hose sauber. Als er sich halbwegs sicher war, dass kein Sandkorn mehr zwischen seinen Fingern klebte, wollte er wieder zu dem Kuck-Kuck hinüberschauen. Doch der war fort. Er schwebte inzwischen genau über ihnen.

»Kommt schon!«, krächzte er. »Sagt euren Leuten Bescheid. Es wird langsam Zeit, dass wir aus dieser Stadt verschwinden. Niemand sollte sich allzu lange hier aufhalten!« Ein blechernes Lachen kam aus seiner kalten Kehle, bevor er hinzufügte: »Zumindest niemand, der noch am Leben ist.« Und dann flatterte er mit kantigen Flügelschlägen davon.

Die Oase

Träge schleppte sich die Karawane durch die Einöde. Die Ruinenstadt lag schon weit hinter den Flüchtlingen. Doch anstatt endlich eine Pause zu machen, folgten sie noch immer dem Blechvogel, der ihnen voranflatterte.

Mehrere Male hatte Luis versucht, das Tier in ein Gespräch zu verwickeln. Es gab da etwas, was er unbedingt in Erfahrung bringen musste: Wessen Vogel war es, dem sie da folgten? Gehörte er einem Auranier oder war er der ominöse Kuck-Kuck des noch ominöseren Herrn Mess? Und wohin führte sie das Tier? Luis konnte sich nicht einmal sicher sein, dass es sie außer Gefahr brachte. Vielleicht kam die wirkliche Gefahr aus der Richtung, in die der Kuck-Kuck flog! Doch so geschickt es Luis auch anstellte, das Tier antwortete immer nur ausweichend. So gab es Luis schließlich auf, seine Kraft mit weiteren Fragen zu vergeuden. Dafür beschloss er, sich diese trostlose Gegend, die sie durchwanderten, umso genauer anzuschauen.

Als wäre das Land in einer Art Heißzeit versunken, waren alle Pflanzen vertrocknet. Die Äste der Bäume waren abgestorben, die Wiesen waren unfruchtbare Äcker, über die derselbe weiße Sand wehte, der schon in den Straßen der Ruinenstadt gelegen hatte. Am Horizont sah Luis die weißen Gipfel einer mächtigen Bergkette. Er fürchtete schon, dass dies ihr Ziel sein musste, als der Kuck-Kuck einen weiten Bogen flog und ihr Weg auf einmal parallel zu dem Gebirge verlief.

Luis fragte sich gerade, was dieser Richtungswechsel wohl zu bedeuten habe, als Dorit ihn am Arm zog. Offenbar hatte sie einen besseren Orientierungssinn als er. Sie raunte ihm zu: »Der Fluss. Wenn mich nicht alles täuscht, müssten wir jetzt eigentlich wieder auf den Fluss zugehen.«

Sie sollte Recht behalten. Denn sie waren kaum einen Kilometer gegangen, da brachen sich die Sonnenstrahlen auf dem fast spiegelglatten Wasser des Flusses. Obwohl die Flüchtlinge müde waren, rissen sie jubelnd die Arme hoch und rannten dem Strom entgegen, auf dessen anderer Uferseite sie bis vor wenigen Stunden noch gelebt hatten.

Für die meisten der Aussitzigen gab es in diesem Moment nur den Gedanken an das kühle, klare Wasser des Flusses. Und an den Durst, den sie damit löschen konnten. Nur Knuth und Ruth, Luis und Dorit blieben verwundert stehen, um sich das wundersame Fleckchen Erde anzusehen, zu dem sie der Vogel geführt hatte. Wie eine Oase in der tiefsten Wüste wirkte der kleine Wald, der sich an das Gestade des Flusses schmiegte. Die kunterbunten Farben seiner Bäume, die an allerlei Früchten schwer zu tragen hatten, sahen aus der Ferne aus, als hätte jemand angefangen, eine Bleistiftskizze farbig auszumalen und wäre dann über seiner Arbeit eingeschlafen.

Der Kuck-Kuck beobachtete den ungläubigen Blick, mit dem Luis die Naturerscheinung musterte. Beruhigend sagte er: »Keine Sorge. Es ist alles in bester Ordnung. Wir haben diesen Ort extra für euch ausgewählt, damit ihr euch von den Strapazen der letzten Tage erholen könnt. Und damit ihr stark werdet für die Strapazen, die euch noch bevorstehen.«

Es war das erste Mal, dass der Vogel mehrere zusammenhängende Sätze sprach, seitdem sie den Kolumbusplatz verlassen hatten. Luis wollte die Gunst der Stunde nutzen. »Wir«, hatte der Kuck-Kuck gesagt. Von Strapazen hatte er geredet, die ihnen noch bevorstünden. »Was soll das …?«, wollte Luis sagen. Doch da war das Tier schon wieder ein paar Meter höher aufgestiegen und schwebte der Oase entgegen.

Auch in den nächsten Tagen hüllte sich der Kuck-Kuck in tiefes Schweigen. Er saß hoch oben im Wipfel eines Baumes und schaute auf die Aussitzigen hinunter, die von Stunde zu Stunde fröhlicher und ausgelassener wurden. Schnell hatten sie herausgefunden, dass ihnen die Oase alles bot, was sie zum Leben brauchten: Die Früchte wuchsen ihnen geradezu in den Mund. Der Strom floss ruhig und friedlich vor sich hin – ganz anders als vor den Toren der Stadt Aurania. So bekamen einige von ihnen sogar Lust, zu baden. Und als die Ersten in die Fluten gesprungen waren, folgten viele andere nach. Endgültig vorbei war es mit der ständigen Angst, von den Auraniern entdeckt zu werden. Und nach wenigen Tagen hatten die Aussitzigen fast schon vergessen, unter welchen Umständen sie geflohen waren. Hatten verdrängt, dass es um sie herum, außerhalb der Oase, nur totes Land gab, in dem sie keine Woche hätten überleben können.

All dies nahm der Kuck-Kuck zufrieden zur Kenntnis. Es gehörte ganz zu seinem Plan, dass sich die Mehrzahl seiner Gäste hier wohl fühlte. Und es war ebenfalls geplant, dass sich einige wenige nicht wohl fühlen konnten, weil sie ahnten, dass ihr neues Dasein nicht so sorglos war, wie es schien.

Als der Kuck-Kuck den richtigen Zeitpunkt gekommen sah, als er merkte, dass sich Luis von den Ereignissen der letzten Tage erholt hatte, schwebte er von seinem Baum hinunter und landete einfach auf Luis' Schulter. Der Junge erschrak. Er hatte den Vogel nicht kommen hören. Trotzdem versuchte er sich nichts anmerken zu lassen. Deshalb ergriff er auch gleich das Wort, noch bevor der Kuck-Kuck seine Metallfedern gerichtet hatte. »Gut, dass du fragst! Nimm ruhig Platz!«, sagte er etwas flapsig. »Ich denke, du hast mir einiges zu erzählen.«

Der Kuck-Kuck ließ ein krächzendes Gelächter hören und meinte: »Ganz recht, Luis. Ich sehe schon, man muss dir nicht alles doppelt und dreifach erklären. Also steh hier nicht lange rum! Bring mich irgendwohin, wo wir uns ungestört unterhalten können!«

Luis nickte kurz und schlenderte dann so unbefangen wie möglich am Ufer entlang. Als er den Rand der Oase erreicht hatte und ihm schon der trockene Wüstensand entgegenwehte, forderte ihn der Vogel endlich auf, anzuhalten: »Hier!«, sagte er. »Hier sind wir allein.« Dennoch sah er sich nach allen Seiten um, bevor er von Luis' Schulter flatterte und sich den Ast eines Baumes suchte, um darauf zu landen. Er befand sich etwa auf Augenhöhe mit dem Jungen, den er mit künstlich kaltem Blick fixierte. Sekundenlang. Minutenlang. Doch Luis gab nicht nach. Auch wenn es hoffnungslos war, denn der Vogel hätte noch Stunden so weiterschauen können ohne einmal mit der Wimper zu zucken.

Plötzlich jedoch sträubten sich seine metallenen Federn und stellten sich auf, als wäre er in ein Magnetfeld geraten. Der Vogel verdrehte kurz den Kopf, schüttelte sich und schon lag sein Gefieder wieder glatt am Körper. Doch etwas war anders. Für eine Sekunde nur hatte er weggeschaut. Als er den Blick wieder auf Luis richtete, lag ein menschlich warmer Schimmer in seinen Augen. Auch seine Stimme klang ganz anders, viel weicher und melodiöser, als er sprach: »Hallo, lieber Luis! Da bist du ja endlich!«

Die Stimme war Luis so vertraut, dass es keinen Zweifel geben konnte. Zu oft hatte er sie tief in sich gehört, als dass er sie verwechseln konnte. »Herr Mess! Hab ich's mir doch gedacht. Du steckst also dahinter!« Während er so sprach, regte sich ein starkes Unbehagen in ihm. Er erinnerte sich an all das, was er vor Gericht über Herrn Mess erfahren hatte. So beschloss er seiner Inneren Stimme, die jetzt durch den Kuck-Kuck zu ihm redete, auf gar keinen Fall zu trauen.

»Geht es dir gut, Luis, lieber Luis?«

»Es geht!«, antwortete der Junge. »Noch besser würde es mir allerdings gehen, wenn ich endlich wüsste, wo ich hier bin! Was ist das für ein Land? Was war das für eine unheimliche Stadt?«

Herrn Mess war der abweisende Tonfall seines Schützlings nicht entgangen. Die Augen des Vogels bekamen etwas Sorgenvolles, als er erklärte: »Wir befinden uns vor den Toren von Aurania. Du wirst es vielleicht nicht glauben, aber die Stadt, aus der du eben geflohen bist, gehörte vor gar nicht allzu langer Zeit noch zu Aurania. Die zerbombte Brücke, unter der deine Freunde wohnten, hat beide Stadtteile miteinander verbunden. Der Tunnel, durch den ihr hierher gekommen seid, war nur eine von vielen Strecken, die von der einen auf die andere Seite führten. Hin und zurück. Hunderte Male am Tag.«

Der Argwohn in Luis wuchs. Er wusste einfach nicht mehr, ob er Herrn Mess trauen konnte. Mit jedem Wort, das er sprach, wuchs die Entfremdung. Und das lag auch daran, dass die einstige Innere Stimme aus Luis herausgetreten war und sich dieses abstoßenden Blechvogels bediente, um zu ihm zu sprechen.

»Was ist mit der Stadt passiert? Warum ist sie ausgestorben? Hast du dort etwa auch dein Unwesen getrieben?«

Herr Mess antwortete nicht. Er sah Luis durch die Augen des Vogels zweifelnd an und meinte: »Du gefällst mir nicht, Luis. Du bist so anders. Etwas steht zwischen uns. Findest du nicht?«

Da brach es aus Luis heraus: »Wundert dich das? Nach alldem, was du angerichtet hast? Stell dir vor, mein Vater ist tot! Ich habe mein ganzes Hab und Gut verloren! Ich musste fliehen! Aus der Stadt, in der ich alles hätte haben können. Alles! Hörst du! Zum König wäre ich aufgestiegen! Wenn du mir nicht alles verdorben hättest! Aber du musstest ja unbedingt meinen Kuck-Kuck abschießen! Weißt du überhaupt, was du mir angetan hast? Und ich habe dir vertraut!«

Der Vogel senkte den Kopf. Eine ganze Zeit herrschte eine bedrückte Stille zwischen dem Tier und Luis, dem auch nichts Besseres einfiel, als irgendwo in die Gegend zu starren. War er zu abweisend gewesen? Hatte er Herrn Mess zu Recht beschuldigt? Genau genommen fehlte ihm jeder Beweis, dass Herr Mess hinter dem Abschuss seines Kuck-Kucks steckte. Reue stieg in ihm auf. Mitleidig sah er den Vogel an, der es nicht zu wagen schien, den Kopf zu heben. Luis fragte sich, ob dies wohl ein Schuldeingeständnis war. Oder war es Gekränktheit? Leise sagte er: »Oder? Etwa nicht?«

Mit einem Knirschen im Halsgelenk hob der Vogel den Kopf und antwortete: »Was glaubst du denn, Luis?«

»Ich weiß nicht mehr, was ich glauben soll!«

»Das ist aber schlecht. Sehr schlecht!«

»Was soll ich denn tun? Ich habe alles verloren, was ich je besessen habe. Um mich herum ist nichts als Tod. Schau doch mal hinter dich! So weit das Auge reicht, nur totes Land. Und in der Stadt, auf diesem fürchterlichen Kolumbusplatz! Leichen aus weißem Sand, die in sich zusammenfallen, wenn man sie berührt! Sag mir, was ich glauben soll, Herr Mess! Sag es mir!«

»Ich kann es dir nicht sagen! Niemand kann einem anderen Menschen sagen, was er zu glauben hat!«

»Aber wenn ich es doch nicht weiß!«

Der Vogel senkte wieder den Kopf. Putzte sich völlig überflüssigerweise mit dem Schnabel die metallenen Federn. Hob das Haupt, sagte: »Was glaubst du denn, weshalb du noch am Leben bist, Luis?«

»Ich weiß es nicht, Herr Mess. Nicht einmal das weiß ich! Ich müsste längst gestorben sein. Wie mein Vater. Wie all die anderen Leichen, die zum Sand der Vergänglichkeit geworden sind!«

»Und weshalb glaubst du das, Luis?«

Wieder spürte der Junge diesen unheimlichen Groll in sich. Schroffer, als er eigentlich wollte, sagte er: »Du bist gut! Weil man mir mein Auran genommen hat! Weil meine Lebenszeituhr abgelaufen ist! Warum denn sonst?«

Diesmal sah das Tier nicht zu Boden. Mit starrem Blick fixierte es Luis, schien ihn zu durchdringen wie ein Laserstrahl ein Stück Butter. Mit versteinerter Miene sagte es: »Das, bei allem Respekt, lieber Luis, glaubst du nicht!«

Die unerwartete Feststellung kam wie ein Hammer,

der die Wut in Luis erschlug. Mit gedämpfter Stimme fragte er: »Woher willst du das wissen? Woher?«

Herr Mess antwortete ganz ruhig und besonnen: »Weil es ganz einfach ist. Wenn du glauben würdest, dass dich der Verlust des Auran sterben lässt, wenn du das wirklich glauben würdest, Luis ... Weißt du was? Dann wärst du schon längst tot! Dann! Und nur dann!«

Die Worte von Herrn Mess klangen unheimlich. Obwohl Luis bis in jede Haarspitze erregt war, fragte er so leise, als würde er etwas Verbotenes aussprechen: »Der Verlust des Auran macht gar nicht sterblich?«

»Aber nein! Nicht, wenn man nicht daran glaubt!«

Luis zögerte kurz. Fragte unentschlossen: »Und macht sein Besitz dann etwa auch nicht unsterblich?«

Herr Mess lachte. Es war ein bitterböses Lachen. Viel schroffer, als es sonst seine Art war, sagte er: »Kein Ding auf dieser Welt macht unsterblich!«

Luis wollte oder konnte nicht glauben, was Herr Mess da behauptete. Voller Widerwillen entgegnete er: »Und die Statuen? In Aurania! Leben die etwa nicht?«

»Ich dachte, du hättest dir die Antwort auf diese Frage schon selbst gegeben!«

Luis schloss die Augen. Er musste überlegen, was ihm Herr Mess sagen wollte. Fieberhaft durchsuchte er sein Gedächtnis. Wann hatte er eine Antwort auf die Frage gefunden, die er heute erst gestellt hatte? Er musste erst in Gedanken seinen Weg über den Fluss bis in das Schloss von Auranus dem Starren zurückgehen. Dann hatte er die Antwort gefunden. Hatte er nicht vor dem Letzten Gericht angezweifelt, dass die Statuen lebendig waren? Hatte er damit nicht mit allen Gesetzen Auranias gebrochen? Er hatte! Und jetzt wusste er auch warum. Nur leider wusste er nicht wofür.

Dies wurde ihm auf einen Schlag bewusst. Alles, woran er bislang geglaubt hatte, war fort. Er spürte eine unerträgliche Leere in sich, die er kannte. Irgendwoher! Er versuchte sich zu erinnern. War es nicht das gleiche Gefühl wie nach der Schicht in der Megamaschine? Wenn er völlig leer gesaugt war, weil er seinen I-Sprit in das mächtige Herz gepumpt hatte? Genau so fühlte es sich an. Nur noch viel schlimmer! Kraftlos sagte Luis: »Aber was, Herr Mess, glaube ich dann?«

Der Vogel lächelte gutmütig, bevor er wiederholte, was er schon kurz zuvor gesagt hatte: »Ich kann es dir nicht sagen!«

»Aber ich muss es wissen! Ich muss es herausfinden!«

Es war, als hätte Herr Mess nur darauf gewartet, dass Luis diese Worte endlich aussprach. Dennoch tat er überrascht und entgegnete: »Lieber Luis! Willst du das wirklich?« Herr Mess kannte die Antwort. Wenn er sich nicht in allem getäuscht hatte, dann konnte es nur eine Antwort geben.

»Ja! Und wenn es Jahre dauert. Ich will!«, sagte der Junge.

Da schüttelte der Vogel seinen Blechschädel. »Dir bleibt aber nicht so viel Zeit, es herauszufinden.«

Diesmal war es Luis, der lächelte. »Wieso? Ich habe alle Zeit der Welt.«

»Du vielleicht«, antwortete Herr Mess, »aber wir nicht! Und sie schon gar nicht!« Und damit zeigte der Vogel mit einem Flügel zum Ufer, wo die Aussitzigen im Halbkreis um ein Lagerfeuer saßen.

Luis folgte dem Wink des Vogels. Seine Freunde saßen ganz friedlich um das Feuer versammelt. Und nichts schien darauf hinzudeuten, dass dies morgen oder übermorgen anders sein könnte. Mit einem fragenden Blick drehte er sich wieder zu dem Kuck-Kuck um. Für einen Moment war es, als würde das Feuer in seinen Augen nachglühen. Dann hatten sie sich wieder an das Licht gewöhnt.

Und da bemerkte Luis, was er die ganze Zeit übersehen hatte! Sämtliche Blüten und Blätter des Baums, auf dem der Kuck-Kuck saß, waren verdörrt. Das satte Grün, die bunten Farben waren einem schmutzigen Braun gewichen, das schon die ersten schwarzen Flecken bekam. Luis taumelte. Er suchte nach einem Halt. Also stützte er sich gegen den Baum. Sofort zog er die Hand zurück. Denn der Stamm war gefährlich ins Wanken geraten. Ein Ächzen im Holz verriet Luis, dass der Baum durch und durch morsch war. »Was ist das?«, schrie er entsetzt.

Er sollte nicht sofort eine Antwort erhalten. Denn der Vogel war erschrocken aufgeflogen. Jetzt drehte er eine Runde und landete auf Luis' Schulter. Die mahnende Stimme von Herrn Mess drang Luis direkt ins Ohr: »Der Sand der Vergänglichkeit, lieber Luis. Nur wenige Wochen werden wir ihn noch zurückhalten können. In einem Monat wird er die Oase zur Hälfte verschlungen haben. Wie diesen Baum hier. Warte noch ein paar Stunden, dann wird er ganz versteinert sein.«

Alle Sorgen dieser Welt schienen sich im Blick des Kuck-Kucks zu sammeln. Und da wusste Luis endlich, dass es auf ihn ankam. Auf ihn allein! Und wieder fühlte er eine Kraft durch seinen Körper strömen, die er sich nicht erklären konnte und die doch da war. Genauso wie sie dagewesen war, als er sich auf der Flucht vor den Schwarzen Eminenzen befunden hatte. Trunken vor Zutrauen in die eigene Kraft sagte er: »Was, lieber Herr Mess, kann ich tun?«

Der Kuck-Kuck schien sich zu sträuben. »Ich weiß nicht, ob ich das von dir verlangen kann, Luis.«

»Von wem denn sonst? Gibt es noch jemanden, der es tun könnte?«

Herr Mess wusste, dass es niemand anderen gab. Dass es nie wieder jemanden wie Luis geben würde. Und dass nie jemand vor Luis dieser Aufgabe gewachsen war. Trotzdem scheute er sich von dem Jungen das zu verlangen, woran alle Vorgänger gescheitert waren. Vielleicht war es diese Unentschlossenheit, die ihn auf Luis' Frage mit einer Gegenfrage antworten ließ: »Kennst du die Ewige Stadt?«

Kopfschütteln.

»Kennst du Fobian den Letzten, den alten Kaiser?«

»Nein. Was ist mit ihm?«

»Er ist ein Tyrann. Er unterdrückt die Ewige Stadt. So wie er alle Städte unterdrückt.«

»Auch Aurania?«

»Auch Aurania.«

»Und was hab ich mit ihm zu tun?«

»Du musst ihn stürzen!«

Herr Mess hatte die unglaublichen Worte mit einer solchen Selbstverständlichkeit ausgesprochen, dass Luis zunächst gar nichts erwidern konnte.

So trat eine bedrückte Stille ein, bevor Luis doch noch sagte: »Aber wie? Herr Mess! Sag mir, wie soll ich das tun?«

»Das wird sich zeigen!«

»Willst du damit sagen, dass du es nicht weißt?«

»Ich will gar nichts damit sagen, Luis. Nur dass es sich schon zeigen wird. Vertraue einfach auf meinen Kuck-Kuck. Er wird dich führen.«

Die letzten Worte waren kaum verklungen, da war es

wieder, als würde der Vogel in ein Magnetfeld geraten. Die metallenen Federn stellten sich kurz auf. Der Kopf verdrehte sich. Und an der kalten Stimme erkannte Luis, dass es nicht mehr Herr Mess war, der mit ihm sprach: »Du bist wirklich mutig, Luis. Respekt. Gleich heute Nacht kannst du beweisen, ob du es ernst meinst oder nicht. Wenn alles schläft, kommst du wieder hierher. Und steck dir was zu essen ein. Wer weiß, wann du wieder etwas zwischen die Zähne bekommst.«

Ohne ein weiteres Wort zu verlieren flatterte das Tier davon. Luis sah ihm nach. Beobachtete, wie es im Sturzflug auf den Boden zuraste, etwas mit dem Schnabel aufhob und dann zurückkehrte. Mit gleichmäßigem Flügelschlag schwebte der Kuck-Kuck über Luis, ließ seine Beute fallen und meinte: »Und fülle ein paar Schläuche mit Wasser! Wir werden in Gegenden kommen, in denen es keinen Tropfen gibt!« Dann machte er sich endgültig davon.

Luis war allein. Er betrachtete das Paket, das ihm der Vogel zugeworfen hatte. Es war ein kleiner Rucksack, in dem sich ein paar Schläuche aus einer dünnen Kunststoffhaut befanden. Offenbar hatte Herr Mess an alles gedacht! Und Luis wurde unheimlich bei dem Gedanken, dass es da jemanden gab, der jeden seiner Schritte genau vorausberechnet hatte. Noch viel unheimlicher wurde ihm jedoch, wenn er daran dachte, dass Herr Mess nicht alles genau berechnet haben könnte.

Er schaute noch einmal zur Wüste hin, über die sich langsam die Nacht ausbreitete. Ein unwirkliches, tiefdunkles Rot lag über den weißen Bergen, die dadurch beinahe so aussahen, als würden sie bluten. Als Luis endlich den Blick von diesem Naturschauspiel wenden konnte, ahnte er, wohin ihn die Reise führen würde.

Die Sandmänner

Mit angewinkelten Knien saß Luis auf dem warmen Boden und schaute auf Dorit hinab, die mit ruhigen und gleichmäßigen Atemzügen schlief. Längst war es Mitternacht geworden. Längst hätte sich Luis auf den Weg machen müssen. Der Kuck-Kuck wartete bestimmt schon auf ihn. Trotzdem saß er immer noch neben Dorit und konnte einfach nicht den Blick von ihr wenden. Plötzlich packte ihn eine panische Angst, dass er ihr Gesicht vergessen könnte. Dass er nicht mehr wüsste, wie sie aussah, wie sie sich ihr weiches, schwarzes Haar hinter die Ohren klemmte. Dass ihre klaren, blauen Augen, in denen er sich so oft verloren hatte, in seiner Erinnerung verblassen würden. Ihm war, als wehte weißer Sand über ihr Gesicht, der ihre Lippen ausbleichte und ihre Wangen vertrocknen ließ.

Mit einer heftigen Bewegung rüttelte er sie wach. Schlaftrunken sah sie ihn an. So voller Vertrauen, dass er nicht begriff, wie er auch nur daran hatte denken können, sie zurückzulassen. Er flüsterte: »Pssst! Sei leise, frage nicht! Steh einfach auf und komm!«

Zu seiner Überraschung war da kein Zögern, nicht einmal etwas Fragendes in ihrer Stimme, als sie sagte: »Gut.« Sie zog sich einfach nur die Schuhe an, stand auf und ergriff die Hand, die Luis ihr entgegenstreckte.

Ohne ein Wort zu verlieren schlichen sie an den Schlafenden vorbei. Sie erreichten das Ufer. Sahen über den Fluss. In der Ferne erkannten sie die Lichter einer Stadt. Aurania! Luis drückte Dorits Hand. Dann ließ er sie los und beugte sich über das Wasser, um die Schläuche zu füllen. Als Dorit sah, was er vorhatte, ging sie ihm zur Hand. Als sie fertig waren, nahmen sie noch ein paar kräftige Schlucke aus dem Fluss. Sie wollten nicht gleich nach den ersten Kilometern ihre Wasserreserven angreifen müssen. Schließlich stopften sie die prallen Schläuche in den Rucksack.

Dann stapften sie mit immer schneller werdenden Schritten über den feuchten Strand. Der Weg bis zum Rand der Oase kam Luis kürzer vor als beim ersten Mal. Schon sah er den weißen Sand zwischen den Bäumen hindurchblitzen. Es sah gespenstisch aus. In der Dunkelheit schien die Wüste zu leuchten, als hätte sie das ganze Tageslicht in sich gespeichert, um es in der Nacht wieder abzugeben. Von einem der letzten Bäume, die sie noch von der Einöde trennten, pflückten sie einige Hand voll Früchte, steckten sie in den Rucksack. Als Luis nach einer besonders reifen Apfelsine griff, entdeckte er den Vogel. Das Tier saß direkt vor ihm. Mit funkelnden Augen sah es Luis an. Es brauchte nur zwei, drei Flügelschläge, dann hatte es sich von seinem Ast erhoben und segelte um sie herum.

Luis streckte dem Tier den Arm entgegen, damit es darauf landen konnte. Doch es ignorierte die Geste. Kam auf Dorit zugeflogen und setzte sich auf ihre Schulter. Sie sagte kein Wort. Wich nicht einmal zurück. Sah dem Tier nur in die kalten Augen und meinte: »Denk bloß nicht, dass du mich einschüchtern kannst. Ich komme mit!«

Der Vogel knirschte mit dem Schnabel, als er fragte: »Was – hast – du – ihr – gesagt?«

»Das geht dich nichts an!«, antwortete Luis schroff. Und Dorit bekräftigte nochmals:

»Ich komme mit!«

Mit kurzen hektischen Bewegungen drehte sich der Kopf des Kuck-Kucks hin und her. Abwechselnd sah er Dorit, dann wieder Luis an. Er schien nicht zu wissen, was er tun sollte. Doch plötzlich sträubten sich seine Federn wieder, als wäre er einem Magneten ausgesetzt. Der Kopf stand still. Er lauschte in die Nacht hinein. Und gleich darauf gab er die Meldung weiter, die er empfangen hatte: »Es ist gut so. Es hätte mich auch gewundert! Viel Glück, Dorit. Steh deinem Luis bei!« Es waren unüberhörbar die Worte von Herrn Mess, die der Kuck-Kuck in mechanischem Ton von sich gab. Als müsste er die Meldung selbst erst einmal verdauen, flatterte er mit nervösem Flügelschlag auf. Dann flog er so schnell davon, dass Dorit und Luis Mühe hatten, ihm zu folgen.

Die Sonne stand hoch am Himmel. Das Gebirge war unmerklich näher gekommen. Noch immer wirkte es auf Luis wie eine Luftspiegelung. In der Hitze flimmerten die Berge, als würde er sich ein unruhiges Standbild auf seinem Monitor ansehen. Der Monitor! Wie wenig Zeit war vergangen, seit er in seinem Appartement über den Straßen von Aurania gewohnt hatte. Und wie weit weg erschien ihm das alles doch!

Jetzt irrte er seit Stunden durch die Einöde. Der weiße Sand wehte um seine Beine. Es hatte etwas zutiefst Beunruhigendes, durch diese Wüste zu stapfen. Bei jedem Schritt knirschte es unter seinen Füßen. Und Luis stellte sich vor, dass er auf der weißen Asche der Verstorbenen wandelte. Unwillkürlich musste er husten.

»Pssst!«, warnte ihn der Kuck-Kuck und raunte ihm zu: »Kannst du dir nicht einen anderen Zeitpunkt für deinen

Husten aussuchen? Wir kommen durch ein gefährliches Gebiet. Reiß dich zusammen!«

Luis presste die Hand auf den Mund. Doch so schnell konnte er das Kratzen im Hals nicht unterdrücken. Während er einen weiteren Hustenanfall bekam, erkundigte sich Dorit leise: »Gefährlich, sagst du? Warum denn? Wo sind wir hier?«

Der Vogel schüttelte sich, so als würde es ihn einige Überwindung kosten, mit dem Mädchen zu sprechen. Doch die Lage war viel zu ernst, als dass er es sich hätte leisten können, eitel zu sein. Also flüsterte er: »Treibsand! Nehmt euch in Acht!« Kopfüber flog er auf den Boden zu. Klaubte mit dem Schnabel ein vertrocknetes Stück Holz auf und schleuderte es in hohem Bogen von sich. Lautlos schlug es auf. Dann versickerte es langsam im Sand. »Seht ihr nun, was ich meine?«

Dorit bekam es mit der Angst zu tun. Vor ihnen lag eine völlig weiße Fläche. Unmöglich zu sagen, wo man seinen Fuß hinsetzen konnte ohne zu versinken. Der Vogel schien Dorits Gedanken zu erraten. Er legte den Flügel vor den Schnabel, um die Stimme zu dämpfen. Es war kaum zu hören, als er sagte: »Ihr müsst immer auf dem Weg bleiben. Ihr dürft nicht links und rechts gehen. Sonst seid ihr verloren.«

»Was soll uns davon abhalten?«, lachte Luis laut auf. »Nichts einfacher als das. Geradeaus laufen kann jedes Kind.«

»Pssst!«, zischte der Vogel. Aber da war es schon zu spät. Rechts von ihnen hatte sich etwas im Sand bewegt. »Schau nicht hin!«, flüsterte der Kuck-Kuck und flog demonstrativ geradeaus. Aber Luis konnte nicht anders. Er musste den Blick auf dieses Etwas richten, das da aus dem Sand aufstieg.

Zuerst konnte man einen Kopf erkennen. Als würde er einem Erstickenden gehören, rang er nach Luft. Es war ein fürchterliches Stöhnen. So als wäre der Hals des Kopfes dermaßen eingetrocknet, dass die Luftröhre viel zu eng war um zu atmen.

»Weiter! Weiter!«, mahnte der Vogel.

Doch da war der Körper, der zum Kopf gehörte, schon halb aus der Tiefe aufgetaucht. Und wenig später stand dort ein über und über mit Sand bedecktes Wesen, das Luis mit einem siegessicheren Lächeln musterte. Luis wartete darauf, dass sich die Gestalt schüttelte, um den Sand loszuwerden. Aber nichts dergleichen geschah. Und als sich das Wesen auf sie zubewegte, da ahnte Luis, woran das lag. »Wer bist du?«, fragte er.

Die Gestalt machte eine Verbeugung. Dann musste sie sich erst einmal räuspern, um ihre vertrocknete Kehle gefügig zu machen. »Ächä, ächä!«, hüstelte sie und stellte sich vor: »Ich, ächä, ächä, bin der Sandmann, ächä, ächä!« Und kaum hatte er das gesagt, schleuderte er Luis auch schon eine Prise feinen, weißen Staubs ins Gesicht.

Der Junge rieb sich verwundert die Augen, fragte: »Was willst du von mir?«

Der Mann hob die Hand und schwenkte den Zeigefinger hin und her, sodass eine kleine Staubwolke zu Boden rieselte. »Irrtum«, antwortete er. »Nicht ich, ächä, ächä, will etwas von dir, sondern du von mir!«

Luis sah fasziniert zu, wie dem Mann beim Sprechen der Sand aus dem Mund rieselte. »Was will ich denn von dir?«, fragte er geistesabwesend.

»Da musst du schon selbst draufkommen. Ächä, ächä! Such dir was aus! Wünsch dir was! Von mir kannst du alles haben!«

»Was denn zum Beispiel?«, wollte Luis fragen. Aber er kam nicht dazu. Wieder streute ihm der Sandmann eine Prise Sand in die Augen. Luis lachte vergnügt. Er wusste nicht, ob es davon kam, dass ihn der feine Staub in den Augen kitzelte. Oder daran, dass ihm etwas eingefallen war, das er unbedingt haben musste: »Ich weiß was! Ich weiß was!«, jubelte er.

Der Mann breitete gönnerhaft die Arme aus. »Na also!«, sagte er. »Dann sag schon! Lass es mich wissen!«

»Vorsicht!«, schnarrte der Kuck-Kuck und flatterte immer aufgeregter in der Luft herum.

Doch Luis machte nur eine abfällige Handbewegung und erwiderte: »Was weißt denn du, du rostiges Blechvieh? Du brauchst doch nichts! Außer ein wenig Öl vielleicht!«

»Sag schon, Luis! Lass es mich wissen!«, drängte der Sandmann.

Berauscht von der eigenen Idee machte Luis einen Schritt auf den Sandmann zu. »Ein Auto! Ein Auto!«, rief er. »Damit wir schneller ans Ziel kommen. Wir haben nicht mehr viel Zeit!«

Der Sandmann lachte staubige Tränen. »Eine gute Wahl, Luis! Eine sehr gute Wahl! Komm nur, komm!«

Und während Luis noch ein paar Schritte auf ihn zu machte, entdeckte er eine auranthrazitfarbene Platte, die da im Sand trieb. Vergeblich rieb er sich die Augen, in die ihm der Mann immer neuen Sand streute.

Er sah, wie die Platte weiter auftauchte. Erkannte in ihr langsam das Dach eines Autos, dessen Fenster bald schon komplett an der Oberfläche waren. Dann die ganze Karosse. Und kurz darauf die Räder.

Luis ging auf das Fahrzeug zu, das in edlem Auranthrazit funkelte. Er konnte es kaum erwarten, die Türen zu öffnen und einzusteigen. Doch da geschah etwas sehr Sonderbares: Der Wagen schien immer weiterzuwachsen. Luis konnte kaum noch durch die Fenster nach innen sehen. Er hatte den Eindruck, dass er mit der Hand noch nicht einmal mehr an die Türgriffe langen konnte. Alles befand sie so weit oben. So unerreichbar weit oben.

Obwohl die Anzeichen unverkennbar waren, verkannte er sie doch! Er versuchte immer näher zu kommen. Doch seine Schritte waren so schwer. Als würde er zentnerschwere Gewichte mit sich herumschleppen. Er wusste nicht, woher sie kamen. Auch hörte er die Rufe kaum, die aus weiter Ferne an sein Ohr drangen. »Luis! Luis!« Die Schreie erstickten in diesem Nebel, der ihn umgab und immer dichter wurde. »Luis! Luis!« Der Sand war warm. Es tat so gut, ihn am Bauch zu spüren. Es hatte etwas Beruhigendes. Selbst als er bis zur Brust im Sand steckte, hatten die warmen Massen etwas Wohliges. »Luis! Luis!«, hörte er noch.

Dann traf ihn etwas wie ein Schlag. Es war kalt. Fürchterlich kalt! Und nass! Es rann ihm vom Kopf hinab auf die Schultern, die gerade noch aus dem Sand schauten. Und es wischte ihm den Schleier von den Augen. Vor sich sah er den triefend nassen Sandmann stehen. Das Wasser hatte begonnen, sich wie eine gefährliche Säure durch den Körper des Mannes zu fressen. Es ätzte ihm die Stirn, die Nase, den Mund, den ganzen Kopf weg. Dann durchtrennte es ihn vom Hals bis zur Hüfte in zwei Teile. Er fiel auseinander und verschwand im Treibsand. Mit ihm ging auch das Auto unter wie ein sinkendes Schiff.

Luis war wie gelähmt. »Luis! Luis!«, hörte er nur. Merkte, wie ihn ein paar kalte Krallen am Kragen packten und Stück für Stück nach oben zogen. Er fühlte warme Hände, die ihm zärtlich über das Gesicht strichen. Ihm den Kopf streichelten, bevor sie ihm den Sand von Bauch und Beinen wischten. Allmählich kam er zu sich. Sah Dorit, die neben ihm kniete. Und den Kuck-Kuck, der tief schnaufend auf ihren Schultern saß.

Luis wunderte sich, dass dieser Blechvogel, diese Maschine, überhaupt nach Luft ringen musste. Im selben Augenblick verstand er, dass es der Kuck-Kuck gewesen war, der ihn aus dem Treibsand gezogen hatte. Er hörte das Tier keuchen. Sah die Schweißperlen auf seiner Metallstirn. Beobachtete die Flügel, die vor Anstrengung zitterten. Er wusste, dass er eben gerade dem Tod ganz knapp entronnen war. Trotz seines Widerwillens legte er die Hand auf die hässlichen Klauen des Tieres und drückte sie dankbar. Der Atem des Kuck-Kucks setzte ganz kurz aus. Und diesmal lag es nicht daran, dass er mit Herrn Mess in Funkkontakt stand, als er seinen zutiefst erleichterten, beinahe menschlichen Blick auf Luis richtete.

Namenstag

»Du solltest mit unseren Wasservorräten sorgsamer umgehen, Luis!«, sagte der Kuck-Kuck und deutete mit einem Flügel auf die noch verbliebenen vier Schläuche. Luis verstand, was ihm das Tier sagen wollte. Es konnte sie teuer zu stehen kommen, wenn sie ihren Wasservorrat zum Bombardieren von Sandmännern verschwendeten. So beschloss Luis von nun an vorsichtiger zu sein.

Immer wenn zu seiner Rechten oder Linken eine sandige Gestalt aus der Wüste auftauchte, schaute er stur geradeaus. Und da auch Dorit dem Lockruf der Männer widerstand, kamen sie immer besser voran: Denn je öfter sie eines der trügerischen Angebote ablehnten, umso schneller schienen sie sich auf ihrem Weg fortzubewegen. Als würde der Sand wie das Wasser eines Stromes fließen, trieben sie mit rasender Geschwindigkeit dem Gebirge entgegen. Und bald hatte es den Anschein, dass die Wüste sie loswerden wollte. Denn der Abend war noch nicht angebrochen, als sich der sandige Untergrund zu einer hohen Düne auftürmte und sie wie eine Welle auf den harten Granitboden am Fuß der Berge spülte.

Vor ihnen türmten sie sich auf: graue Felswände, die so hoch waren, dass sie schier unüberwindlich schienen. Trotzdem wollte Luis den Einstieg wagen. Doch der Kuck-Kuck hielt ihn zurück: »Gib dir keine Mühe, Luis. Selbst wenn du diesen Berg überwinden könntest, so würde dahinter doch nur der nächste auf dich warten. Und dann wieder der nächste, noch einmal der nächste und immer so weiter.«

Missmutig kletterte Luis das kurze Stück wieder hinunter, das er bereits hochgestiegen war. »Hast du vielleicht eine bessere Idee?«, fragte er.

»Lass mich überlegen!«, antwortete der Kuck-Kuck und entschuldigte sich: »Ist ja schließlich das erste Mal, dass ich die Berge zu Fuß überwinden muss.« Er dachte kurz nach und meinte: »Wenn mich nicht alles täuscht, dann muss es irgendwo ein Tal, einen Pass oder etwas Ähnliches geben. Von oben sah es jedenfalls immer so aus. Und wenn ich mich recht entsinne, gibt es später auch ein vertrocknetes Flussbett, das quer durchs Gebirge wieder nach draußen führt. Das müssten wir finden. Kommt!« Er flatterte davon.

»Woher weißt du, dass wir nach links müssen?«, fragte Dorit.

»Ich weiß es ja gar nicht!«, antwortete der Kuck-Kuck und flog einfach weiter. Die beiden anderen mussten ihm wohl oder übel folgen.

So gingen sie eine ganze Zeit in Richtung Osten, sodass ihre Schatten in der untergehenden Abendsonne immer länger wurden. Bald brach die Dämmerung herein. Und sie beschlossen nach einer Lagerstätte Ausschau zu halten. Unter einer weit überhängenden Felswand schlüpften sie schließlich unter. Als Luis nach oben schaute um zu überprüfen, ob die Gefahr eines Steinschlags bestand, trat er vor Ehrfurcht ein paar Schritte zurück. So konnte er das Schauspiel in seiner ganzen Pracht beobachten: Ein tiefroter Himmel hüllte das Gebirge ein. Und wieder wurde Luis den Eindruck nicht los, dass die Berge bluteten. Er war in tiefer Sorge. Doch er teilte sie den anderen nicht mit. Er wollte sie nicht beunruhigen. Das, was sie jetzt am meisten brauchten, war ein tiefer, fester Schlaf.

Am nächsten Morgen war alles anders. Der rote Himmel war fort. Er schien sich in der Nacht in die Täler verkrochen zu haben. Denn zwischen den Gipfeln stiegen ab und zu ein paar rosafarbene Schleierwolken auf. Auch hatten sie die Sonne jetzt vor sich. Sie stand noch tief und blendete. So kam es, dass sie den schmalen Spalt zwischen zwei Felswänden nur durch Zufall entdeckten.

Als sie schon wieder gut zwei Stunden gegangen waren, blieb Dorit abrupt stehen. »Meine Kette!«, rief sie entsetzt aus und griff sich an den Hals. Das Schmuckstück war fort.

Dorit reagierte panisch. Sie wollte zurücklaufen. Doch Luis hielt sie am Arm. »Warte! Wer weiß, wo du sie verloren hast! Wir verlieren Stunden!«

Aber Dorit wollte sich nicht aufhalten lassen. »Sie ist ein Geschenk meiner Mutter. Ich kann sie nicht einfach irgendwo liegen lassen«, beharrte sie.

»Aber so teuer sah sie doch gar nicht aus!«, widersprach Luis.

Da wurde Dorit böse: »Darum geht es doch gar nicht! Es ist ein Erinnerungsstück. Und ich gehe es jetzt holen. Ihr könnt ja meinetwegen schon vorgehen!«

»Kommt nicht in Frage!«, krächzte der Vogel. »Wenn sie dir so viel bedeutet, werde ich sie suchen.« Bevor Luis noch etwas einwenden konnte, flog der Kuck-Kuck einen Looping und sauste die Strecke, die sie gekommen waren, zurück. Dabei suchte er jeden Zentimeter des Bodens mit seinen elektronischen Argusaugen ab.

Luis schaute Dorit wütend an. Doch als er in ihr trauriges Gesicht sah, konnte er ihr nicht wirklich böse sein. Er legte ihr den Arm um die Schultern und meinte: »Dann drehen wir halt um. Und gehen ihm ein Stück entgegen.«

Er sah dem Vogel nach, der so klein war, dass man ihn kaum noch erkennen konnte. Im selben Moment entdeckte Luis etwas anderes. Es war gar nicht weit von ihnen entfernt. Sie hatten es nicht entdeckt. Und dabei waren sie doch eben gerade daran vorbeigegangen. Zwischen den Felsen tat sich ein Spalt auf, der so groß war, dass man ihn eigentlich nicht übersehen konnte. Luis zögerte nicht lange und ging auf die schmale Öffnung zu. Er schaute hindurch und erkannte sofort, dass dies die Stelle war, nach der sie die ganze Zeit gesucht hatten. »Dorit!«, rief er aufgeregt. »Deine Kette hat uns Glück gebracht. Ich habe den Durchgang gefunden.« Und als Dorit neben ihm stand, zeigte er in den Spalt, der sich nach wenigen Metern weitete und zu einer breiten Schlucht wurde.

Dorit war keineswegs so begeistert wie Luis. Skeptisch sagte sie: »Und da willst du hineingehen?«

»Wo denn sonst?«, erwiderte Luis enttäuscht. »Wer weiß, wie viele Gelegenheiten wir noch bekommen.«

»Wir sollten wenigstens auf den Kuck-Kuck warten!«, gab sie zu bedenken.

Dagegen gab es nichts einzuwenden. Selbst für Luis nicht. Immerhin hatte ihm der Vogel das Leben gerettet. Und auch jetzt wieder erwies sich das Tier als sehr nützlich, indem es sich ohne zu zögern auf die Suche nach der Kette gemacht hatte. Es war wirklich an der Zeit, dass er sein Misstrauen aufgab. Ein sanftes Lächeln huschte über sein Gesicht. Als er Dorit einen verstohlenen Blick zuwarf, merkte er, dass sich ihre Züge ebenfalls aufhellten. »Denkst du das Gleiche wie ich?«, fragte er.

»Vielleicht«, sagte sie geheimnisvoll und schaute ihn herausfordernd an.

»Was denke ich denn?«, fragte er.

»So haben wir nicht gewettet!«, lachte sie. »Sag du zuerst!«

Luis sah sich kurz noch einmal um, ob der Kuck-Kuck nicht schon wieder im Anflug war. Doch der schien sich zwar bereits auf dem Rückweg zu befinden, denn in einiger Entfernung zeichnete sich ein kleiner Punkt vor den Bergen ab, der immer größer wurde, aber es würde noch ein paar Minuten dauern, bis er wieder da war.

Also sagte Luis: »Ich finde, es ist an der Zeit, dass wir ihm einen Namen geben. Was meinst du?«

Dorit nickte. »Ich habe mir etwas Ähnliches gedacht. Allerdings war ich noch nicht ganz so weit wie du. Ich hab mich eher gefragt, wie er wohl heißen mag. Es kann doch sein, dass er schon einen Namen hat.«

»Daran hab ich nicht gedacht. Meinst du nicht, dass er ihn uns mitgeteilt hätte?«

»Wir werden ja sehen!«, schmunzelte Dorit und deutete auf den Vogel, der gerade zur Landung ansetzte. Dorits Lächeln wurde noch strahlender, als sie sah, was das Tier um den Hals trug. Es drehte einen gekonnten Kreis über Dorit, senkte dann ganz plötzlich das Haupt, sodass die Kette herabfiel und genau in der Hand des Mädchens landete. »Danke, lieber Kuck-Kuck!«, rief Dorit erleichtert aus. Und als der Vogel auf ihrer Schulter landete, gab sie ihm einen Kuss auf den Schnabel.

Mit einem schmerzlich verzerrten Gesicht drehte das Tier den Kopf zur Seite. Beschämt schaute es zu Boden. Doch dann hob es den Blick wieder und sagte: »Das darfst du nicht tun, Dorit. Das nicht!«

Dorit spitzte noch einmal den Mund. Der Kuck-Kuck flatterte aufgeregt mit den Flügeln. Da strich ihm das Mädchen sanft über das vor Anstrengung noch ganz warme Gefieder und sagte: »Keine Angst. Wenn du nicht willst, ist das in Ordnung. Aber wenn du schon meine Kette zurückgebracht hast, könntest du mir eigentlich noch einen Gefallen tun!«

»Jeden!«, flüsterte der Vogel heiser und sah wieder zur Seite.

Dorit sagte unvermittelt: »Verrate uns endlich, wie du heißt!«

Das Haupt des Tiers fuhr herum. »Was …?«, krächzte es.

»Du wirst doch einen Namen haben! Oder etwa nicht?«

Wieder kippte es den Kopf zur Seite.

Und Dorit dachte schon, dass sie auf ihre Frage keine Antwort bekommen würde, da schüttelte der Kuck-Kuck den Kopf auf so Mitleid erregende Weise, dass Dorit nicht anders konnte, als auszurufen: »Dann müssen wir dir aber unbedingt einen geben!«

Der Vogel zuckte zusammen und fing am ganzen Leib an zu zittern. »Das würdet ihr wirklich für mich tun?«

Dorit wunderte sich, wie menschlich die Stimme des Tiers auf einmal klang. Sie strich ihm über das Gefieder, um es zu beruhigen. Doch mit jeder Berührung wurde das Zittern nur noch stärker. So zog sie die Hand wieder zurück, überlegte kurz und sagte nur: »René! Ist das nicht ein schöner Name? Wir nennen dich René!«

Der Kuck-Kuck schien ganz verzaubert. Ein feuchter Glanz lag in seinen Augen, als er seufzte: »Das ist ein sehr, sehr schöner Name. Und er soll wirklich mir gehören?«

»R – E – N – É!«, buchstabierte Dorit. »Wenn er dir gefällt, werden wir dich von nun an so nennen.«

Der Kuck-Kuck musste kurz überlegen. Der Anflug eines Lächeln spielte um seinen Schnabel. Er sagte: »Dann musst du aber noch ein E spendieren, liebe Dorit!«

Das Mädchen verstand nicht recht, was ihr das Tier sagen wollte. »Ein E? Warum denn? Gefällt dir der Name vielleicht doch nicht?«

»Doch, doch! Er gefällt mir sogar sehr. Wir müssen ihn nur etwas anders schreiben«, erwiderte der Vogel und buchstabierte: »R – E – N – É – E! Ich bin nämlich ein weiblicher Kuck-Kuck!«

Dorit und Luis schauten sich verdutzt an. Damit hatten sie nicht gerechnet.

»Renée?«, sagte Luis.

»Das ist lustig. Dann nennen wir dich also Renée! Abgemacht?«, fragte Dorit.

»Mit einer etwas längeren Dehnung auf dem E!«, sagte der Kuck-Kuck und wiegte eitel den Kopf.

»Also gut, Renée!«, meinte Luis, dem die feierliche Namensgebung allmählich zu lange dauerte. Ungeduldig fügte er hinzu: »Zeit, dass wir uns endlich auf den Weg machen!« Und damit zeigte er auf den Spalt in der Felswand, von dem der Vogel noch gar nichts wissen konnte.

Renée schielte neugierig in die Öffnung hinein. Erhob sich von Dorits Schulter und flatterte auf den Felsen zu. Wie ein Pfeil schoss sie durch den Spalt und ward für ein paar Minuten nicht mehr gesehen. Dorit und Luis wollten sich schon Sorgen machen, da kam sie wieder zurück, landete auf Luis' Schulter und meinte: »Einen besseren Weg werden wir so schnell nicht finden. Die Schlucht weitet sich nach gut einem Kilometer zu einem breiten Tal. Ich glaube, wir sollten es versuchen.«

»Du musst es ja wissen!«, sagte Dorit, die immer noch nicht ganz überzeugt war.

Doch als sie sich kurz darauf durch die schmale Öffnung gezwängt hatten, als sie wenig später das Ende der Schlucht erreichten und in ein großzügiges Tal kamen, ließen auch ihre Bedenken allmählich nach.

Der Berggeist

Die Mittagsstunde war bereits angebrochen, als sich Dorit und Luis endlich die erste Rast gönnten. Sie hatten sich gerade gesetzt, Renée wollte sich auf einen kurzen

Erkundungsflug begeben, da rissen sie die Köpfe herum und lauschten in das Tal hinein.

Zunächst glaubten sie, es sei der Wind, der durch das Tal rauschte. Aber als sie es zum zweiten Mal hörten, wussten sie, dass es nicht der Wind sein konnte, der dieses Geräusch verursachte. Denn die Laute waren eindeutig Worte. Angespannt horchten sie in das Nichts hinein.

Da war es: »Hiiiiiiiiiiiilllllfffffffeeeeeeehiiiiiilllfffffeeee-eeeeee!«

Renée flatterte aufgeregt mit den Flügeln und krächzte: »Das kann nicht sein! Das kann nicht sein! Das Gebirge ist seit Jahren ausgestorben. Da kann niemand sein, der um Hilfe ruft.«

Und dennoch war es immer deutlicher zu hören. »Hiiiiiiiiiiiilllllfffffffeeeeeeehiiiiiilllfffffeeeeeeeeee!«

»Da ist aber jemand!«, beharrte Dorit.

Und Luis meinte: »Kommt! Wir müssen herausfinden, woher die Rufe kommen.«

Schon war die Pause, die sie eigentlich hatten machen wollen, vergessen. Sie rannten tiefer ins Tal hinein, um sich der Stimme zu nähern, die unaufhörlich um Hilfe schrie. Doch je weiter sie kamen, umso leiser wurden die Rufe. Endlich blieben sie stehen und Luis meinte: »Wir laufen in die falsche Richtung!«

»Aber es gibt nur die eine Möglichkeit!«, sagte Dorit. »Aus der anderen Richtung kommen wir ja. Und da waren die Rufe gar nicht zu hören!«

Trotzdem eilten sie wieder zurück. Sie liefen sogar ein Stück über die Stelle hinaus, an der sie eigentlich hatten Rast machen wollen. Doch sofort wurden die Rufe wieder leiser. Sie gingen noch ein paarmal hin und her, dann hatten sie die Stelle gefunden, wo die Stimme eindeutig am lautesten war. Wenn »laut« auch nicht das richtige Wort war! Denn sie hatten immer noch den Eindruck, dass derjenige, der da in Gefahr war, mehr um Hilfe flüsterte, als dass er rief. Doch wer flüsterte schon um Hilfe?

Ratlos schauten sie die Berge hoch. Alles war nur eine graue Geröllwüste. Erst über den Gipfeln bildete sich wieder dieses tiefe Rot, das zum Abend hin immer kräftiger wurde. Für einen Moment war es ganz ruhig. In diese Stille hinein raunte eine Stimme: »Na, habt ihr mich endlich gefunden?«

Die Freunde schauten sich ratlos an.

»Wen oder was sollen wir gefunden haben?«, fragte Luis.

»Und wo?«, fügte Dorit hinzu.

»Na, hier. Direkt vor euch. Seht ihr mich denn nicht?«

Kopfschütteln.

»Wo denn?«, wiederholte Dorit ihre Frage.

Die Stimme klang beleidigt. »Niemand erkennt mich mehr! Ich bin zu schwach. Viel zu schwach. Kommt her! Kommt her zu mir! Dann könnt ihr mich vielleicht sehen!«

Unwillkürlich neigten Dorit und Luis die Köpfe in die Richtung, aus der die Stimme kam. Da entdeckten sie es. Es war so gut wie nichts, was sie da sahen. Und dennoch war es ungewöhnlich. Es war so klein und unscheinbar, dass man es kaum erkennen konnte. Und trotzdem war es etwas Außergewöhnliches in dieser Geröllwüste.

Ein grüner Schimmer bedeckte die grauen Gesteinsbrocken. Aus einem mit Moos bewachsenen Granitblock spross eine zarte Pflanze hervor. Sie war fast schon verwelkt. Ihre Blätter hingen müde herunter. Und es war nur eine Frage der Zeit, wann sie auch den Kopf hängen lassen würde.

»Wasser!«, rief Dorit. »Schnell!«

Ohne darüber nachzudenken, dass es irrwitzig war, sich mit einer Pflanze zu unterhalten, griff Luis in den Rucksack, holte einen der Schläuche heraus und goss ein wenig Wasser auf die Blume. Sofort färbten sich die Blätter zu einem kräftigeren Grün. Die Blüte bekam einen farbigen Glanz. »Daaaaaannnkkeeeeee!«, sagte die Blume. »Es ist so lange her, dass jemand an mich gedacht hat!« Erschöpft badete die Pflanze im kühlen Nass.

Die Freunde ließen sie gewähren. Dann wurde Luis ungeduldig und meinte: »Nun sag uns endlich, wer du bist!«

Und Dorit fügte hinzu: »Und vor allem was? Was für ein merkwürdiges Gewächs du bist!«

Die Erfrischung schien der Pflanze gut getan zu haben, denn die Stimme war jetzt klar und deutlich zu hören. »Oh, ich bin gar keine Pflanze. Ich bin auch nicht das Edelweiß, das ihr hier vor euch seht. Ich bin der Geist der Berge. Ich stecke in allem, was es hier gibt: in den Flüssen und Seen, in den Gipfeln und Tälern, in den Wäldern und Wiesen, in den Rehen, den Vögeln, den Hasen, den Igeln, den …«

»Hör auf! Hör auf!«, rief Luis. »Das ist ja alles gut und schön, aber davon sehe ich nichts. Ich sehe nur das mickrige Edelweiß. Und selbst das, scheint mir, hat seine beste Zeit hinter sich!«

»Hiiiiiiiiiilllllfffffeeeeeee!« Das Wasser tropfte von den silbernen Blütenblättern, als würde das Edelweiß weinen. »Das ist es ja, weshalb ich um Hilfe rufe!«, schluchzte es. »Früher war ich ein großer Geist! Ein starker Geist! Ich war allgegenwärtig! Doch heute ist mir nur noch das Edelweiß geblieben! Und in wenigen Stunden wird es verdörrt sein, wie alles, was hier einst gelebt hat. Dann gibt es nichts mehr, in dem ich sein kann. Dann ist der Berggeist aus dem ganzen Gebirge ausgehaucht!«

Das Wasser rann über die Blätter des Edelweiß.

»Hör auf! Hör auf!«, rief Dorit entsetzt. »Du machst ja alles nur noch viel schlimmer!«

»Viel schlimmer geht es kaum!«, schluchzte das Edelweiß und neigte den Kopf nach links, dann nach rechts. »Schau dich doch mal um!«

Aber das brauchte Dorit nicht. Sie hatten sich ja lange genug in diesem Tal des Todes aufgehalten um zu wissen, wie es dem Berggeist gehen musste. Voller Mitleid sagte sie:

»Aber wie konnte es nur so weit kommen? Konntest du denn gar nichts dagegen tun?«

Mit tränenerstickter Stimme erklärte der Berggeist: »Ich? Ausgerechnet ich? Ich kann doch am allerwenigsten etwas tun! Ich kann nur darauf hoffen, dass mich jemand ruft. Aber in den letzten Jahren hat das niemand getan. Niemand wollte etwas von mir wissen. Niemand hat den Geist der Berge erkannt! Warum sollte er nach ihm rufen?«

»Da wüsste ich was!«, behauptete Luis unvermittelt. Und fing an zu schreien: »Beeeerggeiiiiiist! Beeeeeerggeiiiiiist!« Er schaute sich um. Und als nichts geschah, sagte er in gespielter Verwunderung: »Hat nichts genützt, Berggeist! Du siehst ja selbst, wir haben alles versucht. Können wir sonst noch etwas für dich tun?«

»Doch nicht so! Nicht so!«, schluchzte der Geist. Und es war, als wäre seine Stimme noch einmal leiser geworden. »Nicht dein Mund muss nach mir rufen, sondern dein Herz.«

Luis merkte, wie seine innere Unruhe wuchs. »Mein Herz?«, sagte er schroff und schlug sich vor die Brust. »Meinst du das da drinnen? Wüsste nicht, dass ich von dem schon jemals etwas gehört hätte.«

»Doch nicht so!«, klagte der Berggeist wieder.

»Wie denn?«

»Ich kann es euch nicht erklären. Ihr müsst schon von selbst darauf kommen.«

Luis runzelte die Stirn und tat so, als würde er nachdenken. Dann sagte er: »Gut. In Ordnung. Jetzt habe ich darüber nachgedacht. Aber mir ist nichts eingefallen. Tut mir Leid. Können wir jetzt gehen?«

Und damit schaute er Dorit an, die seit einiger Zeit nichts mehr gesagt hatte. Nun meinte sie traurig: »Können wir denn gar nichts für dich tun, du armer Geist?«

Das Edelweiß hob noch einmal den Kopf. Dorit musste ganz nah kommen um zu verstehen, was der Berggeist sagte: »Eines nur! Eines könnt ihr für mich tun. Bitte lasst mich nicht hier unten sterben. Bringt mich auf einen Gipfel. Lasst mich noch einmal mein ganzes Bergreich überblicken, bevor ich untergehe!«

Dorit wollte schon nach einem Pfad suchen, der sie auf einen der Berge führen würde. Doch Luis hatte etwas dagegen. »Kommt gar nicht in Frage!«, widersprach er. »Das kostet uns mindestens einen halben Tag. So viel Zeit haben wir nicht!«

Dorit gab nicht so schnell klein bei, wie er es erwartet hatte: »Aber Luis!«, sagte sie enttäuscht. »Wir können ihm doch seinen letzten Willen nicht abschlagen!«

»Warum denn nicht? Ob er nun hier stirbt oder da oben. Das macht doch keinen Unterschied!«

»Für uns vielleicht nicht, aber für ihn!«

Luis schüttelte den Kopf. »Genau umgekehrt! Für ihn

nicht, aber für uns. Schließlich müssen wir ihn da hochschleppen!«

Aber er hatte es in einem Tonfall gesagt, der Dorit erleichtert aufatmen ließ: »Heißt das, wir bringen ihn da hoch? Oh bitte, Luis. Sag schon ja!«

Was hätte er tun sollen? Es fiel ihm so schwer, Dorit eine Bitte abzuschlagen. »Aber auf deine Verantwortung!«, ergab er sich in sein Schicksal. Und um nicht noch mehr Zeit zu verlieren, fing er sofort an, das Edelweiß aus dem steinigen Boden zu graben. Schließlich hielt er einen großen Erdklumpen in den Händen und fragte: »Und? Was nun? Könnt ihr mir das vielleicht auch sagen?«

Renée flatterte aufgeregt mit den Flügeln. Ohne dass die anderen es bemerkt hatten, war sie auf Erkundungsflug gegangen. Offenbar hatte sie einen Weg gefunden, der einen der Berge hinaufführte. Sie sagte: »Dahinten! Der Pfad dort führt nach oben. Ich habe ihn schon inspiziert. Er ist völlig ungefährlich. Ihr könnt den Aufstieg wagen.«

»Also gut!«, meinte Luis nur. Dann legte er sich den Erdklumpen mit dem verwelkten Edelweiß in die rechte Armbeuge und ging dem Einstieg ins Gebirgsmassiv entgegen.

Wer von weitem beobachtet hätte, wie sie den Berg hinaufstiegen, der hätte fast glauben können, dass es ein Kind war, das Luis im Arm hielt.

Luis sollte nicht Recht behalten.

Allein der Aufstieg dauerte länger als einen halben Tag. Als sie den Gipfel endlich vor Augen hatten, war das Abendrot schon so dunkel geworden, dass es wie geronnenes Blut aussah. Ab und zu waren schwarze

Flecken im Rot zu erkennen. Der ganze Himmel wirkte krank. Die Blutwolken waren so schwer, dass sie tief über dem Gipfel hingen. Dorit und Luis hatten Angst, dass sie mit der unheimlichen Masse in Berührung kommen könnten. Ab und zu warf Luis seiner Freundin einen vorwurfsvollen Blick zu. Doch dann erkannte er, wie sie sich den Berg hinaufquälte. Und er hätte sie eher nach oben getragen, als ihr wirklich böse zu sein.

Das Edelweiß lag welk in Luis' Arm, als sie die Bergkuppe erreichten. Müde setzten sie sich auf den schmalen Felsgrat und schauten ins Tal. Eine ganze Weile sagten sie kein Wort. So war nur das Rauschen des Windes zu hören, unter den sich ein leises Wispern mischte. Ein paarmal hatten sie es schon vernommen ohne zu verstehen, was sich dahinter verbarg. Es war immer noch sehr schwach, als sie endlich verstanden, woher es kam. Es war ganz nah.

»Daaaaaannnnkeeeeee!«, hörten sie den Berggeist flüstern, der das Edelweiß verlassen hatte und schon zum Himmel aufzusteigen schien. »Daaaaaaannnnkeeeee!«, rauschte es über den Gipfel. Und Dorit stand auf um zu sehen, woher die Stimme kam.

Der Berggeist schien von überall und nirgends zu ihnen zu sprechen. Dorit sah in das weite Rund. Unter ihnen lagen triste Täler, kahle Kuppen und ausgestorbene Almen. Hätte es nicht alles so schön sein können?

»Sooooo schöööööön!«

Almen mit satten grünen Wiesen, auf denen Kühe weideten. Das Rauschen des Windes in den Bäumen und das gedämpfte Plätschern eines Baches, das aus dem Tal emporstieg, sodass man sich schon auf den Abstieg freute. Dorit kamen diese sonderbaren Gedanken, ohne dass sie eine Ahnung hatte woher. Konnte man über etwas nachdenken, das man gar nicht kannte?

»Sooooo schööööön! Kööönnnt ihhhr euuuuch daaas voooorstellllen?«

Dorit versuchte es! Aber es war nahezu unmöglich. Sie hatte so etwas noch nie gesehen. Kühe nicht. Almen nicht. Wiesen schon. Aber wie würden die hier in diesem Gebirge aussehen? Sie versuchte es sich auszumalen. Aber es war so schwer. Zu schwer!

Also versuchte sie sich mit dem abzufinden, was war. Sie horchte in sich hinein. War es nicht ein sonderbares Gefühl, dass sie den Gipfel erreicht hatte? Dass sie von hier oben auf alles hinunterschauen konnte. Sie spürte die Erschöpfung in den Beinen. Wie gut das tat. Zu wissen, dass man diesen ganzen beschwerlichen Weg allein gegangen war.

Plötzlich war da etwas in ihr, das sie so noch nicht kannte: die Ehrfurcht, die ihr der Berg eingeflößt hatte, als sie noch an dessen Fuß stand! All das schien aus dem Gipfel zu strömen und in sie einzudringen. Es war, als hätte sie diesen Respekt jetzt vor sich selbst. Es machte sie irgendwie reich. Und dieser Reichtum hatte nichts, aber auch rein gar nichts mit dem zu tun, wie sich die Menschen in Aurania Reichtum vorstellten. Sie hatte ein solch erhabenes Gefühl noch nie gespürt. Verwundert über sich selbst schaute sie sich um. So viele Berge waren da und sie kamen ihr auf einmal viel schöner vor.

»Sooooo schöööööön!«, ertönte eine laute Stimme. Kraftvoll und klar. Sie war noch nicht verklungen, als sich der Himmel zu öffnen schien und sich das unheimliche Abendrot auf den Berg ergoss.

Es ging alles so schnell, dass Dorit und Luis nicht einmal daran denken konnten, wegzulaufen. Sie fühlten nur den warmen Regen auf ihrer Haut. Merkten, dass er sie gar nicht rot färbte, wie sie geglaubt hatten. Rochen einen vollen erdigen Duft. Legten sich auf den Boden und breiteten die Arme aus, damit ihre Körper nur ja viel von der belebenden Flüssigkeit abbekamen. Und sie waren beinahe enttäuscht, als der Regen so schnell aufhörte, wie er angefangen hatte.

Wie nach einem langen erholsamen Schlaf standen sie auf. Reckten die Glieder. Sahen sich an. Fuhren sich gegenseitig mit den Händen durch die nassen Haare. Umarmten sich. Standen für endlose Zeiten einfach nur so da und wurden eins mit sich und allem, was sie umgab.

Erst als sie den metallenen Flügelschlag ihres Kuck-Kucks vernahmen, kamen sie wieder zu sich. »Was ist denn hier passiert? Oweiowei! Was ist denn bloß geschehen? Lebt ihr noch? Seid ihr gesund?«, krächzte Renée aufgebracht.

Dorit und Luis sahen ihr geistesabwesend entgegen. Dann schauten sie an ihr vorbei. Das Tal hinunter, dessen sanfte Wölbungen von grünen Wiesen bedeckt waren. Unten, ganz unten hörten sie das Plätschern eines Baches. Es waren Töne, die sie nie zuvor gehört hatten. Melodisch. Fröhlich. Ganz anders als sie der Fluss in Aurania erzeugte.

Sie hätten dieser Melodie wohl ewig zugehört, wenn nicht eine Stimme aus dem Nichts das Plätschern übertönt hätte. »Daaaanke! Tausendmal daaaaanke, dass du mich gerufen hast!«, rief die Stimme. Und auch wenn sie viel lauter war als zuvor, wussten sie, dass es nur der Berggeist sein konnte, der da sprach. »Doooriiiiit! Liebe Doooriiiiit! Nun will ich dir auch einen Gefallen tun. Denn ich bin der Geist der Berge. Wer mich ruft, dem helfe ich gerne weiter Folge mir! Folge mir!«

Ein warmes Lüftchen regte sich, wurde kräftiger und blies so stark, dass es sie sanft über die Bergkuppe schob. Steil führte der Weg nach unten. Bald rannten Dorit und Luis so schnell, dass sie kaum bremsen konnten. Doch immer wenn sie zu stürzen drohten, packte sie der Wind von vorne, fing sie auf und geleitete sie schließlich wohlbehalten ins Tal.

Dort unten war nichts mehr wie zuvor. Das Flussbett, in dem sie vor ein paar Stunden noch trockenen Fußes gegangen waren, hatte sich mit klarem Gebirgswasser gefüllt. Das Ufer war mit weichem Moos bewachsen. Sanft fiel der Weg ab und führte in das seichte Wasser.

»Daaaaankeeee!«, pustete der Wind noch einmal, und zwar so kräftig, dass Dorit und Luis in den Fluss stolperten. Sofort wurden sie von der Strömung erfasst und fortgerissen. Ein tausendfaches Lachen hallte von den Bergwänden wider. Renée hatte Mühe, die Köpfe der Freunde in den Fluten zu entdecken. Ab und zu tauchten sie unter. Und wenn sie wieder an die Oberfläche kamen, dann waren sie schon ein ganzes Stück weitergetrieben worden.

Renée musste sich fürchterlich anstrengen, um ihren Freunden überhaupt folgen zu können. Mit schnellem Flügelschlag flog sie ihnen hinterher. Ab und zu spritzte etwas Gischt auf und traf sie mitten im Gesicht. Dann schimpfte sie laut und fluchte, dass sie sich von dem Berggeist derart hatte täuschen lassen.

So war sie also viel zu sehr mit dem Fluss und mit ihren beiden Freunden beschäftigt, als dass sie es gemerkt hätte: An ihrem Kopf und am Hals hatten ein paar ganz feine Daunen den Metallkörper durchbrochen. Und je mehr Bergwasser aufspritzte und sie traf, umso stärker wurde der Wuchs ihres neuen Gefieders.

Argentia

Auf den letzten Ausläufern der verebbenden Flutwellen wurden Dorit und Luis an Land gespült. Das Wasser hatte die beiden durch das Gebirge getragen, hatte sich in der Ebene in seinem alten Flussbett ausgebreitet und in den vielen Nebenarmen verlaufen. Und weil die Quelle im Gebirge bald schon wieder versiegt war, blieb nur noch ein Rinnsal übrig, das den Weg bis zu der unheimlichen Stadt Argentia fand. Eine letzte kleine Welle hob Dorit und Luis sanft aus dem Flussbett und setzte sie inmitten der verlassenen Häuser von Argentia ab.

Kaum hatten sie wieder festen Boden unter den Füßen, da brachen sie erschöpft zusammen. Zwar hatte sie der Fluss so schnell durch das Gebirge geschwemmt, wie sie es sich nie erträumt hätten. Aber dafür war die Reise auch sehr anstrengend gewesen. Die ganze Zeit über hatten sie kämpfen müssen, dass sie in den Fluten nicht untergingen. Und nun waren sie mit ihren Kräften derart am Ende, dass sie auf der Stelle in einen tiefen Schlaf sanken.

Die Nacht hatte sich längst über die Stadt gesenkt, als Renée ihre zwei Freunde endlich am Ufer des Flusses entdeckte. Sie war sehr erleichtert. Denn sie hatte sich verflogen, war irrtümlicherweise einem toten Flussarm gefolgt. So hatte sie Dorit und Luis aus den Augen verloren und nicht wieder gefunden, bis die beiden in der Stadt Argentia gestrandet waren.

Auch Renée war erschöpft. Sie zupfte die Freunde nur noch mit ihrem gelben Schnabel am Arm und stellte erleichtert fest, dass sie auf die Berührung mit einem leichten Stöhnen reagierten. Da wusste sie, dass beide wohlauf waren, bettete den Kopf in ihr weiches Daunengefieder und war sofort eingeschlafen.

Es war bereits spät am Morgen, als Luis aufwachte. Zunächst wusste er überhaupt nicht, wo er war. Nur langsam kam die Erinnerung zurück. Er fühlte sich irgendwie seltsam, wusste nicht, was Traum und Wirklichkeit war. Also weckte er Dorit, um nicht allein mit sich und seinen wirren Gedanken zu sein. Verwundert schauten sie sich um. Sprachen kein Wort, sondern versuchten erst einmal sich zu orientieren.

Schnell merkten sie, dass sie sich in einer Stadt befanden. Sie stellten erstaunt fest, dass dieser Ort eine seltsame Ähnlichkeit mit Aurania hatte: Offenbar war auch er einst durch einen Fluss geteilt worden. Auch hier waren die Brücken, die von der einen auf die andere Seite führten, gesprengt worden. Doch anscheinend waren die Bezirke links und rechts des Flusses beide ausgestorben. Keine Menschenseele zeigte sich auf den Straßen. Das Einzige, was sich regte, war ein ständiger Wind, der mit einer gleichmäßigen Stärke dorthin wehte, wo Dorit und Luis die Stadtmitte vermuteten. Er wirbelte allerlei Staub durch eine breite Straße, an deren noch weit entferntem Ende sich ein großer Platz auftat. Und der erinnerte sie ebenfalls an etwas, dass es in Aurania gegeben hatte: den Vorplatz der Megamaschine.

Auf einmal hatten sie das untrügerische Gefühl, nicht alleine zu sein. Sie drehten sich einmal im Kreis um sicherzugehen, dass wirklich kein Mensch auf der Straße war. Da entdeckten sie es: ein halb gerupftes Federvieh, das die ganze Zeit hinter ihnen gelegen haben musste.

Luis wollte es schon mit dem Fuß in das ausgetrocknete Flussbett stoßen, als Dorit erschrocken ausrief: »Halt! Nicht! Erkennst du sie denn nicht?« Dorit bückte sich und strich dem Tier zärtlich über den Kopf.

Jetzt erst erkannte Luis, dass der Vogel keineswegs Federn verlor. Sondern dass sie ihm wuchsen. »Renée?«, flüsterte er, »bist das wirklich du?«

Und als das Tier die Augen aufschlug, sagte Dorit: »Renée! Du Gute! Aus dir ist ja ein richtiger Vogel geworden!«

Renée legte den Kopf in Dorits Hand und schien zu ahnen, was mit ihr vorging. »Ein richtiger Vogel? Das wäre schön! Das hab ich mir schon immer gewünscht!« Und dann schaute sie an sich hinunter. Über den Hals, der mit einem dichten Flaum bedeckt war. Auf den Brustpanzer, der an manchen Stellen aufgebrochen war und aus dem feine Daunen sprossen. Und auf beide Flügel, die dichte Federn bekommen hatten.

Als würde sie einem Instinkt folgen, begann sie das neue Gefieder zu putzen. Dabei stellte sie sich so ungeschickt an, dass Dorit und Luis laut lachen mussten. Einmal blieb ihr Schnabel zwischen zwei großen Federn hängen und sie hatte so ihre liebe Mühe, sich zu befreien. »Braucht gar nicht so blöd zu tun!«, schimpfte sie. »Möchte mal sehen, wie's euch ergeht, wenn ihr von heute auf morgen Federn bekommt!« Aber da lachten die beiden nur noch lauter. Denn wenn Renée wütend war, stellten sich die paar Federn, die sie auf dem Kopf hatte, steil auf. Und so sah sie erst richtig komisch aus.

Beleidigt watschelte sie von dannen. Vermutlich traute sie sich noch nicht ganz zu fliegen. Sie hatte gerade erst ein paar Meter zurückgelegt, da blieb sie wie angewurzelt stehen und zeigte mit dem rechten Flügel voraus. Er zitterte. Und das lag nicht daran, dass sie ihn noch nicht richtig zu bewegen wusste. »Ist euch eigentlich klar«, flüsterte sie, »wo wir hier gelandet sind?« Und als sie sich umdrehte, ahnten die beiden anderen, dass die Lage ernst war. »Ich hätte wirklich nicht gedacht, dass wir schon so weit sind«, nuschelte Renée vor sich hin.

Luis hatte sie nicht verstanden und spähte neugierig in die Richtung, in die Renée gegangen war. Aber er konnte nicht erkennen, was ihr eine derartige Furcht eingeflößt hatte. »Was ist denn? Wo sind wir hier? Nun sag schon!«

Renée machte einen großen Sprung, flatterte wie wild mit den Flügeln und erhob sich zu ihrer Erleichterung in die Lüfte. Sie landete auf Luis' Schulter und krächzte: »Und hier haben wir die Nacht verbracht! In Argentia! Nicht auszudenken, was uns alles hätte zustoßen können!«

»Uns ist aber nichts passiert«, versuchte Luis sie zu beruhigen. »Also sag uns endlich, was es mit dieser Stadt auf sich hat!«

Renée rückte ganz nah an Luis' Kopf heran. Sie steckte ihm den Schnabel fast ins Ohr und antwortete: »Hab ich doch gesagt! In Argentia. Die Stadt ist tot. Völlig ausgestorben! Nicht so wie Aurania, wo wenigstens noch ein paar Menschen am Leben sind.«

Zum wiederholten Male sah sich Luis um. Er schien etwas zu suchen. Doch er konnte es nicht finden. Also sagte er: »Aber müssten hier dann nicht auch so merkwürdige Sandmenschen stehen wie am Kolumbusplatz?«

Renée schüttelte den Kopf. »Zu spät, Luis. Das war einmal. Vor langen, langen Zeiten. Die sterblichen Überreste sind längst in sich zusammengefallen. Und was dann mit ihnen passiert ist – das würde ich dir lieber ersparen!«

Eine fürchterliche Vorahnung stieg in Luis auf. Mit allen Nervenfasern spürte er, dass Unheil drohte. Vorsichtig erkundigte er sich: »Aber das kannst du nicht. Renée, das ist es doch, was du mir sagen willst. Du kannst es mir nicht ersparen, oder?«

Der Vogel schüttelte den Kopf. »Nein, lieber Luis. Das kann ich nicht. Leider nein!«

Ängstlich tastete Luis nach Dorits Hand. Als er sie gefunden hatte, sagte er: »Dann sag es mir lieber gleich! Jetzt. Auf der Stelle!«

Renée schüttelte es am ganzen Leib. Trotzdem antwortete sie: »Fühlst du diesen Wind, der durch die Straßen fegt?«

»Ich fühle ihn.«

»Und hast du eine Ahnung, wo er hinweht?«

»Ich nehme an«, sagte Luis und unterbrach sich selbst, als würde das, was er dachte, dadurch schlimmer, dass er es aussprach, »ich nehme an, es gibt hier auch eine Megamaschine? Weht er dorthin?«

Renée seufzte schwer. »Du hast Recht, Luis. Deine Ahnung trügt dich nicht. Wie so oft. Leider.«

»Aber was ist mit dieser Maschine? So gefährlich kann sie doch nicht sein! Es ist doch niemand mehr da, der sie antreiben könnte!«

»Wenn du wüsstest, lieber Luis. Sie ist sogar sehr gefährlich. Was denkst du denn, woher der Wind kommt? Und was würdest du denken, wenn ich dir sagte, dass es sich um gar keinen Wind handelt. Sondern um etwas ganz anderes?«

Ein böser Verdacht regte sich in Luis. Schnell leckte er an seinem Zeigefinger und hielt ihn in die Luft. Er erschrak. Aus der Richtung, aus der die Luft kommen musste, wurde sein Finger gar nicht kalt. Sondern genau aus der anderen Richtung. Er konnte es sich nicht erklären. Leckte am Zeigefinger der anderen Hand. Und wieder wurde die Seite kalt, die der Stadtmitte zugewandt war. »Was geht hier vor?«, fragte er entgeistert.

Wieder stieß Renée einen gequälten Seufzer aus. Dann sagte sie: »Es ist ganz einfach, Luis. Es gibt nur eine Erklärung. Der Wind ist gar keine Wind ...«

»Sondern?«

»... ein Sog! Das ist es ja, was ich dir die ganze Zeit sagen will. Von der Megamaschine geht eine unheimliche Anziehungskraft aus, die alles ansaugt, was ihr zu nahe kommt. Das ist die Antwort auf deine Frage, warum es hier keine Sandmenschen gibt. Sie sind alle von der Megamaschine angezogen worden. Und uns würde es auch so gehen, wenn wir ihr noch viel näher kommen. Oder wenn wir noch länger hier warten. Denn das mächtige Herz der Maschine wird die ganze Stadt in sich hineinfressen. Es wird sich alles zurückholen, was ihm die Argenten entrissen haben. Alles! Bis die Stadt dem Erdboden gleichgemacht wurde.«

Luis sah Renée verständnislos an. »Aber worauf warten wir dann noch? Lass uns verschwinden! So schnell wie möglich!«

Renée putzte sich nervös das Gefieder. Schließlich sagte sie: »Das können wir nicht. Das heißt, du kannst es nicht, lieber Luis. Dir wird nichts anderes übrig bleiben, als dich freiwillig in die Nähe der Maschine zu begeben.«

»Wenn ich aber nicht will?«, sagte Luis ängstlich.

»Du musst wollen. Wenn du deine Freunde, die Aussitzigen, retten willst, dann bleibt dir gar nichts anderes übrig. Dann musst du der Maschine ein Stück aus dem

Herzen reißen. Nur so kannst du vor unseren Kaiser treten. Nur so wird dich Fobian der Letzte empfangen.«

Es war das zweite Mal, dass Luis den Namen »Fobian der Letzte« hörte. Sofort war er alarmiert. Er fragte schnell: »Fobian der Letzte. Der Herrscher der Ewigen Stadt?«

Da wurde Renée von einem heftigen Stromschlag geschüttelt. Ihre frisch gewachsenen Federn sträubten sich. Mit fremder Stimme sagte sie: »Ganz genau, Luis. Die Ewige Stadt! Sie ist eine Festung, wie du sie noch nie gesehen hast. Du wirst sie schwerlich einnehmen, wenn du nicht zum Kaiser vorgelassen wirst. Also sorge dafür, dass du ein passendes Geschenk für ihn dabeihast! Bringe ihm eines der wenigen Dinge, die er noch nicht sein Eigen nennt! Bringe ihm ein Stück Argentan aus dem Herzen der Maschine! Worauf wartest du noch?«

Nur langsam wich die Elektrizität aus Renées Gefieder. Sie schien aus einer Hypnose zu erwachen, als sie fragte: »Wo waren wir stehen geblieben?«

Da wusste Luis, dass es Herr Mess gewesen war, der zu ihm gesprochen hatte. Und er wusste auch, was das bedeutete. Er spürte eine unerträgliche Leere in sich. Und in dieser Leere keimte etwas auf, das sich rasend schnell vergrößerte. Er wusste genau, was es war. Er kannte es zu gut. Es war ein Geschwür. Und das hieß Angst. Verzweifelt gab er Dorit einen Kuss auf die Stirn und fasste sie bei den Händen. Er sah ihren fragenden Blick, hätte ihr noch so viel sagen wollen. Aber das Geschwür ganz tief in ihm drinnen war so groß geworden, dass es keinen Platz für Worte ließ. Also drehte sich Luis schweigend um und stapfte davon.

Dorit war viel zu erschrocken, um ihn aufzuhalten. Geistesabwesend nahm sie Renée auf den Arm und strich ihr über den Kopf. Ganz langsam schien das Tier wieder in die Gegenwart zurückzukehren. Als Dorit merkte, dass die Augen des Vogels wieder klar waren, fragte sie: »Aber Renée, sag nur, ist es wirklich so schlimm?«

Das Tier öffnete ganz weit den Schnabel und stieß einen klagenden Laut aus. Dann antwortete es: »Du hast ja keine Ahnung!«

Das gebrochene Herz

Der Vorplatz der Megamaschine war noch weit entfernt. Und dennoch spürte Luis, dass der Sog immer stärker wurde. Sein Hemd wölbte sich nach außen, so sehr wurde es angesaugt. Allmählich hatte er Schwierigkeiten, aufrecht zu gehen; immer weiter beugte er sich nach vorne, sein Gang beschleunigte sich, ohne dass er etwas dazu tun musste. Schon rannte er – schneller, als er es je von selbst gekonnt hätte. Die Häuser flogen nur so an ihm vorbei und es schien unmöglich, dass er noch einmal zum Stehen kam.

Trotzdem lehnte er sich gegen diese Urgewalt auf. Er schaffte es tatsächlich, mitten im Lauf umzudrehen und seine Schritte in die entgegengesetzte Richtung zu lenken. Zu seinem Entsetzen half das jedoch nicht viel. Er lief nur gegen den Sog an, der viel stärker war als er. So verlangsamte sich die Geschwindigkeit, mit der er auf den Vorplatz zuraste, nur unwesentlich.

Es war alles zu spät! Wenn er gedacht hatte, dass er sich der Maschine ruhig und besonnen nähern könnte, so sah er sich jetzt getäuscht. Mit einer unglaublichen

Macht würde er gegen sie prallen und von ihr einverleibt werden. Er hatte nur noch die Wahl, ob er sehen wollte, wie er auf seine Hinrichtung zutrieb, oder nicht. Mit einem fürchterlichen Schaudern entschloss er sich für die erste Variante. Also drehte er sich wieder um und blickte voraus.

Er war dem Vorplatz bereits so nahe gekommen, dass ihm die ungeheure Gewalt vor Augen geführt wurde, mit der die Maschine alles in sich hineinfraß, was nicht niet- und nagelfest war. In den letzten Gebäuden vor dem Platz waren die Fenster zerborsten. Aus ihnen quetschten sich Stühle, Regale und andere Möbelstücke heraus, um auf den Mittelpunkt des Platzes zuzurasen und in einer schwarzen Staubwolke zu verschwinden. All dies nahm Luis nur schemenhaft und im Bruchteil von Sekunden wahr. Dann wurde er selbst vom Boden emporgehoben und flog mit allerlei Unrat durch die Gegend – dem Ungetüm entgegen, dessen schmatzendes Mampfen immer lauter zu hören war.

Der Aufprall war ganz anders, als er es erwartet hatte. Irgendwie hatte er sich darauf eingestellt, dass er gegen die Außenwand des Herzens stoßen und sofort in der weichen Pumpe verschwinden würde. So hatte er bereits mit dem Leben abgeschlossen, als alles ganz anders kam!

Was er nicht wissen konnte, war: Das Herz zog viel zu viele Dinge an. Viel mehr, als es durch seinen schmalen Schlund, der sich zwischen den beiden Herzkammern geöffnet hatte, aufnehmen konnte. So bildete sich ein dichter Schild aus Glasscherben, Sand, Staub, Möbelstücken und anderen Einrichtungsgegenständen um die Megamaschine herum.

Luis war noch weit von der äußeren Herzwand entfernt, als sein Flug jäh beendet wurde. Er prallte gegen die harte Platte eines Tisches, wurde fast ohnmächtig, klammerte sich aber wie ein Ertrinkender an das Brett. Als er sich von dem Schock des Aufpralls erholt hatte, merkte er erstaunt, dass der Sog ein wenig nachgelassen hatte. Erleichtert stellte er fest, dass der Tisch wie ein Windschutz wirkte, auf dem er sich ziemlich frei bewegen konnte. Wenn er jedoch die Hand über die Tischkante streckte – und er versuchte es natürlich sofort –, spürte er die Anziehungskraft des Herzens in unverminderter Stärke.

So wurde die Platte zu einem Floß, auf dem er zwischen den Überresten der Stadt Argentia dahintrieb. Und da ihn dieser Untersatz so unverhofft am Leben hielt, schöpfte er neuen Mut, sah sich um, suchte nach irgendetwas in dieser staubigen Masse, das ihn vor seinem Schicksal bewahren würde. Dabei musste er sich immer wieder vor heranfliegenden Teilen schützen. So war das Erste, was er mit einer unglaublichen Anstrengung an Bord seines Floßes zog, eine Schranktür, die gerade neben ihm eingeschlagen war. Wie einen Schutzschild hielt er sich die Tür vor den Körper. Von nun an lag er wie der Belag eines Sandwichs zwischen zwei Brettern eingeklemmt. Und ihm blieb nur ein schmaler Spalt, aus dem er hinausspähen konnte. In diesem eingeschränkten Gesichtsfeld sah er die verschiedensten Gegenstände vorbeiziehen. Alles, was kleiner als der Tisch war, bewegte sich nämlich schneller auf das Herz zu, das mit lautem Schmatzen seine unverdauliche Kost zermalmte. Mit beängstigender Schnelligkeit wurde der Druck, der auf der Tür lastete, stärker. Er drohte Luis zu zerquetschen. Schwer atmend suchte er weiter nach etwas, das ihn doch noch retten würde. Er konnte kaum noch atmen, als er endlich etwas entdeckte, das ihn all seine Schmerzen vergessen ließ!

Zwischen zwei Gesteinsbrocken schaute ein Gegenstand hervor, der ihn an etwas erinnerte. Sicher, in seiner Erinnerung hatte er eine andere Farbe. Auch meinte er, dass er in Aurania eine etwas andere Form gehabt hätte. Aber sein Zweck war unverkennbar! Es handelte sich um einen Kopfhörer.

Luis' Hirn arbeitete auf Hochtouren. Ein solcher Kopfhörer konnte ihm natürlich alleine nicht helfen. Aber die Tatsache, dass dieses Gerät noch nicht vom Herzen verschlungen worden war, konnte nur eines bedeuten. Die Kabel steckten noch in der Außenwand der Pumpe. Der Sog musste dazu geführt haben, dass sich die Harpune, die sich am Ende der Schläuche befand, noch tiefer in das Muskelfleisch gegraben hatte. Jetzt saßen die Widerhaken so fest, dass sie sich nicht mehr lösten. So kämpften zwei verschiedene Kräfte des Herzens um den Hörer. Die Muskeln hielten ihn fest. Der Sog zerrte ihn dem Schlund entgegen. Und weil sich beide Kräfte aufhoben, war der Hörer kurz vor der mampfenden Öffnung stecken geblieben, durch die sich der mächtige Muskel seine makabre Nahrung einverleibte.

Ohne nachzudenken griff Luis nach dem Hörer. Eine unmenschliche Kraft riss ihm den Arm weg. Er musste die andere Hand zu Hilfe nehmen, damit ihm nicht die Schulter ausgekugelt wurde. Trotzdem schaffte er es irgendwie, das Gerät zu fassen. Als würde die Maschine Augen haben und ganz genau erkennen, was Luis da vorhatte, schien sich der ganze Sog nur auf den Kopfhörer zu richten. Und es war unmöglich, dass Luis ihn näher zu sich heranzog. Er schaffte es mit Ach und Krach, ihn nicht wieder zu verlieren! Eine halbe Ewigkeit dauerte dieses stumme Ringen. Luis' Finger verkrampften sich bereits, seine Arme zitterten vor Anstrengung, als er die Entscheidung wie ein eigenes Todesurteil fällte: Wenn der Kopfhörer nicht zu mir kommt, dann muss ich eben zu ihm kommen! Er stieß einen lauten Schrei aus und stürzte sich von seinem Floß hinunter.

Sofort spürte er den unglaublichen Sog am ganzen Körper, merkte wie seine Füße gegen etwas Weiches stießen und wusste ganz genau, dass es die gummiartige Wand des Herzens sein musste.

Mit beiden Händen drückte er den Hörer auseinander und stülpte ihn sich auf den Kopf.

Doch das dumme Ding wollte nicht recht passen. Krampfhaft hielt er es fest und versuchte es gleichzeitig auf seinem Kopf zurechtzurücken. Dabei wurde er dem geöffneten Schlund immer weiter entgegengetrieben. Schon war die Gummiwand unter seinen Füßen verschwunden. Luis wusste, was das bedeutete! Er war am Ende seiner Kräfte. Das Herz hatte gesiegt.

Seine Muskeln brannten. Sie waren so verkrampft, als wären sie versteinert. Er hatte ein so taubes Gefühl in den Fingern, dass er nicht einmal merkte, wie sie ihm vom Kopfhörer glitten. Danach spürte er nur noch eines: das metallene Klicken der Nadeln in seinem Schädel. Dann versank er in einem tiefen, dunklen Tunnel, von dem er glaubte, dass es nur der Schlund des Herzens sein konnte.

»Luuuhuuuuhiiiiiis?« Renée flatterte mit den Flügeln, als entsetzte sie ihr eigener Aufschrei. Irgendetwas war geschehen. Das wusste sie sofort. Ihr siebter Sinn schlug Alarm, noch bevor es so richtig losging. Bevor das Erdbeben über Argentia hereinbrach. Bevor der Boden unter ihnen zu wanken begann und die Gebäude in sich zusammenfielen, als wären sie aus Pappe.

Dorit verfügte nicht über diesen siebten Sinn. Aber sie vertraute auf Renées untrügliches Gespür für Gefahr. Also schnappte sie sich den Vogel und sprang mit ihm hinab in das Flussbett.

So befanden sie sich in Sicherheit, als das Erdbeben die tote Stadt dem Erdboden gleichmachte. Sie pressten sich ängstlich gegen die Böschung des ausgetrockneten Flusses und warteten, dass es endlich vorbei wäre. Wie ein Gewitter zog das Beben über sie hinweg. Auch wenn es die Erde unter ihnen war, die erzitterte, so brach die Welt doch über ihren Köpfen zusammen. Und als die ganze Stadt in Schutt und Asche lag, da hörte das Beben ganz unvermittelt auf. Und nur die Staubwolke, die sich langsam in die Niederungen des Flusses senkte, kündete von dem Unheil. Dorit wartete noch eine Weile, ob es vielleicht ein Nachbeben gab. Dann hielt sie sich den Arm vor die Nase und wollte aus dem Flussbett klettern.

Doch Renée hinderte sie daran. »Rühr dich nicht von der Stelle!«, rief sie. »Ich will kurz in die Lüfte steigen, um die Lage zu sondieren.« Und damit flatterte sie davon. Eine dichte, graue Nebelwolke hüllte sie ein, sodass sie kaum etwas sehen konnte. Sie musste ein paarmal kräftig mit den Flügeln schlagen, bis sie sich über die Staubwolke erhoben hatte. Dann erkannte sie das ganze Ausmaß der Katastrophe. Auf den Ruinen lag ein stickiger, stinkender Nebel, der dort am dichtesten war, wo Renée die Stadtmitte vermutete. Dort musste sich also das Zentrum des Bebens befunden haben. Von diesem schwarzen Fleck breitete sich der Nebel aus, trat über den Fluss, die Stadtgrenzen und löste sich in der Weite der Wüste irgendwo auf.

Ein ums andere Mal wanderte Renées Blick über das Inferno. Bei jedem neuen Versuch, auch nur den geringsten Anhaltspunkt zu finden, wurde sie mutloser. Schließlich gab sie jede Hoffnung auf. Sie hatte genug gesehen. Nie hätte sie Luis in diese Hölle schicken dürfen! Kraftlos sank sie hinab und landete ganz sanft auf Dorits Schulter. »Es ist vorbei!«, sagte sie. »Es hat keinen Zweck mehr. Das hat keiner überlebt!«

»Aber …!«, rief Dorit entsetzt aus, »… aber! Das kann nicht sein! Du hast ihm doch dazu geraten. Du! Dann musst du ihm auch helfen!«

Renée schüttelte traurig den Kopf. »Keiner kann ihm mehr helfen!«, antwortete sie. »Es liegt alles in Schutt und Asche. Kein Mensch kann länger als eine Minute in diesem Inferno überleben!«

»Du lügst!«, schrie Dorit und zögerte keine Sekunde mehr. »Halt dich fest!«, rief sie und kletterte aus dem Flussbett. Sofort kam ihr eine dunkelgraue Staubwand entgegen, die das Atmen beinahe unmöglich machte. Wie musste es da erst Luis ergehen, der sich doch im Zentrum der Stadt befand!

»Siehst du nun?«, krächzte Renée.

Aber Dorit hörte sie nicht. Sie packte Renée bei den Flügeln und setzte sie auf dem Fußboden ab. Dann lief sie einfach in diese Hölle aus Staub und Asche. Rannte immer genau dorthin, wo die Wolke am dichtesten schien. Schrie Worte, die sie sogleich wieder vergaß. Und verschluckte dabei literweise Dreck, der wie Schießpulver in ihrer Lunge biss. Bald hatte sie die Orientierung verloren. Doch sie lief weiter. War dem Ersticken nahe. Hustete. Und brüllte dazwischen immer wieder Luis' Namen. Doch ihr war, als würde der dichte Staub jeden Ton verschlucken. Den Arm vor Nase und Mund tastete sie sich weiter vor, ohne zu wissen, ob die Richtung stimmte.

So glaubte sie schon, dass sie sich völlig verlaufen habe, dass sie einen weiten Bogen gemacht habe und so wieder am Rande der Stadt angekommen sei, als die Nebelwolke dünner wurde. Bald schon sah sie einzelne Schwaden, die nur noch wie zarte Schleier vor dem diffusen Hintergrund lagen. Für einen Moment dachte sie darüber nach, ob sie nicht besser umkehren sollte. Aber dazu fehlte ihr die Kraft. Sie konnte sich kaum noch auf den Beinen halten.

Also immer voran! Wenigstens die paar Meter weitergehen, bis ich erkennen kann, was sich hinter dem Nebelschleier verbirgt! Sie wunderte sich, dass sie überhaupt noch denken konnte. Ihr schien, als hätte sich der Staub in ihrem Hirn ausgebreitet. Ihr Kopf tat so weh! Ihre Beine waren so schwer! Ihre Lunge brannte wie verrückt! Sie fühlte sich todkrank. Und durchschritt doch diesen hauchdünnen Nebelvorhang. Stolperte mit letzter Kraft weiter und nahm nur noch verschwommen wahr, dass sie auf einen großen freien Platz hinausgetreten war.

Wie eine Ertrinkende rang sie nach Luft. Ihre Lunge rasselte. Sie spuckte schleimige, schwarze Dreckklumpen aus. Nur langsam wurde es besser. Mit jedem einzelnen, schmerzhaften Atemzug! Denn seltsamerweise war hier auf diesem Platz die Luft rein und klar. Als der Schleim, der wie der Eiter einer schlimmen Wunde aus ihrem Hals kam, endlich seine erschreckende Farbe verloren hatte, sah sie sich um.

Der Boden war übersät mit Gesteinsbrocken, Möbelstücken und Glasscherben. Es war, als würde sie sich auf einer riesigen Müllhalde befinden. Und sie musste aufpassen, dass sie sich an den scharfkantigen Gegenständen nicht verletzte, als sie diese Ruinenwüste betrat und sich anschickte, sie zu durchwandern. Sie wunderte sich noch immer, weshalb sich ausgerechnet hier die Staubwolke verzogen hatte. Erst als sie weiter nach vorne schaute, erkannte sie den Grund: Aus einem Kegel, der sich genau in der Mitte des Platzes befand, stiegen warme, silbern schimmernde Dämpfe auf. Sie drängten den Staub nach oben, sodass eine Art Schutzglocke entstanden war, unter der es sich frei atmen ließ. Wie ein kleiner Vulkan, der statt glühender Lava warme Luftdämpfe ausspuckte, wirkte dieser Kegel, der in der Mitte auseinander gebrochen war.

Dorit wusste sofort, dass es sich nur um die Megamaschine handeln konnte. Auch wenn sie das unheimliche Herz nie zuvor gesehen hatte, so hatte es Luis ihr doch ausreichend beschrieben: Wie oft hatte er ihr bei ihren Treffen von der Maschine erzählt, die die Stadt Aurania nährte. Luis! Die Erinnerung an ihn krampfte ihr die Brust zusammen. Wo mochte er sein? Hatte er das Inferno überlebt? War er vielleicht doch nicht in diesen Staubmassen erstickt? Hatte ihn die Schutzglocke vor dem Tod bewahrt? Dorit vergaß sich selbst. Sie nahm keine Rücksicht auf ihre zerschundenen Füße mehr. Ohne den Schmerz zu spüren rannte sie über das Trümmerfeld – immer dem gebrochenen Herzen entgegen.

Je näher sie der Maschine kam, umso mehr wurde sie von feinen Silberspänen bedeckt. Anders als die Dämpfe stiegen sie nicht nach oben, sondern fielen, nachdem sie ein paar Meter durch die Luft gewirbelt worden waren, wieder auf den Boden. Bald wurde der Silberregen so dicht, dass sich Dorit immer öfter über das Gesicht wischen musste, damit ihre Augen nicht zuklebten. Plötzlich blieb sie abrupt stehen. Vor ihr befand sich ein Stück Boden, das nicht von feinen Silbernadeln bedeckt war. Es schien, als würden an dieser Stelle die Späne abgestoßen.

Dorit schaute verwundert nach unten. Und da erkannte sie, dass dort ein menschliches Wesen lag. Es hatte die Arme um etwas geschlungen, das Dorit nicht erkennen konnte. Aber es sah so aus, als wollte es dieses Etwas mit aller Kraft festhalten. Dorit traute sich nicht einmal zu denken, was sie da insgeheim hoffte und gleichzeitig befürchtete: War diese ausgemergelte Gestalt wirklich Luis? Sie kniete nieder. Sofort schien sie in das Magnetfeld des Jungen zu geraten. Sämtliche Silbernadeln wurden von ihrem Körper weggeschleudert. Es kitzelte sie überall. Doch sie spürte nur Erleichterung, dass sie endlich wieder sehen konnte.

Sie beugte sich nach vorne. Sah in das eingefallene Gesicht, das wie von einem Todeskampf gezeichnet war. Es war so leblos und starr. Dorit merkte nicht, wie ihr Herz gegen die Brust hämmerte. Merkte nicht, wie ihr die Tränen über die Wangen rannen. Fühlte nur diesen Schmerz, der über sie kam, als hätte sie tief in sich eine klaffende Wunde, die nichts in der Welt heilen konnte.

Sie wusste nicht, was sie tat. Und tat dennoch genau das Richtige. Sie strich Luis über den Kopf. Sie wischte ihm die verschwitzten Strähnen aus dem Gesicht. Für einen Moment zauderte sie. War das wirklich Luis? Seine Haare waren nicht mehr grau. Mit den Silberspänen schien auch das dunkle Weiß aus den Haaren abgestoßen worden zu sein. Dichtes, schwarzes Haar bedeckte seinen Kopf.

Unter diesem Schopf entdeckte sie etwas Sonderbares: Es war ein abscheuliches Gerät. Sie hatte so etwas noch nie gesehen. Wollte daran ziehen, um es ihm abzunehmen. Doch bei der ersten Berührung geschah etwas, dass sie zusammenzucken ließ, als hätte sie einen Stromschlag erhalten. Luis stöhnte! So laut, dass er das Ächzen der Maschine übertönte.

Ein Schock, in dem sich Angst und Freude vereinten, lähmte Dorit. Doch die Erstarrung löste sich sogleich wieder. Obwohl sie hätte jubeln können, bezwang sie ihre Aufregung und tat genau das, was getan werden musste: Vorsichtig entfernte sie die erste Muschel des Hörers von Luis' Ohr. Sie erschrak, als sie die Nadel sah, die sie ihm dabei aus dem Gehörgang ziehen musste. Sie sah, wie sich sein Gesicht verzerrte, hörte sein lautes Stöhnen und nahm ihm dennoch auch die andere Muschel ab.

Luis stieß noch einmal einen markerschütternden Schrei aus, dann war es still. Kein Ächzen der Maschine mehr. Kein Zischen, mit dem der Dampf aus dem Herzen entwichen war. Und auch kein unaufhörliches Prasseln, mit dem die Silberspäne auf dem Boden aufgeschlagen waren. Es war, als hätte die Maschine ihr letztes bisschen Leben ausgehaucht.

Luis schlug die Augen auf. Schaute sich um. Erblickte Dorit. War viel zu kraftlos, um sich zu erheben. Streckte Dorit nur die Hände entgegen. Fühlte ihre Berührung, als würde sie seine Seele streicheln.

Als er die Arme hob, gab er drei seltsame Steine frei, die er wie einen Schatz festgehalten hatte. Die Brocken waren unterschiedlich groß, doch jeder von ihnen erstrahlte in einem so reinen Silber, wie es die Welt noch nie gesehen hatte. Luis erkannte in Dorits Augen, dass sie von dem unerwarteten Glanz fast geblendet war. Um seine Mundwinkel spielte ein schwaches, schmerzvolles Lächeln, als er aus trockener Kehle nur das eine Wort sprach: »Argentan!«

Die Babelsburg

Tage waren vergangen. Tage, in denen Luis fiebernd im Wüstensand gelegen hatte und nur langsam wieder zu Kräften gekommen war. Am Anfang war er kaum ansprechbar gewesen, hatte fantasiert, wirres Zeug gesprochen über das, was er bei seinem Kampf mit der Megamaschine erlebt oder sich nur eingebildet hatte. Wenn es ganz schlimm geworden war, hatte Dorit seinen Kopf in ihren Schoß gebettet und ihm liebevoll über die Stirn gestrichen. Oft war sie stundenlang so dagesessen, hatte zu ihm gesprochen, ihm irgendetwas erzählt und ihm Lieder vorgesungen, die sie aus ihrer Kindheit kannte.

Ganz langsam nur waren die Lebensgeister in seinen Körper zurückgekehrt. War er wieder zu Sinn und Verstand gekommen. Hatte selbst ein paar klare Worte gesprochen, wusste, wo sie waren und was geschehen war.

So hielten es Dorit und Renée für einen gefährlichen Rückfall, als er eines Abends von seinem Lager aufschreckte und schrie: »Warum? Warum?«

Dorit eilte sofort herbei. Sah ihm in die wirren Augen. Umarmte ihn, versuchte ihn in die Gegenwart zurückzuholen. Doch Luis schrie nur noch lauter: »Warum? Warum? Sag es mir! Warum hast du mich verlassen?«

Dorit war ratlos. Sie sah Renée verzweifelt an und sagte: »Was ist mit ihm? Von wem spricht er bloß? Hab ich etwas falsch gemacht? Ach, Luis, ich bin doch bei dir. Hier bin ich! Luis!«

Aber Luis war nichts entgangen. Sein Blick war völlig klar, als er sich Dorit zuwandte und ihr dankbar über die Schulter strich: »Psssst! Ruhig, Dorit! Beruhige dich doch. Psssst! Ich rede doch nicht von dir. Was denkst du dir bloß? Du hast mich doch gerettet. Ich rede von Herrn Mess. *Er hat mich verlassen!* Als ich im Todeskampf mit der Maschine war, hat er mir nicht geholfen. Er hat mich einfach meinem Schicksal überlassen!«

Dorit weinte vor Erleichterung. »Luis! Luis!«, lachte sie mit tränenerstickter Stimme. Nahm seine Hand. Drückte sie. Streichelte seinen Arm, sein Gesicht. Küsste seine Augen, seinen Mund, sagte: »Ich dachte schon, du hättest völlig den Verstand verloren!«

Luis leckte sich ihre salzigen Tränen von den Lippen. Sagte: »Ich bin völlig klar, Dorit. Auch wenn ich nicht so aussehe, hier oben …«, und dabei tippte er sich an die Stirn, »… hier oben bin ich wieder ganz der Alte.« Dann schaute er sich nach dem Kuck-Kuck um und rief ihn zu sich: »Renée! Komm einmal her zu mir! Du musst mir was erklären!«

Der Vogel kam umständlich auf Luis zugewatschelt. Auch wenn Renée die letzten Tage genug Zeit gehabt hatte, sich auf die Fragen vorzubereiten, die ihr Luis unweigerlich stellen würde, so versuchte sie jetzt doch, ein paar Sekunden zu schinden.

Sie war kaum bei ihm angekommen, da sagte er streng: »Wozu? Renée, sag mir einfach nur, wozu!«

Renée flatterte hilflos mit den Flügeln. »Ich weiß nicht, was du meinst, Luis«, gab sie vor.

Luis verdrehte ungeduldig die Augen. »Wozu ich unbedingt dieses nutzlose Argentan aus der verdammten Maschine holen sollte?« Und dabei zeigte er auf die drei Herzstücke, die er der zerborstenen Pumpe entrissen hatte.

»Es ist doch nur …«, stotterte Renée, »… es ist doch nur, weil … damit … damit du von Fobian dem Letzten überhaupt empfangen wirst!«

»Das weiß ich längst!«, stellte Luis fest. »Was ich nicht weiß, ist, wozu es Fobian braucht. Hat uns Herr Mess nicht oft genug gezeigt, dass die Jagd nach den Dingen nur Unglück bringt? Das Auran in Aurania? Die Dinge, mit denen uns die Sandmänner locken wollten? Was also nützt Kaiser Fobian das Argentan?«

Renée vergrub den Kopf zwischen den Federn. Schuldbewusst blinzelte sie zu Luis hinauf, sagte: »Ich weiß es nicht, Luis! Ich weiß nicht, wozu es ihm nützt. Ich weiß nur, dass er es braucht. So wie er jedes Ding braucht, das er kriegen kann. Es gibt nichts, was er nicht braucht. Sein ganzes Schloss ist voll von Dingen. Niemand weiß, was er damit anstellt.«

»Und du hast wirklich keine Ahnung?«, fragte Luis misstrauisch.

Renée wand sich, wusste wirklich nichts Genaues und wollte ihm keine Antwort geben, die ihn auf die falsche Fährte lockte.

»Du willst es mir also nicht sagen!«, stelle Luis enttäuscht fest. Schmerzlich wurde er sich bewusst, dass er außer Dorit wohl niemandem trauen konnte.

»Ich weiß es doch auch nicht!«, beteuerte Renée. Doch Luis hörte schon gar nicht mehr richtig zu. Er zog die

Knie vor den Oberkörper, gab sich einen Ruck und stand auf. Zum ersten Mal seit Tagen erhob er sich von seinem Lager. Er klopfte sich den Sand aus den Kleidern. Drückte den kurzen Schwindel weg, der ihn befallen hatte.

»Was willst du denn jetzt tun?«, fragte Renée besorgt.

Ohne den Vogel eines Blickes zu würdigen antwortete Luis: »Aufbrechen! Und zwar sofort!«

Dorit und Renée wunderten sich längst nicht mehr, mit welch kraftvollem Schritt, mit welcher Ausdauer Luis dem Ziel ihrer Reise entgegenstrebte. Durch weiße Wüsten. Ausgestorbene Bergwelten. Versteinerte Wälder.

Luis war wieder völlig zu Kräften gekommen. Eine unerklärliche Macht schien ihn anzutreiben. Er konnte es sich selbst nicht erklären. War es allein die Tatsache, dass er die Aussitzigen retten musste, deren Oase von Tag zu Tag mehr zusammenschrumpfte? War es, dass er Herrn Mess suchte, den er in der Ewigen Stadt vermutete?

Einmal kam es ihm so vor, als hoffte er dort Antworten auf Fragen finden, die er sich noch nie im Leben gestellt hatte. Dann dachte er sich insgeheim ein paar Fragen aus, die zu stellen in Aurania strengstens verboten war: Was bin ich? Wer bin ich? Wozu bin ich da? Er hatte keine Ahnung. Doch das warf nur weitere Fragen auf: Wenn ich nicht mal weiß, wer, was und wozu ich bin, so dachte er, dann hat alles gar keinen Sinn. Und wenn mein Leben keinen Sinn hat, welchen Sinn hat dann die Unsterblichkeit? Gab es sie überhaupt? Oder war das alles nur ein unglaublicher Mumpitz? Etwas, wonach die Menschen strebten, weil sie nicht wussten, was sie sonst tun sollten. Ein Zeitvertreib? Bis zum Tod?

Aber da meldete sich seine innere Stimme und sagte

ihm, dass dies nicht sein konnte. Und dass es Antworten auf seine Fragen gab. Er spürte es ganz tief in sich drinnen. Es war nur so ein Gefühl. Er hätte es nicht beschreiben können. Aber er konnte etwas anderes: Er konnte dem Gefühl Namen geben. Ein Name des Gefühls war: Dorit. Ein anderer Name war, er erschrak fast, als er es dachte: Geist der Berge.

Das irritierte ihn. Was hatte Dorit mit dem Geist der Berge gemeinsam? Je mehr er darüber ins Grübeln kam, umso mehr Gegensätze fielen ihm ein: Dorit konnte man sehen, den Berggeist nicht. Dorit konnte man schmecken, den Berggeist nicht. Dorit konnte man riechen, den Berggeist nicht. Dorit konnte man küssen. Und allein bei dem Gedanken, einen Berggeist zu küssen, zog er angewidert den Mund zusammen, sodass die Lippen darin verschwanden.

Trotzdem! Dieses Gefühl war da. Seine innere Stimme rief klar und deutlich die Namen »Dorit« und »Berggeist«. Luis konnte sie hören. Und da wusste er, dass etwas mit ihm geschehen war. Seine innere Stimme sprach mit ihm! Und es war nicht die Stimme von Herrn Mess. Es war seine eigene Stimme. Ein ganz eigener Klang. Eine ganz eigene Melodie. Sie war ihm sogar auf Anhieb so vertraut, als hätte er sich sein ganzes Leben lang mit ihr unterhalten. Sie war ihm sogar so vertraut, dass er ihr vertraute. Nichts konnte ihn mehr halten. In der Ewigen Stadt musste es Antworten auf seine Fragen geben. Ein erwartungsfrohes Lächeln lag auf seinem Gesicht, als er Dorit bei der Hand nahm und mit ihr durch die Einöde wanderte.

Seine Zuversicht sollte auf eine harte Probe gestellt werden! Denn bevor sie ihr Ziel erreichten, kamen sie an zahllosen Städten vorbei, an deren zerstörten Kulissen sie erkannten, dass diese einstigen Metropolen nicht mehr bewohnt waren. Manchmal, wenn sie auf einer Anhöhe standen, hatten sie einen Ausblick in einen der unheimlichen Orte. Dann konnten sie das Zentrum sehen und die Megamaschine, die alles in ihrer Umgebung anzog. Manchmal kamen sie auch an Städten vorbei, von denen gar nichts mehr übrig war. Anstelle der Gebäude sahen sie nur einen dunklen Fleck im Zentrum. Dann erklärte Renée, dass es sich hierbei um ein Schwarzes Loch handelte, dessen Anziehungskraft so stark war, dass man den Sog noch in mehreren Kilometern Entfernung spüren konnte. Und jedes Mal machten sie einen möglichst weiten Bogen um diesen schrecklichen Ort. Und keine Macht der Welt hätte sie überreden können, einem dieser Schwarzen Löcher näher zu kommen, als unbedingt nötig war.

So wanderten sie in einem weit gesteckten Zickzackkurs der Ewigen Stadt entgegen. Ihre Vorräte waren fast zu Ende. Sie hatten ihre Tagesrationen halbiert und fragten sich, ob sie ihr Ziel jemals erreichen würden, als Luis endlich mit dem ausgestreckten Arm zum Horizont zeigte.

Dorit hatte es noch nicht entdeckt. Selbst Renée mit ihren Argusaugen war der blasse breite Strahl entgangen, der über dem Horizont aufgetaucht war und sich vom Boden bis unter den Himmel auszudehnen schien. Oder hatten sie es einfach noch nicht sehen wollen?

Zuerst hielten es Luis und Dorit für eine Sinnestäuschung. Einen Schatten. Doch der Strahl veränderte sich nicht. Auch als sie weitere drei Stunden gegangen waren, schien er immer noch die gleiche Form und Größe zu haben. Dafür zeichneten sich seine Konturen jetzt deutlicher vor dem Himmel ab.

Es war Dorit, der es zuerst auffiel: »Wir gehen jetzt seit bald einem halbem Tag auf das Ding zu!«, meinte sie. »Und es verändert sich einfach nicht. Wisst ihr, was das heißt?«

Luis wunderte sich, weshalb er selbst nicht darauf gekommen war. »Es gibt zwei Möglichkeiten«, meinte er. »Entweder es bewegt sich.«

»... oder?«

»... oder es ist von geradezu unendlich großen Ausmaßen!«, stellte er fest und wandte sich sogleich an Renée.

»Warum hast du uns nichts davon gesagt?«

Renée verteidigte sich sofort. »Ich habe sie selbst lange nicht mehr gesehen. Sie hat sich so stark verändert, seit ich zum letzten Mal hier war! Es ist unheimlich.«

»Sie? Sie? Sie? Ich höre immer nur sie?«, sagte Dorit. »Willst du mir nicht verraten, was sie ist?«

»Die Babelsburg«, erklärte Renée. »Der Sitz von Fobian dem Letzten. Dem Kaiser der Ewigen Stadt.« Voller Ehrfurcht blieben sie eine ganze Weile stehen. Bewunderten die blasse Säule, die sich in beängstigendem Hochmut dem Himmel entgegenstreckte.

Nur langsam kamen sie näher. Als sie ihren Tagesmarsch hinter sich gebracht hatten, als sich die Nacht über die Ebene senkte, war das ungewöhnliche Bauwerk immer noch so weit entfernt, dass es fast durchsichtig wirkte. Man konnte allerdings erkennen, dass es sich nach oben hin verjüngte. Aber das konnte auch eine optische Täuschung sein und daran liegen, dass die oberen Stockwerke dieses endlosen Turms einfach nur schmaler wirkten, weil sie weiter entfernt waren.

Die Sonne war gerade untergegangen. Der Himmel verfärbte sich violett, als sich Dorit und Luis erschöpft auf den Boden fallen ließen. Sie wollten sich gerade aneinander anlehnen, als sie Zeugen eines faszinierenden Schauspiels wurden: Der violette Himmel schien das letzte Tageslicht der Sonne gespeichert zu haben und es in einem letzten Nachglühen abzugeben. Vor diesem Hintergrund waren – für wenige Augenblicke nur – die Umrisse der Babelsburg klar und deutlich zu erkennen: Wie sie in wenigen riesigen Stufen nach oben hin schmaler wurde. Es sah fast so aus, als würde ein Turm auf dem anderen stehen. Und als wäre der obere Turm immer etwas schmaler als der untere.

Aber noch etwas konnte man erkennen. Dorit und Luis wussten nicht, ob es an dem diffusen Licht lag, mit dem die Babelsburg angestrahlt wurde. Das ganze Bauwerk schillerte in so unterschiedlichen metallischen Tönen, als wäre es aus den kostbarsten Materialien erbaut, die es auf der Erde gab. Doch kaum war dieser kalte Glanz sichtbar geworden, da verdunkelte sich der Himmel. Und die Babelsburg verschwand in rabenschwarzer Nacht.

Fobian der Letzte

Je näher sie der Burg kamen, umso mehr wurde der Turm zur Wand, die den Blick auf den Horizont in voller Breite verdeckte und in den oberen Regionen in dichten Wolkenschichten verschwand.

Wand und Wolken! Das war das Einzige, was sie vor sich sahen. Als sie am Fuße des mächtigen Bauwerks ankamen, reichte der Blick gerade einmal bis zur dritten Stufe. Alle weiteren unzähligen Stockwerke lagen in dichtem Nebel.

Renée hatte sich auf einen Erkundungsflug begeben. Doch als sie nach mehreren Stunden zurückkam, konnte sie auch nicht mehr berichten, als dass sich der Turm über den Wolken noch endlos nach oben erstreckte.

»Warum bist du nicht weitergeflogen?«, erkundigte sich Luis. »Wir hätten doch warten können!«

Doch Renée schüttelte zitternd den Kopf. »Zu kalt!«, erklärte sie. »Da oben sind mir fast die Flügel eingefroren. Ich hatte schon vereiste Federn. Beinah wäre ich abgestürzt!«

»Und? Hast du denn gar nichts gesehen?«, fragte Dorit, die einfach nicht wahrhaben wollte, dass der Flug in Schwindel erregende Höhen so gar nichts gebracht hatte.

Renée fröstelte und vergrub den Kopf in den Federn, sodass man nur schlecht hören konnte, was sie antwortete: »Fragt mich lieber, was ich nicht gesehen habe!«

Eine fürchterliche Vorahnung beschlich Luis. Widerwillig fragte er nach: »Also, Renée. Was hast du denn nicht gesehen?«

Der Vogel vergrub den Schnabel noch tiefer im Gefieder. Nur diesmal lag es nicht daran, dass ihm kalt war. Der Grund war die Angst davor, das Unaussprechliche auszusprechen. Luis hatte wohl bemerkt, wie schwer es Renée fiel. Er wartete geduldig, bis sie sagte: »Nicht gesehen … also gut … nicht gesehen habe ich … die … Ewige … Stadt! Ich bin um den ganzen Turm herumgeflogen. Direkt unter den Wolken! Doch von der Ewigen Stadt keine Spur!«

Luis brauchte ein wenig, um die Bedeutung der Worte zu erfassen. »Aber Fobian ist doch der Kaiser der Ewigen Stadt!«, fragte er nach.

»Und trotzdem scheint es sie nicht mehr zu geben. Mit einer Ausnahme!«

»Renée! Bitte spann uns nicht unnötig auf die Folter!«

»Ihr könnt es von hier aus nicht sehen. Es ist eine alte Kirche. Sie befindet sich hinter der Burg. Es würde einen guten Tag dauern, um zu ihr zu gelangen. Denn wir müssten erst um diese Mauern herumgehen.«

Ehrfürchtig wanderte Luis' Blick die Wand entlang. Der Umfang der Burg war so enorm, dass man kaum eine Krümmung in der Mauer erkannte. Renée hatte Recht. Sie zu umwandern würde Stunden dauern. Mutlos suchte er nach so etwas wie einer Öffnung in der Wand. Aber er konnte nichts finden. Die Wand hatte keine Konturen, sie war so glatt, dass man sich fast darin spiegeln konnte. »Also gut!«, meinte er schließlich. »Warten bringt uns auch nicht weiter. Lasst uns losgehen.«

Doch er blieb unschlüssig, in welche Richtung er sich wenden sollte. Wieder suchte er nach einem Hinweis auf der Fassade. Er wollte gerade Renée nach ihrer Meinung fragen, als sich die Wand genau vor ihnen auftat. Eine Tür sprang völlig geräuschlos auf. Warme, reine Luft drang aus dem Inneren nach draußen.

Ein tattriger Greis erschien im Türrahmen. Obwohl er sich auf einen Stock stützte, konnte er sich nur mühsam auf den krummen Beinen halten. Zentnerschwere Lasten schienen ihm auf den schwachen, eingefallenen Schultern zu liegen. Sein von tiefen Falten durchfurchter Kopf hing wie eine welke Blüte auf dem schiefen Hals. Und seinem Gesicht konnte man geradezu ansehen, welche Anstrengung ihm jede noch so kleine Tätigkeit bereitete: Die Nasenflügel vibrierten bei jedem Atemstoß. Das Öffnen der Augen schien ihm so schwer zu fallen, dass die oberen Lider nur müde auf Halbmast hingen. Nur das Sprechen schien ihm leicht zu fallen. Denn er sprach mit frischer, kindlicher Stimme: »Da seid ihr ja end. Hab euch schonn erwart! Kommt rein!«

Er war offenbar so aufgeregt, dass er gleich mehrere Silben verschluckte. Genauso abgehackt wie seine Sprache war die flüchtige Geste, die nun folgte. Es war ein schneller Wink mit der Hand. Mehr ein Wischen, bei dem er es nicht einmal für nötig hielt, den Arm zu heben.

Doch die Geste hatte etwas so Bestimmendes, so Majestätisches, dass keiner der drei Besucher es wagte, ihr nicht Folge zu leisten.

Der Greis drehte sich ächzend um und schickte sich an, im Schneckentempo in seine Burg zurückzuwandern. Er warf den Besuchern noch einen verstohlenen Blick über die Schulter zu und registrierte zufrieden, dass sie ihm gehorchten. Er drückte auf einen Knopf, der an seinem Spazierstock angebracht war. Und genauso geräuschlos, wie sich die Tür geöffnet hatte, fiel sie hinter den Besuchern wieder zu.

»Ich hoff, ihr habbt wass Schön mittbracht!«, sagte der Greis so hektisch, dass es gar nicht zu seinem Gesichtsausdruck passen wollte. Ohne dass man ihm ein gesteigertes Interesse anmerkte, musterte er nahezu alles an seinen drei Besuchern: Dorits Kette, ihre Kleidung, Luis' Rucksack, sein Hemd und seine Hosen. Und natürlich warf er einen Blick auf Renée. Ebenfalls ohne eine Regung zu zeigen.

Während er seine Gäste betrachtete, hatten diese Zeit, sich in dem Raum umzusehen, in den sie eingetreten waren. Sie befanden sich in einem langen Gang, der mit bunt schimmernden Marmorsteinen verkleidet war. An der gewölbten Decke waren Strahler angebracht, die ein diffuses Licht im Flur verbreiteten, der sanft ansteigend nach oben führte.

Der Greis stapfte über die flachen Stufen einer Treppe den Flur entlang. Ab und zu zweigte rechts oder links ein Gang ab, an dessen Ende sich ein großer Saal oder ein Gemach befand. Doch der Mann schlich immer nur geradeaus. Obwohl er den Eindruck erweckte, dass er bald vor Erschöpfung zusammenbrechen würde, ging er mit eisernem Willen immer weiter.

So kamen sie nach unendlichen Zeiten zu einer Stelle, wo sich der Flur in der Mitte teilte, um in einem Bogen um eine runde Säule herumzuführen. Sie hatten die Mitte der Babelsburg erreicht! In der Mittelsäule des Turms befand sich eine Tür. Der Greis drückte wieder auf einen der Knöpfe an seinem Stock und der Eingang öffnete sich.

Sie traten in einen engen Raum, der sich plötzlich in Bewegung setzte und mit sanfter Beschleunigung nach oben schwebte. Die Wände waren aus Glas, durch das man die Schichten des Turms in wechselnden Farben erkennen konnte: Mal schimmerte es golden, mal silbern. Dann schien eine ganze Schicht aus Diamanten, eine andere wieder aus Smaragden zu bestehen. Bronze wechselte mit Eisen, Aluminium, Titan und anderen Metallen.

Zuerst nahmen sie noch Strukturen wahr. Die Fugen zwischen den einzelnen Schichten – oder größere Zwischenräume, die offensichtlich zur Belüftung dienten. Ab und zu sahen sie durch das Glas in andere Räume, die direkt an den Fahrstuhl grenzten. Es waren allesamt prunkvolle Gemächer, die mit kostbaren Reliefmalereien, mit golden glänzenden Stuckdecken, mit verzierten Möbeln und funkelnden Kronleuchtern ausgestattet waren. Doch bald ging die Fahrt schneller voran. Und so raste ihre Umgebung immer verschwommener an ihnen vorbei. Trotz dieses enormen Tempos wurde die Geschwindigkeit immer mehr gesteigert. Bald wirkte das, was sich hinter dem Glas abzeichnete, nur noch wie ein farbiger Wasserfall auf sie. Es war, als würden sie durch einen Regenbogen nach oben sausen.

Sie waren so fasziniert von den wechselnden Eindrücken, dass sie gar nicht merkten, wie sie der Greis immer noch mit seinen müden Augen beobachtete. Nur Renée schien ein wachsamer Instinkt zu warnen. Hatte sie zunächst ruhig auf Luis' Schultern gesessen, so fing sie jetzt an hektisch mit den Flügeln zu schlagen. Der Mann wirkte völlig ungerührt und sagte plötzlich in einem Tempo, dass man Mühe hatte, die einzelnen Worte zu verstehen: »Brauchst kein Angst zu hab, du hässlich Vieh! Wenn mirr dein Freund wass Schön mitbracht hatt, lass ich dich inn Ruh!«

Renée verkroch sich hinter Luis' Hals. Der Junge merkte, wie sich ihre Krallen in seinen Rücken bohrten. Mehr um sie zu beruhigen, als um dem unheimlichen Mann Versprechungen zu machen, sagte er: »Keine Sorge! Wir haben an alles gedacht! Wir haben ein paar Dinge im Gepäck, die dem Kaiser sehr wohl gefallen werden.«

»Das ratt ich euch!«, rief der Greis übermütig. »Keiner besucht Fobi den Letzt, ohn ein Ding für ihn zu hab!« Er kicherte vergnügt vor sich hin. Und Luis wunderte sich abermals über diesen Gegensatz zwischen der greisenhaften Erscheinung und dem jugendlichen Ton in der Stimme.

Vorsichtig sagte der Junge: »Apropos. Wann bekommen wir den Kaiser denn zu sehen?«

Ohne die starre Miene zu verziehen lachte der Greis aus vollem Hals. Er wollte sich gar nicht wieder beruhigen. Tränen rannen ihm aus den halb geschlossenen Augen, wurden aber sofort von der ausgetrockneten Haut aufgesogen. »Gutt Witz, Mann!«, kicherte er fröhlich. »Bist zwar nicht grad auf Mund falln. Aber dafür ganz schönn auf den Kopf! Hahahahah!«

»Lass die Späße!«, schimpfte Luis.

»Hahahah!«, lachte der Greis. »Du machst mirr Spass. Ich bin's doch! Ich! Fobi der Letzt. Angnehm. Sehr angnehm!«.

Luis starrte dem Mann, der sich für den Kaiser ausgab, mitten ins Gesicht. So hatte er sich den Herrscher über die Ewige Stadt nicht vorgestellt. Und wenn er sich diesen kindischen Alten so ansah, dann glaubte er es immer noch nicht ganz. Demonstrativ nahm er seinen Rucksack ab und presste ihn gegen seine Brust. »Ich glaube dir kein Wort! Kannst du mir denn beweisen, was du da sagst?«

Wieder verzog der Greis keine Miene. Aber diesmal klang er wütend, als er rief: »Dann ebn nicht! Du wirst schonn sehn, was du vonn hast. Du wirst mirr dein Geschenk schon freiwillch gebn. Drumm betteln, dass ich ess auch will. Drauf kannst du Gift nehm!«

Er hatte kaum ausgesprochen, da verlangsamte der durchsichtige Aufzug endlich seine Fahrt. Und man konnte allmählich wieder klare Konturen erkennen, wenn man durch die Glaswände sah. Immer noch wechselten die Farben des Schachts. Doch jetzt konnte man ab und zu in ein paar Gemächer sehen. Einmal blickte Luis sogar in einen Raum, an dessen linker und rechter Seitenwand sechs Bilder angebracht waren. Er hatte keine Zeit, sie zu betrachten. Zu sehr war er von einem weiteren Bild gefangen, das auf der Rückwand des Saales zu sehen war. Es zeigte tote Menschen, wie sie gerade aus ihren Gräbern schwebten.

Luis schauderte. Er wusste nicht, was ihm das Bild sagen sollte. Aber er kam nicht dazu, weiter darüber nachzudenken. Denn schon schwebte der Fahrstuhl weiter nach oben, wurde immer langsamer und durchbrach endlich die letzte Schicht der Babelsburg. Für Minuten wurde es dunkel. Dann trat die Kapsel, in der sie nach oben geschwebt waren, hinaus ins Freie.

Sie fanden sich auf einer großen, kreisrunden Plattform wieder, die komplett von einer gläsernen Kuppel eingeschlossen wurde. Unter diesem durchsichtigen Dach war es angenehm warm. So warm wie unter … Luis merkte, wie alle seine Sinne in Alarmbereitschaft versetzt wurden. Hier unter dieser Kuppel herrschte dieselbe stickige Atmosphäre wie unter der Glocke, die das Herz der Megamaschine umschlossen hatte.

Vorsichtig drehte er sich einmal um die eigene Achse. Hinter seinem Rücken entdeckte er einen grauen Bau, der ziemlich unansehnlich wirkte. Das Gebäude war nicht sonderlich groß. Es schien direkt an die Kuppel gebaut zu sein, sodass es sich mit seiner gekrümmten Rückwand an die gläserne Glocke schmiegte. Es hatte eine ganz normale Tür, jedoch kein einziges Fenster und ein flaches Dach. Der ganze Verhau wirkte so unscheinbar, dass Luis ihm keine besondere Bedeutung zumaß.

Viel mehr drängte ihn zu erfahren, wie hoch sie sich eigentlich über der Erde befanden. Denn von unten hatte man die Spitze des Turmes ja nicht sehen können.

Er warf Dorit einen auffordernden Blick zu, und als sie kaum merklich nickte, nahm er sie bei der Hand.

»Wir dürfen uns doch frei bewegen, oder?«, fragte er Fobian, der ihn genau beobachtet hatte.

»Geht hinn, wo's euch bliebt!«, erwiderte der Kaiser. Und als Luis mit Dorit auf den Rand der Plattform zulief, folgte er den beiden mit schleppendem Schritt.

Obwohl die Glaskuppel verhinderte, dass man über den Rand der Plattform nach unten stürzte, war es ein sonderbares Gefühl, so nah am Abgrund zu stehen. Ein leichter Schwindel ergriff Luis, als er hinabschaute. Erst als seine Finger das Glas berührten, fing er sich allmählich wieder. Fasziniert beobachtete er, wie unter ihnen Wolkenschichten vorbeizogen, die sich immer neu formierten, aufrissen, sich verschoben und wieder schlossen. Ab und zu sah er etwas durch den dichten Schleier hindurchblitzen. Dann meinte er, dass dies die Erde sein musste. Aber sicher war er sich nicht. »Schade, dass es so bewölkt ist. Man kann ja gar nicht nach unten sehen!«, raunte er Dorit zu.

Doch anstelle der Freundin war es Fobian, der antwortete: »Was glaubs du denn, da unnt zu sehn?«

Er hatte die Worte wieder wie die Bruchstücke eines unvollständigen Puzzles schnell hingeworfen. Luis war innerlich zusammengezuckt, so sehr befremdete ihn diese Stimme. Er hoffte, dass ihm der Kaiser seinen Schrecken nicht angemerkt hatte, und erwiderte in so festem Tonfall wie möglich: »Die Ewige Stadt. Was sonst? Wir sind schließlich hier, um sie zu besuchen.«

»Hahahahah!«, quoll ein helles Gelächter zwischen den erstarrten Lippen des Kaisers hervor. »Die Ewge Stadt. Das ist gutt. Die würdst auch nicht sehn, ohne die Wolk!«

»Was willst du damit sagen?«

»Futschikato!«

»Sie ist nicht da? Aber wo ist sie dann?«

»Hahahah!«

«Wo?«

»Hahahah!«

Die Falten im Gesicht des Kaisers verzogen sich zu einem solch breiten Grinsen, dass Luis meinte, bis auf die Knochen des Schädels blicken zu können. Luis ekelte sich vor dieser Fratze. Er wollte wegschauen, aber es ging nicht. Die Hässlichkeit hatte eine unheimliche Anziehungskraft auf ihn.

Von irgendwoher hörte er eine Stimme: »Luis?« Jemand zupfte ihn am Arm. »Luis?« Es war Dorit. »Ich muss dir was sagen. Ich glaube, ich weiß, wo sie ist!«

Luis sah sie erstaunt an. »Ja, und? Wo?«

»Denk nach! Die Fahrt im Aufzug. Die vielen Kammern. Die vielen Schichten. Und wir haben nur die wenigsten gesehen! Es gibt nur eine Erklärung. Der Turm ist aus der Ewigen Stadt gebaut. Er hat sich alles, was er kriegen konnte, unter den Nagel gerissen und daraus die Babelsburg errichtet!«

»Hahahahah!«, lachte der Kaiser. »Dein Mädl is schlau als du! Wenn Sie au massloss untatreibt. Od glaubst du etwa, dass die Ewge Stadt für ei Burg wie dies reicht?«

»Aber wo sind die ganzen Menschen, die hier wohnen? Was hast du mit ihnen gemacht?«

»Ach die!«, sagte Fobian unwirsch. »Wen kümmern schonn die Mensch! Mich kümmert ganz was ands!«

Etwas Teuflisches funkelte in Fobians Augen. Vielleicht konnte Luis gerade deshalb nicht anders, als seine Frage zu stellen. »Und – was – ist – das, was – dich kümmert?«

»Dinge!«

»Dinge?«

»Dinge! Ich samml Dinge!«

»Unglaublich! Was sammelst du denn so zum Beispiel?«

Da schielte der Kaiser aus seinen glanzlosen Augen auf den Rucksack, den Luis immer noch vor dem Bauch trug. Luis trat unwillkürlich einen Schritt zurück. Plötzlich flehte Fobian wie ein kleines Kind, das ein Stück Schokolade haben möchte: »Gibst dus mir? Oh, bitte! Gibst dus mir?«

»Sag mir erst, wozu du es haben willst.«

Der Kaiser antwortete nicht.

»Sag mir erst wozu!«

»Habbn!«, bettelte Fobian und stierte mit ausdruckslosem Blick auf den Rucksack. Gleichzeitig schien eine Wandlung in ihm vorzugehen. Man konnte es nicht sehen. Man konnte es nur spüren. Und als er den Mund aufmachte, da hörte man es auch. Seine Stimme hatte sich total verändert. Sie war rau, belegt und kratzig. Sie passte jetzt zu seinem greisenhaften Äußeren. Es war, als hätte er bislang nur eine Rolle gespielt. Eine Rolle, die er mochte und am liebsten nie aufgegeben hätte. Ganz langsam sprach der alte Kaiser: »Es geziemt sich gar nicht, Luis, dass du mir meinen Spaß nicht gönnst.«

Ohne sich darüber bewusst zu werden, vermied es Luis, den Kaiser weiter zu duzen: »Was meint Ihr damit? Ich fürchte, ich kann Euch nicht ganz folgen!«

»Meinst du, ich wäre nicht gerne jung? So jung wie du. Und noch viel jünger?«

Luis meinte leichthin: »Gewiss. Aber Ihr seid es nicht mehr. Ihr seid alt. Das ist doch nicht weiter schlimm!«

»Schweig still! Hier …«, und dabei klopfte sich Fobian

vor die morsche Brust, »… hier drinnen bin ich jung. Mindestens so jung wie du! Und meinst du, ich will so jung sterben? So jung, wie ich hier drinnen bin?«

»Aber …«, Luis unterbrach sich kurz, »aber seid Ihr denn krank, Hoheit?«

»Kraaaaaaaank!«, stöhnte der Herrscher. »Kraaaaaank! Das kann nur einer sagen, der noch so jung ist wie du! In meinem Alter muss man nicht krank sein um zu sterben. Das geht von ganz alleine. Verstehst du?«

Luis nickte. Obwohl er sich natürlich nicht am eigenen Leib vorstellen konnte, was der Kaiser meinte. Er nickte nur um höflich zu sein.

Der Greis glaubte jedoch, dass Luis ihn verstanden hätte: »Dann gib schon her!« Fobian streckte seine zitternden Arme aus.

Doch Luis presste den Rucksack nur noch fester an sich. »Aber Hoheit? Was wollt Ihr denn damit? Das habt Ihr mir noch nicht verraten!«

Fobian ließ die Arme sinken und fasste sich an den Kopf, als hätte er etwas vergessen. »Ach so. Ja gut. Da war doch noch was. Du wolltest eine Erklärung. Also gut. Wozu ich es brauche? Wozu ich all die Dinge brauche?« Er fuhr sich durch das lichte Haar, schien sich kurz zu sammeln und erklärte: »Es hält mich am Leben, Luis. All diese Dinge halten mich am Leben. All diese Dinge, die ich sammle. Sie machen mich unsterblich.«

»Kein Ding macht unsterblich!«, widersprach Luis energisch. Er wusste nicht, woher diese innere Stimme kam. Sie war einfach da. Und wieder war es nicht Herr Mess, der durch ihn sprach.

Der Kaiser fing am ganzen Körper an zu zittern. »Was sagst du da? Natürlich machen die Dinge unsterblich! Wozu hätte ich sie sonst gesammelt?«

Wieder hörte Luis auf seine innere Stimme. Er antwortete ganz entschieden, so als hätte er es schon immer gewusst: »Kein Ding macht unsterblich! Oder hat Euch eines Eurer verdammten Dinge davor bewahrt, so alt zu werden, wie Ihr seid?«

Fobian presste sich die Hände auf die Ohren, als hätte er Angst, zu hören, was er sich so oft im Stillen gesagt hatte. Am besten er brüllte seine Zweifel einfach nieder! Also schrie er: »Das lässt sich leicht erklären! Ich habe das richtige Ding nur noch nicht gefunden! Aber es fehlt nicht mehr viel. Ich habe ja schon fast alle Dinge dieser Welt. Da ist es nur eine Frage der Zeit, wann das richtige dabei ist. Es ist ja nicht mehr viel übrig. Es gibt ja nur noch ein paar Städte auf dieser Welt!«

Zuerst glaubte Luis, dass er sich verhört hätte. Verstört fragte er nach: »Städte sagt Ihr? Was für Städte?«

»Alle Städte! Längst ausgestorbene Städte. London. Paris. Hamburg. Mailand. Konstantia. Byzantia. Argentia. Aber auch andere Städte, die gerade sterben. Wie Aurania! Jawohl! Du kennst doch Aurania? Oder etwa nicht?«

»Was habt Ihr mit ihnen gemacht?«, fragte Luis aufgebracht.

»Was schon? Sie ausgebeutet, natürlich. Sie nach dem Ding suchen lassen, das unsterblich macht. Und sie glauben lassen, dass sie es gefunden haben. Bis zum bitteren Ende!«

»Aber es hat sie doch gar nicht unsterblich gemacht!«, stellte Luis fest.

»Ach was! Bis jetzt war alles umsonst! Aber immerhin habe ich aus dem ganzen Zeug meine Burg gebaut. Mit Auran aus Aurania, Argentan aus Argentia und so weiter. So einfach ist das!«

Luis merkte, wie ihm immer übler wurde. Sein Magen

krampfte sich zusammen. Ihm schauderte bei dem Gedanken, dass er auf einem Turm stand, der nur aus den Abgaben toter Städte erbaut war. Wie viele Menschenleben mochte die Babelsburg gekostet haben? Luis überlegte, ob er dem Kaiser den Rucksack einfach vor die Füße werfen sollte. Nachdem Fobian die Stadt Argentia ausgequetscht hatte – was konnten ihm die drei Gesteinsbrocken noch nützen?

Er hielt den Rucksack schon ausgestreckt, wollte ihn fallen lassen, da sah er das gierige Aufblitzen in Fobians Augen. »Sagt mir nur noch eines!«, forderte Luis. »Sagt mir, wozu braucht Ihr ausgerechnet das bisschen Argentan, das ich in Argentia gefunden habe?«

Der Kaiser zögerte. Er schielte auf den Rucksack, sagte zähneknirschend: »Weil es kein gewöhnliches Stück ist. Hast du es nicht der Maschine in ihrem Todeskampf entrissen? Es ist ein Herzstück! Noch nie habe ich so etwas mein Eigen genannt. Nach diesem Ding habe ich ewig gesucht! Dieser Stein des Sterbens wird mich unsterblich machen!« Schon wollte er seinen zuckenden Arm nach der Beute ausstrecken. Da riss Luis die Hand zurück und presste sich den Rucksack wieder fest gegen den Bauch. »Oh, du wirst es mir schon geben!«, schrie der Kaiser. »Hab ich dir nicht gesagt, dass du darum betteln wirst! Nun denn! So sei es! Wenn du jemals wieder diesen Turm verlassen willst, dann komm! Komm schon!« Und ohne eine weitere Frage zuzulassen, gab er Luis einen gebieterischen Wink, drehte sich um und humpelte davon.

Luis sah Dorit verzweifelt an. Und während ihm zum ersten Mal richtig bewusst wurde, was für ein Dienst das war, den ihm Herr Mess abverlangt hatte, während er fast ganz den Glauben an sich verlor und es für unmöglich hielt, dass ausgerechnet er Fobian den Letzten stürzen könnte – während all dies in seinem Kopf herumspukte, schritt der alte Kaiser langsam über die Mitte der Plattform hinaus und näherte sich dem merkwürdigen Bau, der sich auf der anderen Seite des Hochplateaus an die Glaskuppel schmiegte. Endlich gab sich Luis einen Ruck, sagte ratlos: »Wir folgen ihm also?«

Und Dorit widersprach nicht. Nur Renée widersprach. Auch wenn sie nichts sagte. Sie flatterte nur nervös mit den Flügeln.

Das Trugschloss

»Nun mal raus mit der Sprache!«, schnarrte der alte Kaiser und schloss die Tür zu dem sonderbaren fensterlosen Bau auf. »Sag mir endlich, was du von mir willst!«

Luis war völlig überrascht. Fassungslos starrte er Fobian an. »Ich dachte, Ihr wollt etwas von mir!«

»Na wenn schon. Aber du bist gewiss nicht nur deshalb gekommen, um es mir zu bringen!«

Der Junge antwortete nicht. Er suchte nach etwas, das er zu seiner Verteidigung vorbringen konnte. Doch da setzte Fobian schon zum nächsten Angriff an: »Und du machst mir auch nicht weis, dass dieser Kuck-Kuck dein Kuck-Kuck ist!«

Luis warf einen verzweifelten Blick auf Renée, sah das dichte Gefieder, das sich vor Angst immer stärker sträubte und meinte: »Es ist ein ganz normaler Vogel. Mehr nicht!«

»Das ich nicht lache! Kerl! Ich hab dich die ganze Zeit beobachtet. Von hier oben hat man eine ganz hübsche

Aussicht, musst du wissen. Dieser Vogel war einmal ein Kuck-Kuck. Und von denen gibt es nicht so viele auf der Welt. Verstanden?«

Er schien sich gleichzeitig mit Renée über die Bedeutung seiner eigenen Worte klar zu werden. Der Vogel krächzte laut auf, schlug wie wild mit den Flügeln um sich, wollte davonfliegen, wusste aber nicht wohin und verkroch sich hinter Luis' Schultern.

Fobians Augen begannen zu leuchten, als hätte man in seinem Kopf ein Licht angezündet, das bei jedem Wimpernschlag unruhig flackerte. In schneidendem Ton stellte er fest: »Es gibt überhaupt nur einen. Einen einzigen, den ich nicht kenne. Und der gehört ...« Es war, als würde ihm die Ungeheuerlichkeit seiner Vermutung den Atem rauben. Er schnaufte tief durch und fuhr fort: »Er kann nur einem gehören! Sag! Hat dich etwa Herr Mess geschickt?«

Luis war überrumpelt. Verzweifelt suchte er nach einer Ausrede, doch da hatten ihn seine Augen schon verraten.

»Ich hätte es mir gleich denken können!«, schimpfte Fobian mit sich selbst. »Die Art, wie du hier aufgetreten bist. Wie du mich ausgefragt hast. Wie du mir ein Geheimnis nach dem anderen entlockt hast. Keiner Menschenseele habe ich je so viel verraten! Wenn man dich schon reden hört! Es ist, als würde Herr Mess höchstpersönlich durch dich sprechen! Als sprächet ihr mit einer Stimme!«

Luis war völlig durcheinander. Redete er wirklich schon wie Herr Mess? Hatte ihm seine Innere Stimme so viel beigebracht, dass sie zu seiner Äußeren Stimme geworden war? Er hätte Zeit gebraucht, um darüber nachzudenken. Aber Fobian ließ sie ihm nicht. Er schimpfte weiter: »Ich hätte es wissen müssen! Dass du nicht von alleine auf die Idee gekommen bist, mit der Megamaschine zu kämpfen. Es gibt nur einen auf der Welt, der wissen kann, was mir ein Herzstück aus der Maschine bedeutet! Nur einen!« Seine Stimme überschlug sich fast. Plötzlich aber verstummte er. Sah Luis prüfend an und meinte ganz sanft: »Du vertraust ihm wohl sehr, deinem Herrn Mess?«

Luis nickte. Er wollte es eigentlich nicht. Aber er nickte.

»Und du glaubst, dass es nichts gibt, was dieses Vertrauen erschüttern könnte?«

Wieder bewegte Luis den Kopf auf und ab.

»Was nun, wenn ich dir etwas zeigen würde, das dir beweist, wie sehr dein Herr Mess im Unrecht ist? Was dann, Luis?«

»Vielleicht will ich es gar nicht sehen?«

»Oh, doch! Du willst. Tief in deinem Inneren zweifelst du doch selbst. Seit dem ersten Tag, an dem er sich bei dir gemeldet hat. Sag schon! Wann war es? War es kurz vor dem Wettkampf der Jahrgangsbesten? Oder war es während des Wettkampfs selbst? Hat er dir auch geholfen? Wie allen anderen zuvor? Luis? Hast du dich auch überrumpeln lassen? Nur weil er dich zum Jahrgangsbesten gemacht hat?«

Der Kaiser schien alles ganz genau zu wissen. Alte Zweifel stiegen in Luis auf. Zweifel, von denen er geglaubt hatte sie längst überwunden zu haben. Er wollte sie zerstreuen. Aber Fobian ließ ihm keine Zeit dazu. Er hatte die Tür zu dem Verhau bereits aufgestoßen. Luis spähte hinein. »Kommt nur! Kommt! Und ihr werdet sehen! Erleben werdet ihr es! Dinge, für die es sich lohnt, zu sterben. Kommt nur!«

Als hätte er Dorit und Luis hypnotisiert, folgten sie ihm. Nur Renée flatterte immer aufgeregter mit den Flügeln. Sie erhob sich von Luis' Schultern und weigerte sich mitzukommen. Luis schien es gar nicht zu registrieren. Der alte Kaiser nahm es zufrieden zur Kenntnis. Er schenkte Renée ein letztes Lächeln. »Dann eben nicht!«, sagte er und wartete, bis Dorit und Luis im Inneren des Hauses verschwunden waren. Als er sicher sein konnte, dass sie ihn nicht sahen, hob er seinen Stab. Er zielte damit kurz auf das Tier und drückte ab. Renée breitete noch einmal ihre Flügel zur vollen Spannweite aus. Dann fiel sie wie ein Stein zu Boden. Als sie auf der harten Plattform aufschlug, war sie wieder zu dem metallenen Blechvogel geworden, der sie die längste Zeit gewesen war.

»Und? Was sagt ihr nun? Hab ich etwa zu viel versprochen?«

Mit einem lauten Knall war die Tür hinter dem Kaiser zugeschlagen. Trotzdem war es hier drinnen taghell. Vor ihnen befand sich ein goldenes Schloss, dessen reich verzierte Türme weit in den Himmel aufragten.

Dorit und Luis wunderten sich nicht einmal, dass dieser prunkvolle Palast weit größer war als das graue Gebäude, in dem er sich befand. Sie sahen nur wie verzaubert die Mauern hinauf, ließen den Blick über die vier Türme schweifen, deren spitze Dächer mit Ziegeln aus reinem Gold gedeckt zu sein schienen.

Fobian ließ seinen beiden Gästen ausgiebig Zeit. Als er merkte, wie ihre Blicke immer mehr um das Burgtor kreisten, sagte er auffordernd: »Nahah? Es gefällt euch wohl?«

Dorit und Luis überboten sich mit bewundernden Ausrufen:

»Es ist das schönste ...«

»... das prachtvollste ...«

»... das herrlichste ...«

»... das vollkommenste Schloss der Welt!«

»Wem gehört es?«, fragte Luis.

»Euch«, antwortete Fobian knapp, machte eine kurze Pause, bis sich die Überraschung der beiden gelegt hatte, und fügte hinzu: »Das heißt, wenn ihr mir einen kleinen Gefallen tut.«

»Jeden!«, rief Luis gierig aus.

Fobian drückte auf den Knauf seines Stockes. Eine Fallbrücke senkte sich. Luis wollte schon loslaufen. Doch da sah er, dass ein goldenes Portal den Eingang versperrte. Ohne zu zögern griff er in seinen Rucksack, holte einen der Gesteinsbrocken heraus und reichte ihn Fobian. »Da! Reicht das?«

Der Kaiser lächelte. »Das kann ich nicht von dir verlangen, Luis. Ich denke, du wolltest es mir nicht geben!«

»Oh, bitte nehmt es!«, flehte Luis. »Es bedeutet mir nichts. Gar nichts. Nehmt es nur. Ich bitte Euch.«

»Hab ich's doch gewusst!«, triumphierte der Kaiser und griff schnell zu. Und nach einem zweiten Druck auf den Knauf seines Stockes öffnete sich das Portal und der Weg war frei. Luis ergriff Dorit am Arm. Er wollte schon mit ihr losrennen, als der alte Kaiser sie noch einmal daran hinderte. »Halt!«, rief er. »Eines müsst ihr noch wissen, bevor ihr euer neues Heim bezieht.«

»Nun sagt schon!«, brüllte Luis zurück, der kaum noch zu halten war.

»Dieses Schloss – euer Schloss, Luis – hat ein kleines Geheimnis, das ihr kennen solltet.« Mit kurzen Schritten trippelte er auf sie zu und erklärte: »Ihr müsst nämlich wissen: Alle Türen in diesem Schloss stehen euch offen.

Alle! Bis auf eine. Sie ist verschlossen. Durch die dürft ihr nicht treten. Sie ist euch verboten. Verstanden? Dann lebt wohl!«

Dorit und Luis hatten gar nicht richtig zugehört. Sie stürzten durch das Portal. Und als sie in die riesige Eingangshalle des Schlosses kamen, als sie sahen, wie viele Türen es dort gab, Türen, die in andere Zimmer führten, in denen es wieder viele Türen gab, die hierhin, dorthin und immer weiter führten – als sie all dies bemerkten, da hatten sie das Verbot des alten Kaisers längst vergessen.

Unzählige Türen hatten sie geöffnet und durchschritten. Hatten das ganze Schloss gesehen. Große Zimmer, kleine Zimmer. Kammern. Gemächer. Säle. Es war wie ein Rausch. Jeder Raum war noch schöner als der vorherige. Kaum hatten sie einen Raum betreten, hatten ihn bewundert, geglaubt, dass es nie etwas Schöneres, Vollkommeneres geben könnte, da verblasste er schon wieder. Neue Türen lockten. Neue Räume luden ein. So dauerte es mehrere Stunden, bis sie das ganze Schloss durchwandert hatten. Bis sie jede einzelne dieser goldenen Türen kannten, hinter denen sich ein Himmelreich verbarg, das zerplatzte, sobald sie in den nächsten Raum gelangten.

Nur eine Tür hatten sie noch nicht durchschritten. Sie war nicht golden, sondern strahlte in kaltem Auranthrazit. Und sie war auch nicht offen. Sie war verschlossen. Aber der Schlüssel steckte im Schloss. Dorit und Luis sahen sich an.

»Zu!«, meinte Dorit.

»Dann schließ auf!«

»Aber wenn es doch verboten ist?«

»Denk nach! Wer war es denn, der es uns verboten hat?«

»Der Kaiser höchstpersönlich. Fobian der Letzte.«

»Und? Ist er unser Feind oder unser Freund?«

Dorit überlegte kurz, bevor sie antwortete: »Unser Feind?«

»Na, also. Und weil er unser Feind ist, will er ganz bestimmt nicht unser Bestes. Ich bin mir absolut sicher, dass er uns deshalb verboten hat, durch diese Tür zu gehen.«

»Du meinst …?«

»Natürlich! Hinter dieser Tür wartet das Beste erst noch auf uns!«

»So ist das also!«, meinte Dorit und griff nach dem Schlüssel. »Er wollte uns nur täuschen!« Ganz leicht ließ sich der Schlüssel im Schloss drehen. Ohne dass sie den geringsten Widerstand spürte, schob sich der Riegel zurück und die Tür sprang auf.

Ein lieblicher Duft strömte ihnen entgegen. Ihnen war, als würden süße Stimmen eine Begrüßungshymne für sie anstimmen. Voll freudiger Erwartung stießen sie die Tür ganz auf. Traten ein. Blickten sich um. Sahen es: das auranthrazitfarbene Schloss mit seinen runden Türmen, deren Zinnenkränze wie kostbare Kronen wirkten.

Und wieder wunderten sich Dorit und Luis nicht, dass dieses Schloss weit größer zu sein schien als das erste, in dem es sich doch befand. Sie suchten nur nach dem Portal, hatten es gefunden, gingen darauf zu und wurden von einer ihnen wohl bekannten Stimme aufgehalten: »Nahah? Es gefällt euch wohl?«

Der alte Kaiser hatte sich durch die verbotene Tür gezwängt, hatte sie leise hinter sich geschlossen, sodass es kein Zurück mehr gab. Mit zufriedenem Lächeln nahm er die Huldigungen seiner Gäste entgegen, die abwechselnd riefen:

»Es ist das schönste ...«

»... das prachtvollste ...«

»... das herrlichste ...«

»... das vollkommenste Schloss der Welt!«

»Wem gehört es?«, fragte Luis.

»Euch«, antwortete Fobian wie schon einmal. Und wieder fügte er hinzu: »Natürlich nur, wenn ihr mir einen kleinen Gefallen tut. Versteht sich!«

»Welchen Ihr wollt!«, jubelte Luis, griff in seinen Rucksack und reichte Fobian das zweite Herzstück der Megamaschine von Argentia.

Wieder öffnete der Kaiser das Portal per Knopfdruck. Und wieder warnte er seine Gäste: »Ihr könnt euch wohl denken, dass auch dieses Schloss ein kleines Geheimnis hat!« Wieder hörten die beiden ihm kaum zu, als er erklärte: »Auch in diesem Schloss ist eine einzige Tür verschlossen. Sie dürft ihr nicht durchschreiten. Sie ist euch verboten. Also haltet euch daran. Wenigstens diesmal!«

Er hatte noch nicht ganz ausgesprochen, da liefen Dorit und Luis schon durch die mächtigen Flügeltüren des Portals. Der Empfangssaal erschien ihnen noch prunkvoller, noch größer als jener des ersten Schlosses. Und noch mehr Türen führten in Zimmer, in denen wieder zahllose Türen waren, sodass sie viel mehr Zeit brauchten, um es zu durchwandern.

Jeder Raum, den sie betraten, versetzte sie in größere Verzückung. Ihre Begeisterung ließ aber sofort nach, wenn sie weitere Türen erblickten, die in immer neue Zimmer führten. Schließlich hatten sie so viele Türen durchschritten, dass ihnen eines gar nicht aufgefallen war: Manche Zimmer hatten sie zwei-, drei- und viermal betreten. Da sie aber immer durch eine andere Tür hineingelangt waren, hatten sie die Zimmer jedes Mal aufs Neue entdeckt. So war ihnen völlig entgangen, dass dieses Schloss viel weniger Räume hatte als das erste. Und sie hielten es nach wie vor für größer und prachtvoller, als sie zur letzten Tür kamen, die in silbernem Argentan erstrahlte. Wieder war sie verschlossen. Wieder steckte ein Schlüssel im Schloss. »Es ist verboten!«, mahnte Dorit.

»Na, und? Das war es vorhin auch!« Und damit entriegelte Luis die Tür und stieß sie auf.

Ein Schloss mit argentanfarbenen Mauern erwartete sie. Es wirkte noch größer als das zweite, seine Dächer waren noch höher, die Türme noch zahlreicher. Aus den Fenstern hingen Fahnen. Ein roter Läufer war vor dem Portal ausgerollt worden, das jedoch, wie bei allen anderen Schlösser zuvor, verschlossen war.

»Es gefällt euch wohl sehr?«, erkundigte sich Fobian auch diesmal. Er schien keineswegs böse zu sein, dass sich die beiden nicht an seine Anweisungen gehalten hatten.

Und wieder taten Dorit und Luis abwechselnd ihre Begeisterung kund:

»Es ist das schönste ...«

»... das prachtvollste ...«

»... das herrlichste ...«

»... das vollkommenste Schloss der Welt!«

»Wem gehört es?«

»Euch«, antwortete Fobian. »Vorausgesetzt, ihr tut mir einen kleinen Gefallen.«

»Jeden!«

Und so entlockte Fobian seinen beiden Gästen den

letzten Stein, warnte sie vor der verbotenen Tür und ließ sie gleich darauf das Schloss betreten.

Und sie entdeckten viele Türen, durch die sie schritten. Alles war so verwirrend! Sie merkten gar nicht, dass die Türen immer in dieselben Räume führten. Denn diesmal waren es noch weniger Zimmer – nur sieben an der Zahl, die sie immer wieder aufs Neue erkundeten. Stunde reihte sich an Stunde. Wieder kamen sie zur verbotenen Tür. Sie war aus feinstem Sand. Und sie war verschlossen.

Luis nickte Dorit einfach nur zu und öffnete die Tür. Es hatte inzwischen so gar nichts Verbotenes mehr, was sie da taten. Und es schien das Selbstverständlichste auf der Welt, dass sie dieses Sandschloss, das sie da sahen, gleich betreten würden.

»Gefällt euch auch dieses Schloss?«, fragte Fobian, der ihnen wieder gefolgt war.

»Es ist das schönste …«

»… das prachtvollste …«

»… das herrlichste …«

»… das vollkommenste Schloss der Welt!«

»Schade!«, heuchelte Fobian. »Schade, dass es euch so gefällt. Denn ich glaube, ihr habt nichts mehr, womit ihr mir einen Gefallen tun könnt.«

Erschrocken öffnete Luis seinen Rucksack, drehte ihn auf den Kopf. Doch außer ein wenig Wüstensand und den leeren Wasserschläuchen fiel nichts heraus.

»Schade!«, wiederholte der alte Kaiser und tat so, als wollte er sich abwenden.

Luis sah gierig auf das Schloss, rief: »Können wir denn gar nichts für Euch tun? Gibt es nichts, was Ihr noch nicht habt?«

Fobian sah Luis mit gespieltem Erstaunen an. »Ich – sammle – Dinge!«

Luis war entsetzt. »Aber ich habe keine Dinge mehr!«

Fobian warf einen kurzen, scharfen Blick auf Dorit. »Oh, doch. Das hast du!« Mehr sagte er nicht. Und mehr brauchte er auch nicht zu sagen.

Luis sah Dorit stumm an. Er spürte einen Schmerz, so stark, wie man ihn körperlich nie empfinden kann. Es war, als wäre Dorit ein Teil von ihm, den man versuchte gewaltsam zu entfernen. Nur war dieser Teil kein Arm, kein Bein und keine Hand, die man hätte amputieren können. Dieser Teil von ihm steckte in jeder einzelnen Zelle seines Körpers. So tat es auch überall weh und es war ein Schmerz, der nie im Leben nachlassen würde. »Nehmt mich!«, sagte er.

Der alte Kaiser sah Luis an, als spräche er in einer fremden Sprache. »Was – hast – du – gesagt?«

»Ihr habt schon richtig gehört. Lasst sie laufen. Und nehmt mich!«

»Das ist nicht dein Ernst!«

Es war nicht Fobian, der dies gesagt hatte. Es war Dorit. »Luis! Lieber! Bitte nicht! Lass uns gemeinsam …«

Doch Luis ließ Dorit nicht ausreden. Er wusste, dass sie Fobian keine Zeit zum Überlegen lassen durften. Sie mussten ihn überrumpeln. Also brüllte er Fobian entgegen: »Ihr nehmt mich! Verstanden? Mehr könnt Ihr nicht kriegen! Es ist Euer größter Triumph, dass sich ein Mensch freiwillig in Eure Hand begibt. Versteht Ihr endlich? Ihr werdet unsterblich durch mich! Abgemacht?«

Fobian sah abwechselnd auf Dorit, dann auf Luis. Er überlegte, ob das ein gutes Geschäft war, auf das er sich da einließ. Konnte er nicht beide haben?

Luis schien seine Gedanken zu erraten: »Nein, das könnt Ihr nicht. Nur einen von uns werdet Ihr bekommen. Wenn Ihr sie nehmt, dann sterbe ich lieber, als dass

Ihr mich auch noch kriegt. Ich hänge mich auf! Ich halte so lange die Luft an, bis ich tot bin. Dann habt Ihr gar nichts mehr von mir! Also lasst sie laufen!«

Luis packte Dorit bei der Hand. Sie wollte widersprechen. Doch Luis besänftigte sie, flüsterte ihr zu, dass sie ihm vertrauen solle. Dass er wisse, was er tue. Dass er sich ebenfalls in Sicherheit bringen werde. Sie müsse nur auf ihn hören.

Inzwischen war der Kaiser zu einem Entschluss gekommen. »Also gut«, schnarrte er.

»Und Ihr lasst sie wirklich laufen?«

»Du hast mein Wort!«

»Das reicht mir nicht! Woher soll ich wissen, was Euer Wort wert ist?«

»Genug! Du kannst dich darauf verlassen!«

»Und wie kommt sie aus diesen Schlössern wieder hinaus auf die Plattform!«

»Sie muss nur durch die verbotenen Türen gehen!«

»Und wie kommt sie vom Turm wieder hinunter?«

»Der Fahrstuhl ist oben! Sie braucht nur einzusteigen.«

»Wie kommt sie hinein?«

Der Kaiser hob seinen Stock. »Die Fernbedienung funktioniert auch von hier!«

»Also gut! Wir warten zehn Minuten. Dann öffnet Ihr die Tür und lasst sie hinab.«

Der Kaiser sah noch einmal auf die weinende Dorit, als würde er sich von einem kostbaren Gegenstand trennen müssen und sagte: »Abgemacht!«

Luis atmete tief durch. Der Griff, mit dem er Dorits Hand umklammerte, wurde zärtlicher. Er hatte gedacht, dass es ihn zerreißen würde, von Dorit Abschied zu nehmen. Aber da war eine innere Stimme, die ihm sagte, dass er sie wiedersehen würde. Die ihm versicherte, dass ihn nichts, aber auch rein gar nichts von ihr trennen konnte. So sagte er mit fester Stimme: »Glaub mir! Wir sehen uns wieder!«

Dann gab er ihr einen Kuss auf die Stirn, wollte sie sanft nach draußen drängen. Doch sie zog ihn an sich, küsste ihn auf den Mund, die Wangen, die Augen. Ihre Hände fuhren über seinen Rücken, die Schultern, den Kopf, das Haar. Für Sekunden, die wie eine Ewigkeit schienen, versanken sie ineinander, in ihren gemeinsamen Erinnerungen und der Zukunft, die sie miteinander hatten verbringen wollen.

Sie wussten nicht, wie lange dieser Moment dauerte, bis sie eine kalte Stimme daran erinnerte: »Noch sieben Minuten!« Es war Fobian.

»Schnell!«, sagte Luis, löste sich mit einer unheimlichen Kraftanstrengung von Dorit und schob sie sacht, ganz sacht nach draußen. Noch einmal sah er durch den Türspalt in ihr Gesicht, als müsste er es sich für alle Ewigkeiten einprägen. Dann fiel die Tür ins Schloss.

»Bist du nun zufrieden?«, schnarrte der alte Kaiser, nachdem er Dorit per Knopfdruck das Portal der Babelsburg geöffnet hatte.

Obwohl sich Luis selbst in tödlicher Gefahr befand, war er beruhigt. Er hatte Dorits Flucht beobachten können. Denn der Kaiser hatte einen kleinen Monitor an seinem Stab ausgeklappt, auf dem zu erkennen gewesen war, wie das Mädchen aus dem fensterlosen, grauen Bau lief und kurz darauf entsetzt stehen blieb, um sich nach Renée zu bücken, die mit verrenktem Leib auf dem Boden lag. Luis war zusammengezuckt, hatte innerlich laut aufgeschrien, dass Dorit weiterlaufen solle. Erst als sie im Fahrstuhl verschwunden und die Babelsburg hinabgeschwebt war, hatte er aufgeatmet. Und als sie endlich durch den langen Gang gerannt war, hatte er eine Dankbarkeit gespürt, die ihn befremdete, weil er nicht wusste, wem er sie schuldete.

Gnadenlos schaltete Fobian den Monitor aus.

»Nicht!«, stammelte Luis voller Sehnsucht. »Sie ist noch gar nicht ganz draußen! Ich muss doch sehen, wie sie die Burg verlässt!«

Doch da hatte der Kaiser den Bildschirm schon wieder verstaut und sagte: »Papperlapapp! Den Rest wird sie auch noch schaffen. Kommen wir endlich zu dir!«

Und Luis wagte nicht zu widersprechen.

Mit seinem schleppenden Gang humpelte Fobian auf das Portal des Sandschlosses zu. »Komm nur, komm!«, forderte er Luis auf und öffnete die Tore. Doch als der Junge hindurchtreten wollte, hielt er ihn an der Schulter zurück und meinte: »Es ist diesmal genau umgekehrt.«

»Was wollt Ihr damit sagen.«

Der Kaiser lachte. »Diesmal gibt es nur eine Tür, durch die du schreiten darfst. Alle anderen sind dir verboten.« Mit einer Kraft, die man dem Greis nicht zugetraut hätte, stieß er Luis in die Empfangshalle des Schlosses.

Völlig entgeistert sah sich Luis um. Hunderte von Türen führten aus diesem Raum hinaus. Und in jeder dieser Türen steckte ein Schlüssel. Ein winziges Fünkchen Hoffnung begann in Luis zu glimmen. Was, wenn er diesmal dem Befehl des Kaisers folgte? Wenn er die verbotenen Türen wirklich nicht öffnete. Wenn er nur die eine erlaubte durchschritt. Hektisch sucht er den Raum ab und entdeckte sie tatsächlich. Erkannte sie an ihrer sandigen Oberfläche und daran, dass kein Schlüssel in ihr steckte. Entschlossen ging er auf sie zu.

Ja, so musste es sein! Es war alles nur eine Prüfung.

Der Kaiser wollte ihn auf die Probe stellen. Sie hätten niemals durch die verbotenen Türen gehen dürfen. Aber jetzt war ja alles gut. Noch einmal würde er nichts tun, was ihm strikt untersagt war. Seine Hoffnung wuchs. Voller Zuversicht fasste er nach der Klinke, drückte sie hinunter und trat in einen hohen Raum. Zutiefst beeindruckt sah er sich um. In der Mitte des sonst völlig leeren Saales befand sich ein rechteckiger Marmorblock. An jeder der vier Ecken dieses Quaders ragte eine verzierte Säule auf. Zusammen trugen sie ein goldenes Dach, das die Form eines geschwungenen Baldachins hatte.

Fobian, der hinter Luis durch die Tür getreten war, hatte seinen neugierigen Blick bemerkt. »Ja, Luis«, sagte er. »Du bist am Ziel deiner Reise angekommen. Es gehört dir!«

Luis wusste nicht, worüber er mehr erstaunt sein sollte: über die unglaubliche Schönheit dieses Prunkstücks oder die Tatsache, dass es ihm gehören sollte.

»Es wird Zeit, dass du es betrittst.«

Luis war irritiert. Die Stimme des alten Kaisers klang so gütig. Und trotzdem war der Hoffnungsschimmer verglüht. Er wusste nicht warum. Um Zeit zu gewinnen, blickte er sich weiter um. So bemerkte er, dass es in diesem Raum nur zwei Türen gab: die eine, durch die sie hereingekommen waren, und eine andere, die fast völlig von dem Marmorblock verdeckt wurde. »Wo führt diese Türe hin?«, fragte er.

Es war ein leichtes Beben in Fobians Stimme, als er allzu bereitwillig erklärte: »Ach die! Das ist der alte Passato. Der führt nirgendwo hin.«

Luis warf einen kurzen Blick auf die unscheinbare Holztür, die aus einer anderen Zeit zu stammen schien.

Er las den antiken Schriftzug: »Passato« und beschloss nicht weiter nachzufragen. Scheinbar befriedigt wandte er sich wieder Fobian zu und meinte: »Also gut. Was verlangt Ihr von mir. Was soll ich tun?«

Fobian beruhigte sich wieder. In aller Seelenruhe zeigte er auf den Steinquader und auch jetzt klang es fast sanftmütig, als er sagte: »Steig einfach auf den Altar und warte. Es wird sich alles finden.«

Luis ging mit unsicheren Schritten auf den Marmorblock zu. Stieg die drei Stufen hinauf. Kletterte auf den Sockel.

»Stell dich richtig hin!«, befahl der Kaiser.

Luis wusste nicht, was Fobian meinte. Also stellte er sich so hin, wie es ihm am bequemsten war.

»Stehst du gut?«

Luis nickte.

»Also gut. Dann bitte nicht mehr bewegen!« Der alte Kaiser lachte laut auf. Wie ein Kind tanzte er um den Stein herum. Luis sah ihm verständnislos zu. Wollte sich nach dem Greis umdrehen. Da erlebte er eine böse Überraschung: Er versuchte sein Bein zu bewegen, aber ihm war, als hätte er zentnerschwere Bleiklötze an den Füßen. Keinen Schritt konnte er mehr machen! Dafür merkte er, wie eine unheimliche Kälte seine Beine hochkroch. Er drehte den Kopf, wenigstens das war ihm noch möglich, und schaute an sich hinunter.

Er sah, wie ein kalter Sand um seine Füße, seine Beine wehte und sich wie eine Betonschicht darauf niederließ. Für einen Moment war er völlig fassungslos. Er schaute bei seiner eigenen Versandung zu, als würde es mit einer fremden Person geschehen: Bauch und Brust wurden von Sand bedeckt, der gleich darauf hart wie Stein war. Erst als die kalte, körnige Masse seinen Kopf fast erreicht hatte, ahnte er, was mit ihm geschah. Er hob den Kopf zum Himmel. Brüllte: »Was habt Ihr mit mir vor? Was geschieht mit mir?« Mit schwerfälligen Bewegungen versuchte er den Sand abzuschütteln.

»Nicht bewegen! Nicht bewegen!«, schrie der Kaiser. »Du wirst so schön. So wunderwunderschön! Ein echtes Kunstwerk! Das schönste Ding, das ich je besessen habe!«

Luis fühlte sich, als wäre er in eine Betongrube gefallen. Obwohl er krampfhaft versuchte sich zu bewegen, schloss sich eine immer festere Sandschicht um seinen Körper. Mit einer unheimlichen Kraftanstrengung kippte er von einem Bein aufs andere. Geriet gefährlich ins Wanken, bekam immer mehr Schräglage, sodass der Kaiser schrie: »Nicht! Nicht doch! Was tust du?«

Doch da war es schon geschehen. Wie eine Statue kippte Luis um, fiel auf den Altar, drehte sich behäbig ein Mal um die eigene Achse und stürzte auf den Saalboden. Er war so sehr mit Sand bedeckt, dass er überhaupt keine Schmerzen empfand. Er merkte nur, wie dicke Gesteinsbrocken von ihm abfielen und seine Gliedmaßen wieder etwas gelenkiger wurden. Er hörte die Schreie des Kaisers. Sah die Tür. Las die Aufschrift: »Passato!« Hatte er es nur gelesen oder laut herausgebrüllt?

Mühsam rappelte er sich auf. Wieder sammelten sich dicke Sandschichten auf seinem Körper. Sie schienen von nirgendwoher zu kommen. Sie drangen in die Risse, die bei seinem Sturz entstanden waren. Und machten ihn immer unbeweglicher. Ihm blieb keine Zeit mehr, nachzudenken. Er wankte auf die Tür zu. Hatte sie nach ewigen Zeiten erreicht. Sein schwerer Arm sank auf die Klinke.

»Niiiiiicht!«, kreischte Fobian so laut, dass es ihn fast zerriss.

Die Tür flog auf. Ein eisiger Wind schlug Luis entgegen. Er drehte den Kopf. Oder drehte er den ganzen Körper, weil sein Hals schon versteinert war? Er schaute nach draußen und wusste sofort, dass dies die hintere Wand des Trugschlosses sein musste, die an die alles umspannende Kuppel stieß.

Er sah die Wolken, die an der Spitze der Babelsburg vorbeizogen. Sah über sich die tiefblaue Atmosphäre des Himmels. Wusste, dass er einen Ausweg gefunden hatte. Nur was für einen! Er hörte wieder die Schreie des Kaisers wie aus einer fernen Welt an sein Ohr dringen. Und dabei stand Fobian direkt neben ihm und versuchte ihn zu halten. »Mein Ding! Mein Ding!«, hörte er den Greis brüllen.

»Nie!« Zu mehr konnte Luis seine Lippen nicht mehr bewegen. Mit einer letzten Kraftanstrengung schaffte er es, sein Gewicht über die Fußspitzen nach vorne zu verlagern. Weit streckte er die Arme aus. Als wären sie Flügel und er könnte damit fliegen. Doch das waren sie nicht. Und so stürzte er, als er sich durch die Tür fallen ließ, wie ein Stein in unendliche Tiefen. Er hörte noch, wie der König einen entsetzlichen Schrei ausstieß, der aber sofort von den Fallwinden erstickt wurde.

Nur seine Fähigkeit, zu denken, wurde seltsamerweise von nichts erstickt. Während er der Erde entgegensauste, war ihm, als würde er mit nie gekannter Schärfe denken können. So bemerkte er, wie die immer wärmer werdenden Wolken ihm den Sand vom Körper wuschen. Er bewegte Arme und Bein und freute sich daran, dass er Fobian entkommen war. Und da war noch etwas: Er hatte keine Angst!

Selbst dann nicht, als er die Wolken durchbrach und sah, wie weit die Erde noch entfernt war. Selbst dann nicht, als er von warmen Winden weit vom Turm weggetrieben wurde. Selbst dann nicht, als er irgendwo auf dem Boden ein goldgelbes Licht entdeckte. Verwundert fragte er sich, ob er wohl das Bewusstsein verloren hatte. Sah dem Licht entgegen. Erkannte, dass es sich dabei wohl um ein Fenster handelte, durch das die Sonne schien. Es kam immer näher. Rasend schnell musste er sein. Und doch kam ihm sein Tempo ganz gemächlich vor.

In der Mitte des Fensters entdeckte er eine Taube. Dort, wo das Licht am hellsten war. Oh, war dieses Licht warm und behaglich! Vollkommen beruhigt flog er auf das Fenster zu. Im selben Moment, als er es erreichte, ging das Licht aus.

Viertes Buch

Die Welt der Undinge

Das Fenster im Nichts

Luis konnte sich nicht erinnern, wie er sich das Nichts vorgestellt hatte. Hatte er es sich überhaupt jemals vorgestellt? Als er klein war, so entsann er sich, hatte er immer geglaubt, dass man, wenn man die Augen schloss, nichts sah. Später hatte er gemerkt, dass dies nicht stimmte. Manchmal, wenn man die Augen zumachte, sah man etwas Schwarzes. Wenn man aber zuvor in die Sonne geschaut hatte, dann war es hell. Ein gelber Punkt, der erst langsam verglühte. So war ihm aufgefallen, dass alles, was man mit geschlossenen Lidern sah, davon abhing, wo man den Augenblick zuvor hingeschaut hatte. Daran hatte er eine ganze Zeit geglaubt. Erst als er die Fähigkeit erlangt hatte, sich an seine Träume zu erinnern, veränderte sich diese Ansicht wieder. Und er war zu der Erkenntnis gelangt, dass all das, was er sah, letztlich in seinem Kopf entstand.

Und diesen Kopf glaubte er nun fürchterlich anstrengen zu müssen, um in diesem Nichts auch nur irgendetwas zu erkennen. Das Nichts war weder schwarz noch weiß, noch hatte es irgendeine andere Farbe. Er versuchte es mit Sprache zu beschreiben. Denn das schien das Einzige zu sein, was ihm noch geblieben war.

Dieses Nichts war, als befände man sich in kristallklarem Wasser, das aber nicht durch ein Flussbett strömte oder in einem See ruhte, was ihm Farbe gegeben hätte. Als wäre da nur Wasser. Farblos, durchsichtig und klar wie ein Diamant – ein flüssiger Diamant.

Luis wollte sich die Augen reiben. Wollte den Arm heben. Doch es ging so leicht! So unheimlich leicht, dass er gar nicht wusste, ob er überhaupt einen Arm hatte. Er wollte ihn sich anschauen. Aber da war kein Arm! Da war nichts. Rein gar nichts. Das Nichts war so groß, so allgegenwärtig, dass er daran zweifelte, ob er überhaupt noch so etwas wie Augen hatte. Doch ganz in der Nähe entdeckte er etwas, was er eigentlich nur mit seinen Augen hätte sehen können. Dieses Etwas war gelb. Es war gläsern. Und es war ein Fenster, das völlig frei in diesem Nichts schwebte.

Luis erinnerte sich an seinen Sturz aus der Babelsburg. Unendlich lange schien das her zu sein. Als er der Erde schon ganz nahe gekommen war, hatte er auch dieses Fenster gesehen. Er wollte auf es zugehen. Es sich näher anschauen. Aber da stellte er fest, dass da nichts war, mit dem er hätte gehen können. Jedenfalls keine Beine, die er sah. Ihm wollte übel werden. Doch da schien kein Körperteil, kein Bauch zu sein, in dem ihm hätte übel werden können. Also sah er nur zu dem Fenster hin. Wollte näher kommen und merkte im selben Moment, dass er sich tatsächlich darauf zubewegte.

Mit was auch immer ging er auf das Fenster zu. Oder war es das Fenster, das sich auf ihn zubewegte? Er wusste es nicht. Er sah nur, wie die gelbe Scheibe, die von bronzenen Figuren umgeben war, immer größer wurde. Wie sie ihm so nahe kam, dass er sie gleich mit der Nasenspitze berühren musste, wenn er überhaupt noch eine hatte.

In der Mitte der Scheibe erkannte er die Taube, die von Wolken umgeben war. Er nahm sich keine Zeit, das Glas genauer zu betrachten. Denn jetzt hatte er entdeckt, dass man durch das Fenster hindurchschauen konnte. Und das, was sich dahinter verbarg, war kein Nichts mehr. Er blickte in einen großen Raum, der menschenleer war. Der Raum war lang gestreckt, fast wie ein Schiff, und so dunkel, dass er nichts Genaues erkennen konnte.

Also versuchte er an dem Fenster vorbeizusehen. Um es herumzugehen. Es war verrückt: Er ging! Zumindest fühlte es sich so an, als würde er gehen, auch wenn seine Beine unsichtbar waren.

Langsam, ganz langsam bewegte er sich um das Fenster herum. Kam auf die andere Seite. Erschrak. Denn hier war nichts mehr von dem zu erkennen, was er durch das Fenster gesehen hatte. Nur die spiegelverkehrte Oberfläche des Glases: die Taube, die Wolken und um all das herum der bronzene Reigen aus Gestalten, die mitten in der Bewegung erstarrt waren.

Luis versuchte von dieser Seite aus durch das Fenster zu schauen. Doch er sah nur in das Nichts hinein.

Wieder ging er um das Fenster herum. Sah hindurch, sah in diesen dunklen Raum, der da war und doch nicht da war, wenn er auf die andere Seite des Fensters kam. So kreiste er die ganze Zeit um dieses Fenster und konnte nicht davon lassen, weil es doch der einzige Anhaltspunkt in diesem Nichts war.

Wieder einmal war er auf jener Seite angekommen, auf der sich eigentlich der dunkle Raum hätte befinden müssen.

Endlich nahm er sich etwas mehr Zeit. Betrachtete das Glas genau. Studierte es. Da entdeckte er unterhalb der Taube eine Inschrift. Er las und war gleichzeitig erleichtert, dass er überhaupt noch lesen konnte. Auf dem Fenster stand:

Es wird der bleiche Tod mit seiner kalten Hand
Dir endlich mit der Zeit um deinen Körper streichen
All was du je besessen hast, es wird verbleichen
Dein ganzes Hab und Gut wird werden kalter Sand.

Er las und las und las noch einmal. Die Schrift hatte etwas Bedrohliches für ihn. Er wusste nicht sofort warum. Ganz dunkel fühlte er sich an etwas erinnert, das ihn quälte. Etwas, das danach verlangte, gefunden zu werden. Er war sich sicher, absolut sicher, dass er diese Strophe schon einmal gehört hatte. Er blätterte in seinem Gedächtnis wie in einem Buch, das sein Leben geschrieben hatte. Seite für Seite. So fand er endlich das Kapitel, in dem sie stand, fand die Stelle, las in Gedanken:

»Auriel machte einen erschrockenen Schritt zurück. Wieder trat eine gespenstische Stille ein. Dann fing Pankrazius an, in einem wahren Grabgesang zu verkünden: Es wird der bleiche Tod mit seiner kalten Hand …«

Kein Zweifel! Es waren exakt die Worte, die Professor Pankrazius im Palast von Auranus dem Starren verkündet hatte. Noch während er dies dachte, bewegte er sich bereits wieder um das Fenster herum. Er hatte so eine Ahnung, die fast schon eine Gewissheit war. Er war jetzt wieder auf jener Seite des Fensters angekommen, durch die er in den dunklen Raum schauen konnte. Aber diesmal tat er es nicht. Er suchte nach den Buchstaben, die unter der Taube standen, fand sie und las:

Dann ist es aus mit deiner falschen Pracht
Was von dir endlich ist, wird endlich untergehen
Nur das, was Geist hat, bleibt für alle Zeit bestehen
Nur das ist für die Ewigkeit gemacht.

Wieder durchsuchte er sein Gedächtnis. Er wusste, dass noch nie jemand diese Strophe zu ihm gesprochen hatte. Und doch schienen beide Strophen so eng zusammenzugehören wie Leben und Tod. Er umkreiste das Fenster noch mehrere Male. Bis er das Gedicht auswendig konnte.

Erst als er ganz sicher war, dass er niemals ein einziges Wort davon vergessen würde, wandte er sich wieder dem Fenster zu: dem Glas, der Taube, den Wolken und dem Raum, der auf der anderen Seite war und doch nicht war. Am liebsten hätte er das Fenster zerschlagen. Er hob schon die Hände. Oder bildete er es sich nur ein? Denn er konnte ja nichts erkennen! Da war ja nichts, das wie seine Hände ausgesehen hätte.

So harrte er vor dem Fenster aus, das der einzige Punkt in diesem Nichts war, an dem er sich orientieren konnte. Er wagte nicht daran zu denken, sich von diesem Fleck zu entfernen. Stierte sehnsuchtsvoll durch die Scheibe hindurch in den dunklen Raum, der für ihn etwas Heimisches hatte, nur weil da überhaupt etwas war, das man erkennen konnte.

»Hallo, Luis!« Die Stimme kam aus dem Nichts. Von irgendwoher hinter ihm. Er hörte sie und fragte sich gleichzeitig, womit er sie eigentlich hörte. Die Stimme sprach weiter. Sie war ihm so vertraut, dass er sich auf einmal gar nicht mehr so einsam fühlte. »Da bist du ja endlich. Es ist so schön, dass du hier bist. Wir haben so lange darauf gewartet, dass sich endlich wieder jemand zu uns verirrt. Dass jemand den Weg findet. In unsere Welt.«

Und während sich Luis darüber klar wurde, wer es war, der da zu ihm sprach, sagte dieser Jemand: »Willkommen in der Welt der Undinge!«

»Herr Mess!«, sagte Luis und wusste nicht, womit er sprach. Wenn er sonst nichts von sich sehen konnte, dann waren da vielleicht auch keine Zunge und kein Mund, mit denen er redete.

»Ah, du hast mich also erkannt! Obwohl es so lange her ist, dass wir miteinander gesprochen haben.« Luis hatte sich inzwischen jener Richtung zugewandt, aus der Herr Mess zu ihm sprach. Wenn er erwartet hatte, Herrn Mess endlich zu Gesicht zu bekommen, dann sah er sich getäuscht. Die Stimme kam wirklich aus dem Nichts: »Du siehst nicht sehr glücklich aus, Luis.«

»Wie seh ich denn aus?«, fragte Luis, der kaum mehr wusste, ob er überhaupt noch irgendwie aussah.

»Gut!«, antwortete Herr Mess lapidar. »Du siehst gut aus. Aber, ähem, ich vergaß, du kannst dich ja nicht sehen. Du bist ja noch nicht so weit. Na, dann will ich dir mal ein wenig die Augen öffnen.« Luis stierte in das Nichts hinein. Doch an der durchsichtigen Umgebung wollte sich nichts ändern. Er spürte nur, dass ihm etwas näher kam, ihn umkreiste. War es ein Windzug? Ein Geruch, der von Herrn Mess ausging? Oder war es etwas ganz anderes, nur ein Gefühl? Wie aus dem Nichts sagte Herr Mess: »Du musst nämlich wissen, Luis, dass in der Welt der Undinge alles ein wenig anders ist …«

Luis wollte etwas sagen. Aber der andere ließ ihn nicht zu Wort kommen.

»In der Welt der Undinge ist alles genau andersherum. Während man in der Welt der Dinge nur die Dinge sehen kann und die Undinge unsichtbar bleiben, kann man in der Welt der Undinge nur die Undinge sehen und die Dinge bleiben unsichtbar. Kannst du mir folgen?«

Luis versuchte es. Aber es gelang ihm nicht ganz. Also fragte er: »Dinge? Du meinst damit Auran, Argentan, Gold, Silber, Bronze? Das sind doch alles Dinge, nicht?«

»Ganz recht, Luis!«

»Und ich? Meine Arme, Beine, Hände? Mein Kopf? Meine Augen? Mein Mund? All das! Sind das etwa auch Dinge?«

»Ganz recht, Luis. Dein ganzer Körper ist ein einziges Ding. Also auch deine Körperteile.«

»Und ich kann sie nur nicht sehen? Heißt das, sie sind noch vorhanden? Ich kann sie noch benutzen, auch wenn ich sie nicht sehe?«

»Die Antwort auf diese Frage kannst du dir selbst geben, Luis. Versuch einfach mal in die Hände zu klatschen!«

Luis wollte der Aufforderung nachkommen. Aber es war so schwer. Viel schwerer, als wenn man mit geschlossenen Augen versuchte in die Hände zu klatschen. Erst beim dritten Mal gelang es. Ein lautes Klatschen ertönte. Luis fuhr am ganzen unsichtbaren Körper zusammen. »So ist das also!«

»Ja, so ist das.« Und dann schwieg Herr Mess, denn er hatte bemerkt, wie erleichtert Luis war, dass mehr von ihm übrig geblieben war, als er sehen konnte.

Aufgeregt sprang Luis auf und ab, rannte hin und her. Als er endlich stehen blieb, atmete er kräftig durch und fragte mit spitzer Stimme: »Aber, Herr Mess, was sind denn eigentlich Undinge?«

Es war Luis, als hätte er ein Schmunzeln, ein ganz

leichtes Lächeln gehört. Sein Befremden über die unwirkliche Situation wuchs, als Herr Mess sagte: »Das Gegenteil von Dingen. So einfach ist das!«

»Aber was sind diese Undinge? Kannst du mir nicht ein Beispiel geben?«

»Oh, wenn du dich sehen könntest, Luis! Dann hättest du die Antwort auf deine Frage schon gefunden. Jetzt gerade musst du es doch spüren! Merkst du nicht diesen Entdeckergeist in dir? Diesen Drang, Neuland zu betreten? Spürst du das denn nicht? Nun gut, dann will ich es dir sagen! Ein Unding, mein Lieber, ist nichts anderes als der Geist, der in etwas steckt. Der auch in dir steckt! Dein Entdeckergeist ist nur einer davon. Denn du hast viele, viele andere Geister in dir. Du glaubst mir nicht? Oh, du wirst schon sehen!« Er korrigierte sich rasch: »Entschuldige, ich vergaß. Aber keine Angst, ich werde dich sehen lehren. Folge mir einfach. Folge mir!« Die Stimme wurde langsam leiser. Ununterbrochen rief Herr Mess: »Folge mir! Folge mir!«

Luis versuchte ihm hinterherzueilen. Und je länger er es tat, umso einfacher wurde es. Er musste sich nur erst daran gewöhnen, dass er weder seine Beine noch den Boden sehen konnte. An irgendetwas merkte er schließlich, dass der unsichtbare Mann Halt gemacht hatte. Wieder spürte er diesen Hauch um sich herum. War da vielleicht etwas, was er sah? Eine Farbe? Eine Luftspiegelung? Er war sich nicht sicher. Aber etwas hatte er gesehen.

Da sagte Herr Mess auch schon: »Gut. Sehr gut, Luis. Ich sehe, du machst Fortschritte. Du scheinst doch tatsächlich etwas erkannt zu haben. Aber sei getrost. Es ist nicht ganz einfach für einen Anfänger wie dich. Lass uns mit einer leichteren Übung anfangen!« Wieder kreiste die Luftspiegelung um Luis herum. Sie schien in eine Richtung zu zeigen, sagte: »Darf ich vorstellen? Vor dir befindet sich niemand Geringerer als Herr Goethe.«

Luis sah gar nichts, hörte nur den kurzen, abgehackten Satz, den der Mann sprach: »Sah ein Knab!«

Luis war erstaunt, dass ihn dieser Herr Goethe sehen konnte. Erregt sagte er: »Sie sehen mich also auch? Wie, frage ich Sie? Wie können Sie mich sehen?«

Doch der Meister wiederholte nur: »Sah ein Knab!«

Luis wunderte sich immer mehr. Fragte: »Aber was, Herr Goethe, sehen Sie da? Können Sie es mir beschreiben?«

»War so jung und morgenschön. Lief er schnell, es nah zu sehn. Sah's mit vielen Freuden.«

Luis konnte mit dem Gebrabbel nichts anfangen. Und dieser Johann Wolfgang von Goethe sollte leichter zu durchschauen sein? Luis wurde immer ungeduldiger, doch der Mann sprach monoton weiter: »Röslein, Röslein, Röslein rot, Röslein auf der Heiden.«

Da wurde es Luis zu viel. Er wandte sich an Herrn Mess: »Wer ist das? Was will er von mir? Warum hast du mich zu ihm gebracht?«

Bevor Herr Mess antworten konnte, erklang der eintönige Singsang Johann Wolfgang von Goethes: »Knabe sprach: Ich breche dich, Röslein auf der Heiden! Röslein sprach: Ich steche dich, dass du ewig denkst an mich, und ich will's nicht leiden. Röslein, Röslein, Röslein rot, Röslein auf der Heiden.«

Der Meister legte eine kurze Kunstpause ein. Das gab Herrn Mess Gelegenheit, zu antworten: »Dies, mein lieber Luis, ist das, was vom weltberühmten Dichterfürsten Goethe übrig geblieben ist. Viel ist es nicht mehr! Aber immerhin kann man noch einen seiner Geister erkennen.«

»Und welcher ist das?«, fragte Luis aufgeregt.

»Der Dienstbare Geist! Wenn du genau hinschaust, kannst du ihn erkennen! Konzentrier dich auf das, was er sagt. Und du wirst schon sehen!«

Luis folgte dem Rat. Er bündelte seine ganze geistige Kraft auf jene Stelle, von der die Stimme kam: »Und der wilde Knabe brach's Röslein auf der Heiden ...« Während Luis genau zuhörte, merkte er, dass ihm etwas an seiner Lage bekannt vorkam. Er rätselte, was es war.

Johann Wolfgang von Goethe sprach weiter: »Röslein wehrte sich und stach, half ihm doch kein Weh und Ach ...«

Die Megamaschine! Das war es, woran Luis sich erinnert fühlte: der I-Sprit, der durch die Nadeln in seinen Ohren nach draußen drang. Das Gefühl war durchaus ähnlich. Etwas nur war grundverschieden. Diesmal war es nicht, als ob der I-Sprit aus seinem Kopf herausströmte. Diesmal fühlte es sich so an, als ob der I-Sprit in ihn hineinfloss.

»Musst es eben leiden. Röslein, Röslein, Röslein rot, Röslein auf der Heiden.«

Im selben Moment, als sich Luis darüber bewusst wurde, fing er an zu sehen. In dem Nichts tauchte ein Bild auf. Erst blass und verschwommen, dann immer deutlicher und schärfer. Das Bild befand sich in einem Hohlkörper, der auffällige Ähnlichkeit mit der Form eines menschlichen Schädels hatte. Luis war sofort klar, dass es sich dabei nur um die Hülle von Goethes Gehirn handeln konnte. Und in diesem Raum war nichts anderes zu sehen als: eine Baustelle!

Da wurden von unsichtbarer Hand winzig kleine Steine aufeinander geschichtet. Schneller, als man schauen konnte, fügte sich das Mauerwerk zu Buchstaben. Die Buchstaben zu Wörtern. Die Wörter zu Sätzen. Die Sätze zu Versen: »Sah ein Knab ein Röslein stehn, Röslein auf der Heiden …«

Luis beobachtete fasziniert, wie die Wörter zusammengefügt wurden. Wie in einer Fabrik wurden sie durch den Raum transportiert. Er sah, wie sie in einen weiteren Raum wanderten, der einer Mundhöhle glich. Die Wörter rollten über ein Laufband, das entfernte Ähnlichkeit mit einer Zunge hatte. Von dort aus wurden sie wie Fertigbauteile durch eine mundförmige Öffnung nach draußen geschoben: »War so jung und morgenschön. Lief er schnell, es nah zu sehn. Sah's mit vielen Freuden.«

Luis war zutiefst beeindruckt von dieser Wörterbaustelle. Sah zu, wie die Wörter produziert wurden, noch bevor sie ausgesprochen waren. Beobachtete den Weg des Produkts bis zur Auslieferung. Und bemerkte, dass die Worte, die er hörte, fast schon etwas Langweiliges hatten, da er sie ja bereits im Hirn des Dichters gesehen hatte. »Und du meinst wirklich, dass dies der Geist von Herrn Goethe ist, den ich da sehe?«, fragte Luis ungläubig.

»Der Dienstbare Geist vom alten Goethe. Es ist der einzige Geist, der ihm noch geblieben ist. Er kann nur noch dieses eine Gedicht aufsagen. Mehr nicht!«

»Und warum nicht? Ist er ein wenig verkalkt? Ich meine, diese ganzen Bausteine im Kopf! Da kann man schon ein wenig schwachsinnig werden. Oder etwa nicht?«

Luis konnte die Zornesfalten auf der Stirn von Herrn Mess geradezu fühlen. »Pass gut auf!«, sagte Herr Mess streng. »Du denkst wohl, es liegt an Goethe selbst, dass er so einsilbig geworden ist. Ich sage dir, er kann nichts dafür. Rein gar nichts! Wir alle hier haben dasselbe Problem. Wir sind davon abhängig, woran sich die Menschen in der Welt der Dinge erinnern. Denn nur jener Geist bleibt erhalten, den sich die Menschen bewahrt haben. Und vom alten Goethe wurde nur der Dienstbare Geist bewahrt. Seinen Schöngeist, Feingeist, Schaffensgeist oder Schöpfergeist – an all das kann sich die Menschheit nicht mehr erinnern. Genauso wenig wie an seine ganze Dichtung. Die Leiden des jungen Werther. Der Götz von Berlichingen. Der Erlkönig. Das alles interessiert doch keinen mehr! Das Einzige, woran sich die Menschheit noch erinnert, ist das Heidenröslein. Und weil Herr Goethe auch einen Dienstbaren Geist in sich hatte, trägt er dieses Gedicht bis zum Erbrechen vor. So wie es von ihm verlangt wird. Immer und immer wieder!«

»Und wenn selbst das niemand mehr hören will?«, fragte Luis zaghaft.

»Dann ist der letzte Geist vom alten Goethe tot. Wie der Geist von vielen Dichtern gestorben ist. Schiller, Heine, Hesse, Mann, Dürrenmatt. Sie alle sind in Vergessenheit geraten. Niemand erinnert sich mehr an sie. Niemand weiß, dass es sie überhaupt gegeben hat. So sind sie gestorben. Denn nur das, was Geist hat, bleibt für alle Zeit bestehen.«

Luis konnte hören, wie Herr Mess tief durchatmete, bevor er fortfuhr: »Ach, Luis, was soll ich dir noch sagen? Vor hundert Jahren hättest du hier sein sollen! Da hättest du den Schöngeist von Goethe im Wettstreit mit dem Feingeist von Schiller sehen können. Wie sie miteinander gesprochen, gestritten haben und dabei immer neue Gedichte entstanden sind, von denen die Menschheit nie etwas erfahren hat. Wie ihr Schöpfergeist immer neue Werke schuf, die in keinem Buch gedruckt sind. Das alles ist längst vorbei. Schiller ist tot. Und der Geist von Goethe liegt im Sterben. Nur noch drei Menschen auf dieser Welt kennen ihn und sein Gedicht vom Heidenröslein. Doch bald werden sie ihn vergessen haben. Dann ist alles zu spät.«

Inzwischen war der alte Meister am Ende seines Gedichts angekommen. Ohne Pause zu machen war sein Geist sofort wieder zu Diensten und baute das Gedicht erneut zusammen: »Sah ein Knab ein Röslein stehn, Röslein auf der Heiden …«

Luis hörte, wie Herr Mess traurig abwinkte. »Komm nur Luis. Lass uns weitergehen. Du wirst noch viel zu sehen bekommen, glaube mir.«

»Licht! Licht. Es werde Licht!« Luis hätte nicht sagen können, wie weit sie in die Welt der Undinge vorgedrungen waren. Längst schon konnte er das goldgelbe Fenster nicht mehr erkennen, wenn er sich umschaute. Wieder schien die Stimme aus dem Nichts zu kommen: »Licht! Licht. Es werde Licht!«

»Ah. Sie sind's! Grüß Sie Gott, Herr Erfinder!« Die Stimme von Herrn Mess klang höflich distanziert. Offensichtlich hatte er einen neuen Geist ausgemacht.

Luis konnte die vorgehaltene Hand hören, hinter der ihm Herr Mess zuraunte: »Der da ist interessant. Er ist ein großer Erfinder. Er hat sich die tollsten Sachen ausgedacht. Mit seinem Erfindergeist hat er Dinge geschaffen, von der die Menschheit heute noch profitiert!«

»Und welche?«

»Licht! Licht! Es werde Licht!«, schrie der Erfinder.

Herr Mess lachte: »Du hast richtig gehört, Luis. Wenn man so will, hat er das Licht erfunden. Ich sage dir, was die Menschheit ihm alles zu verdanken hat. Er erfand den Dynamo, mit dem man Strom erzeugen konnte. Er baute die erste elektrische Lokomotive, die ersten elektrischen Straßenbahnen, Aufzüge, Glühlampen. Na, reicht das, Luis?«

»Und wie heißt dieser Mann?«

»Das kann ich dir sagen. Es war ein Herr Siemens. Werner von Siemens!«

»Nie von ihm gehört«, musste Luis zugeben.

»Das ist es ja gerade. Die wenigsten können sich an ihn erinnern. Viel zu viel von ihm ist in Vergessenheit geraten.«

»Und? Um welchen Geist handelt es sich diesmal? Auch um den Schöngeist? Den Feingeist? Und so weiter?«

»Nein! Nein! Werner von Siemens wurde von etwas anderem angetrieben. Bei ihm war es der Geist der Wissenschaft. Der Unternehmergeist. Der Pioniergeist. Der Erfindergeist. Doch an all das kann sich kein Mensch mehr erinnern. Das Einzige, was geblieben ist, ist sein Sorgenvoller Geist. Und der ängstigt ihn jetzt den lieben langen Tag, ob sein einstiges Unternehmen wohl überlebt oder nicht.«

Wieder musste sich Luis scharf konzentrieren. Wieder war es, als würde der I-Sprit in ihn hineingepumpt. Wieder fing er an zu sehen, wie der Geist in der unsterblichen Hülle des Mannes sein Unwesen trieb: Dort, wo sich Luis den Kopf vorstellte, leuchteten unendlich viele Zahlen auf, die sich aus Tausenden von kleinen Glühlampen zusammensetzten. Das Licht, das sie verbreiteten, war entweder schwarz oder rot. Luis versuchte die Zahlen zu entziffern, aber sie kamen und gingen so schnell, dass er Mühe hatte, ihnen zu folgen. Mit der Zeit erkannte er, dass es manchmal sehr viele Zahlen waren, die das Hirn des Mannes wie einen Kronleuchter erstrahlen ließen. Genauso gab es aber auch Phasen, in denen nur vier bis fünf Zahlen erschienen. Dann versuchte Luis zu lesen:

»–1,75 %«, leuchtete es rot.

»+2,38 %«, entzifferte er eine schwarze Zahl.

Dann wieder »–7,47 %« in Rot und »+0,83 %« in Schwarz.

So ging es immer weiter, ohne dass Luis die Bedeutung der Zahlen klar geworden wäre. Auf einmal wurde es wieder dunkel. Da schrie Werner von Siemens: »Licht! Licht! Es werde Licht!« Und sein Geist fing an zu arbeiten. Zahlen leuchteten auf und verschwanden wieder.

»Es ist ein Trauerspiel, was aus ihm geworden ist!«, stöhnte Herr Mess. »Früher – oh wie lange ist das her? –, da hat er hier mit seinem Freund Johann Georg zusammengesessen und diskutiert. Über die neuesten Erfindungen haben sie gesprochen. Über Mondraketen, über die Kerntechnik, über die Computertechnik und vieles mehr. Haben sich neue Erfindungen ausgedacht, von denen die Welt nie etwas erfahren hat. Das Perpetuum mobile zum Beispiel. Doch der Geist von Johann Georg ist längst in Vergessenheit geraten. Und auch an Siemens und den Geist seiner Erfindungen erinnert sich bald niemand mehr. Schade, wirklich zu schade.«

Wieder konnte Luis geradezu fühlen, wie Herr Mess angewidert wegsah. Und wieder folgte er dem Mann, der nach wie vor unsichtbar blieb. Immer sicherer bewegte er sich in diesem Land. Setzte einen Fuß vor den anderen, auch wenn er ihn nicht sehen konnte. So drangen sie tiefer und tiefer in die Welt der Undinge ein und kamen an vielen Geistern vorbei, die traurig und einsam dahinvegetierten.

Sie trafen einen Herrn Kolumbus, dem sein Entdeckergeist genommen worden war, weil sich niemand mehr daran erinnerte. Nur der Ehrgeist, ein krankhafter Ehrgeist, war dem großen Seefahrer geblieben. Und der wütete ihn ihm und machte ihn todunglücklich, sodass er nur noch eines hoffte: dass man ihn endlich vergaß.

Sie kamen an einer großen Sportlerin vorbei, die einst ein Idol gewesen war, jetzt aber nicht einmal mehr ihren Namen verraten wollte. Ihr war der Sportsgeist abhanden gekommen. Niemand in der Welt der Dinge konnte sich mehr daran erinnern. Nur ihr Kampfgeist war noch bekannt. Da sie aber in der Welt der Undinge keinen Gegner hatte, boxten in ihrer unsterblichen Hülle die Hirnzellen gegeneinander und versuchten sich zu vernichten. So lernte Luis viele kranke Geister kennen. Viele berühmte Menschen, die langsam in Vergessenheit gerieten und zu Grunde gingen.

Als sie an der zehnten, vielleicht sogar elften Persönlichkeit vorbeigekommen waren, hatte Luis leidlich gut sehen gelernt. Inzwischen war es nicht mehr nötig, dass ihm Herr Mess verriet, welchen kranken Geist sie vor sich hatten. Luis konnte sich selbst ganz gut zurechtfinden. Und meistens sprach das, was er sah, eine deutliche Sprache.

Als sie den zwanzigsten, dreißigsten Geist kennen gelernt hatten, wurde Luis immer misstrauischer. Ein dumpfes Angstgefühl regte sich in ihm. Er sagte voller Sorge: »Aber? Herr Mess? Wenn alle diese Geister in Vergessenheit geraten? Was wird denn dann aus der Welt der Undinge?«

»Nichts!«, erwiderte Herr Mess vielsagend. »Nichts. Sie geht zu Grunde. Sie stirbt. Nenn es, wie du willst!«

»Nur das, was Geist hat, bleibt für alle Zeit bestehen«,

wiederholte Luis die Worte, die Herr Mess zuvor gebraucht hatte. »Nur das ist für die Ewigkeit gemacht.«

»Ganz genau. Die Menschen sind für ihr ewiges Leben selbst verantwortlich. Wenn sie den Geist vergessen, ist es vorbei damit. Was endlich ist, wird endlich untergehen! Das weißt du doch!«

Luis nickte und fragte: »Und man kann nichts dagegen tun?«

Er hörte, wie ein zufriedenes Lächeln die Worte von Herrn Mess begleitete: »Darum, lieber Luis, bist du doch hier!«

Geist im Spiegel

»Da ist er, Herr! Habe ich Euch nicht gesagt, dass es diesmal besser gelingen würde?« Luis erkannte nicht, zu wem Herr Mess sprach. Er hatte sich inzwischen so daran gewöhnt, jeden Geist sehen zu können, dass er richtig erschrak.

Eine Allerweltsstimme, die so klang, als würden alle Stimmen dieser Welt aus einem Mund zugleich sprechen, sagte: »Ja. Das haben Sie gesagt. Ich habe es nicht geglaubt. Das muss ich zugeben.«

Jetzt war Herr Mess erschrocken. »Aber Herr. Wenn *Ihr* schon den Glauben verliert. Wer soll dann noch an irgendetwas glauben?«

»Da haben Sie Recht!«, stöhnte die Allerweltsstimme. »Aber mitunter ist es ziemlich schwer, für jemanden wie mich. In meiner Position.«

»Haltet durch, Herr! Ich habe Rettung mitgebracht. Der Geist dieses Jungen hier wird uns helfen.«

Mit seiner vielfältigen Stimme sprach der andere: »Ihr Wort in Gottes Ohr!«

»Herr, sagt so was nicht!«, mahnte Herr Mess.

Ein kurzes Schweigen folgte, sodass Luis die Gelegenheit gekommen sah, etwas einzuwerfen: »Kannst du mir endlich sagen, mit wem du da sprichst? Kannst du ihn mir nicht vorstellen? Und warum sehe ich ihn nicht? Was für ein Geist ist er?«

»So viele Fragen …«, wollte Herr Mess entgegnen.

Aber die Allerweltsstimme unterbrach ihn: »… und nur eine Antwort. Ich bin der Heilige Geist.«

Es war, als wollte das Wesen, das sich Heiliger Geist nannte, den eigenen Worten durch eine kurze Atempause mehr Bedeutung verschaffen. Es zögerte, erklärte dann aber umso bereitwilliger: »Von mir macht man sich kein Bild. Mich kann man nicht sehen. Trotzdem heiße ich dich sehr herzlich in meinem Reich willkommen!«

Der Heilige Geist! Luis hatte so etwas Ähnliches schon einmal gehört. Er konnte sich nicht mehr genau erinnern. Es war zu lange her. Er musste damals wohl noch sehr klein gewesen sein. Zumindest hatte er noch irgendwo gespeichert, dass man sich kein Bild von ihm machen sollte. »Und du, Herr Mess?«, sagte er unvermittelt. »Soll man sich von dir etwa auch kein Bild machen?«

»Ich bin sein Bote, Luis. Also gilt für mich das Gleiche wie für meinen Herrn.«

Luis wandte sich wieder an den Heiligen Geist: »Bist du hier so etwas wie der König?«

Die Allerweltsstimme lachte. »Wenn du es so sehen willst, Luis. Ja. Die Welt der Undinge ist mein Reich. Ich bin der Herr über jeden Geist, der hier wohnt.«

»Aber es sind nicht mehr allzu viele übrig geblieben, oder?«

»Nicht allzu viele«, antwortete der Heilige Geist traurig. Er machte einen so liebenswerten Eindruck, dass Luis irgendwie das Gefühl hatte, ihn aufheitern zu müssen.

»Keine Sorge«, sagte er. »Vielleicht kommt mein Geist ja auch einmal hierher, wenn ich tot bin.«

»Dein Geist ist doch schon hier, Luis!« Der Heilige Geist hatte es gesagt, als wäre es das Selbstverständlichste auf der Welt.

Luis sah in das Nichts hinein, dorthin, von wo die Stimme ungefähr kam, und merkte, wie ihm der Boden unter den Füßen weggezogen wurde. Wie hatte er so dumm sein können? Wie hatte er die ganze Zeit übersehen können, was doch unverkennbar war? Obwohl oder gerade weil es unsichtbar war! Er war ein Teil dieser Welt geworden. Wie der Dichterfürst Goethe. Wie der Erfinder Siemens. Oder der Entdecker Kolumbus. Nie! Nie wieder würde es den Luis geben, wie er einmal war. »Nie wieder werde ich so sein wie früher!«, dachte er. Oder schrie er es?

Er wollte losrennen. Irgendwohin. Nur fort. Aber da war ja nichts, wohin er hätte laufen können. Wenn er wenigstens gewusst hätte, wie er hierher gekommen war! Dann hätte er vielleicht einen Weg zurück gefunden. Heraus aus dieser Welt der Undinge. Sein unsichtbarer Kopf wollte platzen. Vor Angst! Vor Panik! Vor Verzweiflung, dass er keinen Ausweg fand.

»Wie bin ich hierher gekommen?« Er sagte es laut. Oder dachte er es nur? »Wie nur? Wie?«

Er versuchte sich zu erinnern. Dachte an seinen Sturz von der Babelsburg, bei dem er zum ersten Mal das goldgelbe Fenster gesehen hatte.

Der Heilige Geist hatte jedes Wort gehört. Seine Antwort war grausam. Er sagte: »Ganz einfach, Luis. Du bist gestorben!«

Luis wollte protestieren. Obwohl es nur so sein konnte, wie der Heilige Geist gesagt hatte. Wie hätte er den Sturz aus der Babelsburg auch überleben können? Trotzdem wollte er aufbegehren. Ihm war, als würde ihm seine eigene Sterbeurkunde vorgelegt und er müsste sie unterschreiben.

Der Heilige Geist sah, wie Luis mit sich rang. In einem unendlich beruhigenden Tonfall meinte er: »Ist ja schon gut, Luis. Hab keine Angst. Du bist zwar gestorben, aber deinen Geist hast du gerettet. Deshalb bist du doch hier!«

Und Herr Mess ließ es sich nicht nehmen, voller Stolz zu erwähnen: »Ich hab es ja gewusst. Von Anfang an habe ich es gewusst. Dass du seit unendlichen Zeiten der Erste sein würdest, der seinen Geist im Zweikampf mit Fobian rettet!«

Luis kam sich wie eine Marionette in einem großen Spiel vor. Wie eine Puppe, die erst nach dem Ende des Spiels langsam das Denken erlernte. »Ihr habt es von Anfang an drauf ankommen lassen? Ihr wolltet von Anfang an, dass ich gegen Fobian kämpfe?«

»Es blieb uns keine andere Wahl«, erwiderte Herr Mess.

»Und ihr wusstet von Anfang an, dass ich dabei sterben würde?«

»Na, na!«, versuchte der Heilige Geist zu beschwichtigen. »Das konnten wir nicht vorhersehen. Es liegt nicht in unserer Macht, zu bestimmen, was die Menschen tun.«

»Aber zu beeinflussen! Ihr habt mich doch die ganze Zeit gelenkt. Mit eurer verdammten Inneren Stimme, die ständig auf mich eingeredet hat.«

Der Heilige Geist überhörte höflich, in welch erregtem Tonfall Luis zu ihm gesprochen hatte. Er erwiderte gelassen: »Und dennoch ist das, was du getan hast, allein deine Entscheidung gewesen. Niemand hat dich gezwungen, aus Aurania zu fliehen. Niemand hat dir befohlen, in die Ewige Stadt zu reisen. Niemand hätte dich daran gehindert, nicht ins Trugschloss zu gehen. Nicht deine Steine einzutauschen. Nicht dein Leben für das von Dorit zu geben …«

»Was hätte ich denn tun sollen? Dorit verraten? Ihr Leben gegen meines eintauschen? Ist es das, was ihr wollt?«

»Nicht doch! Luis! Guter! Du hast ja alles richtig gemacht. Nur weil du dein Leben für Dorit eingesetzt hast, konntest du deinen Geist bewahren. Nur deshalb hat dich Fobian nicht zu einem Ding machen können. Nur deshalb konntest du aus dem Trugschloss fliehen …«

»Eine schöne Flucht!«, stöhnte Luis verzweifelt auf. »Seht nur, was aus mir geworden ist!«

»Wir sehen es doch bereits, Luis!«

»Aber ich nicht!«, schrie Luis. Mit Schaudern dachte er daran, dass er vermutlich so aussah wie Herr Goethe, Herr Siemens und all die anderen. Obwohl er eigentlich Angst davor hatte, sagte er: »Ich möchte jetzt endlich wissen, wie ich aussehe! Ist das nicht möglich?«

Die Antwort des Heiligen Geistes kam prompt: »Aber, ja doch! Nichts leichter als das, Luis!«

Und Herr Mess beteuerte: »Wir können dir schon helfen.«

Dann sagten sie immer abwechselnd:

»Es gibt nämlich ein Mittel!«

»Ein Mittel, mit dem du dich sehen kannst!«

»Aber dann musst du stark sein.«

»Sehr stark sein!«

»Du musst etwas tun, was noch kein Geist vor dir getan hat!«

»Willst du das?«

»Willst du das wirklich, Luis?«

»Luis? Hörst du mir überhaupt zu?«

Eine gespenstische Stille trat ein. Luis meinte am ganzen Körper zu zittern. »Warum – muss – ich – denn – stark – sein?«

Wieder überschlugen sich die Stimmen.

»Weil es wehtut!«

»Weil es Schmerzen bereitet!«

»Weil der Mensch nicht dafür gemacht ist, seinem eigenen Geist zu begegnen.«

»Im Gegenteil! Die meisten Menschen sind sehr froh, wenn sie ihren Geist nie zu Gesicht bekommen.«

»Ich muss ihn aber sehn!«, beharrte Luis.

Und der Heilige Geist antwortete: »Also gut! Wir wollen ihn übrigens auch sehen!«

»Ich denke, ihr könnt ihn bereits sehen!«, sagte Luis verwundert.

»Ja, schon!«, musste Herr Mess zugeben. »Aber auch uns bleibt einiges verborgen. Und genau das müssen wir in Erfahrung bringen. Wenn wir wissen wollen, ob du derjenige bist, den wir so sehnsuchtsvoll erwartet haben!«

Und wieder entstand der Windzug, der ihm anzeigte, dass sich Herr Mess und der Heilige Geist von ihm entfernten. Er brauchte der Woge nur zu folgen. Tat es und merkte, wie ihn der Wind bald umkreiste und hörte gleich darauf Herrn Mess sagen: »So, da wären wir!«

Luis versuchte verzweifelt etwas zu erkennen. Aber da war nichts, das auffällig gewesen wäre.

»Noch kannst du es nicht sehen, Luis. Denn noch

stehst du nicht davor. Und weil du nicht davor stehst«, erklärte der Heilige Geist, »spiegelt sich noch nichts darin. Komm näher. Ja, so ist es gut. Noch ein kleines Stück nach links. Weiter! Weiter. Stopp! Nun schau nach vorne, einfach geradeaus!«

Luis folgte dem Befehl. Es war, als wäre dieses Nichts, dieser flüssige Diamant an einer Stelle fest geworden, als würde er vor einem Spiegel stehen. Und dennoch brauchte Luis eine ganze Weile, bis er begriff, dass er es selbst war, den er da im Spiegel erblickte. Dass dieses bunte Farbengemisch sein eigener Geist sein sollte.

»Ein ziemlich unruhiger Geist!«, sagte der Heilige Geist.

»Hab ich's nicht gesagt?«, erwiderte Herr Mess.

»Ein ganz schönes Chaos!«

Luis hätte dem Heiligen Geist nur beipflichten können, wenn er einen Ton herausgebracht hätte. So starrte er schweigend in den Spiegel. Sah die kurzen, farbigen Wellen, die durch einen Hohlkörper schwappten, der eine deutliche Ähnlichkeit mit seiner Kopfform hatte. Anders als beim alten Goethe waren keine Einzelheiten zu erkennen. Es war ein buntes Mischmasch aus Farben, das da zu sehen war.

Der Heilige Geist frohlockte: »Das ist gut. Sehr gut, Luis. Bis jetzt bist du von keinem einzigen guten Geist verlassen. Das ist gut. Sehr, sehr gut!«

Und Herr Mess rief: »Ganz außergewöhnlich! Wollen doch mal sehen, ob wir ein wenig Ordnung in das Chaos bringen können!«

Während der Heilige Geist und Herr Mess weitere wohlwollende Bemerkungen machten, konnte der Junge den Blick nicht vom Spiegel wenden. Sah, wie sich die farbigen Schwingungen und Wellen munter überlagerten. Mal wurde die eine klarer, mal die andere. Mal schlugen sie stärker aus, mal schwächer.

Herr Mess erklärte geschäftig: »Einen Moment Geduld noch. Muss nur die richtige Frequenz finden!«

Luis ahnte, dass Herr Mess etwas an der Einstellung des Spiegels veränderte. So etwa, wie man an einem Bildschirm die Schärfe einstellte. Er hatte es kaum gedacht, da verschwanden mehrere Schwingungen, bis nur noch eine übrig blieb. Sie wurde dicker, füllte den ganzen Hohlkörper aus und wurde plötzlich klar.

»Ich hab's! Ich hab's!«, jubelte Herr Mess mit einem Überschwang, wie Luis ihn bei ihm noch nie erlebt hatte. Etwas Außergewöhnliches musste geschehen sein. Noch wenige Augenblicke und Luis konnte es selbst sehen. In dem ersten Hohlkörper war ein zweiter erschienen, der nun Konturen bekam. Luis sah Haare. Ein Gesicht. Augen, Mund und Lippen. »Dorit!«, schrie er. Wollte auf den Spiegel zustürzen, doch irgendeine Macht hielt ihn zurück, ohne dass Herr Mess oder der Heilige Geist etwas sagen musste. »Dorit!« Luis jammerte es fast. Sah in den Spiegel. Merkte, wie das Bild von Dorit verschwamm, als würden Regentropfen daran herabrinnen. Er weinte! Und seine Tränen liefen über die Dorit, die in seinem Kopf erschienen war.

Wie aus unendlich weiter Ferne hörte er, wie sich die beiden anderen unterhielten:

»Ins Schwarze!«, meinte Herr Mess.

»Ich habe es bis zuletzt nicht geglaubt.«

»Wenn Ihr schon nicht glaubt ...«

»Ich weiß. Ich weiß!«

»Was – ist – das – für – ein – Geist?«, unterbrach sie Luis.

»Dein Geist!«, antwortete Herr Mess.

»Welcher?«

»Der Liebende natürlich.«

»Was?«

»Der Liebende Geist. Jener Geist in dir, der liebt. Und weil du Dorit liebst, siehst du sie hier!«

Luis hätte noch so viele Fragen gehabt. Aber wieder hielt ihn eine unheimliche Macht davon ab, sie zu stellen.

Dafür sagte der Heilige Geist ungeduldig: »Also gut. Und jetzt der schwierigere Teil der Übung. Meinst du, wir können auch in Dorits Geist hineinsehen?«

»Ich will's versuchen! Es ist nicht so ganz einfach, den Geist eines anderen im Geist eines anderen zu entdecken.«

Luis versuchte noch zu begreifen, was Herr Mess da gesagt hatte, als der Gottesbote schon wieder etwas an der Einstellung des Spiegels veränderte. Er erschrak, als Dorits Gesicht plötzlich wie weggewischt war. Als sich auch in ihrem Kopf die Schwingungen überlagerten und in kunterbunten Wellen nach links und rechts schwappten. Doch auch diesmal dauerte es nicht lange, bis nur noch eine Welle übrig blieb, die stärker wurde und bald schon klare Konturen zeigte.

»Da!«, schrie Herr Mess, noch bevor Luis das Unglaubliche erkannt hatte.

»Ja! Ja! Ja!«, brüllte der Heilige Geist.

Da erst entdeckte Luis es selbst. Er musste sehr genau hinsehen. Denn es war sehr klein. In Dorits Kopf war ein Gesicht erschienen.

»Luis! Luis Dor!«, brüllte Herr Mess.

Und Luis sah sich selbst im Kopf von Dorit. »Was – soll – das – heißen?«, fragte er. »Was – habt – ihr – mit – ihr – gemacht?«

»Wir? Wir doch nicht! Du hast es mit ihr gemacht! Dies ist Dorits Liebender Geist. Sie kann dich nicht vergessen! Für sie bist du unsterblich! Und weißt du auch, was das heißt? Weißt du das?«

Luis hatte keine Ahnung.

Aber der Heilige Geist war viel zu aufgeregt, um das Frage-Antwort-Spiel mitzumachen. Er rief: »Das bedeutet … Mensch, Luis! Du bist vielleicht ein Teufelskerl.«

»Herr im Himmel!«, mahnte Herr Mess. »Sagt so was nicht!«

»Ist ja schon gut!«, entschuldigte sich der Heilige Geist, fuhr aber im selben Tonfall fort: »Luis, du hast es vollbracht! Wir haben endlich wieder eine starke Verbindung nach draußen. In die Welt der Dinge. Eine Verbindung, die jung ist, frisch. Die noch lange weiterlebt. Halleluja! Herr Mess, Sie haben Recht behalten! Wir haben es geschafft!«

Der Bote stieß einen Jubelschrei aus. Noch nie hatte es sich ereignet, dass er von seinem Herrn so gelobt worden war. Doch der Schrei blieb ihm im Halse stecken.

»Was ist mit Ihnen?«, fragte der Heilige Geist, der sofort wusste, dass etwas geschehen war.

»Die Frequenz! Die Frequenz!«, stammelte Herr Mess. »Ich kann sie nicht mehr halten. Irgendetwas ist mit ihr … mit Dorit! Etwas stimmt da nicht!«

Er hatte es kaum ausgesprochen, da wurde der Luis in Dorits Kopf einfach weggewischt. Bunte Schwingungen und Wellen überlagerten sich wieder, färbten sich ein, wurden dunkler, schwarz. Dorits Kopf wirkte wie eine düstere Höhle, in der sich ein brauner Fleck abzeichnete, auf und ab tanzte und verschwand, um gleich darauf wieder aufzutauchen.

»Was ist das?«, flüsterte Luis, als würde allein seine Frage Dorit in höchste Gefahr bringen.

»Ich weiß es nicht!«, erwiderte Herr Mess.

»Wir wissen es nicht!«, bekräftigte der Heilige Geist.

Und so blieb ihnen nichts anderes übrig, als zuzusehen, wie sich der braune Fleck veränderte, in abgehackten, kantigen Bewegungen herumtanzte und endlich, endlich deutlicher wurde.

»Der Geist der Angst!« Herr Mess war der Erste, der es aussprach.

Und schon wurden in dem Fleck Konturen sichtbar, zeichnete sich eine Nase ab, Augen, Ohren, Mund. Für den Bruchteil einer Sekunde war ein ganzes Gesicht zu erkennen.

»Wer ist das? Den kenne ihn doch!«, rief Luis entsetzt aus. Und im selben Augenblick zerriss ein bunter Farbenreigen das Bild. Dorits Geist wurde ausgelöscht. Fort waren die Formen ihres Kopfes, in denen Luis ihre Angst hatte miterleben können. Was blieb, war Luis' Schädel, in dem sich ein schwarzer Schleier ausbreitete, der sich durch den ganzen Körper des Jungen fraß.

»Der Geist der Angst!«, entfuhr es Herrn Mess zum zweiten Mal. »Jetzt hat es auch dich erwischt! Jetzt hast du es auch mit der Angst zu tun bekommen, Luis!«

Doch das hätte der Bote gar nicht erklären müssen. Denn Luis spürte es bereits! Sah es im Spiegel! Schrie: »Was ist mit ihr? Wovor hat sie solche Angst! Wovor – hab – ich – solche – Angst?«

Für ein paar Sekunden herrschte totale Stille. Als das Schweigen unerträglich wurde und Luis seine Frage schon wiederholen wollte, sagte der Heilige Geist mit tonloser Stimme: »Sie ist verloren! Wir sind verloren! Er wird sie umbringen. Dann war alles umsonst!«

»Wer?«, brüllte Luis.

Doch der Heilige Geist fuhr einfach fort. »Wir haben es nicht bedacht! Wir haben einfach nicht daran gedacht, dass er sie nie und nimmer gehen lassen würde. Dass er sie beide haben wollte. Dass er sie gar nicht aus seiner Burg entlassen hat. Auch wenn er es Luis noch so sehr versprochen hat.«

»Wer?«, fragte Luis noch einmal, aber viel, viel leiser als zuvor. Denn er kannte die Antwort.

Der Passato

»Bist du bereit?«

»Willst du es wirklich tun?«

»Du weißt, wir können es nicht von dir verlangen!«

»Wir wollen dich auch nicht dazu überreden.«

»Du sollst es nur tun, wenn du es selbst willst.«

Schweigen. Dann: »Ich will.«

»Also gut.«

Der Heilige Geist hatte es fast mit Bedauern gesagt. Auch wenn seine einzige Hoffnung darin bestand, dass Luis den schwersten Weg ging, den je ein Bewohner seines Reichs gegangen war. Auch jetzt bebte seine Stimme vor Anteilnahme, als er erklärte: »Du wirst denselben Weg gehen, den du schon einmal gegangen bist, Luis. Nur in die andere Richtung. Erinnerst du dich, wie du durch eine Tür mit der Aufschrift Passato geschritten bist? Nun, durch sie kommst du auch wieder in die Welt der Dinge zurück.«

»Aber die Tür befindet sich in der obersten Etage der Babelsburg. Wie soll ich da hinaufkommen?«

Er konnte spüren, wie der Heilige Geist lächelte. »Dummer Luis«, sagte er. »Die Welt der Undinge ist überall. Also auch in den höchsten Höhen der Babelsburg.«

»Und ausgerechnet dort befindet sich der Passato?«

Wieder schien der Heilige Geist zu lächeln. Der Passato liegt für jeden woanders. Er befindet sich immer genau dort, wo man durch ihn die Welt der Dinge verlassen hat.«

»Und man kann einfach so durch ihn zurück?«

»Nicht einfach so, Luis. Mitnichten einfach so. Wenn du nämlich durch die Tür zurück in deine alte Welt gehst, dann bist du dort ein Unding. Du kannst nichts berühren, keinen Gegenstand bewegen. Du bist Luft für die Menschen. Du siehst also, dass niemand einfach so zurück in die Welt der Dinge kommt.«

»Aber wie soll ich Dorit dann helfen?«

»Kraft deines Geistes, Luis. So, wie du schon einmal im Kampf gegen Fobian bestanden hast, wirst du auch wieder bestehen. Wenn du daran glaubst. Aber das tust du doch. Oder etwa nicht?«

Luis wusste es nicht. Er sah nur keine andere Möglichkeit. Also sagte er: »Wo ist die Tür?«

»Du stehst direkt davor.«

»Und wie öffnet man sie?«

»Kraft deines Geistes.«

Luis wusste nicht, was ihm diese Bemerkung sagen sollte. Er wurde fast ein wenig wütend, dass der Heilige Geist sich so unklar ausdrückte. Er musste an Dorit denken und daran, dass ihnen nur noch wenig Zeit blieb. Damit war die Angst wieder da. Und plötzlich öffnete sich vor ihm ein Spalt im Nichts, durch den er in einen hohen Raum schaute.

Von nun an ging alles fürchterlich schnell. Er entdeckte Dorit. Sie stand nur wenige Schritte von dem rechteckigen Marmorblock entfernt. Er sah Fobian, der mit ausgestrecktem Finger auf den Altar zeigte. Er erschrak. Die Tür öffnete sich weiter.

Er wollte hindurchschreiten. Befand sich schon fast in der Welt der Dinge, als er Herrn Mess sagen hörte: »Da wäre noch etwas, Luis. Etwas, das du unbedingt bedenken solltest.«

Luis hielt inne, obwohl er keine Sekunde mehr verlieren wollte. Denn da war ein Unterton in der Stimme des Boten, der ihn misstrauisch machte.

»Du weißt, dass du nur durch diese Tür wieder zurückkannst?«

»Ja doch.«

»Du weißt, dass du sie nur von hier innen öffnen kannst?«

»Nein. Das habt ihr mir nicht gesagt. Mit keinem Wort.«

»Und trotzdem ist es so. Wenn die Tür auf der anderen Seite einmal zugefallen ist, kann sie dir nur ein anderer öffnen. Nicht du selbst. Denn in der Welt der Dinge kannst du nichts bewegen.«

Luis trat einen Schritt zurück. Er schaute in das Nichts hinein, in dem er weder den Heiligen Geist noch dessen Boten erkennen konnte. Dann sah er in den Raum, beobachtete, wie Fobian seinen Stab hochhob und damit auf Dorit zielte. Luis zögerte keine Sekunde. Schon war er durch die Tür verschwunden.

»Luis?«

»Dorit?«

»Luis!«

»Dorit!«

»Bist du da? Ich spüre ganz genau, dass du da bist.«

Luis hätte nicht gedacht, dass er so schnell mit Dorit in Verbindung treten könnte.

Er hatte die größten Probleme, sich in der Welt zurechtzufinden, die ihm so vertraut und gleichzeitig fremd war. Er schwebte durch den Saal. Bewegte sich auf den Altar zu, fragte sich, warum er diese Richtung nahm. Doch dann begriff er, dass es eine unheimliche Anziehungskraft sein musste, die von Dorit ausging. So bewegte er sich auf sie zu. Kam am Altar vorbei. Versuchte nach den Säulen zu greifen. Doch anders als in der Welt der Undinge waren seine Arme nicht nur unsichtbar, sondern gar nicht da. Er war nur ein in der Luft schwebendes Etwas, das denken konnte. Mehr nicht.

Und dieses Etwas folgte ganz der Anziehungskraft Dorits, die völlig verloren in dem hohen Raum stand und mit angstverzerrtem Gesicht dem Kaiser entgegensah. »Luis?«, sagte sie noch einmal ohne den Mund zu öffnen. Und ohne dass Fobian etwas hören konnte.

Trotzdem vernahm Luis eine Stimme. Sie klang so sanft, so lieb. Sie war ihm so vertraut, als wäre sie eine Melodie, die schon immer ganz tief in ihm geklungen hätte.

»Dorit? Ich bin da.«

»Warum kann ich dich dann nicht sehen?«

»Weil ich nur im Geiste da bin.«

»Ich möchte dich aber so gerne sehen!«

»Das geht nicht. Später vielleicht. Aber jetzt bist du in Gefahr. In Lebensgefahr. Wir müssen dich retten.«

»Luis? Ich weiß nicht, was ich tun soll. Er hat mich gar nicht erst aus seiner Burg entlassen. Er hat sein Versprechen einfach gebrochen. Hat mich eingesperrt. Hat mir mit diesem fürchterlichen Stab gedroht, mit dem er

Renée erschossen hat. Ich habe sie gefunden. Tot. Und jetzt bin ich hier. Und er will, dass ich auf diesen Altar steige. Ich traue mich aber nicht. Luis! Ich hab Angst!«

»Pssst! Pssst!«, versuchte Luis sie zu beruhigen. »Er wird dir nichts tun. Und schon gar nicht wird er dich erschießen. Er kann nicht etwas zerstören, das er haben will. Du brauchst keine Angst zu haben.«

»Also soll ich ruhig auf den Altar steigen?«

»Bloß nicht! Wenn du da hinaufsteigst, wird er dich zu einem Ding machen. Du wirst zur Sandsäule erstarren. So wie alle Menschen in seinem Reich erstarrt sind.«

»Aber was soll ich tun? Luis, sag mir, was ich tun soll!«

Luis hätte am ganzen Leib vor Wut gezittert, wenn er noch einen Leib gehabt hätte. Er sah Dorit ins Gesicht, sah sie leiden und fing vor lauter Hilflosigkeit an zu weinen.

»Luis, Guter. Du weinst ja.«

Es war verrückt! Aber Dorit konnte alles ganz genau spüren. Und er spürte, was sie fühlte. Sie waren sich so nah wie nie. Es war, als wären sie eins. Am liebsten hätten sie diese Einigkeit für ewige Zeiten ausgekostet. Doch Luis wusste zu genau, dass es auf jede Sekunde ankam, wenn sein Plan gelingen sollte. »Komm, wir wollen zur Tür gehen«, dachte er und sie antwortete: »Was wollen wir denn da?«

»Wir wollen ihn dahin locken!«

»Warum sollen wir das tun?«

»Weil wir ihn durch die Tür stoßen. Dann sind wir ihn für immer los!«

»Was ist das für eine Tür?«

»Sie führt durch die Rückwand der Glaskuppel. Wir schmeißen ihn einfach aus seinem Palast.«

Während sie sich so in Gedanken unterhielten, war

Dorit bereits am Altar vorbeigeschritten und bewegte sich auf die Tür zu.

Da ertönte eine laute Stimme: »Halt! Was machst du? Zum Altar habe ich gesagt! Nicht zur Tür!«

Fobian!

»Wir gehen weiter!«, dachte Luis.

Der alte Kaiser sprang ihnen hinterher. Doch da hatten sie die Tür bereits erreicht.

»Nicht schon wieder!«, brüllte Fobian. »Es reicht, wenn ich einen von euch verloren habe!«

»Was will er damit sagen?«, fragte Dorit.

»Mach die Tür auf!«

»Erst wenn du mir sagst, was das zu bedeuten hat!«

»Mach die Tür auf. Es ist unsere einzige Chance! Ich sage es dir schon noch. Später. Später!«

Widerstrebend öffnete Dorit den Eingang zum Passato. Ein eisigkalter Wind blies ihr entgegen. Entsetzt schaute sie hinaus, sah die Wolken, die in dünnen Schwaden an der Turmspitze vorbeizogen.

»Nein!«, warnte Luis, denn er merkte, dass sie die Tür am liebsten wieder zugestoßen hätte.

»Da bist du hinaus?«, fragte Dorit. Und der Schmerz, den sie dabei fühlte, übertrug sich ungemindert auf Luis' Geist.

»Ich hatte keine Wahl!«

»Aber dann bist du tot! Luis!«

»Ich bin nicht tot. Ich bin nur gestorben!«

Luis merkte, wie widersinnig seine Worte klangen. Aber etwas Besseres fiel ihm nicht ein.

»Dann will ich auch hinaus!«

»Nein! Dorit! Du musst hier bleiben. Vertrau mir. Ich erkläre dir alles später!«

Inzwischen war ihnen Fobian gefährlich nahe gekommen. Er fuchtelte mit seinem Stab herum und schrie: »Halt! Keinen Schritt weiter.«

Da sagte Dorit – oder war es Luis, der mit entschiedener Schärfe durch sie sprach: »Mach dich nicht lächerlich, alter Knabe! Du schießt ja doch nicht. Und außerdem! Ob du uns nun erschießt oder ob wir selbst hier hinunterspringen. Das ist doch völlig egal!«

»Du Bastard! Hast du dich jetzt auch in sie eingeschlichen?« Völlig von Sinnen stürzte Fobian auf Dorit zu. Griff nach ihrem Hals. Streckte seine klauenhaften Hände nach ihr aus. Wollte schon zupacken.

Da sprang das Mädchen zur Seite. Im letzten Moment, sodass der Greis nicht mehr reagieren konnte. Er grabschte nach der Tür, der Wand, nach irgendetwas, an das er sich klammern konnte. Doch da war nichts mehr. Seine Hände griffen ins Leere. Er war so überrascht, dass er nicht einmal mehr einen Schrei ausstoßen konnte. Als er merkte, was mit ihm geschehen war, hatten ihn die Wolken bereits verschluckt.

Luis hätte dem alten Kaiser sofort folgen müssen. Er wusste es. Er hätte die Gelegenheit ergreifen müssen, so lange die Tür noch offen war. Nun war sie zu. Dorit hatte sie geschlossen. Sie zitterte noch am ganzen Körper. Dennoch klang ihre Stimme völlig ruhig und überlegt, als sie sagte: »Jetzt erklär es mir!«

Luis wusste ganz genau, was sie meinte. Ohne Umschweife fing er an zu erzählen, was ihm widerfahren war.

Dorit unterbrach ihn nicht ein einziges Mal. Sie folgte einfach nur seinen Gedanken. Erlebte und erlitt alles noch einmal mit ihm. Als er schließlich zum Ende gekommen war, sagte sie nur erschöpft: »Und nun, Luis? Lieber!«

Luis fehlte die Kraft, ihr die Wahrheit zu sagen. Sie fühlte es und meinte: »Nun wirst du mich wieder verlassen. Durch die Tür, durch die du schon einmal von uns gegangen bist. Nicht?«

»Was soll ich denn tun?«

Luis war verzweifelt. Doch Dorit wollte einfach nicht den Mut verlieren, sagte: »Du wirst immer bei mir sein. Wo du auch bist.«

»Und wo du auch bist«, fügte er hinzu und sah sie nicken.

Er überlegte kurz und fragte: »Aber was wirst du jetzt tun?«

Sie lächelte. Es war ein so zuversichtliches Lächeln, dass er neue Hoffnung schöpfte. »Ich werde das tun, was wir gemeinsam getan hätten.«

Luis ahnte, was es war. Trotzdem wollte er es hören, fragte: »Und was wäre das?«

Sie antwortete mit einer Gegenfrage: »Meinst du, dass sich Ruth und Knuth hier wohl fühlen würden? Sie und all die anderen? Jetzt, da Fobian besiegt ist?«

»Ich glaube schon. Ich glaube es sogar ganz bestimmt! Ihr könntet die Ewige Stadt wieder aufbauen. In der Babelsburg findet ihr doch alles, was ihr braucht. Ihr müsstet nur eine Schicht nach der anderen abtragen. So würde die alte Stadt eine zweite Blüte erleben. Und ihr wärt vor dem Sand der Vergänglichkeit in Sicherheit. Und vor Auriel. Und Pankrazius. Und den Schwarzen Eminenzen von Aurania.«

Er hatte immer schneller gesprochen. Seine Aufregung war Dorit nicht entgangen. Sie fragte: »Würde dir das gefallen, Luis?«

Er druckste herum, sagte schließlich: »Du wärst in meiner Nähe. Hier in der Ewigen Stadt. Und wenn mich nicht alles täuscht, wenn ich nicht ganz verkehrt liege, dann könnten wir uns sogar sehen.«

»Ich weiß!«, sagte sie. Denn sie wusste, dass er sich nicht täuschte. Zu genau hatte er ihr von allem berichtet, was ihm widerfahren war.

Als sie zur Tür ging, auf der das Wort Passato stand, war sie ganz ruhig. Viel ruhiger, als sie je in ihrem Leben gewesen war. Fast heiter öffnete sie die Tür, sagte beinahe fröhlich: »Auf Wiedersehen, Luis.«

Und ohne die geringste Wehmut antwortete er: »Auf bald, Dorit.« Er fühlte keinen Schmerz. Selbst dann nicht, als er hörte, wie die Tür hinter ihm ins Schloss fiel.

Der Heilige Geist

In der Ewigen Stadt war Sommer. Und es war Mittagszeit. Es war so flirrend heiß, dass die Menschen in ihren Häusern blieben. Manche von ihnen machten einen Mittagsschlaf. Andere lasen in Büchern. Manche erledigten auch ein paar unliebsame Hausarbeiten wie Geschirrspülen, Wäschewaschen oder Staubsaugen.

In dieser Zeit pflegte Dorit einen kurzen Abstecher in die größte Kirche der Stadt zu machen. In dem steinernen Gemäuer war es schön kühl. Und zu dieser Zeit verirrten sich nicht allzu viele Menschen hierher.

In stiller Vorfreude durchschritt sie den langen Gang des mächtigen Doms. Kam vorbei am Altar. Ging weiter. Erreichte schließlich ein goldgelbes Fenster, das sich am Ende des langen Mittelschiffs der Kirche befand. »Bist du da?«, fragte sie.

Und wer sie beobachtet hätte, der hätte sich gewundert, weshalb sie mit der Taube redete, die in der Mitte des Fensters zu sehen war. Doch Dorit schaute einfach durch die Scheibe hindurch. Was sie dort erblickte, würde sie ihr ganzes Leben für sich behalten. Sie fuhr sich durch ihr langes, schwarzes Haar. Durchkämmte es mit den Fingern, als wäre sie sich absolut sicher, dass jemand sie betrachtete.

Sie schien eine Antwort erhalten zu haben. Denn sie sagte: »Schön, dass du da bist, Luis.« Sie blinzelte mit den Augen und fügte hinzu: »Gut siehst du aus.«

Wieder schien sie etwas zu hören. Sagte kurz darauf: »Danke! Mir geht es auch gut. Wir haben Sommer. Die Blumen blühen. Es liegt ein Duft über der Stadt. Du kannst es dir nicht vorstellen. Schade, dass du so etwas nie erlebt hast.«

Es folgte eine Pause. Dorit lächelte, als würde ihr jemand schmeicheln. Dann sah es so aus, als würde sie angestrengt zuhören, und sie antwortete: »Ja, natürlich. Ruth und Knuth geht es gut. Sie sind ja nicht mehr die Jüngsten. Doch seit wir hier sind, erleben sie einen zweiten Frühling nach dem anderen. Ich hoffe, dass du noch lange auf sie warten musst.«

Dann hörte sie wieder einige Zeit zu. Ihre Gesichtszüge verrieten, dass sie über etwas sehr erfreut war. Schließlich meinte sie: »Ja. Und grüß mir den Herrn Goethe schön. Richte ihm doch bitte aus, dass ich heute den Erlkönig gelesen habe.«

Jemand schien sie unterbrochen zu haben. Sie stutzte kurz. Lachte so laut auf, dass sich einige Leute nach ihr umdrehten. Dennoch fing sie ausgelassen an zu singen: »Röslein, Röslein, Röslein rot, Röslein auf der Heiden.« Für einen Moment hätte man den Eindruck haben können, dass sie zweistimmig sang. Aber dann lachte sie schon wieder und flüsterte in das Fenster hinein: »Also, Luis. Lieber! Bis morgen. Wir sehen uns!« Fröhlich stand sie auf und lief den Weg bis zum Hauptportal der Kirche zurück.

Wie jeden Tag um die Mittagszeit schauten die Menschen zu dem Fenster auf, das von allen der »Heilige Geist« genannt wurde. Und wie immer fragten sie sich, ob sie wirklich glauben sollten, dass sich hinter dieser goldgelben Glasscheibe irgendetwas befand.

Inhalt

Erstes Buch
Leben in Aurania

Zweites Buch
Sterben in Aurania

Drittes Buch
Die Burg zu Babel

Viertes Buch
Die Welt der Undinge